La para

Romanzo

LA PARANZA DELLA VELA ROSSA

Zema Fiore

Ad Alfonso C.

Scomparso a soli sedici anni. È sepolto di fianco a un anziano centenario, quasi nell'angolo del nuovo cimitero di Miano. La tomba, di sera, è visibile solo dal cavalcavia dall'asse-mediano ed è segnalata da una fioca lucina color verdastro: il suo colore preferito. Sua madre, essendo donna malata e riservata, decise di non affiggere alcuna fotografia sulla lapide, impedendo ai suoi "amici" di fermarsi sul luogo in cui riposa in pace.

"Siamo solo pezzi di ricambio..."

Davide Avagliani

Introduzione

È fortemente doveroso ammettere che esistono due tipi di "affiliati": uno ci nasce e l'altro ci diventa. Non proprio tutti, però, hanno i requisiti adatti per l'affiliazione o l'arruolamento.

Per entrare in un gruppo criminale bisogna mettere in mostra una rigida postura, un grande coraggio e, soprattutto, un cuore di latta. Questi sono solo alcuni elementi basici per essere o diventare un soggetto di quel mondo che gira intorno al denaro, alla violenza e al potere.

I loro leader sono chi ha già dimostrato il proprio valore a chi compete seguendo, con maggiore sacrificio, norme severe: rispettare la legge della strada, tacere quando non si è chiamati a rispondere e gestire nell'uguaglianza i profitti del clan, senza alcuna preferenza. Ovviamente i profitti sono divisi rispettando la tabella di notorietà criminale.

Di solito iniziano molto presto a sognare. Generalmente accade tra i nove e gli undici anni. Ahimè! E pensare che a quell'età si sogni di completare l'album di figurine di calciatori, di collezionare automobili di lusso o di ricevere, dopo aver implorato fino allo svenimento, l'ultima versione della playstation. E invece, specie nelle malfamate periferie, alcune creature nascono con un'anima limpida e poi se la sporcano crescendo. Ed è proprio durante questa fase, specie se sono allevate da genitori disoccupati o incoscienti, che in molti, per fame o fama, cominciano a fantasticare di diventare un capo, un capo-zona dalle grandi capacità per governare i traffici di un rione o addirittura di un intero quartiere, avendo come unico obiettivo segnare l'epoca in cui si è vissuti.

Quegli innocenti alimentano il proprio coraggio guardando i film di Martin Scorsese, di Brian De Palma o i filmati, girati in un'aula di tribunale, che riprendono i processi dei crimini più crudi o, ancora, ascoltando da qualcuno, con le proprie orecchie, racconti dei boss che hanno fatto la storia, come se una parte di loro volesse diventare il prossimo "coraggioso di turno".

S'isolano dall'affetto e dai sentimenti barricandosi nella propria "cameretta" e, posseduti da demoni agguerriti, spietati, cominciano a scimmiottare parole o frasi e si cimentano, persino, in imitazioni ripetute mille volte, come fosse un esame scolastico o un provino cinematografico.

Passati al primo anno delle medie si cimentano nella prova "teatrale": le creature vanno in scena.

Questo serve a costatare il proprio livello di pressione, di paura e di coraggio. Così, anziché abbassare la testa sui libri e studiare i lunghissimi viaggi di Marco Polo, dell'esploratore Amerigo Vespucci o dell'inventore Leonardo da Vinci, come i loro coetanei, i loro occhi dalle pupille dilatate, "studiano" una preda facile. Dopo averla individuata, debutta quello che diventerà il futuro "personaggio" che avrà il solo scopo di scaturire timore e paura. E, una volta allenato il coraggio, soltanto quando un atto violento diventerà istintivo o dettato dalla propria anima più nera, costoro sono pronti per "l'affiliazione". Dopodiché, quegli illusi sanguinari non diventano altro che pezzi di ricambio di qualche clan o gruppo criminale cui daranno corpo, mente e anima per dimostrare fedeltà, cancellando volti o corpi umani dalla faccia della terra. A quel punto, che si voglia oppure no, saranno in molti a versare delle bollenti e amare lacrime.

Oltre lo sguardo

Ero in cucina a prepararmi la prima dose di caffeina quando dal corridoio sentii i pesanti passi di mia nonna. Fu sorpresa nel vedere il caffè che fuoriusciva con delicatezza dalla moka finendo nella mia tazza perché, prima di quel momento, non era mai successo che si svegliasse così tardi. Era arzilla e pimpante a differenza di me che, alcuni minuti prima, mi ero incupito nel vedere scendere, dal cielo oscurato, la pioggia che allagava l'intera città.

Con una leggera carezza mi scostò di qualche centimetro, giusto lo spazio necessario per far scorrere più agevolmente l'ultimo cassetto della cucina da cui prese un contenitore per alimenti riempiendolo di "manna".

Inconsapevolmente, l'occhio mi cadde sul recipiente e, prima che lo chiudesse rapidamente, riuscii a intravedere la prelibatezza che alcune ore dopo avrebbe soddisfatto il mio palato. Mi piegai leggermente in avanti posando le mie morbide labbra sulla sua guancia sinistra e le stampai uno di quei baci memorabili. Le mie manifestazioni di affetto, prima di quel momento intenso, erano per lei dei lontani ricordi, non perché non le volessi bene, ma crescendo esternavo i sentimenti in altri modi.

Prima di lasciarla da sola a dedicarsi alle faccende domestiche, alle sue serie televisive e alla "ginnastica" che le avevo assegnato per ridurre i dolori fisici, aggiunsi una mela gialla al mio pranzo a sacco.

Scendendo le scale del condominio, attraverso la grande finestra bagnata dalla pioggia, scorsi la mia bambina immobile sotto l'intemperie e quasi mi sentii in colpa vedendola lì, abbandonata, inzuppata.

Uscii dal cancello il più in fretta possibile per raggiungerla. Dal giubbotto tirai fuori una vecchia federa di cuscino malridotta e asciugai la sella, il manubrio e infine il paravento che tra acqua e graffi sembrava più rovinato del solito.

Posai la punta del piede sulla leva e con uno sforzo la misi in moto. Solitamente, prima di montare in sella e avviarmi al lavoro, restavo alcuni minuti ad ascoltare il suono del rumore che tanto amavo, ma quella mattina ci dovetti rinunciare.

La mia bimba era l'unico mezzo di trasporto che avevo per cui andava accudita con amore, tant'è che se non me ne fossi preso cura, la mia vespa d'epoca mi avrebbe sicuramente abbandonato molti anni prima.

Quella mattina il Vomero era bloccato a tal punto che infilarsi tra le auto, gli autobus e i pedoni che sbucavano dal nulla era una vera impresa. Tuttavia, nonostante il traffico creatosi a causa del maltempo, percorsi la stessa strada che facevo ogni giorno. Avrei potuto, sicuramente, imboccare qualche vicolo o stradina che pochi conoscono per abbreviare il percorso, ma in realtà amavo girovagare per l'intero Vomero prima di chiudermi in quelle quattro mura per almeno dieci ore.

Le uniche due cose che mi stimolavano a recarmi al lavoro in anticipo e di buon umore erano: la frittata di maccheroni della nonna e un giro in vespa. A quei tempi pensavo che se la benzina l'avessero regalata, piuttosto che venderla, di sicuro avrei avuto più di un problema ad arrivare puntuale. Tutto il mio mondo ruotava attorno alle due cose che tanto amavo e nessuno avrebbe potuto, anche solo pensare, di frapporsi tra me e loro: una era la vespa, l'altra era la mia nuova reflex.

Ebbene sì! Mi dilettavo, come seconda attività, a svolgere il lavoro di assistente fotografo di cerimonie e, così, nell'arco di pochi anni mi appassionai profondamente alla fotografia in tutte le sue sfaccettature. Passai, in poco tempo, dall'immortalare gli eventi festosi a dedicarmi ai fatti di cronaca nera diventando, persino, fotoreporter per qualche testata giornalistica.

Quello che c'è tra il fotografo e l'obiettivo io la definisco magia, perché uno scatto non deve essere definito un "buono scatto" o uno "scatto discreto", per me deve essere uno scatto perfetto e non esiste niente di più perfetto della natura. La fotografia deve cogliere quella perfezione e fissarla nella memoria, intensificando il sentimento che ne scaturisce e alimentandolo nel tempo. Tale processo rende la fotografia indimenticabile.

Durante il percorso tra casa e lavoro, mentre guidavo con attenzione, intento a scansare qualche idiota propenso ad attraversare il semaforo qualche secondo dopo essere passato al rosso, i miei pensieri, non solo sorpassavano me e dribblavano il centauro frettoloso, ma attraversavano anche la mia amata città.

Dopo aver vagato spensierato per mezza Napoli sotto la pioggia, finalmente parcheggiai la mia preziosa vespa proprio accanto ai paletti di protezione. Varcai l'ingresso avvolto nella tuta impermeabile nera, con gli occhiali Ray-Ban che celavano gli occhi e il casco gocciolante sulla testa.

Con un gesto salutai i miei colleghi dietro alla reception impegnati con alcuni pazienti infreddoliti, doloranti e impazienti, sia per le cure che per l'uggiosa giornata.

Mi diressi verso il corridoio, lo percorsi a passo svelto e mi recai giù per le scale prestando molta attenzione perché erano veramente insidiose, tant'è che tempo addietro caddi al secondo scalino ruzzolando per l'intera scala e provocandomi contusioni. Più precisamente riportai due traumi: uno alla spalla destra e un altro alla caviglia. Chi l'avrebbe mai detto che il mio collega fisioterapista, durante l'ora "spacca", avrebbe curato le mie articolazioni?

Le luci della piscina erano ancora spente quindi istintivamente diedi uno sguardo all'orologio affisso alla parete sud e mi accorsi di essere in anticipo di circa venti minuti. Prima di svestirmi e indossare la muta estiva realizzata in neoprene, accesi le luci e poi cominciai a tirare fuori gli attrezzi da usare.

«Anche oggi in anticipo» affermò Lucrezia, entrando nello spogliatoio.

«Questione di abitudini» dissi senza voltarmi, impegnato a chiudere l'armadietto in ferro.

Mancavano circa tre minuti alle otto e mezzo. Sulla lista dei pazienti si erano aggiunte altre cinque persone nuove da sottoporre a riabilitazione: quattro maschi e una femmina.

Così, come ogni mattina, fui il primo a prepararmi e a immergermi in acqua aspettando l'arrivo dei primi pazienti da trattare. Dopo pochi minuti, fui raggiunto anche da Lucrezia che si occupò delle donne.

Invece, fuori dall'acqua a bordo piscina, c'erano Alessia e Mike che li seguivano dall'alto. Non lavoravamo a coppie fisse o prestabilite, ma avevamo una regola: i primi due che arrivavano in orario entravano in acqua. Così ai "piani superiori" non arrivava nessuna lamentela, perlomeno del nostro reparto.

Lucrezia fu la prima a ricevere persone, mentre io attendevo l'arrivo di un uomo con la caviglia da riabilitare.

Circa mezz'ora dopo accolsi un anziano con dolori forti alla schiena al quale assegnai alcuni esercizi da ripetere con costanza.

«Minestrone?» chiese Mike a Lucrezia, impegnato a girare il caffè con la stecca.

La moglie di Mike gli aveva preparato il suo "minestrone moderno" al profumo di pesce misto che tanto era gradito a Lucrezia.

A me, invece, soltanto il pensiero mi provocava la nausea, figuriamoci se fossi stato costretto a mangiare quell'intruglio! Mentre lo pensavo i conati di vomito avevano già raggiunto la gola.

«E tu?» mi chiese Alessia, porgendomi il secondo caffè della giornata.

Diedi un'ultima spinta alla caviglia del paziente e lo lasciai riposare tra le sue bestemmie.

Mi sporsi verso di lei e sollevai il bicchiere dalla sua mano, esile e gelida.

Alessia restò a fissarmi con una ciocca di capelli biondi davanti agli occhi.

«Ti sei messo a dieta, forse?»

«Macché!» dissi irritato, come se quella parola stonasse al mio udito. «La frittata di maccheroni» risposi gemendo di piacere al sol pensiero di assaporarla tra i denti voraci.»

Alessia sorrise. Le piaceva tanto la frittata di mia nonna e non era l'unica, tanto è vero che una volta la portai ai docenti dell'università e alcuni di loro insistettero per conoscere l'autrice di quell'opera. Mia nonna, invero, sottovalutava l'armonia dei sapori che riusciva a creare e semplicemente si dilettava a prepararne un paio di porzioni in più. Tale atto di generosità non aveva finalità corruttive, ma era piuttosto un omaggio di gratitudine.

Mancava poco che le lancette si abbracciassero segnando mezzogiorno che, su quattro nuovi pazienti assegnati, soltanto tre si presentarono in orario. L'ultimo, quello tanto atteso, non per favoritismo, anche perché nessuno lo conosceva, ma per comprendere al meglio il suo "problema" e decidere con i colleghi che trattamento intraprendere, era in ritardo di due ore. Inoltre, in ben due ore di ritardo, non si era degnato nemmeno di fare una telefonata! Ma non mi stupii più di tanto pensando che Scampia era una fuoriclasse in questo: mancanza di rispetto.

«Dai, esci di lì» propose Mike, facendo capire a gesti di avvertire fame.

«Lo sai che mi scoccia rientrare in acqua dopo essermi asciugato. Starò ancora qualche minuto.»

La piscina si era quasi del tutto svuotata: in un angolo c'erano ancora due pazienti assistiti da Lucrezia.

In quell'aria i pazienti arrivavano la mattina presto, eseguivano, in autonomia, i propri esercizi e se ne andavano.

Quest'ultimi si suddividevano in due categorie: quelli che, presentando problematiche più serie, l'avevano presa come una routine tanto da sentirsi a casa loro e quelli, invece, a cui dovevamo fornire precise istruzioni e indicazioni sugli attrezzi da utilizzare, come se ogni volta fosse il primo giorno.

Nell'attesa che scoccassero le 12.30, orario della pausa pranzo in cui mi sarei strafogato di quella prelibatezza preparata la sera prima, mi dedicai allo stretching per alleviare un dolore dietro al collo provocato dall'umidità della notte, penetrata attraverso la finestra dimenticata aperta.

Mentre distendevo i muscoli del collo, dalla porta entrò un ragazzo vestito con un elegante abito che in una mano portava un borsone in pelle, mentre nell'altra teneva, con cura, il giubbotto scuro. Mi colpirono molto i suoi appariscenti vestiti: pantalone rosa abbinato con una camicia dello stesso colore a strisce bianche, entrambi realizzati dai medesimi stilisti, i fratelli Chionna di Bologna, gli ideatori dei rivoluzionari pantaloni con le toppe.

Gli occhiali da sole con montatura "tartaruga" coprivano gran parte del suo viso, facendo risaltare i suoi capelli cortissimi con una leggera sfumatura alle tempie e alla nuca.

Mike si precipitò verso lui puntando un dito in alto in direzione della reception o, perlomeno, credo. Il ragazzo mormorò qualcosa che non riuscii ad afferrare a causa dei lamenti di una delle due signore.

Poi Mike rivolse uno sguardo verso di me, gesticolando affinché mi avvicinassi a lui, quindi mi direzionai a bordo vasca per saperne di più.

«Lui è Avagliani, il nuovo paziente che attendevamo dalle dieci» anticipò leggermente irritato.

Il ragazzo lo fissava con uno sguardo penetrante. Abili erano i suoi occhi che da me saltavano su Mike e viceversa, come se stessero disputando una partita di ping pong.

«Vabbè, ho capito! Ci vediamo un altro giorno» disse con tono freddo e rigido.

Le sue parole spiazzarono sia me che il mio collega. La reazione di Avagliani mi portò a pensare che Mike gli avesse fatto pesare il suo ritardo. Ma, in definitiva, non spettava a lui decidere per me, perché ero io quello in acqua e non viceversa.

«Avagliani, nessun problema per me. Io sono qui per questo» dissi e subito aggiunsi: «Hai la radiografia con te?»

Scosse leggermente la testa, quasi come se non sapesse di cosa stessi parlando. In fondo non rimasi per niente stupito dalla risposta perché colui che avevo dinanzi a me era molto giovane.

«Mike, accompagnalo nello spogliatoio» dissi.

Quando loro lasciarono la piattaforma recandosi verso gli spogliatoi, mi affrettai a recuperare degli ausili che potessero servirgli.

Avagliani mi raggiunse con calma, si fermò a bordo vasca fissandomi con lo sguardo smarrito.

Quando mi voltai e lo vidi, rimasi talmente incuriosito dal suo costume da bagno con un topolino colorato stampato sopra, che lo guardai per alcuni secondi.

«Sarebbe un Iceberg da duecento euro» disse inacidito.

Prima che fornisse un'implicita risposta ai miei ingenui pensieri, mi sembrava tanto un costume più adatto a bambini molto piccoli.

«Mi ha incuriosito, tutto qui» borbottai nascondendo il mio pensiero, anche se il mio intuito mi portò a pensare che lui lo avesse già decifrato.

Lo invitai a immergersi nell'acqua ma mi parve che fosse titubante. Mi sembrava, dalla sua espressione, che si stesse chiedendo cosa ci facesse lì, ma la risposta era alquanto semplice e intuibile: la sua gamba di "legno".

Con tutta calma si avvicinò ai gradini, pose la mano sul maniglione e incominciò a scendere un gradino alla volta, come se avesse ottant'anni.

Una volta in acqua, prima di sollevargli la mano per posarla sulla mia spalla e per aiutarlo a camminare da un bordo all'altro nell'intento di riscaldare i suoi muscoli, gli porsi la mano e dissi: «Piacere, io mi chiamo Gioele.»

Ricambiò il gesto e rispose: «Davide. Il cognome lo conosci già.»

«Quanti anni hai?» chiesi per sdrammatizzare.

Fece una smorfia, poi accennò un minuscolo sorriso.

«Quattordici, fra due mesi» mormorò cercando di raggiungere il punto d'arrivo.

Era chiaro che fosse un tipo di poche parole e questo s'era già capito, ma non immaginavo che potessero essere le uniche in un'ora di terapia!

Quando uscimmo dall'acqua, ci recammo insieme negli spogliatoi dove, mentre mi asciugavo per poi indossare la divisa da ginnastica per continuare il mio turno nella palestra del centro, l'occhio mi cadde sulla cicatrice violacea di Davide. Dall'aspetto era chiaro che fosse molto recente per via della lucidità della linea che segnava l'esterno del ginocchio.

«Femore o rotula?» chiesi con un filo di voce.

Si voltò verso di me tenendo lo sguardo sui bottoni della camicia a strisce, cercando di abbottonare gli ultimi due bottoni al petto.

«Sinceramente? Non lo so e neanche m'interessa» disse con rabbia. Si chinò per raccogliere il borsone e, senza salutarmi, andò via.

Restai come un idiota per alcuni minuti. Provai a ricostruire l'ora trascorsa con lui per farmi un'idea di come potesse un ragazzo procurarsi quella lunga cicatrice. Ma nulla, troppo strana per tirare a indovinare.

Ne avevo viste di cicatrici in quel periodo, ma tutte congruenti tra l'entità del problema e la tipologia del paziente. Quella di Davide no, era molto diversa, inadatta al suo corpo e, soprattutto, alla sua età.

«Ohi, stiamo aspettando te» disse Lucrezia, riferendosi alla pausa pranzo.

Erano quasi quattro anni che si pranzava insieme, ma non si è mai capito se fosse per compagnia o per dividerci le prelibatezze che ognuno portava.

Ormai avevo trascorso quasi due settimane con Davide e le cose che sapevo di lui erano veramente poche. Di solito non m'importava di conoscere la vita dei pazienti, ma della sua sì.

M'intrigava molto il suo modo di fare, l'unicità del suo linguaggio e, ancora più, il suo silenzio che mi tormentava l'anima facendomi incuriosire sempre di più.

Sapevo che Davide era fidanzato con una ragazzina delle sue parti, malgrado dubitasse che fosse quella giusta; che guidava un motorino e un'auto, nonostante la sua giovane età, entrambi, tra l'altro, privi di assicurazione; che vestiva solo di grandi firme e che indossava solo abiti a tinta unita, seppur di colori stravaganti.

Oltre a essere di poche parole, era un ragazzo incastrato nel corpo di un uomo maturo.

Per cercare di instaurare un rapporto amichevole, pensai di ideare uno stratagemma e quello fu il più grande errore che potessi mai commettere. Quella mattina convinsi Mike a immergersi in acqua. Non appena scattarono le 12.20, Davide entrò dalla porta, ancora assonnato: aveva l'aria di chi si fosse appena svegliato dopo aver dormito poche ore, nonostante fosse quasi l'ora di pranzo.

Per non abbandonarlo subito nelle mani di Mike, gli assegnai degli esercizi da eseguire: il primo consisteva nel camminare da solo avanti e indietro per venti volte, il secondo nel piegare, da seduto e legato, la gamba, oltre il limite del dolore. Insomma, dovevo far capire ai suoi muscoli che sarebbe stato il primo step di una lunga riabilitazione.

Per i primi due viaggi tenni io il conto guardandolo da bordo vasca. Poi mi distrassi a causa di Lucrezia che mi confidò la sua malattia che mi spiazzò molto: i medici le avevano diagnosticato un tumore al seno. Presto avrebbe dovuto operarsi, affrontare le chemio, accettare la perdita dei suoi bellissimi capelli neri e, ancora prima, avrebbe dovuto trovare il coraggio di dirlo a suo marito e poi al resto della famiglia.

Mentre lei parlava con me in cerca di consigli su come reagire, io provai a sdrammatizzare dicendole, tra sorrisi e carezze di incoraggiamento, che era abbastanza forte per attraversare questa bufera.

«A quanto stai?» chiesi a Davide che aveva il viso distorto dal dolore.

I suoi occhi si strinsero dal nervoso, poi subito dopo disse: «Avevi detto che contavi tu!»

Dopo aver fatto mente locale, anziché dargli ragione e scusarmi, gli dissi di ripetere l'esercizio.

Cosicché Davide fece una smorfia di rabbia, abbassò la testa e, senza dirmi nulla, riprese a camminare.

«Conto io, allora. Così facciamo prima» affermai e subito ritornai al discorso con Lucrezia.

Dopo svariati minuti, mentre Lucrezia mi confidava della sua unica preoccupazione, ovvero come nasconderlo a sua figlia appena quindicenne, con la coda dell'occhio notai che Davide stava ancora andando avanti e indietro.

Fu allora che, per distrazione, commisi il secondo errore, quello che non avrei mai pensato di ripetere.

«Finito?» domandai a Davide.

«Ehm, me lo devi dire tu se ho finito!» rispose turbato.

D'istinto i miei occhi si spalancarono e Davide intuì che non avevo contato una "ceppa"!

A quel punto si diresse, con nervosismo e agitazione, verso gli scalini e, dopo averli raggiunti con molta fatica, salì la scaletta afferrando il corrimano d'appoggio.

Con foga si precipitò verso di noi che eravamo al centro della piscina. L'acqua che ristagnava sul pavimento gli finì sotto le ciabatte facendolo quasi scivolare per terra.

Accostò il suo viso alterato dall'ira al mio e disse: «Non ti conviene fare lo stronzo con me. Prima ti butto in acqua facendoti fare avanti e indietro fino al trentun dicembre e poi, dal primo gennaio, ti faccio trovare i cani fuori all'ingresso.»

E senza dire nulla scomparve dal centro senza nemmeno farsi la doccia.

Lucrezia smise di parlare di colpo. Ricordo che provò a rincuorarmi dicendo che si trattava soltanto di un ragazzino presuntuoso e maleducato e non so per quale motivo non le dissi che avevo sbagliato io, per ben due volte, in meno di un'ora.

Pensai a lui per il resto della giornata e per tutto il resto della settimana, perché Davide smise di presentarsi.

Soltanto la settimana successiva presi coraggio recandomi alla reception. Convinsi il mio collega a rintracciare il numero di telefono di Davide per capire il motivo delle assenze.

Dopo tale richiesta, proseguii la mia giornata dedicandomi ai pazienti che lamentavano dolori.

Quando finii il turno e uscii dal centro, nel lasciare la via in sella alla mia Bianca, in attesa del rosso del semaforo, vidi Davide sfrecciare su una moto in direzione opposta alla mia. Capii subito che il motivo delle assenze non era affatto una questione di salute, ma ero io.

A ogni chilometro speravo che la ragione fosse un'altra, però, mettendo a fuoco, era evidente che non venisse per evitare di incontrarmi. Ci rimasi male per quello che era successo, anzi, che io ricordi, rimasi proprio di merda.

Era un martedì nuvoloso ma per fortuna il cielo non aveva allagato la città. A dire il vero un po' mi dispiacque vedere che le strade, gli alberi, i palazzi erano belli asciutti anche perché, a causa della siccità, la spazzatura ammucchiata attorno ai cassonetti in ferro emanava un intenso fetore, raggiungendo gran parte della città.

Quel tanfo che mi stordiva l'olfatto mi fece dirigere direttamente al lavoro, facendomi rinunciare al mio percorso panoramico.

Quando giunsi al centro e vidi la responsabile dietro alla reception pensai subito cosa ci facesse lì in piedi. Aveva l'aria di chi attendesse lo scoccare di un orario preciso prima di trincerarsi in riunione, nell'ufficio posto al piano di sopra, o di chi aspettasse l'arrivo di qualcuno per bloccarlo, ma mai avrei pensato che quel qualcuno fossi io. Infatti, mentre mi recavo verso il corridoio, non appena i suoi occhi scorsero i miei, alzò la mano facendomi fermare.

Si avvicinò a me e, con un gesto, mi obbligò a seguirla. Mi portò in una delle piccole stanze lungo il corridoio. Non si accomodò nemmeno né mi invitò a farlo.

«Vengo subito al dunque, Sanna» disse, posando il sedere sulla scrivania.

«Certo.»

«Stamani, nel mio ufficio si è presentato un certo Avagliani. Non ha voluto dirmi il motivo della sua scelta, ma non era propenso a restare né a continuare qui il percorso riabilitativo. Poi, spiegandogli la politica del centro, siamo riusciti a trovare un accordo. Con tono freddo e viso arrabbiato mi ha chiesto di essere seguito esclusivamente dal tuo collega. Ci sono stati problemi di cui ancora non sono stata messa al corrente?»

Le sue parole tranciarono ogni speranza di rimediare con Davide. In fondo avevo sbagliato professionalmente, ma non credevo che sarebbe arrivato al punto di evitarmi a ogni costo.

«Dottoressa, da parte mia si è trattato di una lieve distrazione riguardo a un esercizio da me assegnato», risposi con rammarico.

«Dunque, Sanna, ti consiglio di lasciare le cose come stanno e di tenerlo alla larga. Tanto guarirà, prima o poi, e tutto tornerà come prima.»

Non dissi nulla. Con un cenno del capo la salutai, aprii la porta e mi recai giù cercando di svolgere al meglio la mia professione. Mi convinsi anche di non pensare più a quello che era successo, anche perché si era trattato di un malinteso arrivato ai piani alti, di concentrarmi sui pazienti a me affidati e soprattutto alla fotografia.

La chiave del male

Uscii dal centro con un ritardo di circa mezz'ora perché una signora, di oltre centoquaranta chili, era stesa per terra bloccando completamente il passaggio. Aveva assunto una posizione scomoda: la parte superiore posava sulle scale ed entrava in contatto con i fastidiosi e sporgenti zoccolini delle stesse, mentre quella inferiore era adagiata sul lucido pavimento. La donna, in realtà, era scivolata giù per le scale, con violenza. Purtroppo quelle scale, come ben sapevo, erano vendicative, non perdonavano un piede posato male. I miei colleghi e io restammo a guardarla impotenti. Può sembrare incredibile, lo so, ma noi eravamo fisioterapisti, non dottori. Eravamo l'ultima faccia che vedeva un paziente, venivamo dopo i chirurghi e dopo il periodo di convalescenza che seguiva l'intervento subito. Noi fisioterapisti, durante il percorso di riabilitazione, eravamo la spugna che assorbiva gli insulti espressi dai pazienti tra dolore e rabbia.

Dopo esserci resi conto che la situazione fosse grave e che la donna attendeva l'arrivo di un'ambulanza, uscimmo da un'altra porta.

Era mia abitudine, prima di accendere il motore di Bianca e arrivare in anticipo ai miei appuntamenti, estrarre, come fosse una pistola, il mio BlackBerry dalla tasca per telefonare alla nonna e chiederle se dovessi, strada facendo, fermarmi al supermarket per comperare qualcosa da consumare a cena o da deporre nella dispensa. Ripetendo quel gesto, a cui ero abituato da molto tempo, mi accorsi della notifica, al centro del display, che segnalava due chiamate perse. Prima di richiamare quel numero, che conoscevo a memoria, diedi priorità a mia nonna, anche perché sapevo che non andava a riposare se non dopo aver sentito la mia voce al telefono.

Le altre chiamate potevano anche attendere, dal momento che i miei impegni potevano essere confermati o rinviati a un altro giorno.

Dunque chiamai la nonna e per aiutarla nella compilazione della lista, le elencai qualche alimento che potesse servire, aspettando che lei si focalizzasse su ciò che mancava o che andasse a controllare nella credenza della cucina.

Solo dopo aver avuto la conferma, per ben due volte, che non avesse bisogno di nulla, terminai la telefonata.

Dopodiché, mi affrettai a richiamare il numero, a me noto, per sapere cosa avesse da dire.

«Omicidio al Corso Italia» ed Emiliano, direttore del quotidiano per cui lavoravo già da qualche anno, riattaccò prima che potessi sia ringraziarlo sia salutarlo.

In pochissimi minuti mi recai sul posto, anche perché il centro di riabilitazione non era così distante dal luogo dell'omicidio, credo non più di cinque chilometri.

Parcheggiai Bianca accanto a un marciapiede dietro la barriera umana, poi mi avvicinai alla folla che guardava il corpo insanguinato. La vittima era distesa: la parte superiore del corpo era posizionata sull'erba di un minuscolo percorso erbato, mentre la parte inferiore era posata sull'asfalto del marciapiede.

Dinanzi ai nastri di sicurezza, che aveva piazzato la polizia di stato, c'erano sicuramente i parenti della vittima le cui urla strazianti tuonavano per la lunga via affollata. Dietro di loro, quasi accerchiate, vi erano delle donne, in ciabatte di stagione, avvolte da vestaglie e da giubbotti ingombranti e appariscenti. Non presi subito la fotocamera dalla borsa perché ero il primo giornalista presente, ma preferii aspettare ancora qualche minuto.

Intanto mi guardavo intorno cercando di esaminare i visi dei presenti e quello che mi colpì d'impatto fu una piccola comitiva di ragazzini che indossavano ancora le maglie dei calciatori di alcune squadre famose. Uno di loro, capelli castani e leggermente umidi di sudore, appena riconobbe la madre tra la folla, si avvicinò a lei lamentandosi di avvertire fame e sete.

Così, sua madre, senza distogliere lo sguardo dalla vittima, infilò la mano nella tasca della lunga vestaglia zebrata e tirò fuori, porgendoglielo, qualcosa avvolto in un fazzoletto bianco. Poi gli passò un succo di frutta in un pratico brick provvisto di cannuccia.

Il ragazzino, senza alcun timore o timidezza, dopo essere riuscito a liberare il contenuto dalla carta, addentò una merendina confezionata. Aveva le labbra sporche di cioccolata e, aiutandosi con i denti, estrasse la cannuccia dall'involucro e, dopo averla infilzata nella fessura, fece qualche passo in avanti fissando la vittima che, intanto, veniva identificata dagli agenti della scientifica.

Per distrarmi dalla scioccante scena, decisi di raggiungere il limite consentito per i "visitatori" e prelevai il mio tesserino da giornalista mostrandolo a un agente.

Con una mano alzò il lungo nastro a strisce per consentirmi di varcare la soglia vietata e, poi, puntò il dito indicandomi di stare a qualche metro da lui e di non sporgermi troppo.

Incominciai a scattare qualche fotografia: si intravedevano entrambe le gambe e una piccola porzione di un braccio insanguinato.

Misi la reflex al collo, pronto a scattare altre fotografie semmai avessi avuto l'opportunità di scorgere altri dettagli del corpo della vittima.

Dalla tasca tirai fuori un minuscolo taccuino per scrivere le generalità e le informazioni.

Improvvisamente, un forte rumore di moto attirò l'attenzione della folla che si voltò.

Erano cinque moto: due persone su ogni mezzo e tutti erano sprovvisti di casco. Soltanto uno di loro aveva un berretto in testa e quegli occhi che fissavano i miei, come lampi che illuminano il cielo, io li avevo già visti.

Dopo alcuni secondi, il ragazzo col berretto mi fece un impercettibile cenno con la mano e, subito dopo, diede una pacca sulla spalla dell'amico alla guida della moto, che non perse tempo ad allontanarsi dal caos. Le altre moto lo seguirono sotto gli occhi di alcuni agenti in lontananza, che si limitarono solo a minacciarli con lo sguardo.

Inizialmente rimasi pietrificato da quella fulminea apparizione, soprattutto nel momento in cui capii che il ragazzo con il berretto era Davide. Ben presto, però, si svegliò in me la curiosità di sapere, a tutti i costi, cosa significasse quel cenno indirizzato proprio a me. In realtà non potevo conoscere il suo significato, nessuno era in grado, nessuno a parte Davide. Soltanto lui sapeva il senso e, soprattutto, il motivo per cui l'avesse rivolto a me.

Restai ancora qualche minuto. Mi aggiravo tra la folla alla ricerca di utili informazioni, totalmente concentrato a seguire passo passo le orme della scientifica. Tuttavia, i curiosi si ammutolivano nel sentire le mie "spinose" domande. Alcuni di loro si imbronciavano, come a dire: «Stai alla larga da me, sporco giornalista!»

Così, proprio come un gitano vecchio e stanco, me ne andai. Non era fondamentale sapere il nome o gli anni del malcapitato, l'agenzia aveva i suoi agganci e lo avrebbe scoperto prima del giorno successivo.

Proseguendo per la via in direzione del ponte, fui distolto dall'inconfondibile suoneria che mi preannunciava che qualcuno mi stava chiamando sul BlackBerry.

«Ciao Virgilio, dimmi tutto» dissi, accostandomi al marciapiede e spegnendo il motore della vespa.

«C'è stato un omicidio a Secondigliano, se ti interessa mi trovi lì.»

«Grazie per avermi avvisato, ma proprio ora sono andato via. Nessuno ha voluto dirmi chi fosse la vittima, perciò non posso dirti...»

Mi interruppe.

«Quello che ho appena scoperto è che aveva immesso sul mercato una partita di kobret mal tagliata ed è stato punito. Probabilmente a punirlo è stato il suo stesso clan: i De Nicola» disse tutto d'un fiato.

Mi affrettai ad appuntare il tutto sul mio taccuino dalla fodera bordeaux che apparteneva al nonno. Ricordo che una sera nonna, mentre sfogliavamo le fotografie del suo matrimonio, me lo consegnò dicendomi che a lui sarebbe piaciuto che lo avessi io. Invero, non è l'unica cosa che mi ha regalato, ho ricevuto molti doni. Basti pensare che nell'armadio ho ancora il suo pigiama degli anni Settanta, un pettine a ventaglio e, in ultimo, una sciarpa con lo stemma della sua squadra di liceo.

«Ti ringrazio dell'informazione, Virgilio. Ti richiamo quando arrivo a casa.»

«Tranquillo, vai» disse repentinamente e chiuse la chiamata.

Riposi il BlackBerry nel giubbotto, avviai il motore di Bianca e continuai a guidare verso casa.

Finché la spia della riserva si accese e, dopo aver superato il ponte del Don Guanella, sulla destra vidi un distributore ancora aperto e mi fermai per riempire il serbatoio di benzina.

«Il pieno, grazie» dissi aprendo la sella.

«Devi aspettare cinque minuti» rispose il benzinaio facendomi notare che un grosso camion stava svuotando le cisterne per caricare i serbatoi sotto l'asfalto.

«Nessun problema» commentai. Socchiusi la sella e spostai Bianca accostandola di lato per agevolare il flusso delle auto che dirottavano sul distributore per evitare l'attesa del semaforo rosso sulla strada che porta a Miano.

Nell'attesa, accesi la reflex e mi misi a vedere le fotografie che avevo scattato. Le sfogliai, una dopo l'altra, assicurandomi di aver fatto un buon lavoro.

Dopo averle esaminate con cura, riposi la macchina nello zaino. Fu solo allora che mi accorsi che a fianco del distributore vi era anche un piccolo bar per consumare durante la sosta e, nell'attesa, decisi di bermi l'ultimo caffè della giornata. D'altronde, nonostante fossero già le 19.30, ero sicuro che non mi avrebbe rovinato il sonno e, così, mi avviai verso l'ingresso.

«Un caffè amaro, per favore» mormorai al giovane barista.

Il giovane pose il piattino e il cucchiaino sul piano di marmo e si voltò verso la maestosa macchina per prepararmi il caffè. Di fianco a me c'erano dei ragazzi chiassosi, uno di loro in particolare, in preda alla rabbia, urlava per aver perso la schedina per colpa di una squadra che aveva vinto ma che, invece, avrebbe dovuto perdere.

«Ultimamente sembra di vederti spesso» disse qualcuno alle mie spalle.

Mi voltai con noncuranza, pur sicuro che non fosse riferito a me, perché non frequentavo quella zona e mi ero fermato lì solo per caso.

Invece, l'intuito e quella certezza mi avevano fregato, perché dinanzi a me c'era proprio Davide che si asciugava le mani con una montagna di fazzoletti. Indossava un giubbotto chiuso fino al mento e il berretto in testa con la visiera calata che copriva gran parte del viso rivelando solo la punta del naso. A dire il vero, se gli occhi non fossero stati di quell'inconfondibile verde chiaro, non l'avrei riconosciuto.

Uno dei ragazzi, il più alto e grassottello, gli offrì una barretta di cioccolato aperta, che egli rifiutò con un accenno di broncio. Poi si unì agli altri due, concentrati a prendere in giro, con ironia, il barista. Era evidente che conoscessero il giovane molto bene, perché anche quest'ultimo stava al gioco. Così, tra un'ordinazione e una battuta, gli mettevano fretta con lo scopo di confonderlo.

«Pura casualità» risposi. Aggiunsi subito dopo: «Come va la gamba?»

«Non si piega oltre quel limite. Il tuo collega… mi sa che non è bravo quanto te» disse, slacciandosi il giubbotto imbottito.

Feci un profondo respiro che servì a trattenermi dall'esprimere la mia soddisfazione. Davide, con movimenti lenti, si avvicinò al banco e ordinò un caffè ristretto.

Lo bevve d'un sorso. Poi, voltandosi convinto di trovarmi ancora alle sue spalle, si guardò intorno per vedere dove fossi finito.

«Lascia stare» esclamò a voce alta, paralizzando il cassiere di mezza età con la mia banconota ancora stretta nella mano. L'uomo, senza proferire parola, mi restituì la banconota guardandomi di sottecchi nel tentativo di capire, incuriosito, chi fossi o che cosa ci facessi da quelle parti.

Provai a pagare con insistenza il mio caffè, ma Davide gli fece prima un gesto e poi un occhiolino alquanto convincente.

«Tu fumi?» mi chiese dirigendosi verso la porta d'uscita.

Notai che nemmeno si fermò alla cassa ignorando, completamente, di avvertire il cassiere che si sarebbe trattenuto fuori. Lo seguii. Ero al suo fianco quando mi porse il pacchetto di sigarette.

«Non fumo. Cioè, non frequentemente» farfugliai, voltandomi verso Bianca per controllare se fosse ancora dove l'avevo lasciata.

«Bravo! Tu sì che hai fegato rinunciando a questa bastarda» commentò, soffiando il fumo sull'estremità della sigaretta accesa.

«Non credo. Solo che non amo la sigaretta perché è nociva. Ogni tanto, però, mi capita di fumarmene una. Di sera, dopo cena esco in balcone e mentre guardo qualche stella che s'intravede appena nel cielo, me la fumo per distrarmi dai pensieri» dissi.

Davide inarcò un sopracciglio restando a guardarmi con un largo sorriso. Poi, improvvisamente, divenne serio.

«Dicono che il fumo uccide, ma la verità è che qui si muore per altro» mormorò, posando il sedere sulla sella di un motorino parcheggiato chissà da chi.

Continuò dicendo: «A proposito, non sapevo che facessi il... il... giornalaio.»

Mi scappò una piccola risata e il suo sguardo curioso mi investì come un treno in corsa.

«Oltre a essere un fisioterapista sono anche un giornalista. Il giornalaio è quello che vende le riviste, i quotidiani» dissi, limitandomi ad andare oltre.

Rise a voce alta. Non se la prese per averlo corretto e nemmeno provò vergogna, anzi, fu contento.

«Giornalaio vende. Giornalista fa le foto. Non lo sapevo, grazie» farfugliò, cercando di memorizzare quello che aveva detto.

La conversazione venne interrotta dai suoi amici turbolenti e irrequieti. E mentre lui diceva loro che li avrebbe raggiunti a minuti, pensai cosa ci facesse con quei tipi un ragazzo così serio.

«Tu la conoscevi?» domandai.

«Chi?»

«La vittima. Quello... quello che hanno ammazzato» dissi con parole semplici per farmi capire.

«Ah, certo» rispose placido. Poi mi guardò con curiosità cercando di nascondere il suo raro sorriso e continuò: «Giornalista e non giornalaio, tu cosa sai di quel ragazzo?» domandò con aria ironica, mettendosi una mano davanti alla bocca per celare il sorriso che avrebbe evidenziato i suoi denti.

Il suo trabocchetto mi portò a pensare che sapesse maggiori dettagli e, mosso dall'agitazione che potesse andarsene da un momento all'altro, presi velocemente il taccuino dallo zaino e leggendo, dissi: «Aveva venduto una partita di droga tagliata male ed è stato punito, probabilmente, dal suo stesso clan, i De Nicola. In fin...»

Mi interruppe alzando una mano all'altezza della mia bocca. Un gesto che ha solo un significato: taci! Seppur fatto con ironia.

Davide scoppiò in una lunga e rumorosa risata, ripetendo in continuazione: «Giornalista e non giornalaio.»

«Sono contento che ti faccia divertire» brontolai. Poi, mi lasciai contagiare dalla sua risata e ridemmo all'unisono per qualche secondo di troppo.

«Davide?» chiamò uno dei tre già seduto sulla sella con il motore acceso. Ricevetti un brivido che salì su per la schiena nel vederlo senza guanti, senza casco e soprattutto senza una sciarpa per ripararsi dal vento freddo.

Davide mostrò la mano aperta appena sopra alla mia spalla, tenendola ferma per qualche secondo, giusto per essere sicuro che i suoi amici avessero visto le cinque dita aperte.

Subito dopo scese dal motorino e, quando i suoi piedi toccarono l'asfalto, dall'intensità dell'impatto si piegò su sé stesso. Per qualche secondo tenne ferma la mano sul ginocchio. Indietreggiai di qualche passo e mi abbassai leggermente per capire cosa stesse facendo. Aveva gli occhi chiusi e li teneva serrati con tale forza che sulla fronte si erano formate per lo sforzo delle evidenti linee. Davide sembrava paralizzato e aveva le labbra semiaperte da cui si intravedevano i denti digrignati.

«Che hai?» chiesi appoggiandogli una mano sulla spalla per aiutarlo a raddrizzare la schiena.

«Ora mi passa» mormorò in preda al dolore.

«Riesci a spiegarmelo?» domandai per cercare di capire.

Speravo con tutto me stesso di capire da cosa provenisse quel terribile dolore perché non volevo che soffrisse in quel modo, per di più in silenzio.

Fece un profondo respiro. Poi, con cautela, raddrizzò la schiena e fece fuoriuscire aria dai polmoni, ancora dolorante ma sollevato perché il dolore si era alleviato.

«Non è la prima volta che mi succede» affermò irritato. «Ricevo come lampi infiammati, tipo scosse, come fosse bruciore secco, un fuoco.»

Inarcai un sopracciglio. Avevo già capito cosa avesse e, se non avesse ripreso la riabilitazione con impegno e costanza, il dolore sarebbe aumentato.

«Dimmi solo una cosa, Mike da quando tempo ti ha fatto uscire dall'acqua?»

Mi guardò in modo strano, fece un breve ma sonoro respiro intuendo l'anomalia della domanda e, fissandomi con rabbia, rispose: «Dopo quel giorno che… insomma, non ho più visto né toccato l'acqua.»

«Davide, devi assolutamente dirgli di tornare in acqua. Un'ultima spinta bella forte e poi cavigliera da un chilo e tanto tapis roulant.»

Davide fece un sorriso sarcastico, come se gli avessi appena chiesto l'impossibile. Spinse la testa all'indietro e disse: «È complicato.»

«Perché? Devi essere tu a metterci l'impegno. O il dolore non solo aumenterà, ma si presenterà ogni tre passi» dissi, cercando di incontrare il suo sguardo e di non abbassarlo, nel tentativo di trasmettergli tutta la serietà che potevo esprimere.

I suoi amici suonarono il clacson delle moto che rimbombò nei miei timpani. Dovetti infilarmi entrambi i polpastrelli degli indici nelle orecchie, perdendo l'udito per qualche istante, per far sparire quel suono che rimbalzava sulle tempie.

A quel punto, dopo il secondo richiamo, Davide mi diede due pacche sul petto e zoppicando si avviò verso le moto dei suoi amici che lo attendevano.

Restai immobile. Lo fissavo con una strana curiosità: non riuscii a capire se si trattasse di ammirazione oppure di dispiacere.

Ero convinto che dentro di sé, chissà dove nel profondo, teneva nascoste tante di quelle cose che solo a immaginarle provai un brivido di angoscia.

Davide si fermò di colpo, si voltò verso di me e restando immobile mi guardò con un ironico sorriso.

«Ah, Gioele…» disse avanzando di qualche passo nella mia direzione «il morto si chiamava Valerio Del Giudice. E non aveva niente a che vedere con il mondo marcio. I suoi due fratelli, invece, loro sì. Sono amici di Antonello De Nicola, perciò non possono essere stati loro, ma… Hai capito, no?» disse, facendomi un occhiolino in segno di vittoria.

Si voltò e dopo aver percorso qualche passo verso il suo amico, afferrò la sua spalla e salì sulla moto.

«Davide...» gridai procedendo con andatura veloce verso di lui, «ti aspetto domani. Aggiustiamo un poco la gamba che così non va bene!»

Il suo amico diede gas alla sua imponente moto seguita dall'altra. Proprio nella curva all'altezza dell'uscita del distributore, Davide si voltò verso di me, che ero intento a guardarlo e, accompagnato da un grande sorriso, creò un vortice con il dito, che stava per "a domani".

Gli zombie

Sebbene fossero trascorsi ventuno giorni da quell'ultimo gesto che, seppur per un istante mi aveva reso felice, di Davide non apparvero neanche le sue appariscenti ciabatte.

In quei giorni pensai molto a lui, ai suoi sguardi profondi e misteriosi, ma ero anche preoccupato per la sua gamba di legno.

Non sapendo dove trovarlo, mi venne in mente di cercare informazioni nel computer del centro e di reperire i suoi documenti, sperando che risiedesse allo stesso indirizzo riportato sui documenti che sua madre aveva presentato in reception.

Non avevo mai corrotto nessuno prima di quel giorno, eppure me la cavai con un paio di frittate di maccheroni della nonna e in pochi minuti ricevetti l'informazione che cercavo.

Mi recai in un rione che sfoggiava grandi palazzi grigi, lì gli occhi di coloro che incrociavo nel parco erano travolti o da enorme spavento o da curiosità. Nessuno che mi si avvicinasse o che mi domandasse da dove venissi o cosa facessi lì, si limitavano solo a guardarmi o a starmi dietro di qualche passo.

Posai Bianca all'esterno della strada, proprio a fianco al muro che costeggiava l'ampio parco. Approfittai del fatto che un'auto stesse entrando dal cancello automatico e mi ci tuffai dentro. Sotto ogni portone c'erano piccoli gruppi di ragazzi belli grandicelli. Alcuni di loro si rintanarono dentro i portoni, mentre gli altri restarono a fissarmi con i cellulari tra le mani. Intanto io facevo la gincana tra le auto parcheggiate dando qualche occhiata ai balconi, nella speranza di vederlo affacciato.

Il vento era così forte che sollevava nuvole di terriccio disperdendolo ovunque. Per fortuna, pensai, avevo l'abitudine di portare sempre con me i miei Ray-Ban. Sole o pioggia, nebbia o neve, io portavo gli occhiali.

Avevo raggiunto la scala B, iniziando a sbirciare i cognomi affissi sui citofoni, quando dal portone uscirono due uomini, con indosso i jeans macchiati di pittura e cemento, che si fermarono a bordo del marciapiede. Uno di loro aveva una sigaretta incastrata tra le dita. L'altro, invece, con un attrezzo, grattava il cemento secco nel secchio e lo rovesciava al di sotto del marciapiede dove veniva accantonato e coperto da un paraurti di un'auto vecchia.

Alzai la testa per vedere se qualche signora del condominio fosse affacciata per chiederle informazioni e, non vedendo nessuno, ritornai a leggere di nuovo i citofoni.

«Cercate qualcuno?» domandò l'uomo con il secchio tra le mani.

«Salve, sto cercando un ragazzo. Si chiama Davide Avagliani. Io sono...»

«Lo sappiamo chi sei. Lo sappiamo» rispose con un sorriso. Poi alzò la testa sui primi balconi. «Melania!» gridò, mettendosi le mani ai lati della bocca. Poi gridò nuovamente il nome femminile. A metà grido della terza volta, si affacciò una signora al primo piano.

«Chiama Gianpietro!» ordinò alla donna. E lei, senza fare alcuna domanda, entrò di nuovo in casa.

Dopo neanche un minuto d'attesa, uscì un ragazzo a dorso nudo con i capelli arruffati che posò i gomiti sulla ringhiera e lo sguardo verso l'uomo che l'aveva chiamato.

«Conosci un certo...» e si bloccò.

«Davide Avagliani. Occhi verdi, capelli rasati» dissi rapidamente.

«Ma... quello che zoppica?» mi chiese a bassa voce, quasi spaventato che qualcuno potesse sentirlo.

«Bravo» dissi gridando e subito mi controllai.

«Non abita più qui, da molti anni. Provi a cercare nella Vela.»

«Nella Vela? Cortesemente, potresti essere più preciso?» domandai, cercando di strappargli l'indirizzo nuovo.

«Sulla piazza di spaccio» rispose il padre del ragazzo alle mie spalle, abbandonandosi in un'ironica risata.

«Tante grazie. Grazie» dissi deluso. E mi avviai a recuperare Bianca per andarmene.

Avevo intuito che Davide fosse un ragazzo sveglio, ma non fino a quel punto.

Come avrebbe fatto a scappare, a scavalcare un cancello o a oltrepassare un muretto in quelle condizioni? Ormai era chiaro, evidente: se non era più venuto era perché doveva spacciare. Speravo solo che quel ragazzino avesse battuto la testa contro qualcosa e che la botta gli avesse procurato una lesione da scambiare Davide per un altro. Magari avessi potuto cancellare quel tentativo di rintracciarlo, avrei avuto ancora l'anima limpida!

Così, uscendo dal rione vidi una prima Vela verde. Sembrava fosse fatta e, invece, la ricerca si rilevò più complicata quando alle sue spalle ne vidi un'altra: una gigantesca Vela celeste realizzata in cemento armato e ferro che sovrastava la Vela verde che era, invece, più sottile e bassa. Armato di coraggio mi incamminai nella loro direzione: io, Bianca, il casco slacciato sulla testa e lo zaino contenente la reflex e il necessario.

Percorrendo la lunga via che costeggiava la villa comunale, notai che, a ridosso della siepe, c'era un lungo tratto pieno zeppo di immondizia. Procedevo piano, come un turista che ammira qualcosa per la prima volta e che sa bene di non ritornarci più.

Raggiunsi l'ultima Vela, la rossa, anche perché non potei andare oltre a causa di un cantiere attivo.

Allorché oltrepassai una stretta curva, mi sembrò di sentire un frastuono che penetrò attraverso il casco. Proseguendo lentamente verso la scala ovest, mi imbattei in un ragazzo seduto che, non appena mi scorse, scattò subito in piedi gridando a squarciagola: «Maria! Maria! Maria!»

Poi, di corsa, scappò sulla scala dileguandosi sotto l'atrio.

«Tutto a posto!» gridò un'altra voce alle mie spalle.

Quando mi voltai, mentre procedevo lentamente sulla vespa, vidi Davide uscire dalle viscere dello stabile avvolto in un lunghissimo cappotto che scendeva oltre le ginocchia.

Arrestai la vespa imprimendo forza col piede e mi accostai al marciapiede.

Misi Bianca sul cavalletto, poi mi voltai verso di lui e quando lo vidi sorrisi dalla felicità. Tuttavia la sua espressione spazzò subito via il mio buonumore. Davide, a testa bassa e con le mani nelle tasche del cappotto avanzava, frettolosamente, verso di me serrando i denti dal dolore alla gamba o dalla rabbia per il mio arrivo inaspettato.

«Lo conosci?» chiese un ragazzo unendosi al gruppo ammassato nell'atrio.

Erano tutti fermi, immobili. Sembrava quasi che fossero pronti sulla linea di partenza in attesa del colpo di pistola che dava inizio alla gara. Nonostante fossero in cima alla scala, non smisero di distogliere lo sguardo da quello di Davide.

«Tutto a posto. Fallo scendere» gridò Davide, tranquillizzandoli.

Il suo sguardo assunse la tipica espressione da "duro", di un lottatore sicuro di sé. Proprio l'assenza di un qualsiasi sorriso o accenno di ironia, mi fece diventare paranoico.

Davide gesticolò qualcosa che, a causa del vortice di pensieri angoscianti in cui ero caduto per il timore di averlo messo in qualche guaio, non riuscii a distinguere bene.

Ero così "impanicato" che, in seguito, mi scervellai girandomi nel letto nel tentativo di capirne il significato.

Dopo avermi fissato a lungo i ragazzi del gruppo, alcuni celati da berretti, altri, invece, a viso scoperto, sparirono gridando ripetutamente in coro allo spacciatore: «'o Limone, scendi!»

E ancora: «'o Limo', tutto a posto. Scendi.»

Davide afferrò la spalliera della sedia che era caduta per terra vicino al suo amico e la sistemò un paio di metri distante dal primo gradino. Mi diede ancora un'occhiata e poi si allontanò di qualche passo dalla sedia, si abbassò con cura e sollevò un pezzo rettangolare di legno massiccio.

Non so se si trattò di panico o prudenza, ma io misi in moto Bianca e montai in sella.

Ero pronto, tant'è che avevo già ingranato la marcia di avvio, quando Davide fece un fischio così stridulo che mi si paralizzarono le articolazioni. Volevo tanto voltarmi, ma non ci riuscivo, era come se qualcuno mi bloccasse con tutta la sua forza. L'unica cosa che riuscivo a muovere erano le pupille che da destra roteavano a sinistra, ancor prima che il pensiero gli suggerisse di farlo. Poi, da sotto il mio braccio destro, spuntò una mano che si allungò fino a toccare la chiave, la girò e il motore si zittì.

«Vieni, aiutami a spaccare questa tavolozza che da solo non ce la faccio» disse guardandomi attraverso lo specchietto.

Scesi dalla sella, poi, mentre incatenavo la ruota posteriore di Bianca, Davide disse: «Non affaticarti, a nessuno verrebbe in mente di rubare un ferro vecchio, perché da queste parti vale più un caffè che questa specie di motorino.»

«Credimi, la mia bambina mi porta ovunque. E non mi ha mai abbandonato» borbottai, cercando di difendere i sacrifici che Bianca aveva fatto per me.

Scoppiò a ridere, prima in direzione di Bianca e, poi, alla mia.

Quando si stancò di ridere, sollevò la tavolozza dall'erba leggermente alta e completamente trascurata e la sistemò tra il marciapiede e l'asfalto.

Con un gesto mi ordinò di posare con forza il piede al centro. Così, dopo averlo guardato, diedi il primo colpo, ma la tavolozza non si mosse neanche di un millimetro e nemmeno dopo il secondo e il terzo tentativo.

«Può bastare» mormorò, "congelando" la carica del quarto colpo che avrei dato con tutta la forza rimasta ancora in me.

I suoi occhi fissarono un'auto che giungeva dallo stradone della villa comunale. Fece giusto qualche passo raggiungendo il centro della strada dove ai lati erano parcheggiate alcune auto.

Mentre l'auto si avvicinava sempre più a lui, alzò la mano cosicché il guidatore rallentò fino a fermarsi a pochi centimetri dal suo corpo.

«Spaccami quella cosa» disse, senza togliere lo sguardo dalla via principale.

Le ruote dell'auto sterzarono velocemente in direzione del marciapiede e in men che non si dica, forse giusto il tempo che Davide tornasse al mio fianco, salirono sulla tavolozza spaccandola in due.

Li ringraziò con un gesto della mano e, poi, sollevò una parte della tavola e la gettò in un rovente fuoco appiccato all'interno di un bidone in ferro.

«Li conosci?» domandai. E lui scosse la testa. Poi, commentò: «Sono...» e subito dopo fece il gesto della siringa che entra nella vena dell'avambraccio.

«Salli Salli!», gridò improvvisamente. La sua voce echeggiò lungo le scale. Un tipo uscì da una casa al piano terra oltre le scale e, posando i gomiti sul muretto, restò a guardarlo.

Davide si voltò verso lui alzando solo due dita, come il gesto del segno di pace. Poi, ritornò a fissare l'entrata della Vela con la schiena inarcata e una mano sotto il mento, come stesse al cinema.

Quella scena fu interrotta da grida, che sembravano di avvertimento, che sentii provenire da oltre le scale.

Quindi posando la mano sull'inferriata, incuriosito, chiesi a Davide se dall'altra parte delle scale qualcuno stesse litigando in modo pesante.

«Tranquillo, sono grida di allerta» rispose senza togliere lo sguardo dall'entrata.

Quelle grida provocarono un'intensa vibrazione lungo le scale e d'istinto tolsi bruscamente la mano dalla superficie dell'inferriata. Nonostante le scale oscillassero vigorosamente, vidi scendere, con assoluta tranquillità, un ragazzo che teneva qualcosa tra le mani e, dopo essersi fermato dinanzi a Davide, gli porse due bicchierini. Solo dopo essersi liberato le mani, dalla tasca della tuta tirò fuori una bottiglietta d'acqua che Davide posò tra le sue gambe.

«Tieni» disse passandomi uno dei due bicchierini.

Tolsi la stagnola dalla superficie del bicchierino e, assalito dalla curiosità, diedi uno sguardo dentro.

«Bevi, non è mica veleno. È solo una chiavica di caffè» borbottò ridendo.

Mentre i suoi occhi fissavano nel vuoto in direzione della strada e i miei su di lui, bevvi il caffè.

«Non era poi così male» commentai analizzando il sapore che aveva lasciato in bocca.

Dall'entrata principale apparvero alcune auto che venivano nella nostra direzione. Si affrettarono a parcheggiare di fronte a noi e scesero dall'abitacolo incamminandosi verso le scale. Passarono proprio dinanzi a noi e senza, proferire parola, si avviarono a salire le scale per entrare in quella casa con la luce accesa.

«Un caffè si beve sul lucente marmo di un bar e non tra i tossici e non con una macchina della polizia che potrebbe entrare da un momento all'altro a intossicarti uno dei tiri di sigaretta» rispose, lanciando il bicchierino nell'erbaccia davanti a sé. Un gesto di disprezzo, di inaccettabilità nei confronti del posto in cui si trovava.

Rimasi di stucco. Erano trascorsi alcuni minuti dal mio commento prima che lui rispondesse, tant'è che ero convinto che si fosse dimenticato. Non replicai nulla, d'altronde, la sua teoria non era per niente sbagliata. Quello che non avevo compreso era che si trattava di una metafora e non di un giudizio.

«Perché si sono allarmati i tuoi amici, prima?» chiesi.

Un tossico spuntò da dietro di noi. Si fermò davanti a lui e gli stese una banconota. Sparì solo dopo averlo ringraziato più di una volta, però Davide non disse una parola, né un "prego" né un accenno di gratitudine.

«Ma tu ti guardi mai allo specchio, Gioele? Il cappello da Sampei, gli occhiali col cordino... Ti vesti, ti muovi, parli persino come loro.»

Spalancai gli occhi. Poi borbottai: «Scusa, loro chi?»

«Le guardie, Gioele. Come le guardie» mormorò e, se non ci fossero stati quei tre secondi di totale silenzio, giuro che avrei sorvolato su quel suo giudizio degno di attenzione.

«Pensava che fossi un poliziotto. Il ragazzo è nuovo, mi aveva sostituito giusto il tempo di farmi una pisciata lì sotto» disse puntando il dito nel buio in cui intravedevo la presenza di qualcuno che gironzolava per i porticati.

Feci alcuni passi in avanti fino al confine dell'erba. Cercavo di ottenere una visuale più nitida, giusto per vedere con più chiarezza cosa ci facessero delle persone nel buio totale.

«Se ci tieni così tanto, ci puoi entrare. Nessuno ti farà niente, credimi» suggerì Davide.

«Era curiosità» risposi indietreggiando per poi fermarmi a fianco a lui.

«Di cosa?» chiese voltandosi verso me. Soltanto dopo averlo guardato, continuò: «Di un tossico che bestemmia perché non riesce a intravedere la vena per infilarci l'ago o di uno strafatto che scava, tra le carte sporche di sangue, nella monnezza e tra le siringhe abbandonate pensando di trovarci miracolosamente una dose intatta? Quale delle due apparteneva alla tua curiosità?» disse con gli occhi fissi sui miei. Proferì quelle parole con un'espressione talmente seria che se, subito dopo, non avesse accennato quel sorriso, avrei pensato che se la fosse presa.

Non dissi nulla. Mi limitai solo a guardarlo, ma la mente si concentrò a immaginare tutto quello che aveva detto Davide. E quando si voltò verso la strada vuota, la curiosità di infilarmi in quel buio pesto mi assalì come un treno in corsa.

«Ci posso entrare?» domandai. Alla mia domanda Davide tossì, dopo aver fatto un tiro di sigaretta.

Si alzò in piedi, si voltò verso me e per un istante sembrò di essersi dimenticato che l'accesso alla via fosse esposto e, pertanto, vulnerabile e che da lì, da un istante all'altro, potesse giungere la polizia.

Mi guardò silenzioso. La sua testa si muoveva, così come i suoi occhi che scrutavano il mio volto, come se lo stessero esaminando.

«Guardami» esclamò con severità.

Alzai gli occhi che s'incantarono a guardare la fiamma rovente del fuoco mentre "rosicava" rapidamente il legno.

«Una volta entrato lì dentro e ti imploro di credermi sulla parola, sarei anche disposto a mettermi in ginocchio se solo lo potessi fare, tu stanotte e, forse per una settimana, perderai completamente il sonno» disse. Ma gli occhi non smisero di fissare le mie pupille.

«Ti ricordo che io fotografo i morti ammazzati, mica gli alberi» commentai.

Il suo braccio si alzò fino a distendersi e col dito puntato contro il buio disse: «Vai pure, giornalista e non giornalaio. Quando uscirai capirai che i vivi fanno più paura dei morti.»

Poi nulla più. Sembrò che si pietrificasse di colpo con lo sguardo assorto sulla strada, la testa rigida e la bocca sigillata.

Non gli dissi altro. Pensai che preferisse stare un po' da solo, concentrato. In fondo, doveva essere molto noioso fissare per ore sempre la stessa cosa.

E così, mi avviai verso l'oscurità senza alcuna paura.

Mi fermai al confine tra il ballatoio e il cemento che conduceva nell'oscurità. Tirai fuori il mio BlackBerry, cercando di ottenere una luminosità che avrebbe permesso di vedere nel raggio di un metro, anche se non con chiarezza, e, con il suo permesso, varcai il limite entrando nel buio totale, incuriosito di scoprire cosa e chi avrebbe disturbato il mio sonno.

Feci pochi passi cercando, con prudenza, di non calpestare i vetri sparsi per terra, le carte o le buste di plastica. C'erano siringhe sparse sul pavimento, ovunque, una dietro l'altra. Mi abbassai e avvicinando la luce del BlackBerry, mi accorsi che l'ago di una siringa era scoperto e, per di più, sporco di sangue. Bruscamente raddrizzai la schiena, come se avessi ricevuto una scossa. Dopo qualche passo, indietreggiai istintivamente. L'aria era inquinata da un orribile tanfo cattivo, irrespirabile, tentai di proseguire ma era troppo penetrante. L'olfatto si rifiutava di compiere il suo dovere: quell'odore era troppo nauseante. Prima di quella volta, mai e poi mai, che io ricordi, avevo respirato un'aria così putrida. Misi la mano al collo e afferrai la sciarpa che usai per farmi scudo, coprendomi il naso e la bocca. L'olfatto sembrò essersi addomesticato, quasi rassegnato, ma l'odore lo sentivo ancora. Non era colpa della sciarpa perché proteggeva bene, ma l'inquietante cattivo odore, ormai, s'era conficcato nelle narici e, infine, aveva raggiunto i polmoni. Ormai lo sentivo ovunque, tuttavia, rinunciare non era mia intenzione. Io volevo andare oltre, toccare con mano quello che cercava di spiegarmi Davide.

Tuttavia, con un pizzico di irritazione, proseguii il percorso che mi portava negli abissi della Vela rossa.

I presenti sembravano come degli zombi. Sotto un muretto c'erano due uomini: uno di loro teneva l'accendino nella mano con il braccio disteso per consentire alla fiamma di far luce, mentre l'altro gli bucava la pianta del piede con una siringa.

Poco più in là, vidi una ragazza seduta su un piccolo pozzetto e la cosa che mi colpì fu che aveva una pancia prominente. Non era una pancia di grasso o quella che si ottiene ingerendo bevande gassate, ma quella di quando si è in dolce attesa. La donna giovane era incinta! E quell'idiota del marito, compagno, fidanzato o amico, le stava bucando la mano.

Poiché sentivo delle voci che provenivano dall'interno dello stabile, con un sottofondo di una specie di musica emanata dalla potenza dell'acqua che fuoriusciva da qualche grosso tubo, mi avviai verso loro, cercando, con estrema cautela, di non calpestare le siringhe che avrebbero potuto, dapprima, bucarmi la suola delle scarpe, e poi, pungermi e trasmettermi una delle malattie più temute di sempre.

«Cazzo!» gridai sussultando.

E nel più totale buio mi prese un colpo nel vedere alla mia destra un corpo sdraiato, conciato male, per terra: era immobile, metà viso era posato contro i ferri dell'inferriata.

Rimasi attonito nel vedere quel corpo disteso sopra la spazzatura sparsa sul pavimento e la schiena appoggiata contro uno dei pilastri che sostenevano il "mostruoso" stabile. Feci un passo in avanti, poi un secondo che mi permisero di ottenere maggiore luce e visibilità e vidi che, non solo, era senza scarpe, ma non aveva neanche i calzini. I piedi non erano l'unica parte del suo corpo a essere completamente nuda, perché anche il dorso lo era.

"Ma come fa?" pensai, rabbrividendo dal freddo gelido.

Inoltre, mi accorsi che aveva una striscia di sangue secco che partiva dall'estremità del collo e finiva sul capezzolo.

Aveva gli occhi sporgenti, la bocca aperta e delle macchie sul lato delle labbra.

Il cuore sembrò essersi fermato per qualche secondo quando avvicinai l'intero display che diede piena luminosità al suo raccapricciante viso: bianco, più bianco di Bianca.

E sentii un senso di nausea salire dal basso, la trattenni, ma spingeva con forza per uscire fuori.

Dallo stomaco partì una batteria di conati di vomito che tentavo di controllare con tutto me stesso.

Malgrado i miei sforzi, dopo aver fatto qualche passo di corsa cercando di uscire all'esterno, cedetti a metà percorso. Con gli occhi fuori dalle orbite, da cui scorrevano, a due a due, lacrime lente, finalmente rovesciai l'indicibile, tra il più profondo buio e le braccia distese della luce serale che sembrava quasi volesse prendermi per cullarmi e proteggermi dal male.

Raggiunsi l'inferriata della rampa esterna e, sporgendo la testa al di fuori, rigettai non solo gli ultimi miei pasti che finivano sotto i canali dei garage, ma credo di aver vomitato pure l'anima.

E mentre mi riprendevo a testa in giù, sentii qualcuno provenire alle mie spalle.

Mi voltai leggermente; si slacciò la cerniera dei pantaloni, tirò fuori il pene dalle mutande e avvicinandolo all'inferriata si lasciò andare a un gemito di piacere mentre urinava di sotto.

«Stai bene?» domandò facendosi una risata.

Vomitai ancora una volta, proprio sotto lo sguardo di Davide.

«Lì...» annunciai puntando l'indice nel buio, «lì sotto... c'è uno che sta per...»

«Lo so!» esclamò sogghignando, mentre io rimasi con il corpo posato sull'inferriata e il dito puntato verso le tenebre del diavolo.

«Dovresti chiamare un medico. Un'ambulanza. Qualcuno che...»

«Ormai è quasi andato. Nemmeno il Papa potrebbe fare qualcosa per lui. Non posso chiamare nessuno, altrimenti verrebbe tutta la questura qui e fermerebbero la piazza. E chi credi che incolperebbero?» disse, rimettendo il membro nei pantaloni.

Poi, tolse il tappo dalla bottiglietta in plastica e sollevandola dal collo me la pose nella mano.

«Grazie» mormorò, ordinandomi di versargliela sulle mani per lavarsele.

Una volta asciugatosi le mani sul cappotto, se ne andò lasciandomi solo mentre io, dopo essermi ripreso, salii in sella a Bianca e, senza nemmeno salutarlo, scappai da quell'inferno, sperando di dimenticare tutto il prima possibile.

Una volta allontanato da Scampia, tirai fuori il BlackBerry e composi il numero d'emergenza.

«Qui è il pronto intervento, mi dica» disse una voce femminile.

«Sono un giornalista. Dovete mandare subito un'ambulanza alla Vela rossa. Accanto alla scala ovest c'è una rampa, in quel buio c'è un uomo che sta per morire» dissi gridando per ovviare al rumore del motore.

«Qual è il suo nome?»

«Ma cosa cazzo c'entra il mio nome? Mandi subito un'ambulanza, Cristo Santo! Un uomo sta per...»

«Si calmi, signore. L'ambulanza è stata già avvertita. Cos'ha avuto il suo amico?»

«Non è un mio amico, ma un tossico. Sicuramente avrà iniettato qualcosa nelle vene che lo sta portando alla morte» dissi agitato.

«Overdose?» mi chiese.

«Glielo ripeto. Sono solo un giornalista. Sono sceso lì sotto e... ho visto quell'uomo che stava male» urlai. E dalla disperazione chiusi la chiamata.

In quel momento non sentivo e non vedevo più niente, tranne il viso di quel tossico che stava per attraversare il ponte della morte. Ero terrorizzato e quasi non ricordavo più la via di casa. Decisi di fermarmi e di respirare a pieni polmoni per regolarizzare il battito e attenuare l'agitazione e il tremolio alle mani e alle gambe.

Fontana Blu

Col passare dei giorni, le notti diventavano sempre più complicate: a nulla servivano i tre sonniferi per notte o le tisane che avrebbero dovuto calmare la mia irrequieta memoria ancora iperattiva. Ormai quelle scene erano davanti agli occhi, come un nastro che si ripeteva all'infinito.

Provavo con tutto me stesso a distrarmi nel pensare a quell'estate del novantotto, quando trascorsi due magnifiche settimane sull'isola di Lanzarote. Ma niente da fare, i ricordi non mi concedevano tregua, perché le immagini di quelle persone erano impresse nella mente. In quell'istante desideravo soltanto che la memoria fosse dotata di una porta usb che consentisse il collegamento al pc e l'eliminazione dei file più rischiosi. Ma, purtroppo, ciò non era possibile e le probabilità di dimenticare le vedevo ancora lontane.

Così, presi il mio BleckBerry e chiamai l'unica persona che avrebbe potuto curare il mio malessere, sperando di dimenticare, il prima possibile, quegli atroci incubi.

«Quanti giorni sono che non dormi?» chiese Davide, seguito da un lungo silenzio.

«Con questa sono arrivato alla quarta sera. I sonniferi sembrano caramelle, non fanno alcun effetto» risposi, notando che la gamba tremava irrequieta.

«Non prendere quelle schifezze, ti rovineranno come hanno rovinato mia madre.»

«Non so cosa fare, credimi. Quelle… quelle scene sono con me in ogni secondo e…» smisi di parlare nel sentire delle voci dall'altra parte.

Davide farfugliò qualcosa che non riuscii a capire, poi fece un leggero sbuffo che non credo fosse rivolto a me.

«Scusa, non sapevo avessi compagnia. Io…»

«No, tranquillo, è la televisione. Ieri, nella Vela gialla, in cambio di un nero ho comprato un lettore DVD Panasonic e duecento DVD. Stavo guardando la quarta puntata di Totò Riina. Come… Dammi un minuto, mi sono scivolati i taralli dal piatto.»

Mentre Davide con indolenza li raccoglieva, sbottando e dandosi dell'incapace per non aver sostenuto il piattino, riflettevo su ciò che mi aveva detto e mi stupivo al pensiero che in cambio di una dose di eroina da 13 euro, che loro chiamavano in gergo "un nero", si potesse acquistare un DVD di marca e un numero così elevato di DVD. Evidentemente la dipendenza era addirittura capace di offuscare il valore del dio denaro!

«Fatto!» disse con affanno. E non sentendomi parlare, aggiunse: «Sei ancora lì?»

«Certo, sono ancora qui» mormorai ancora pensieroso.

«Prendi il tuo ferro vecchio e raggiungi il parcheggio dell'ospedale, ci vediamo lì. Ti porto in un posto tranquillo» e senza aggiungere altro terminò la conversazione.

Al mio arrivo all'ospedale, Davide era seduto sul lungo muretto, intento a fumare la sua sigaretta. Di fianco a lui, in piedi, con il volto rivolto verso il vuoto e lo sguardo perso nel guardare il panorama, c'era un ragazzo con la testa rasata. Il suo taglio, però, era diverso da quello di Davide: era liscio, privo di qualsivoglia sfumatura e caratterizzato da basette spesse e lunghe.

Appena li vidi, dopo aver affrancato Bianca al paletto, m'incamminai verso di loro. Sennonché, più mi avvicinavo e più distinguevo, sempre più chiaramente, qualcosa di insolito sul viso di Davide. Allora tentai di focalizzare meglio la scena, come ero solito fare con l'obiettivo della mia fedele reflex, pensando fosse uno scherzo immaginario dettato dalla stanchezza e invece...

Sul suo viso c'erano applicati due cerotti, uno sul sopracciglio e l'altro sul mento.

«Lui è Rino!» esclamò Davide, ruotando il polso e puntandogli il pollice contro, prendendo in prestito il gesto tipico di fare l'autostop. Poi, molto cautamente, scese dal muretto.

Mentre porgevo la mano a Rino, Davide me la tirò indietro affrettandosi a salire in auto. Per rincuorarmi dal gesto istintivo mi fece prima un occhiolino e poi disse: «Vi presenterete dopo.»

Ma in verità non mi aveva indispettito, avevo cose ben più importanti da risolvere.

Rino accese il motore della sua auto e iniziò a guidare. Dopo qualche chilometro, notai che svoltò in prossimità dell'entrata dell'asse-mediano. Davide si voltò indietro, mi guardò per qualche secondo e poi ritornò con gli occhi puntati sulla strada a mo' di cecchino. Allungò la mano che si fermò sui pulsanti della radio e iniziò a cambiare continuamente stazione e, solo dopo aver trovato quello che stava cercando, alzò totalmente il volume della radio. Le casse facevano tremare i sedili posteriori, tanto il volume era alto. Le loro teste dondolavano sincronizzate e Davide applaudiva a ritmo di musica.

Dalla tasca del giubbotto tirò fuori una ceppa di Marijuana e con due dita mi passò un pezzetto di carta strappato dal pacchetto di sigarette. Era evidente che stava rullando una canna d'erba, un'erba rossastra.

«Ci vorrebbe una bella birra, eh?» mi domandò ad alta voce.

Assentii subito con il capo da quanto mi facesse gola l'idea. Sì, una birretta ci voleva a tutti i costi. Mi accorsi che le mie gambe si muovevano ancora, ma a ritmo di musica. S'erano placate tutto d'un colpo, facendomi pensare che la musica facesse miracoli.

Davide tirò il sedile indietro, infilò un braccio sotto ed estrasse delle birre passandone una prima a me, strizzandomi l'occhio, poi a Rino e infine aprì la sua con la parte posteriore di un accendino.

«Mangia!» gridò, passandomi un grande tarallo mandorlato al pepe nero.

In un solo sorso riuscii a scolarmi mezza birra e, mentre bevevo, i miei occhi fissavano un lato del suo volto, pensando: "Ma siamo sicuri che ha quasi quattordici anni?"

«Dove stiamo andando?» gridai.

Rino si voltò indietro e, dopo avermi guardato con curiosità, rispose ridendo: «Tra poco lo scoprirai.»

Nel frattempo una voce alla radio invocava: «...su, su le mani. La notte è ancora giovane per mandarla a dormire.»

Davide se la rideva. Aveva appena acceso la canna e, tra un tiro d'erba e un sorso di birra, il suo corpo si muoveva a ritmo di musica.

Rino ci dava dentro con l'acceleratore. Eravamo completamente soli sulla traiettoria, ma era evidente che la musica, la birra e l'odore d'erba lo caricassero troppo. La strada veniva ingurgitata così velocemente che non c'era tempo di leggere i cartelli stradali che indicavano le imminenti uscite. Non riuscii, nemmeno, a vedere a che velocità andasse, ma scorgevo i palazzi scorrere uno dietro l'altro come se qualcuno avesse premuto, su un videoregistratore, il tasto "avanti veloce", per avanzare il nastro più rapidamente.

Davide mi allungò la canna, feci un solo tiro e la passai a Rino che si affrettò a fumare come se fosse in astinenza. Di lì a poco arrivammo su una spiaggia di un villaggio turistico, dove Davide scese dall'auto e noi lo seguimmo. Ci infilammo in una cornetteria, non perché avessimo fame, ma piuttosto, in preda alla sete. Una volta entrati, comprammo altre due birre a testa e ci recammo verso i lidi balneari dove, dopo esservi giunti, Rino si arrampicò sull'inferriata con l'intenzione di oltrepassarla.

«Ma cosa fa?» domandai a Davide.

E lui, mentre se la rideva urinando, in sordina dietro a un'auto, rispose: «Quello che faremo anche noi.»

Istintivamente inarcai un sopracciglio in segno di disappunto. In verità avrei tanto voluto fermarli da tale intenzione, ma temevo che si sarebbero irritati e che mi avrebbero rinfacciato di aver chiamato io, implorando aiuto. Mi feci forza nel proposito di fidarmi.

Mentre Davide si arrampicava sul cancello con il mio aiuto che consisteva nello spingerlo, da sotto, dall'altra parte, Rino lo attendeva con le mani protese verso l'alto. Con fatica riuscì a passare, poi toccò a me che, con agilità, in pochi secondi li raggiunsi, cosicché ci incamminammo seguendo il percorso.

«Rino, dammi quella cosa» esclamò Davide.

Così, Rino senza esitazione alcuna, sollevò il giubbotto e tirò fuori una piccola cesoia posandola nella sua mano.

Davide allora s'incamminò verso il bar a fianco del quale vi era una porta in legno chiusa da un lucchetto che spezzò con un solo colpo secco. Entrò dentro e iniziò a trascinare fuori due lettini. Io e Rino ci avvicinammo per aiutarlo e, tenendo fermo ognuno il suo, li trascinammo sulla sabbia, raggiungendo la riva per sdraiarci sopra in assoluto relax.

Il mare era agitatissimo: enormi onde si abbattevano contro la scogliera. Per fortuna non c'era tanto vento per cui stare lì sdraiati faceva anche piacere.

Rino ci era andato veramente pesante nel fumare l'erba, tanto è vero che, dopo pochi minuti, crollò sul lettino con la testa "inghiottita" dal giubbotto imbottito.

Solo Dio sapeva con quanta invidia lo guardavo, ma per quanto desiderassi imitarlo, si risvegliava in me la paura di non riuscire nell'intento. Così, pensai di parlare con Davide per due motivi: per conoscerlo più a fondo e per apprendere il motivo per cui avesse dei cerotti sul viso.

Intanto mi persi a osservarlo: aveva lo sguardo rivolto al quarto di luna poco illuminato, era immerso nei suoi pensieri e, di tanto in tanto, faceva capolino sulle labbra quel suo impercettibile sorriso. Intuii che fosse sereno.

Aspettai il momento adatto per parlare con lui e trovai la forza allorché la magia della luna svanì nascondendosi dietro alle nuvole scure.

«Cosa ti è successo al viso?» domandai.

Davide trattenne il respiro. Poi con le dita tamponò il cerotto sul mento lasciandosi andare a una smorfia piena di rabbia, per poi riprendere a respirare normalmente.

«Poppone e Scarpetta mi hanno conciato per bene» disse e sul suo viso apparve un'espressione rassegnata.

«Perché?»

«Ricordi quella sera del tossico?»

«Come potrei dimenticarmene...» grugnii «è da quella sera che non sono più me stesso.»

«Qualcuno avvertì l'ambulanza che venne per caricarsi il tossico, ma lo trovarono morto. E siccome non potevano muoverlo senza il consenso di un giudice, polizia e carabinieri bloccarono la piazza per tutto il tempo» disse, mordendosi il labbro.

«Lasciami indovinare, Davide. Tu hai pagato il prezzo, vero?» domandai dispiaciuto e curioso di conoscere la risposta.

Allungò la mano fino a fermarla sulla bottiglia impiantata nella sabbia, la sollevò portandosela alla bocca e la tracannò con violenza. Mentre la birra gli finiva nello stomaco, una leggera espressione di stizza si evidenziava sul suo viso.

«Già!» mormorò.

E in me si svegliò la vocina della coscienza che cominciò a insultarmi. Non appena capii che quelle ferite erano state causate da me, anche se indirettamente, provai una specie di malore dritto al cuore. Volevo tanto confidargli che era stata soltanto colpa mia, ma non riuscivo a emettere alcun suono dalla bocca. Non so dire se fosse dettato dal rimorso o, piuttosto, dalla paura di una sua brusca reazione vendicativa. Così, l'unica cosa che mi venne in mente fu quella di cambiare discorso anche se cresceva in me, ogni volta che lo guardavo, un senso di colpa. Volevo salvare un uomo, con scarso successo a quanto pare, e invece... dopo alcuni giorni scoprii di averne danneggiato un altro.

«Come ti sei procurata quella cicatrice?» domandai guardando il suo ginocchio, sperando che gli andasse di parlare.

Fece una risata sarcastica, quasi come se gli avessi procurato dolore.

«Ero sul motorino, seduto dietro. Il mio amico Tiziano guidava. Dovevamo incontrare delle ragazze con cui avevamo appena cominciato a frequentarci. Entrammo impennando arrivando fino alla fine della lunga via, quando due T-Max provarono a chiuderci entrambe le corsie e... ci schiantammo! Il mio amico non aveva intuito il motivo di quel tentato gesto. Così, finimmo prima contro un T-Max che era fuori dalla linea di sorpasso, poi l'urto ci fece finire contro alcune auto parcheggiate» disse con la voce alterata dall'ira. Si passò una mano sulla coscia, dove si nascondeva la lunga ferita.

«Un incidente!» esclamai ma, subito, mi resi conto della superficialità con cui l'avevo detto. Ma ormai rimediare non avrebbe fatto alcuna differenza.

«No!» disse con voce acuta. Dopodiché trascorsero alcuni secondi di silenzio seguiti da una risatina stizzita: «Quello non fu un incidente.»

Gli occhi verdi si posarono di nuovo sulle onde scure e schiumose.

«Quella mattina, Giacomo Sommella, soprannominato Viscido e puoi immaginare perché, ex socio del defunto boss del rione Castelline, aveva tradito il suo clan. Quelli non volevano noi, ma il padre del mio amico, che era rimasto fedele a Costanzo De Nicola».

Si slacciò le scarpe, affondando i piedi nella gelida sabbia.

Fece un profondo respiro e a voce alta disse: «Ah, che bello l'odore del mare!»

Da come si mordicchiava il labbro inferiore capii che il riaffiorare di quei ricordi provocava ferite non ancora rimarginate, anzi ancora ben sanguinanti. Dolore e bruciore trasparivano, ancora, dalla sua voce e questo lo poteva cogliere chiunque lo sentisse parlare.

«E poi?» domandai.

«E poi... niente. La gente scese in strada...»

«Gente comune?»

«Macché! Ogni presente faceva qualcosa di illecito e aveva già il sangue contaminato. L'idea di fare la guerra stando sotto al cancello di casa piaceva a tanti ragazzini. Quando mi alzai dall'asfalto con fatica, vidi scendere da una macchina il padre del mio amico. Lo spinsi con forza ordinandogli di andarsene, di sparire da lì. Lui aveva capito la mia reazione strana ma rispose di non preoccuparmi.»

Fece una breve pausa, giusto per far scemare la rabbia nella voce.

«Era pronto a dare la sua vita in cambio della nostra e il suo desiderio si esaudì in fretta. Dal nulla sbucò il nuovo socio di Viscido: boss di quel rione. Consapevole della gravità dell'azione che avevano compiuto i suoi sottoposti, per rimediare ai danni e ai rischi che avrebbe comportato l'accesso all'ospedale, si offrì di accompagnarci lui stesso al pronto soccorso. Mi sorprese molto il suo gesto perché non era per niente altruista, però presto scoprii che il suo slancio non veniva dal cuore ma dalle sue esperienze. E sai perché?»

«Perché?» dissi, accarezzandomi la spinosa barba che era ricresciuta in pochi giorni.

«In fondo alla folla, dietro le auto, c'era mio fratello che urlava contro uno dei responsabili che guidava il T-Max. In presenza di mio fratello, sapevo che nessuno sparava al padre del mio amico.»

«Chi è tuo fratello?» domandai con curiosità.

Sorrise alla mia domanda. Si passò una mano sui corti capelli che, poi, scese sul suo viso per poi posarsi sui pochi peli che delineavano i baffi.

«Sposato con la nipote di un pezzo da novanta della famiglia Ricci, che a sua volta è parente dei Mollica e Corsica.»

«Quindi?»

«A loro non conveniva fare un affronto mentre in corso c'era già una guerra feroce che stavano affrontando. E i Ricci non sono soli, loro hanno un impero.»

Ci voltammo di scatto verso Rino che russava profondamente. Davide, per distrarsi dal dolore che gli provocava quel ricordo, gli gettò il fumo in faccia e poi rise nell'udire i gemiti che Rino emetteva nel sonno, probabilmente causati da un lieve stato di ebbrezza.

Poi un pensiero mi attraversò la mente e dissi: «Quindi tu sei vittima di una sanguinosa guerra?»

Raddrizzò la schiena e, dopo aver sbuffato aria impregnata di fumo, dondolò, avanti e indietro, con la testa.

Ormai avevo capito che non aveva più voglia di parlarne. Così, restammo in silenzio, io che lo guardavo da sdraiato sul lettino, lui che si lasciava cullare dalla canzone del grande Califano, che accennò leggermente con la voce, dando inizio a un lungo lamento: "Io non piango".

Era chiaro che avesse qualcosa da buttare fuori, qualcosa che rimaneva rintanato nel suo stomaco e che faceva fatica a fuoriuscire, quasi come se facesse ormai parte di lui, fatta eccezione per quelle volte in cui le ferite tornavano a perdere sangue.

E ascoltando le parole di Franco cantate da lui capii che, in qualche modo, si rispecchiasse in quella canzone.

Ebbi prima una scossa e poi un brivido quando udii che il suo tono di voce si alzò intonando tristemente: «...io piango, quanno casco nello sguardo de' 'n cane vagabondo perché, ce somijamo in modo assurdo, semo due soli al monno. Me perdo, in quell'occhi senza nome che cercano padrone, in quella faccia de malinconia che chiede compagnia...»

Quando i miei occhi si aprirono al giorno, i tiepidi raggi del sole erano poggiati sulle nostre teste. D'istinto, mi voltai indietro. Vidi Davide e Rino che erano già svegli, arzilli e concentrati nel passarsi il pallone con i piedi.

Li guardai intensamente, poi mi distesi di nuovo e mi accorsi che istintivamente sorrisi al cielo.

Ero felice per due motivi: uno per aver dormito senza problemi e ignorandone il motivo; l'altro per aver trascorso una bellissima notte, cosa che non mi accadeva da molto tempo.

Un pensiero m'investì facendomi sussultare dal lettino. Come non pensarci prima?

Tirai fuori il BleckBerry dalla tasca del giubbotto e, nascondendomi dietro allo schienale della sdraio, scattai alcune fotografie.

Quegli scatti furono straordinari: Davide mostrava di avere stile anche nel calciare il pallone, seppur con scarsa forza, aveva personalità e carattere e i suoi tiri erano diversi da quelli di Rino che aveva più la pretesa di assomigliare a un calciatore. Davide no. Lui tirava tanto per tirare, come se calciare un pallone non fosse un'attività per quelli come lui. Con tale consapevolezza faceva roteare la palla e rideva a crepapelle quando Rino, fingendo di arrabbiarsi, lo insultava, seppur amichevolmente.

Poi, l'istinto lo fece voltare verso di me. Saltai dallo spavento e nascosi subito il BlackBerry sotto la coscia mentre lui mi raggiungeva.

«Stai bene?» mi chiese.

«Certo» risposi sollevato.

Rino gridava il suo nome per indurlo a tornare a giocare, ma si zittì quando Davide alzò la mano.

Mi piaceva quando lo faceva: era come se avesse il controllo su tutti. Ogni qualvolta aveva mostrato quel gesto in mia presenza, nessuno si era degnato di proseguire oltre, era come se li pietrificasse, ipnotizzasse, fermando anche il tempo.

«Vai lì sotto a prendere il caffè, vai» disse allontanandosi da me.

Mi voltai. Nell'angolo, proprio dove Davide s'era impossessato delle sdraio, c'era un signore grasso seduto sulla sedia sotto il gazebo del bar. Avevo non solo il bisogno ma anche il desiderio di assumere caffeina e, senza perdere tempo, m'incamminai verso di lui.

A pochi passi dalla piattaforma in legno, notai che l'uomo si alzava dalla sedia con difficoltà, posizionandosi dietro al bancone.

Senza dirmi nulla, mi allungò una merendina confezionata, un bicchiere di latte freddo e un bicchierino riempito di caffè. Non esitai a ringraziarlo, presi il tutto e andai fuori.

L'uomo si sedette di nuovo, accese un sigaro e iniziò a fumarlo con gli occhi posati sul mare. Aveva l'aria di colui che, per una vita intera, non si era mai allontanato dal mare e dava l'idea, seppur vaga, di essere stato un pescatore. Non era solo, ad accompagnarlo c'era la voce di uno speaker che usciva dalla radio.

«Lei è il titolare del bar?» domandai.

«Di tutta la spiaggia» rispose con voce rauca. Ci fu una pausa a causa di una forte folata di vento che c'investì. Rimise in ordine i capelli bianchi e tornò ad ammirare il mare.

«Questo posto è aperto anche d'inverno?»

Lui fece una sonora risata, puntò il dito contro Davide e disse: «Soltanto lui viene a rompermi il cazzo. Perdona la mia volgarità, ma quando ci vuole ci vuole!»

«Come lo conosce?» chiesi.

L'uomo si voltò e, dopo avermi guardato facendomi notare la mano sospesa nell'aria, rispose: «Lo conosco da quando era alto così.» Poi dopo aver tossito, continuò: «È il pupillo del mio amico Papaluco.»

Avevo già sentito quel cognome dalla bocca di Davide e, scervellandomi, cercai di capire a che famiglia appartenesse.

«Grazie, signore» dissi allontanandomi.

«Il Signore sta in cielo, fratello caro» commentò ridendo.

Dopo essermi seduto sulla fredda sabbia in riva al mare, scartai la merendina e la mangiai. Accompagnai quella pausa con il caffè mantenendo lo sguardo sempre posato su di loro, che continuavano a giocare a pallone. Ma quando Davide sbagliò il tiro, facendo scorrere la palla nella mia direzione, Rino, dalla fretta di recuperare la palla, cominciò a gridare. Quelle grida, però, non erano né di rabbia né di rimprovero ma, piuttosto, erano un invito a giocare con loro e io mi ci tuffai senza alcuna esitazione.

Un salto nel passato

S'era fatta l'ora di pranzo e Rino ci portò in un posticino dove si mangiava cibo da asporto. Il luogo non era distante dal loro habitat naturale, si trovava proprio sul quadrivio di Secondigliano: l'incrocio che collega Secondigliano a Scampia.

Una volta entrati dentro per ordinare mi accorsi che il viso di Davide cambiò radicalmente. Il suo sorriso lasciò, subito, spazio al broncio e lo sguardo dolce, spensierato, si trasformò in quello di un basilisco. Mi affrettai a raggiungere la vetrina-frigo per sollevare dal ripiano basso una bottiglietta d'acqua. Nel voltarmi verso di loro, approfittai nel buttare un'occhiatina veloce ai suoi occhi e in loro scorsi tanta rabbia senza riuscire a capirne il motivo.

Rino, invece, era passato alla modalità "comica", cominciando a prendermi in giro. Rideva come un matto: derideva il mio look, i miei vestiti e persino come parlavo.

D'altronde, mi vedeva diverso da lui, da loro e non lo negavo di certo. Finché, però, si spinse oltre le parole e afferrò il giubbotto di Davide obbligandolo a voltarsi verso di me e, dopo avermi lanciato un'occhiata torva, si concentrò a fissare il mio zaino esclamando: «Ma che ci tieni una "9" qui dentro?»

Rino si fece una grassa risata, mentre Davide accennò leggermente un sorriso, più per compiacerlo che altro.

La risata di Rino era parecchio bizzarra, perché era aperta, sonora, capace di far girare qualche passante o addirittura contagiarlo.

In quei momenti di ilarità ci univamo a lui, non tanto per le battute di cui ero vittima ma, piuttosto, per la sua dilagante sghignazzata.

«Un hot dog con insalata, sottaceti e mostarda» ordinò Davide, interrompendo la sua risata e invitandomi, con lo sguardo, a ordinare.

«Uno liscio, grazie» dissi in tono deciso.

Non l'avessi mai detto. Gli occhi di Rino si spalancarono, come se fossero pronti a fuoriuscire dalle orbite da un momento all'altro, mentre quelli di Davide si chiusero e seguì una complice risatina.

«E che te lo mangi a fare!» esclamò tra irritazione e sarcasmo. «Facevi più bella figura se aspettavi in macchina» ridendo così fragorosamente da perforarmi un timpano.

Dato che non si era sfogato del tutto, si voltò verso il ragazzo straniero, trincerato dietro la vetrina, e aggiunse: «Oh, su questo devi farmi lo sconto, perché non te lo pago.»

Per lui, ordinare un hot dog liscio erano soldi sprecati e, infatti, pur di dimostrarmi di dare valore a ogni centesimo speso, fece un miscuglio di un po' di tutto. Così, afferrò il suo mastodontico hot dog con due mani e lo addentò con ferocia.

Davide si fece scudo con il mio corpo e mi attirò più a sé per allontanarsi il più possibile dalla vista della maionese che si insinuava nei peli della sua folta barba imbrattandola e provocando in lui un senso di disgusto.

Come in un numero di magia, in appena due morsi, l'hot dog sparì, lasciando libere le sue mani.

Con la bocca ancora impegnata a masticare, si affrettò a ordinarne un altro uguale, un po' farfugliando e un po' gesticolando.

«Che hai?» domandai a Davide, indietreggiando perché Rino ci lanciava pezzetti di cipolla intrisi di maionese.

«Nulla» rispose Davide, intento a schivare la cipolla in volo.

«Sembravi un altro lì dentro. Come mai?»

Davide smise di muoversi e rimase immobile, come fosse diventato una statua di marmo. Improvvisamente smise di giocare con

Rino, anche se quest'ultimo continuava a lanciare pezzi di alimenti con l'intenzione di sporcare i vestiti di uno dei due, solo per farci arrabbiare.

E mentre mi fissava mormorò con amarezza: «Il ragazzo seduto dietro alla cassa, è quello di...»

I miei occhi seguirono i suoi che, lentamente, si abbassarono verso la gamba. Feci un respiro profondo, come se stessi incassando la metà del suo dolore, ma era altrettanto evidente che Davide pativa più sofferenza di quello che aveva trasmesso a me. Tuttavia, da come si mordeva il labbro, capii che non poteva fare nulla per restituire tutto quel dolore al responsabile, poiché quella gran testa di cazzo in quel periodo era intoccabile.

La nostra empatia nello scambiarci dolore o pensiero venne interrotta quando Rino, anziché continuare a lanciare i soliti pezzetti di cibo, colpì la gamba di Davide con un avanzo di wurstel ricoperto di ketchup.

Anche se gli aveva sporcato il pantalone di salsa, Davide non solo mostrò indifferenza, ma gettò nel cestino il resto dell'hot dog incamminandosi verso l'auto.

Rino mi guardò con rammarico, facendomi capire che non lo aveva fatto con quel proposito ma, ormai, la frittata l'aveva fatta e rimpiangere il gesto non serviva a granché.

Subito dopo salimmo in auto e, prima che Rino accendesse il motore, mettesse la freccia, guardasse dal retrovisore per poi immettersi in carreggiata, Davide gli disse, senza tradire alcuna emozione, di fermarsi da Rodriguez.

Raggiunto il negozio, Rino accostò accanto a una pizzeria che, se non fosse stato per Davide, ne avrei ignorato la presenza: «Se hai ancora fame, fatti fare una pizzetta da Carmeniello» disse seguito da un ammiccante occhiolino. Uscì dall'abitacolo incamminandosi sul marciapiede verso i numerosi negozi.

Allora scesi dall'auto avvicinandomi alla pizzeria non per la fame, ma per sgranchire un po' le gambe. Nella vetrina notai che c'erano tante sfiziosità che svegliarono di colpo la mia curiosità.

Dopo aver guardato con maggiore attenzione, ne comprai un sacchetto intero e due pizzette margherita.

Rino mi raggiunse con calma, dopo aver lasciato l'auto ferma in terza fila e senza nemmeno attivare le quattro frecce. Tuttavia non si mostrava preoccupato né prestava attenzione con lo sguardo per verificare se l'auto potesse intralciare il passaggio.

Senza tanti convenevoli, mi prese il sacchetto dalla mano e lo appoggiò sul cofano di una vecchia auto parcheggiata che, da tempo indefinito, giaceva lì, tra pioggia, smog e polvere. Poi, con scatto felino, allungò la mano per sottrarre, furtivamente, una pizzetta dalla mia e iniziò a morderla.

«Ancora che mangi!» esclamò Davide, venendo verso di noi. Si fermò accanto a me e, incuriosito, allungò il collo tanto da sembrare una giraffa, nel tentativo di vedere o capire cosa ci fosse dentro il sacchetto. Poi disse in tono predicatorio: «Dimmi che hai preso i carciofi impanati!»

Non dissi nulla, perché lo vedevo diverso da come lo avevo lasciato e per qualche secondo non riuscii a capire cosa lo avesse cambiato. Soltanto quando le sue mani lasciarono la presa di due borse grandi che finirono sull'asfalto mentre lui, con maggiore cura, scartava la frittura per acciuffare i carciofi nel sacchetto, notai che gli abiti indossati erano, non solo nuovi di zecca, e lo si poteva notare dalla stiratura perfetta, ma anche molto particolari: sui jeans, proprio sulle cosce, c'era lo stemma in velluto della bandiera inglese. La stessa bandiera, solo che era di cotone, era cucita, appena sotto la costola, sulla camicia bianca con i bottoni dipinti di blu.

«Che freddo» farfugliò tremando.

E dopo essersi pulito le mani sull'orlo del sacchetto tirò fuori, da una busta, un cardigan di lana beige e lo indossò con molta cura.

Rimasi a fissarlo pensando che avesse previsto e pregustato quel momento, dal momento che si era premurato di farsi togliere i tagliandini dai capi d'abbigliamento.

«Perché mi guardi in quel modo?» mi domandò intimidito.

«Ammiravo il tuo bel look. E pensando...»

«A me il calcio non piace» disse irritato.

Per qualche istante rimasi spiazzato, pensando: "E cosa c'entra il calcio?"

Mentre rimuginavo, nel tentativo di trovare il collegamento tra il calcio e il suo look, venni distratto da Rino che, nel coprirlo di complimenti per i nuovi acquisti, gli chiese anche quanto avesse speso. Fu allora che Davide iniziò a rivolgere contro il venditore una raffica di irripetibili parole, in quanto gli attribuiva la colpa di avergli fatto spendere molti soldi inutilmente.

I miei occhi si posarono su Rino e notai, solo allora, che indossava jeans scuro, felpa e giubbotto. Tale "scoperta" mi confuse ancora di più e non fece luce sul significato della frase sul calcio pronunciata da Davide.

«Mi spiace, Gioele. Ma devo proprio andare» disse Davide sollevando le borse da terra.

«Grazie per tutto, Davide. È stato veramente bello passare del tempo con voi» risposi contento. E mentre cercavo di tenere a freno, con tutto me stesso il pensiero, autonomamente la mia bocca si aprì e dissi: «Il tizio sulla spiaggia ancora non sa che il suo amico Papaluco è morto. Perché non gliel'hai detto?»

Davide ritrasse il collo cercando di ricordare, poi ebbe un'illuminazione e rise.

«Lui conosce Tonino, non suo padre che spararono nel rione Don Guanella. Se non gliel'ho detto è perché Tonino a quello non gli è niente, tranne che un benefattore. Quando lavoravo con lui, Gioele, durante l'estate ci portava in barca. Ci fermavamo sempre al lido a fare il bagno o a mangiare al ristorante» disse. Poi il suo volto si intristì e aggiunse: «Mi piaceva molto stare con lui e ti prego di credermi sulla parola, perché quando arrivavamo noi, era come se Tonino Papaluco avesse comprato l'intera spiaggia.»

«Ora perché non stai più con lui?» domandai.

Davide inspirò aria con la bocca, quasi come se qualcosa lo trattenesse dal rispondere.

«Tonino non pagava molto, perché la sua piazza non era una delle più forti, ma dava tutto quello che possedeva e lo faceva col cuore e non per abbindolarci: prestiti di soldi, cellulare nuovo, abiti firmati, motorini, auto e... persino qualche ragazza facile per passarci la notte in un discreto motel.»

Non saprei giurarlo, ma nella sua voce c'era una parvenza di rimpianto. Si percepiva quanto lui tenesse al suo ex capo-piazza ma, nello stesso tempo, si coglieva quanto i soldi potessero allontanare qualsiasi cosa o persona da una vita serena.

Solo che Davide, malgrado fosse troppo giovane per capire, aveva compreso tale verità con parecchio anticipo!

Si allungò nel salutare prima Rino e poi me. Così, si sporse fuori dalla barriera costituita da auto parcheggiate in attesa sul ciglio della strada, con lo sguardo sugli automobilisti che aspettavano, davanti a sé, l'arrivo di qualcuno. Mentre Rino prendeva in giro un gruppetto di ragazze intente a guardare la vetrina di gioielli alle mie spalle, io continuavo a osservarlo finché salì su un'auto nera guidata da una donna matura con i capelli corti e leggermente biondi e, in poco tempo, per astuzia o magia, sparirono alla mia vista.

Impiegai tutto il percorso verso l'ospedale, dove sarei sceso dall'auto per recuperare Bianca per rincasare, a rivolgere a Rino tutte le domande che avrei voluto esporre a Davide, con lo scopo di ottenere quante più informazioni possibili e di comprendere meglio il suo passato.

La parola d'onore

Non passò troppo tempo che la primavera iniziò a spalancare le porte alla città permettendo alla gente di assaporare il primo calore dei raggi. Sui loro volti s'intravedeva il primo sorriso disteso perché finalmente era sparito il vento, il freddo e persino le foglie secche dai marciapiedi.

Sul lungomare di Mergellina, invece, c'erano tante persone spensierate con gli occhi rivolti verso il mare che iniziava a ospitare barche e traghetti diretti verso le incantevoli isole: Ischia, Procida e, infine, Capri che è la più distante.

Gli chalet, posti intorno alla villa comunale, avevano già piazzato i tavolini all'aperto, sotto ai gazebo e qualche giostrina per rendere felici i bambini.

E, come formiche che escono dalla loro tana, dal traffico sbucavano gli africani invadenti disposti a tutto pur di vendere CD di musica contraffatti. Così come non potevano certo mancare i tanti lavavetri fermi quasi in agguato al semaforo, in attesa che scattasse il rosso per tuffarsi sui parabrezza per qualche monetina allungata con piacere.

Non dimenticando i senegalesi che, protetti dalle loro bancarelle posizionate sui marciapiedi, esponevano ben in vista la bigiotteria da vendere abusivamente ai turisti di tutto il mondo.

E mentre la maggior parte delle persone era felice di andare a mangiare il primo gelato della stagione o di fare semplicemente una piacevole passeggiata, io lo ero per un motivo in più: Davide compiva gli anni.

Dato che lui non aveva mai tempo per venire al centro di riabilitazione, terminato l'orario di lavoro, lo raggiungevo io a casa sua. Così anche quel giorno, terminato il mio turno, con Bianca mi diressi verso la Vela rossa, dove abitava Davide.

Percorrendo lo stradone e accedendo dalla villa comunale, parcheggiai Bianca quasi sotto la scala sud-ovest e, prima che cominciassi a salire i gradini, alzai la testa per guardare la maestosità della Vela, come non avevo mai fatto prima: dal basso verso l'alto.

Dai balconi si propagava una melodia stridente cantata dai neomelodici che, in quel momento, erano all'apice del successo e simultaneamente giungevano le grida di alcune casalinghe che comunicavano da un appartamento all'altro. Mentre ero intento ad ammirare il gigantesco edificio sbucò fuori, impugnando una tazza di caffè, una donna che avevo conosciuto qualche mese prima insieme al marito e ai loro quattro figli e che salutai con cortesia: «Buongiorno, signora Assunta. Come sta?»

«Bene, grazie» disse a voce alta «vi dispiacerebbe darmi un'occhiata qui sotto?» disse mostrando un sorriso timido.

Non l'avevo mai fatto personalmente, sebbene lo avessi visto fare altre volte. Così, dopo essermi messo sulla soglia della rampa di accesso, guardai sotto il piccolo porticato della scala assicurandomi che non ci fosse nessuno intenzionato a passare.

Allorquando le feci cenno di assenso, raccolse le sue forze per rovesciare il secchio facendo scorrere tutta l'acqua sporca dalla rampa del secondo piano. La nostra piccola conversazione attirò l'attenzione di suo marito che mi salutò con una mano alzata e un largo sorriso: quella coppia mi accoglieva sempre con gentilezza e disponibilità, perché erano gli zii di Davide.

«Davide?» domandai loro, ma la presenza di qualcuno alle mie spalle attirò la loro attenzione.

«Avagliani, siete voi?»

«Ehm! Dipende, giovane» esclamò la donna. Le sue mani si destreggiarono nel raccogliere i capelli in una coda liscia e, dopo averla stretta bene, la legarono con un enorme elastico leopardato. E il marito aggiunse: «Avagliani chi?»

Il postino abbassò lo sguardo sulle buste strette nelle mani. E dopo aver letto il nome, urlò: «Davide.»

«È mio nipote. Dategliela a questo signore che sta andando da lui, giovane. Grazie tante. E abbiate pazienza. Volete una goccia di caffè?»

«Figuratevi, signora, come se lo avessi accettato. Arrivederci e buona giornata» disse consegnandomi la busta verde.

Poi la donna riportò l'attenzione su di me.

«Non si è visto proprio, starà dormendo ancora. Quello la notte non dorme, proprio come i lupi nel deserto» disse.

Risi molto, ma dovetti darmi un contegno. Non riuscivo a smettere di pensare a dove avesse sentito o visto i lupi nel deserto.

Così, dopo essere ritornato in me e averli salutati, mi apprestai a salire le scale con attenzione: alcune erano intatte, ma sporche, altre avevano i profili del marmo rotto e, infine, quelle più basse erano addirittura sprovviste del marmo a copertura del cemento.

Una volta raggiunto il secondo piano, prestai maggiore attenzione nel camminare lungo quell'interminabile ballatoio colmo di escrementi dei colombi che colavano giù dal ballatoio sopra la mia testa. Da ogni ballatoio si accedeva a due piani tramite le scale predisposte sia in discesa che in salita. E visto che Davide abitava a uno dei piani superiori, salii le ultime scale che mi condussero fino alla sua porta dove suonai il campanello. Suonai e risuonai. Dopo aver bussato più volte, d'istinto l'occhio mi cadde sull'orologio che portavo al polso e che segnava le 16.35. Origliai, ma l'appartamento sembrava vuoto.

Mentre mi voltai, convinto ad andarmene via, la porta si spalancò alle mie spalle. Mi aveva aperto suo padre per poi sparire rapidamente alla mia vista, senza proferire parola. Così, chiusi la porta e mi avviai a raggiungere la cameretta di Davide. Provai ad aprire la porta, ma era bloccata quindi pensai di forzarla cercando di fare meno rumore possibile. Improvvisamente sentii lo scatto dell'apertura e attesi ma la porta non si aprì finché appoggiai la mano e la spinsi. Una volta aperta la porta, lo intravidi con la testa nascosta sotto i guanciali del letto.

Prima di entrare dentro la stanza, visto che la cameretta era piccola e stretta, presi dapprima la sedia che usava come comodino per poi affrontare la parte più difficile: quella di svegliarlo.

Dato che per questioni "lavorative" o svaghi si addormentava sempre all'alba, estirparlo dal mondo dei sogni era alquanto complesso.

Al suo lento risveglio e con gli occhi ancora chiusi, infastiditi dalla luce del giorno che penetrava dalla persiana chiusa, gli piegai la gamba per cominciare la riabilitazione.

«Ciao, Gioele. Tutto a posto?» domandò, riferendosi a suo padre cercando di capire se mi avesse infastidito o detto qualcosa fuori luogo.

«Tutto bene. Mi ha aperto e poi si è rinchiuso in camera» dissi scoprendogli la gamba dalle lenzuola.

Mentre la stendevo verso il gluteo, cominciò a emettere lamenti che erano troppo accentuati e anomali.

«Come mai ti fa così male?» domandai.

«Ieri, per sfuggire al blitz, sono scivolato su questo merdoso ballatoio. Il ginocchio si è spiaccicato contro il muro. Meglio se ti fermi, mi fa troppo male» disse alzando la mano per farmi smettere.

Sebbene riluttante, perché non volevo che si perdesse ancora un'altra terapia, tolsi le mani dalla sua gamba e notai che aveva una porzione di lenzuolo stretto tra i denti, come se potesse smorzare gran parte del dolore che gli causavo. Si alzò lentamente, restò fermo per qualche istante per far circolare il sangue cercando, così, di lenire i dolori e poi uscimmo dalla cameretta, lunga tre metri e larga uno e mezzo.

In cucina trovammo sua madre che, a guardarla, dava l'idea di essersi appena svegliata. Tuttavia non perse tempo a prepararmi il consueto caffè che in precedenza avevo già provato a rifiutare, ma per Davide era fuori discussione. Lui aveva uno strano modo di esprimere la propria educazione: incontrarsi, guardarsi o parlarsi, senza fare altro, non era contemplato.

Per lui era un atto di riconoscimento, di rispetto, di gratitudine, un po' come manifestare la propria generosità. Spesso, però, specie quando rimaneva in casa, soffriva molto perché sua madre era caduta in una profonda e spinosa depressione.

Quando la guardavo attraverso il vetro o rispondevo alle domande sulla tempistica di guarigione del figlio, Davide diceva sempre: «La dovevi conoscere tempo fa, era talmente bella e intelligente che gli orologi delle persone si fermavano.» E poi dalla credenza tirava fuori una fotografia, ogni volta una nuova, cercando, a tutti i costi, di sottrarmi un commento: ogni immagine che guardavo mi faceva spalancare gli occhi dallo stupore anche se, mentendo persino a me stesso, gli dicevo: «Ma è ancora bellissima.» A sentire quelle parole, Davide distoglieva lo sguardo da sua madre per fissare una delle vecchie fotografie che ritraeva suo padre, in abito elegante e con lo sguardo perso negli occhi della moglie, e mormorava qualcosa simile a: «Certo, è ancora bellissima.»

«Prego, il caffè è pronto» disse sua madre. L'insonnia le aveva procurato delle occhiaie scurissime, gli occhi appesantiti e dei movimenti così lenti da sembrare quasi un robot e persino nell'articolare le parole era rallentata.

«Grazie tante, signora» risposi prendendo la tazzina.

Davide mi fece segno di seguirlo fuori sul balcone e così feci, in silenzio. Trascinò la sedia di plastica sotto il tavolino e si sedette, poi, con un gesto della mano, mi ordinò di imitarlo. E mentre lui inzuppava dei pezzetti di crostata al cioccolato nel bicchiere di latte bianco, io sorseggiavo il caffè con i pensieri che correvano a tutta velocità e con lo sguardo perso nel vuoto, verso la direzione della villa comunale.

«Cos'hai? È da quando sei arrivato che sei strano, devi dirmi qualcosa?» mi chiese.

Sussultai, uscendo bruscamente dal pozzo dei pensieri e, solo allora, notai che i suoi occhi stavano fissando i miei in modo strano.

«In realtà, non so come spiegartelo. Ma sto cercando le parole adatte» balbettai e ritornai a fissare gli alberi all'interno della villa comunale.

«Tranquillo, hai ancora un'ora per trovare le parole adatte, perché poi devo vedermi con lo zio Peppino» disse evidenziando la parola "adatte" con ironia.

E, mentre lui continuava a fissarmi, io feci un profondo respiro per infondermi coraggio e dirgli tutto quello che tenevo dentro. Ormai avevo oltrepassato la soglia e indietro non potevo più tornare. In realtà, c'era un solo modo: perdere la sua amicizia che per me era molto preziosa.

«Allora?» mi domandò ridendo.

«Prima che ti racconti tutto quanto, ci terrei solo a precisare che non...»

«Certo...» affermò interrompendomi. «Gioele, se dovessi prendere a male tutto quello che mi capita, tu saresti l'ultimo della lista. Ora dimmi quello che vorresti dirmi, senza farti troppe pippe mentali» disse.

Sfilò un paio di sigarette dal pacchetto e me ne porse una sul tavolo. Dopo essersi acceso la sigaretta, fece scivolare l'accendino sul tavolo che si fermò a pochi centimetri dalle mie dita. I suoi occhi fissavano i miei anelli che portavo alle dita e, in particolare, uno che avevo appena comprato. Si allungò sul tavolo per raggiungere la mia mano e, con cura, toccò la superficie di quell'oggetto, quasi come se la stesse accarezzando.

«Tu non immagini neanche lontanamente che la tua storia è qualcosa d'importante per quest'epoca...»

«Ah, sì?» commentò ironico.

«Forse tu che sei cresciuto in questo quartiere lo dai per scontato, ti può sembrare tutto normale. Ma ti assicuro che se la tua storia uscisse da qui, in questo posto abbandonato da tutti e che è terra di nessuno e incominciasse a essere raccontata, tu saresti un esempio per tantissimi ragazzi che sono in bilico, pronti a precipitare. Tu saresti la svolta della gioventù, la loro salvezza. Perché nessuno, nella storia dell'umanità, si è mai salvato da solo» dissi.

Dall'agitazione sollevai la sigaretta e la infilai tra le labbra. Poi, con un tremito alle mani, sollevai l'accendino e l'accesi. Lo sguardo concentrato di Davide era così penetrante che per un istante pensai che non avrei potuto più tentennare e che perdere la sua amicizia sarebbe stato, perciò, inevitabile.

«Vai avanti» mormorò intento a guardarmi.

«Per molti sarà assurdo credere che un ragazzino della tua età, in qualche modo, è costretto a fare delle brutte azioni. Eppure, io so che è tutto reale. E, se me ne dai la possibilità, io lo voglio gridare al mondo intero.»

«Fuori da qui, tutti stanno bene, Gioele. Quelli sono i cosiddetti figli di papà, per questo vivono altrove. Cosa gliene importa di noi? La vita, a loro, gli ha messo sempre tutto davanti e ne vanno fieri. E sono sicuro che non durerebbero mezza giornata se dovessero rischiare la propria vita per campare.»

«A loro no, ma ai loro genitori sì. E poi io parlo di quelli come te, che magari non hanno nemmeno i genitori e rischiano di perdersi da un momento all'altro. E' a loro che vorrei raccontare quale dolore si nasconde in te, in queste mura e in questo quartiere dimenticato da Dio.»

Davide, dopo aver udito molto attentamente, si stiracchiò la schiena contro lo schienale della sedia. Fece prima un respiro profondo, poi si alzò e, infine, entrò in casa senza dire una parola e lasciandomi solo a riflettere fuori sul balcone a pensare a tante cose, tutte maledettamente negative. Stavo realizzando che perderlo come amico non fosse più solo un'eventualità ma una realtà che si stava già verificando e che non appena me ne fossi andato via, non l'avrei più rivisto. Maledissi me stesso per avergli espresso la mia idea, senza valutare né la sua reazione né i rischi che avrebbe dovuto correre per me. Fui uno sciocco, non diverso da un adolescente delle medie, chiuso nella sua cameretta da settimane, in preda alla confusione più totale sui suoi progetti futuri. Cazzo, lui era in un giro complesso, accerchiato da gruppi di persone che non si limitavano solo a dire "vattene" oppure "non farti vedere più". Quelli erano animali feroci, senza scrupoli e soprattutto eccitati al solo pensiero di uccidere qualcuno. Per loro un omicidio era una questione di rispetto, di soldi e di potere. Nulla sarebbe stato più importante di queste tre cose fondamentali.

Si trattava di professionisti, quanto lo sono i giocatori di una squadra di basket solo che loro raramente perdevano punti. Ricevevano punti a ogni partita e, di certo, non mi riferisco al tabellone, ma a quelli di sutura applicati da un medico del pronto soccorso.

In quel pomeriggio, tutto solo sul balcone, ebbi un turbinio di pensieri che mi suscitavano ansia. Un'inquietudine che nasceva dalla consapevolezza di aver rovinato un rapporto costruito nel tempo, fatto di alti e bassi ma che si stava finalmente stabilizzando, in quanto cominciavo a comprendere tanti aspetti del carattere di Davide. Eppure avevo mandato all'aria tutto, con un solo colpo, proprio come quando da ragazzino, in qualche sagra di paese, mi dilettavo a sparare contro le lattine di birra per vederle prima sobbalzare e poi saltare. Intavolare con lui un discorso, così complesso e delicato, equivaleva a sputargli in faccia: le mie non erano parole adeguate né per un ragazzo della sua età né per ciò che rappresentava. Insomma non sapevo spiegarmi il motivo per cui avessi espresso quel pensiero così fuori luogo.

Per lui, negli ultimi anni, l'unico aspetto degno di nota era ottenere i soldi che gli spettavano al termine dello svolgimento dell'incarico.

A dirla tutta entrai in un tunnel di disperazione perché, dopo aver finalmente trovato un ragazzo che mi suscitava tanto interesse e che in qualche modo dimostrava il coraggio che io non avevo mai avuto, rischiavo di perdere quel legame su cui avevo acceso una miccia.

In sostanza, la mia tristezza nasceva non soltanto dal timore di fare a meno della sua amicizia ma anche dal dover rinunciare a tutto il resto: l'ambiente della Vela a cui mi stavo affezionando, le persone indigenti che abitavano quei luoghi, la paranza, i venditori abusivi, tutti i ragazzi che si aggiravano per le strade in motorino, insomma a ogni sfaccettatura di quel mondo fatto a sé, che mi ostinavo a voler capire.

Quindi mi rassegnai e smisi di pensare alle conseguenze del mio gesto che, nella peggiore delle ipotesi, mi avrebbero condotto anche alla morte e mi misi seduto sulla sedia a guardare i tossici camminare verso la vedetta.

«Cosa intendi quando dici che vorresti raccontare?» mi chiese a voce alta.

Mi voltai e lo vidi che si trovava in cucina per mettere dei biscottini sul piatto e così aprii il mio zaino da cui tirai fuori delle fotografie che sistemai sul tavolo.

Quando Davide mi raggiunse fuori, restò immobile al mio fianco con il piatto su una mano e due bicchierini di caffè un po' accartocciati tra le dita dell'altra. I suoi occhi si spalancarono nel momento in cui si posarono sulle fotografie e rimase talmente assorto che, senza rendersene conto, fece scivolare alcuni biscotti dal piatto che finirono sul pavimento.

«Questa è tua sorella» dissi mentre sfilavo la fotografia per fargliela vedere bene.

«Non sapevo che avesse uno spazzolino» mormorò con gli occhi lucidi nel vedere sua sorella, con i piedi poggiati sul bidè, che si sporgeva per lavarsi i denti verso il lavandino.

Le sue dita iniziarono a scartare, una dopo l'altra, le fotografie come se stesse giocando a carte. Si fermarono, però, su un'immagine a me molto cara, la più bella e significativa di tutte.

«E questa quando l'hai fatta?» domandò con stupore.

«Circa un mese fa» farfugliai masticando il biscotto mandorlato, comprato da sua madre al mercato che si teneva proprio sotto al suo balcone.

Davide rise. I suoi occhi, però, lasciarono scappare una lacrima che scorreva lenta ma che rapidamente cancellò con un colpo di mano per celarla ai miei occhi.

«Cioè, fammi capire bene, Gioele. Tu sei entrato nel cantiere, hai convinto il guardiano che ti ha fatto salire sui vuoti piani di cemento e, mentre la pioggia ti bagnava, hai scattato questa foto?» mi chiese guardandomi con stupore.

La sua domanda mi portò indietro nel tempo facendomi quasi inspirare l'aria così umida di quel pomeriggio piovoso da beccarmi un intenso raffreddore.

«Sì» dissi ridendo.

«Tu sei pazzo» commentò. E continuò dicendo: «Neanche la questura di Scampia fa queste cose, Gioele.»

«Io non sono un poliziotto» commentai ridendo.

«Gioele, per me non lo sei e siamo d'accordo. Ma per la paranza, un giornalista è come un poliziotto. Non te lo scordare mai» affermò con severità. Poi riprese a guardare le altre fotografie. Le guardava con attenzione mentre la sua testa dondolava su sé stessa, concentrandosi a guardare i dettagli intorno all'immagine.

«Posso farti una domanda?» gli chiesi.

«Dimmi pure, Gioele» mormorò senza distogliere lo sguardo dalla fotografia.

«Se non sapessi nulla di questo mondo e vedessi questa fotografia per la prima volta, cos'è che ti colpirebbe di più di questo scatto?»

Si passò una mano nei capelli, poi scese giù per il viso e si fermò sulla bocca coprendola del tutto. Ci furono alcuni secondi di silenzio dopodiché, fissando l'immagine, disse: «Vedo dei paramedici scendere da un'ambulanza frettolosamente, un uomo steso sul marciapiede accerchiato dai tossici che provano a rianimarlo inutilmente, perché si tratta di overdose, il che significa che è già in viaggio, al confine tra terra e cielo. Quello che invece mi colpisce, Gioele, è questo ragazzo che, nonostante accade tutto davanti ai suoi occhi, se ne sta seduto tranquillo a mangiare un merdoso pasto come se nulla fosse, mentre a pochi metri da lui c'è un padre di famiglia che non ritornerà più a casa.»

«Esatto! Hai centrato il punto forte dell'immagine» dissi con un enorme sorriso.

Davide forse, dal rimorso di non aver soccorso quell'uomo ritratto nella fotografia, lasciò cadere le fotografie sul tavolo come se avesse ricevuto una scossa elettrica. Con un rapido movimento si sollevò dalla sedia e, senza guardarmi, rientrò in casa dirigendosi verso la sua cameretta. Dopo una mezz'ora abbondante, uscì dal bagno e venne fuori sul balcone.

Aveva i gomiti posati sul muretto, proprio come me, per guardare di sotto.

«Scusami, Gioele, dovevo farmi la doccia perché tra un po' devo vedermi con lo zio» disse dandomi una pacca sulla spalla. Aveva preferito chiudere il discorso e intuii allora il motivo di quella reazione: continuare gli avrebbe procurato solo ulteriore sofferenza. Così, mentre raggiungevamo la porta per uscire insieme, dal ballatoio sentimmo che qualcuno urlava il suo nome e così Davide si affacciò dalla finestra della veranda posta accanto alla porta.

«Tieni qualcuno da mettere che quell'idiota non è venuto?» disse una voce maschile.

«Dove lo piazzi?» domandò Davide accendendosi la sigaretta. Poi, vedendo che ero immobile dietro di lui mentre fissavo una fotografia della comunione di suo fratello maggiore, afferrò il mio braccio e mi tirò a sé per indurmi ad affacciarmi anch'io.

Sul ballatoio sottostante c'era un ragazzo più grande di Davide che indossava una tuta di qualche squadra estera e un berretto, calcato sulla testa, con la visiera leggermente abbassata, da cui s'intravedeva appena uno sguardo schivo.

«Se è roba tua lo piazzo qui» disse, puntando il dito a pochi metri da lui.

«Ora te lo mando» affermò con tranquillità.

Il ragazzo che si trovava sotto gli lanciò un bacio con la mano, poi s'incamminò verso il centro della Vela.

Davide ritornò in casa seguito da me. Aprì la porta della camera da letto e, senza nemmeno entrare, disse al padre: «Scendi, fai quello che ti ho spiegato e non perdere questa occasione.» E senza aggiungere altro, richiuse la porta ritornando in salotto.

Di lì a poco suo padre uscì di casa per intraprendere il ruolo di vedetta in fondo al ballatoio, proprio sotto la loro finestra, per garantire la sicurezza all'interno della Vela rossa e per salvaguardare, di conseguenza, le vendite.

Dopo alcuni minuti la madre corse fuori sul balcone e, con un gesto rapido, afferrò la mano sinistra di Davide e la baciò ripetutamente. Più Davide la respingeva e più lei gli baciava il dorso della mano.

In quattro mesi che bazzicavo la sua famiglia, mai avevo visto sua madre così felice né lo sguardo di Davide rivolto al padre così sprezzante ed eloquente. Suo padre non aveva mai lavorato prima d'allora ed era arrivato il momento che cominciasse a darsi da fare. In realtà, gli piaceva campare sulle spalle dei suoi figli finché quest'ultimi incominciarono a ribellarsi mettendolo di fronte alle sue responsabilità di marito e di padre: era suo dovere provvedere a sua moglie e a Simona, di appena due anni, nonché ultima figlia. Così la presa di posizione di Davide rese felice la madre perché il figlio, finalmente, gli aveva non solo ricordato il suo ruolo genitoriale ma lo aveva anche "sistemato" per bene.

E sì diciamocelo pure che si possono contare sulle dita di una mano le persone che lavorano sotto la loro finestra.

Davide ritornò fuori sul balcone, dalla parte opposta rispetto alla finestra, perché non voleva vedere suo padre "in postazione". Sollevò il bicchierino di plastica e sorseggiò il restante caffè freddo che aveva precedentemente lasciato e, come sempre, ogni sorso di caffè doveva essere accompagnato da una sigaretta.

Dopo i primi tiri di sigaretta si voltò e si appoggiò con la schiena contro il muretto, mentre io rimasi con i gomiti incollati sulla superficie dello stesso.

Girai leggermente la testa accorgendomi che il suo sguardo era posato sulla madre che era in ginocchio nel salone. Aveva le mani giunte e il collo proteso verso l'alto. I suoi occhi contemplavano un'immagine di Gesù Cristo rovinata dall'umidità che filtrava dal soffitto: era in raccoglimento spirituale. In qualche modo pregava per i suoi figli e per suo marito, che aveva appena intrapreso la cattiva strada.

Dal nulla sbucò Simona, il punto debole di Davide. In una mano teneva stretta una scimmietta di peluche e con l'altra teneva fermo il ciucciotto per non perderlo. Davide, quando vide sua sorella entrare in salone, con uno scatto rapido, rientrò e la prese in braccio impedendole di disturbare la madre concentrata a pregare. Bastarono pochi passi per entrare in cucina, dove prese un succo di frutta dal frigo e ritornò fuori sul balcone insieme alla sorella.

Siccome Simona indossava solo una maglia a mezze maniche, gesticolai per far capire a Davide che quel magnifico venticello non le avrebbe fatto tanto bene e, così, lui si tolse il golfino e lo avvolse attorno a lei con cura. Poi la mise a sedere sulla piccolissima bici colorata sulla quale Simona, insieme alla scimmietta, iniziò ad andare avanti e indietro per il lungo balcone.

«Ti faccio contento, Gioele. Ma devi promettermi solo due cose...» disse.

«Ma certo» risposi nascondendo il sorriso e la felicità che voleva tanto esplodere.

«Punto primo: le foto le potrai vendere in tutto il mondo, pure a qualcuno che abita sulla luna, ammesso che tu sia capace di arrivarci, ma non in Italia. Come puoi vedere, Gioele, io ho da perdere qualcosa di importante» affermò indicandomi con il capo Simona che, intanto, stava recuperando la sua scimmietta, finita sotto la ruota.

«Punto secondo: non tirare fuori mai la fotocamera quando non sarò io a dirtelo o a fartelo capire. Siamo intesi, Gioele?» mi chiese fulminandomi con gli occhi con uno sguardo abbastanza severo.

«Intesi. L'unica cosa che non voglio è metterti nei casini» commentai.

«Che mi ci metti a me, io questo lo posso anche accettare, perché l'ho scelta io questa vita, nonostante la mia giovane età, ma il mio compito è di tenere fuori loro. Perché anche se possiamo sembrare una famiglia rovinata, con la casa tutta rotta e piena di perdite d'acqua, loro sono delle brave persone, specialmente mia madre e mia sorella» affermò puntando l'indice in alto, cercando di immortalare quel momento.

«Non lo farei mai, credimi. E sono pronto a giurartelo, Davide.»

Davide sorrise, come per farmi capire che il mio giuramento non lo avrebbe rassicurato più di tanto. Tese la mano e tenendola ferma, affermò: «A me basta la tua parola d'onore.»

E io, con la gioia nel cuore e con tutta la correttezza di una città intera, risposi: «Hai la mia parola d'onore, Davide.»

Dallo stradone della villa comunale vedemmo entrare un motorino che si fermò sotto al balcone. Un uomo anziano sollevò lo sguardo e con un gesto ordinò a Davide di raggiungerlo di sotto.

«Devo andare, Gioele. È arrivato lo zio» disse piegandosi verso la sorella per baciarle le labbra.

Mi affrettai ad aprire lo zaino e, quando sollevai lo sguardo, mi accorsi che Davide aveva già varcato la porta del salone, così mi affrettai a rincorrerlo.

Salutai sua madre che si stava sollevando da terra per chiudere la porta e lo raggiunsi fuori. Camminammo sul ballatoio scansando gli escrementi dei colombi e, quando arrivammo alla scala sud-ovest, lo fermai risoluto.

«Tantissimi auguri, Davide» dissi allungando il pacchetto regalo.

Davide indietreggiò di qualche passo, tirò su le mani e le posò sulla testa. Aveva lo sguardo imbarazzato e gli occhi leggermente lucidi.

«Sei l'unico ad averlo ricordato, Gioele» borbottò emozionato.

«Se te l'avessi dato prima, potevi pensare che ti volessi mettere in difficoltà» replicai.

Davide non disse una parola. Chissà cosa stava pensando in quel momento mentre gli porgevo il pacchetto proprio sotto i suoi occhi. Fece giusto due passi verso di me e mi abbracciò forte per una dozzina di secondi. Durante quell'abbraccio mi trasmise tutta la tenerezza che si nascondeva dietro lo sguardo penetrante di un uomo incastrato nel corpo di un ragazzino sensibile e, anche solo per un attimo, si rivelò solo un bambino, stanco di giocare a fare l'adulto. E così, dopo aver insistito che lo aprisse davanti a me, lo provò a scartare con delicatezza. Le sue dita sembravano delicate e leggere come una piuma, come se il tempo avesse smesso di scorrere. Poi sollevò il coperchio della confezione e spalancò gli occhi. Con gli occhi lucidi afferrò la cartolina e sorrise felice.

«Vorrei tanto andarci ora, ma...» mormorò con rammarico e, sentendo il clacson che probabilmente stava suonando lo zio, si affrettò a scendere le scale.

«Vico Equense non scappa di lì» risposi cercando di rasserenarlo, mentre scendevo le scale prestando attenzione.

Uscimmo dal cortile dove Davide, guardandosi intorno, notò che non vi era lo zio ad aspettarlo. Di sicuro si trovava dall'altra parte della Vela, al centro della stessa, dove c'è più movimento e l'attesa sembra durare meno.

Così aspettammo il suo ritorno accostandoci a Bianca. Per riempire il silenzio che era calato per la situazione imbarazzante gli chiesi, con tono ansioso: «Non è che gli succede qualcosa?» riferendomi a suo padre.

«Tranquillo, nessuno si affaticherebbe ad arrestarlo ma alla sua età credo che dovrebbe sbrigarsela da solo, perché io non riesco a mandare avanti tutte le spese di casa.»

«Perché ne sei così sicuro?» gli chiesi.

Davide rise, come se avesse saputo che la sua risposta mi avrebbe messo all'angolo.

«Loro vogliono il passatore, le case d'appoggio dove tengono nascosta la droga o al massimo si accontentano dello spacciatore. Uno come lui non lo guardano neanche perché saprebbero già che, se battessero un piede a terra, lui scapperebbe verso Mondragone. Poi toccherebbe a me andarlo a prendere, come se la mia giornata fosse fatta di computer e ufficio.»

E visto che era ritornato in vena di parlare, ne approfittai.

«Non provi nulla nel vedere tuo padre lavorare qui sotto e sapere che ce lo hai messo proprio tu?»

Fece una piccola risatina che non riuscii a distinguere se si trattasse di sarcasmo oppure di ironia.

«Lo sai che ho sistemato mezza famiglia mia qui sotto, metterne uno in più di certo non mi guasta il sonno...»

Il suo collo si allungò nel vedere un'auto sospetta sullo stradone della villa. Ritornò alla postura naturale solo quando l'auto fece inversione e tornò indietro.

Mentre provò ad accendersi la sigaretta, dalla salita che costeggia la Vela, sbucò lo zio che si avvicinò a noi.

Davide prima di tendergli la mano per salutarlo e salire dietro di lui, mi diede una pacca sulla spalla per salutarmi. Poi, stringendo le ginocchia ai fianchi di quel vecchietto minutino dai capelli bianco sporco, gli ordinò di non dare ancora gas al motorino. Subito dopo, mi rivolse uno sguardo fulmineo e poi disse: «Gioele, se solo pensassi a tutto il male che ho fatto e che continuo a fare, buttarmi da quel balcone all'ultimo piano credo che non basterebbe per rimediare a tutto» mormorò con tristezza, mentre col dito indicò il balcone in cima alla Vela.

E dopo che Davide mise una mano sulla sua spalla, il vecchietto fece scorrere con violenza la manopola del gas allontanandosi dalla Vela e sfrecciando, a tutta velocità, sullo stradone della villa.

A mia volta, accesi il motore di Bianca e, mentre guidavo per ritornare al Vomero, pensai alle sue parole e alla realtà parallela che lo circondava.

In effetti, sotto la Vela molti dei suoi parenti contribuivano alla vendita di eroina e cocaina.

Quando Davide era di riposo e andavo a fargli la terapia trovavo suo cugino Carmine appostato al piano terra della scala nord-ovest, proprio sotto il balcone di Ugariello, un detenuto affidato ai domiciliari. Nella stessa posizione di Davide, invece, a pochi passi dalla scala ovest, c'era Franco, fratello maggiore di Carmine. E poi mi capitava, di sovente, di suonare il campanello della casa di Davide e salutare suo zio Pupato, il fratello di sua madre, che si trovava proprio sotto il suo ballatoio.

Questi tre lavoravano con la paranza di Giacinto, l'altro capo-paranza della Vela rossa.

Mentre Davide apparteneva a quella di 'a Bomba, anch'esso capo-paranza. Condivideva lo stesso turno di Davide anche suo fratello minore di appena dodici anni e infine c'era suo cugino. Entrambi ricoprivano il ruolo di vedetta, stando sulle sponde della Vela.

Per chi non è pratico dei meccanismi della Vela, risulta molto complesso proteggerla dalla polizia. Molto simile a quando si è bambini e ci insegnano a giocare a guardia e ladri, ma la differenza sostanziale consiste nel fatto che quando la polizia cattura lo spacciatore, questi non viene messo in disparte per poi giocare alla partita successiva, ma viene chiuso nelle quattro mura di Poggioreale, dove la lista dei carcerati cresce sempre di più. Per questo esplicito motivo, il capo-piazza ha l'obbligo di proteggere a ogni costo i suoi interessi, perché è attraverso quelle mura che i soldi "veri" entrano dalle mani dei tossici. E tra un passamano e l'altro, i soldi escono da lì, ripuliti, per poi finire nelle mani del clan.

Funziona così: il clan assegna la piazza di spaccio a un loro fidato nonché affiliato che, a sua volta, viene definito come capo-piazza, a cui deve garantire un minimo di consumo settimanale o mensile. Sotto di lui ci sono i cosiddetti "responsabili della piazza", che hanno il compito di acquisire informazioni dal capo-paranza e riportarle al capo-piazza o chi ne fa da vice. I capi-paranza sono quelli più esposti, quelli che rischiano più anni di carcere se vengono catturati durante un blitz. Loro hanno il compito di aprire la piazza di spaccio nonostante le difficoltà che si potrebbero presentare durante le diciassette ore di attività. Infine, c'è la paranza, che è costituita da un minimo di nove persone in su. Questi ultimi sono coloro che rischiano in prima fila, quelli che combattono per tutto il giorno senza mai stancarsi e sono i benefattori dell'intero edificio e di chi ci abita.

L'intera paranza vende la singola dose di eroina o cocaina al prezzo di tredici euro: dieci euro vanno al capo-piazza, due euro vanno alla paranza di turno e un euro va nella cassa del mantenimento per i detenuti, che consiste in duecento euro a settimana per quelli sposati o con figli e cento euro per i single o per i minorenni. Anche chi si trova agli arresti domiciliari percepisce la medesima somma perché, in un modo o nell'altro, sta comunque scontando la sua pena.

Ogni giorno, in media, una paranza riesce a vendere 2.800 pezzi. I 5.600 euro di guadagno della paranza non vengono divisi con uguaglianza, perché una parte serve a pagare le "spese del giorno" che costituiscono il contorno della paranza e sono tutte, in qualche modo, legate a essa o a chi semplicemente abita nell'edificio. Più precisamente sono spese affrontate per garantire la fedeltà e la sicurezza di chi svolge certe mansioni. Infatti alcune persone, a cui piace il denaro o si intendono di droga, offrono all'occorrenza "appoggi logistici". A titolo di esempio posso citare una madre che, per un paio di centoni a turno, è disposta in caso di fuga a spalancare la porta allo spacciatore nascondendolo sotto le lenzuola e "spacciandolo" per il fidanzato di qualche figlia. Altri costi vengono sostenuti per offrire alla paranza un discreto e completo pasto caldo, per poter disporre di qualche appartamento anche solo per i servizi igienici, per la pulizia del condominio o delle scale che i tossici inzaccherano con le loro scarpe sporche di fango, per le attività di beneficenza in favore di qualcuno estraneo alla droga ma, tuttavia, meritevole di aiuto.

La fuga

Con la primavera arrivarono anche le festività pasquali con largo anticipo, anche se dopo la zuppa di cozze del Giovedì Santo, il casatiello farcito di salumi e formaggi, la minestra preparata col brodo di gallina, seguito dalla magnifica pastiera cucinata dalla nonna e dall'uovo di cioccolato fondente per simboleggiare la cultura, come vennero se ne andarono, facendomi appesantire di qualche chilo in più. Finalmente l'intera città riprese non solo a lavorare ma anche a ritornare alla solita routine, anche se non era un'impresa facile: stare in famiglia è sempre qualcosa di unico e speciale.

La mia vita andava a gonfie vele perché finalmente il rapporto con Davide si stava rafforzando giorno dopo giorno. Non solo! Avevo anche ufficializzato il fidanzamento con Valeria, anche lei giornalista. La conobbi per caso una mattina mentre entrambi attendevamo nel corridoio di accesso alla segreteria dell'ordine dei giornalisti per ritirare il tesserino.

Mi recavo da Davide ogni giorno non solo perché ero interessato alle fotografie, anche se erano fondamentali per me, ma anche perché era l'unico amico che ero riuscito a tenermi stretto. Prima di lui ne avevo diversi però, col passare del tempo, i nostri rapporti si sono allentati. Tutti quelli con cui sono cresciuto oggi sono padri di famiglia o si sono trasferiti al nord Italia o, addirittura, all'estero. Invece, quelli che avevo conosciuto in redazione erano rimasti semplicemente colleghi.

Con Davide il rapporto era diverso per entrambi: ci rispettavamo nonostante le strade fossero diverse. Non c'era cosa più bella.

Ci stimavamo con estremo riguardo senza mai raccontare bugie l'uno all'altro e nessuno dei due aveva un secondo fine, oltre a quello di vivere la propria vita. Nient'altro, a parte l'amicizia.

Non ero il solo ad avere quella convinzione, anche lui condivideva quel pensiero. Infatti, sebbene conoscesse tante persone, non si fidava di nessuno a cui confidare i problemi che aveva o che avrebbe dovuto affrontare, perché il loro rapporto era basato, solo ed esclusivamente, su questioni di danaro. Tanto è vero che se fossero stati messi all'angolo da un loro capo o da rivali, ne sono certo, non avrebbero esitato un istante a tradire un loro compagno o a compiere atti pericolosi, pur di salvarsi la pelle.

Tra noi, invece, c'erano tanti aspetti in comune: eravamo entrambi indecisi se sposarci in chiesa o meno; pensavamo che alcune cose non avessero una scadenza prestabilita ma fossero espressione di libertà e, infine, credevamo nei grandi sogni impossibili. In ultimo, ci accomunava anche la passione per l'Harley Davidson e un interesse, direi quasi "carnale", per la costiera Amalfitana.

Lui mi aveva presentato alla paranza della Vela rossa come "fotografo dei matrimoni" e non per quello che ero realmente. Questo significava che aveva garantito per me e che, finalmente, non solo potevo entrare o uscire da Scampia, persino in sua assenza, ma che, addirittura, non avrei dovuto dare spiegazioni a nessuno per la mia presenza.

Davide mi consegnò nelle mani di Massimiliano svelandogli la mia vera identità, perché tra loro c'era fiducia reciproca e si coprivano a vicenda, ovviamente finché potevano. Infatti, entrambi mi fecero scattare una fotografia molto bella: Davide era seduto sulle scale del quarto piano pronto a spacciare perché quella mattina, chissà per quale motivo, lo spacciatore non si presentò. La loro legge, se così vogliamo chiamarla, prevedeva che alcuni membri che si spartivano la quota in parti uguali, avevano l'obbligo di spacciare a turno.

Per Massimiliano, invece, non vigeva questa legge. Per lui no, perché Massimiliano era il "passatore" della paranza, ovvero colui che distribuiva i pacchettini allo spacciatore e che riscuoteva i soldi di quelli venduti per poi portarli ai "custodi dei guadagni". Costui, quindi, era l'anello comunicante tra il clan e la paranza della Vela rossa e, in quanto tale, doveva stare lontano dalla zona dello spaccio. Lontano, ma non troppo. Per l'intera organizzazione Massimiliano, rispetto a un qualsiasi spacciatore, era un pesce grosso che faceva gola agli agenti. Quindi esporlo al rischio avrebbe comportato un serio problema per tutti, sia per la paranza che era consapevole della grossa perdita in cui sarebbe incorsa nel caso di suo arresto e sia per il clan che avrebbe perso un carico di droga. E, nel loro mondo, l'equazione era sola una: droga = soldi.

Siccome Davide, a causa della gamba, non poteva correre in caso di fuga, la paranza decise di affiancargli qualcuno: il giovanissimo Vincenzino. Quest'ultimo aveva appena compiuto quattordici anni ed era il passatore dell'altra paranza, ovvero quella dell'altro capo-paranza e cognato di 'a Bomba: entrambi avevano sposato due sorelle, appartenenti alla Vela gialla.

Poiché aveva perso il padre quand'era ancora piccolo e la madre, per questioni legate alla droga, era affidata agli arresti domiciliari in un "basso", Vincenzino faceva il doppio turno per un estremo bisogno di soldi. A dirla tutta, lui era l'unico minorenne che guadagnava circa 6.000 euro alla settimana e qualcuno della paranza sosteneva che, qualche volta, nei periodi natalizi o intensi, li aveva anche superati. Sebbene fosse uno dei pilastri importanti della malavita non era da escludere che quel ragazzino, dalla testa completamente rasata a zero e il viso "minaccioso", sacrificasse ogni fonte di distrazione, comune ai giovani della sua età, per il bene supremo della paranza.

Avevo dedotto ciò perché ogni volta che arrivavo lo vedevo sempre in giro per la Vela indaffarato a nascondere pacchettini o a sostituire qualche membro della paranza. Finché, una mattina di primavera, non si presentò all'appello mattutino. Per l'intera paranza la sua assenza era da interpretare come un evento negativo e pienamente allarmante, perché lui non aveva mai mancato a nessun appello per entrambe le paranze. Tutti si chiedevano dove fosse, ma nessuno era a conoscenza della risposta. Avevano così tanta ansia che mandarono, tramite i "responsabili", un'ambasciata ai vertici del clan per trovarlo o ricevere sue notizie.

Dopo alcune ore di ricerca, tramite 'o Tedesco, legato a sua madre per questione "lavorative", si venne a sapere che Vincenzino godeva di ottima salute. Si presentò nel primo pomeriggio a bordo di un motorino grigio, con l'espressione tipica di un perfetto idiota felice: per lui era il primo regalo della sua vita. Era così euforico che se ne andava in giro per le due Vele: la gialla e la rossa. Vincenzino era molto legato a Davide e viceversa. Tuttavia, visto che sua madre era persona di fiducia di 'o Tedesco, uno dei quattro "responsabili delle piazze" di spaccio delle due Vele, Davide non si fidava fino in fondo e si trattenne dal rivelargli la mia vera identità.

Perciò Davide finse di avvertire sete per allontanare Vincenzino. Infatti quest'ultimo, sapendo che Salli Salli, l'addetto alle vendite di siringhe e fialette che i tossici compravano in un seminterrato sotto la Vela, non avrebbe potuto di certo, in quanto solo, sospendere il ruolo per portagli su da bere, dovette scendere per soddisfare la richiesta di Davide. Ma prima di accontentarlo gli ordinò di gettare, in caso di allarme, il borsello contenente la droga e i soldi in un appartamento vuoto e privo di scale d'accesso. In tale evenienza, Vincenzino si sarebbe occupato del recupero del borsello dopo l'allontanamento della polizia locale o esterna: gli agenti delle questure o delle caserme di Napoli o di fuori comune, almeno una volta nella loro vita, erano stati nelle Vele.

Così, mentre Vincenzino scendeva le scale per comprare da bere sia per Davide che per lui, ci raggiunse Massimiliano che proveniva dalle scale del piano superiore stringendo nella mano, come se tenesse un coniglio per le orecchie, un ingombrante sacco della spazzatura. Slegò il nodo e, dopo averlo aperto, mi fece scattare alcune fotografie che ritraevano lui e il sacco pieno zeppo di eroina e di cocaina. Poi si affrettò a rimettere tutto al proprio posto per nascondere il contenuto alla vista degli altri presenti.

Intanto, nascondendomi a metà della scala che portava al piano superiore, feci alcuni scatti per immortalare il momento in cui Davide consegnava le dosi ai tossici e riscuoteva i soldi riponendoli nel borsello. L'aspetto che più mi colpì di lui era che, nonostante fosse stravaccato sui gradini sporchi e logori con la droga tra le mani, indossasse un paio di Hogan di pelle e una felpa di Valentino. E che dire del berretto nero di Just Cavalli! Beh... quello non mancava mai: lo indossava con lo scopo di celare il viso nel caso in cui qualche agente della questura, con l'intento di fare "bingo" con un blitz, avesse tra le mani una sua video-registrazione da cui ottenere prove inconfutabili per soddisfare lo stomaco di qualche pubblico ministero.

Davide era veramente veloce nello "spicciare" i tossici, adottando un metodo tutto suo: disponeva tutte le monete sul marmo integro del gradino e, con le dita, faceva scorrere le singole monete che gli finivano direttamente nel borsello "siamese".

Le paranze gli avevano insegnato una disciplina dura e severa da adottare con i tossici, provenienti da ogni parte del sud Italia, nonostante portassero soldi. Doveva riportare, sin da subito, l'ordine nelle file qualora ce ne fosse stato bisogno e intimorirli o, persino, picchiarli se commettevano anche un piccolo errore.

Tutto dipendeva dall'educazione a cui era abituato il tossico.

E quel giorno un uomo dimostrò la sua nel momento in cui salì le scale e ignorò di mettersi in fila, oltrepassandola con noncuranza. Gli altri tossici, inizialmente, credevano che fosse qualcuno che abitasse lì, ma quando l'uomo si fermò a pochi gradini, proprio di fronte a Davide, cominciarono a protestare e a inveirgli contro invitando, infine, Davide a "educare" l'uomo con la giacca scura e la camicia azzurrina.

«Aspettate un attimo...» gridò Davide e, minacciandoli con lo sguardo, li fece zittire all'istante. «Fatelo parlare prima, no?»

«Sei tu Avagliani Davide?»

«Sì, chi ti manda?» gli chiese con tono placido, passando le dosi al tossico di turno.

«Buongiorno, sono l'ufficiale giudiziario. Ma tranquillo...» disse indietreggiando e allungando le braccia davanti al petto, quasi parallele al pavimento, in realtà dando più la parvenza di essere pronto per un esercizio di stretching. «Di sotto mi hanno già controllato tre volte. E siccome tua madre mi ha chiuso la porta in faccia, devo consegnarti una notifica da parte del giudice» disse con fare innocuo.

I primi due tossici in cima alla fila, del tutto ignari, si staccarono dal gruppo incamminandosi verso Davide. Il funzionario, pur sapendo che lui fosse lì per spacciare, per non peggiorare la situazione già critica, ignorò ciò che stava vedendo e si spostò di lato per permettere a Davide di continuare la vendita. Ma lui si dimostrò fin troppo educato e, così, alzò leggermente la mano, pietrificando all'istante i tossici disposti in fila, impazienti e irritati e diede la priorità all'uomo. Davide consentì, quindi, all'ufficiale giudiziario di aprire la cartellina gialla e di sfilare una delle tre penne che erano riposte nella tasca interna della giacca, in modo da poter firmare a nome di sua madre, proprio sotto i suoi occhi.

In assoluto silenzio e con lo sguardo fisso a terra firmò, senza alcuna esitazione e senza nemmeno chiedere informazioni riguardanti la notifica.

«Finalmente!» esclamò vedendo Davide porgergli la sua copia firmata e, dopo averla ritirata, aggiunse: «Sono tre mesi che ti sto cercando.»

E, solo quando l'ufficiale giudiziario assunse un atteggiamento "amichevole", lui ne approfittò come se davanti a sé avesse tutto il tempo della vita.

«Cos'è?» gli chiese in tono perentorio.

«Ti è andata male ragazzo... pare che ci sia in ballo la revoca della sospensione condizionale della pena.»

«Quindi... mi rimettono dentro?»

«Sembrerebbe di sì» disse dispiaciuto. Voltò le spalle e cominciò a scendere le scale come se lo stesse inseguendo il diavolo, per evitare di essere braccato, insieme ai tossici, dagli agenti e rischiando, così, di perdere il lavoro.

Davide si voltò verso me e, fissandomi dritto negli occhi, fece una smorfia delusa e rattristata.

Avrei tanto voluto confortarlo dicendogli che con un buon avvocato avrebbe potuto cavarsela, ma le risonanti urla delle vedette spazzarono via il mio delicato pensiero: «Maria! Maria! Maria!» gridarono dal basso, così forte da ridurre la gola in fiamme.

Davide fece un sussulto che lo sbalzò dalle scale. Rimase fermo per qualche secondo poi, palesemente sofferente, si affrettò a salire le scale zoppicando. Per non sentire più dolore alla gamba avrebbe dovuto, prima, disfarsi del borsello e, poi, affrettarsi a raggiungere casa sua. Nel frattempo, mi dileguai in direzione dei piani alti della Vela, pensando che lì la polizia non sarebbe arrivata, ma mi sbagliavo di grosso.

Avevo corso come non avevo mai fatto prima d'allora, il detto metaforico napoletano "se la paura fa novanta, io faccio novantuno" non era mai stato più azzeccato, perché con tutto il peso dello zaino che conteneva la reflex, gli obbiettivi e le batterie, mi sentivo un corridore poco allenato.

Al settimo piano sentii alcuni pesanti passi di qualcuno e rallentai. Ero intento a non fermarmi ma non seppi resistere, non dopo aver visto apparire dinanzi a me una scritta incisa sulla imponente vetrata condominiale: *"SIAMO TUTTI BOSS"*.

Me ne fregai della paura, delle conseguenze e degli agenti che mi avrebbero potuto fermare e a cui non avrei saputo cosa rispondere e, preso dall'incoscienza della curiosità, fotografai quella frase. Poi, proseguii la mia salita giungendo fino al nono piano, dove la mia fuga s'interruppe violentemente: ormai la speranza di farla franca venne scippata dalla sfortuna. Mi sentii un topo braccato e messo all'angolo nel vedere le scale bloccate da grossi mattoni cementati che creavano una barriera prorompente, piazzata dagli addetti del comune con l'intento di impedire a qualcuno di occupare le case non più abitate dagli assegnatari, che erano stati trasferiti nei nuovi alloggi.

E così, dopo essermi infuso coraggio e aver ripetuto come un mantra l'impavida frase "non mollare al primo ostacolo", come un evaso di galera, m'incamminai per raggiungere il ballatoio nord.

Una volta arrivato alla scala nord-est, iniziai a scendere cercando di stabilizzare il respiro affannoso. Avevo quasi ripreso fiato e colore e il pensiero di averla avuta vinta si stava trasformando in un enorme sorriso. Ma l'illusione svanì allorché, percorrendo le scale del quarto piano, di colpo venni fermato dagli agenti in borghese del commissariato di Scampia che non solo erano entrati con rapidità ma si erano anche attivati, con astuzia, bloccando le uscite di tutte e sei le scale che la Vela possedeva.

«Cosa ci fai qui?» disse l'agente con i corti capelli rossi allargando le braccia in fuori per bloccarmi il passaggio.

«Dovevo comprare l'eroina» risposi senza perdermi d'animo, spacciandomi per tossico.

Mi rivolse uno sguardo, poi mi ordinò di aprire lo zaino.

Quando vide la reflex che avevo smontato ai piani alti, mi ordinò di accenderla e di mostrargli le fotografie che avevo scattato. La paura mi sbiancò il viso. Immaginavo già Davide e Massimiliano con le manette ai polsi, ma un lampo mi illuminò la mente. Durante l'accensione, ignorai il file di memoria della SD che era inserita nella macchina e accedetti alla CF che, invece, per mia fortuna, era completamente vuota.

Dopo aver costatato che al suo interno non c'era nulla di rilevante o che avrebbe giustificato un sequestro dell'oggetto, mi riconsegnò il documento d'identità mandandomi via.

Mentre gli agenti erano concentrati a scovare qualcosa nelle case abbandonate poste due ballatoi sotto, m'incamminai per raggiungere la scala est e proseguii sul ballatoio sud, fino ad arrivare all'ingresso della porta di casa di Davide.

Ad accogliermi sul ciglio della porta fu suo padre che rimase colpito dal fatto che fossi lì senza suo figlio. Mi guardò per un istante, poi fece un passo indietro permettendomi di entrare e, soprattutto, di stare lontano dai guai.

Lui era scappato dopo alcuni secondi dalle grida di allarme e, per impiegare il tempo o per procurarsi un alibi, si era chiuso in bagno a radersi la barba.

Così, dopo aver constatato che sia la moglie che la figlia stavano riposando, decisi di uscire in balcone e di osservare da lì ogni movimento degli agenti.

Dopo un'ora circa passata al balcone, vidi l'auto della polizia che si dirigeva verso l'uscita della Vela e mi premurai a scendere.

Tutta la paranza si affrettò a raggiungere il suo posto, mentre Vincenzino giocava a fare Tarzan per recuperare il borsello e per consegnarlo nelle mani del successivo membro. Ovvero, nelle mani di Luciano 'o Fagiano.

Il carico

I cilindretti di eroina e cocaina stavano per finire, infatti nelle mani di Massimiliano erano rimasti pochi pacchettini che sicuramente non sarebbero bastati fino alla chiusura.

La piazza della Vela rossa era abbastanza famosa, tant'è vero che i tossici venivano da qualsiasi parte dell'Italia soli, accompagnati o in piccoli gruppi.

Vivendo, così intensamente, la realtà della Vela rossa accanto a Davide, riuscivo ad assistere a eventi che non avevo mai visto nella vita, lontani anche da ogni mio pensiero! Proprio, in quei momenti, mi sentivo uno spettatore a cui era riservato un posto d'onore che guardava scorrere sul video le immagini di un film d'azione, o meglio di genere noir.

Davide conosceva la maggior parte dei tossici e li sapeva trattare con abilità, tanto che se uno di loro, che non aveva mai visto perché solitamente accedeva da un'altra parte, gli passava davanti per raggiungere la scala ovest, lo fermava, lo perquisiva e lo interrogava.

Ne ho visti tanti, in preda all'astinenza, che provavano a ribellarsi al suo metodo: avvocati del foro di Napoli e di Roma, infermieri affidati al servizio ambulanze, pompieri, guardie carcerarie, bidelli, padri disoccupati e figli di imprenditori. Ma Davide non faceva alcuna distinzione e li metteva a tacere tutti con pugno fermo.

Alcune volte era capitato che Davide si fosse dimenticato di qualche volto, ma gli ritornava in mente non appena costoro gli dicevano un numero.

Quel gran figlio di tre puttane, per individuarli, forniva loro un codice identificativo che, in realtà, era il numero del suo appartamento.

Da regolamento dello spaccio, la piazza della Vela rossa doveva essere "ricaricata" a tutti i costi e tale manovra era la più difficile per l'intero clan, in quanto comportava un rischio molto elevato.

Ma nonostante i leciti timori, il carico non doveva essere consegnato né in anticipo né in ritardo ma, inderogabilmente, in perfetto orario. Questa era una regola ferrea sia per la paranza che per il capo-piazza. Infatti se la merce veniva consegnata in anticipo, la paranza, tramite i responsabili, sollevava delle lamentele perché non voleva rischiare troppi anni di carcere o di finire ai domiciliari in quelle quattro mura.

Caso contrario, ovvero se la consegna veniva differita, era lo stesso capo-piazza a richiamare, con toni assai minacciosi, i responsabili ricordando loro che qualsiasi ritardo comportava un'ingiustificabile perdita di soldi. D'altronde spiegargli che l'intoppo era avvenuto per colpa di qualche pattuglia di troppo che gironzolava per le strade di Scampia, senza una precisa meta, sarebbe stato inutile. Sarebbero state solo parole dette al vento, perché per il capo-piazza ogni scusa equivaleva a un errore e si sa che, all'interno della mala, gli errori si pagano solo ed esclusivamente in due modi: con un pesante pestaggio o addirittura con la morte!

Gli affiliati temevano queste regole e, piuttosto che perdere inutile tempo nel trovare una scusa per rimandare, si scervellavano nel cercare il modo di consegnare puntualmente garantendo il proseguimento delle vendite. L'unica responsabilità di ambo le parti, sia del clan che della paranza, era di fare in modo che non ci fossero inconvenienti in quanto i profitti erano, letteralmente, nelle mani dei passatori.

La paranza scendeva in campo per tifare sì ognuno per la propria squadra, ma in particolar modo, per la propria incolumità nella speranza di non farsi arrestare e col proposito, il giorno dopo, di godersi serenamente i guadagni lanciandosi in folli spese.

Davide una volta mi spiegò che ognuno di loro spendeva il denaro a proprio piacimento, fornendomi degli esempi per chiarire meglio il concetto. In realtà capii che quelle persone, la maggior parte a me sconosciuta, avessero desideri e aspirazioni molto simili alla gente "perbene". Mi raccontò di un certo Michele che era felice per avere finalmente comprato un Beverly 300 Cruiser. Tuttavia quella felicità durò pochi mesi, ovvero finché sul lungomare venne fermato, assieme alla compagna che gli aveva dato già tre figli, dalla polizia che, trovandolo sprovvisto di assicurazione e di patente di guida, fece scattare il sequestro del mezzo.

'A Bomba realizzò il suo sogno quando entrò, per la prima volta, nel lussuoso salone di Monetti e, posando i contanti sulla lucente vetrina, comprò un Tudor dal quadrante nero.

Cocò, invece, che era un uomo maturo di oltre cinquant'anni, aveva comprato una Fiat Panda HP e l'aveva regalata ai suoi due figli gemelli. Il suo sacrificio non era per ostentare ricchezza o perché vittima di un loro bonario "ricatto" né per viziarli ma, piuttosto, non voleva che, per necessità, cadessero nel suo stesso errore: commettere reati per sopravvivere.

'O Fagiano, dopo aver acquistato una Smart con cambio automatico, prediligendolo a quello manuale, metteva da parte i proventi nascondendoli dentro una stampante rotta, perché i suoi nonni materni e tutori legali, in quanto orfano di padre, erano ignari di tutto quello che stava combinando. Racimolava quel denaro perché spinto da un forte desiderio che non riusciva a trattenere: sposare, una volta diventato maggiorenne, una ragazza che abitava nelle palazzine di Melito.

Il fratello minore di Davide, appena dodicenne, dopo tanti anni sprecati a sognare a occhi aperti cose molte più grandi di lui, con i primi ricavi comprò una moto che lavava ogni due giorni e non prestava a nessuno, nemmeno ai suoi fratelli. Per lui non era una semplice moto, ma la considerava la sua fidanzata. E si sa, a Scampia le femmine degli altri non si toccano!

Davide, invece, amava spenderli nell'acquisto di vestiti costosi, specialmente di quelli più esclusivi, in "edizione limitata". Si accontentava della sua semplice Peugeot 106 del '97 che non aveva mai visto un lavaggio completo, non perché fosse tirchio o si sentisse più a suo agio in mezzo allo sporco, ma perché non amava aspettare né il proprio turno né la durata di un lavaggio completo. C'è da dire, però, che quando si vedeva costretto la faceva lavare, perlomeno all'interno.

Per finire il vecchietto, colui che Davide chiamava "lo zio", sperperava tutti i suoi soldi con la sua appariscente donna dai capelli biondi.

Lo spostamento del carico non avveniva usando sempre la stessa strategia, avveniva in diversi modi e a qualunque ora, perché oltre al "piccione viaggiatore", nessuno doveva sapere quando e da dove provenisse. Ma la paranza sapeva benissimo che, proprio durante il passaggio di droga, proprio in quei trenta secondi, la Vela rossa diventava vulnerabile e, di conseguenza, poteva essere sotto il mirino di qualche agente della questura che attendeva "dietro l'angolo".

In quel frangente, Davide e io stavamo bevendo il caffè. Dinanzi a noi c'era un gruppo di tossici che erano appena scesi dal quarto piano dirigendosi verso le viscere della Vela per bucarsi la pelle.

Li guardai con invidia come accadeva da ragazzino quando, influenzato, mi affacciavo per spiare i miei amici che si organizzavano per andare in spiaggia, perché avrei voluto tanto alzarmi e infiltrarmi nel gruppo, anche solo per scattare qualche fotografia che per me era manna dal cielo. Ma ora, come allora, non avrei potuto esaudire il mio desiderio, perché c'era Davide al mio fianco e provavo imbarazzo nell'esternare i miei pensieri, come se avessi perso la lingua.

Cercavo, nella mente, di scovare le parole e accostarle una all'altra nel modo più corretto, come se stessi cercando le tessere da incastrare per ricomporre un puzzle.

Utilizzavo questo stratagemma prima di presentarmi a mio padre per chiedergli in prestito la sua auto per uscire e fare serata con gli amici. Però in quella circostanza due erano i problemi: a) Davide non era mio padre; b) non si trattava di restituire l'auto con due graffi in più sui paraurti, ma di ben altro. Era chiaro che fosse come pretendere l'impossibile!

Mentre lui fissava l'entrata sentivo dentro me la mia voce ripetere in continuazione le stesse parole tant'è che, per un istante, mi chiesi se avessi acquisito l'abilità di un ventriloquo.

«Davide, posso andare a fotografare qualche tossico mentre si buca?»

Improvvisamente chiusi gli occhi, ingoiai la lingua e litigai con il mio pensiero per essersi espresso a voce alta.

Quando li riaprii, vidi che si era voltato verso di me facendomi di no con il dito indice della mano.

Mentre esaminavo la sua espressione per comprendere se l'avessi irritato o meno, si accese una sigaretta che, agitato, fumò. Siccome era difficile capire la sua reazione attraverso gesti o pensieri, optai per il chiarimento.

«Tranquillo, non me la sono presa» dissi con ironia, facendo seguire una spinta sulla spalla.

Davide non si smosse: rimase seduto come fosse una dura pietra, impossibile da scalfire.

«Vattene da qui, Gioele!» esclamò in tono serio.

Pensai di aver capito male, ma dopo averlo guardato in viso, provai un forte dolore molto simile a una violenta caduta per le scale.

Quelle parole mi avevano provocato un vuoto colmo di fitte e sofferenza. Non credevo alle mie orecchie, non riuscivo a fare altro se non fissarlo con espressione allibita.

«Ma dai, Davide! Te la sei presa per la spinta o perché pensi che io sia stato maleducato a chiedertelo?»

Davide sussultò dalla sedia guardandomi con gli occhi spalancati. Aveva l'espressione di chi non capiva di cosa stessi parlando.

Poi, dopo essersi concesso qualche secondo di concentrazione, schiattò dalle risate.

«Ma che hai capito, Gioele!?» disse mettendomi una mano sulla spalla e quando smise di ridermi in faccia, riprese: «Sta per arrivare il carico. Meglio se te ne vai lontano da qui.»

I suoi occhi ritornarono a puntare verso l'ingresso, fissando un SH bicolore fermo sul ciglio dello stradone della villa comunale.

«Fingiti tossico!» esclamò preoccupato.

Si voltò verso la scala e mettendosi due dita ai lati della bocca fece degli striduli fischi ripetuti, smettendo soltanto quando qualcuno della paranza, Vincenzino, comparve in cima all'atrio, rimanendo immobile.

Rapidamente mi allontanai da lui e cominciai a barcollare su per le scale. Arrivato all'atrio, imboccai velocemente le scale principali interne, cercando di raggiungere i piani superiori.

Mi nascosi dietro le grandi finestre del secondo piano e, nonostante da lì avessi una vista limitata, il mio campo visivo riusciva comunque a coprire la scala ovest fino allo stradone nord, oltre alla scala nord-ovest e la questura dei carabinieri.

Alle mie spalle si era creato un traffico umano di tossici che salivano e altri che scendevano in fretta per andarsi a bucare.

Riportai la concentrazione su Davide che era fermo a metà percorso tra le scale e il marciapiede. Sembrava che la presenza di quel motorino l'avesse in qualche modo ipnotizzato e volevo capirne il motivo.

Poi, si svegliò bruscamente e, dopo aver guardato in cima alle scale assicurandosi di vedere ancora il suo amico, gli gesticolò di tenersi pronto.

Di punto in bianco arrivò Massimiliano, l'unico passatore della paranza di 'a Bomba, così Vincenzino si allontanò dalle scale e riprese il suo ruolo di vedetta sulla rampa est accanto a 'o Fagiano e a Michele.

«Davide, ci sono io!» gridò Massimiliano.

Davide non lo guardò, ma alzò il pollice confermandogli di averlo sentito.

Da lontano si sentì un lieve ruggito del T-Max che sfrecciava sullo stradone sud e, più si avvicinava allo svincolo, più il ruggito diventava rumoroso e violento. Quando svoltò nella via proseguendo dritto, sulla strada ovest calò un intenso silenzio.

I colli delle vedette si allungarono rapidamente, forse per guardare meglio, ognuno nella propria direzione, le voci dei tossici, disposti in fila indiana sulle scale, si abbassarono rapidamente quasi fino a parlare sottovoce, mentre i bambini, che gironzolavano per la gigantesca Vela o lì intorno, scomparvero all'istante.

«Ora!» gridò Davide voltandosi verso Massimiliano.

Il tizio che sfrecciava sul T-Max smise di dare gas al motore. Mentre si avvicinava a Davide, che lo attendeva con le braccia aperte, pronto a ritirare il pacco e a lanciarlo a Massimiliano per nasconderlo chissà dove, il piccione viaggiatore, dopo aver calcolato la distanza tra lui e Davide, fece una leggera frenata. Con la mano sinistra sollevò un borsone che aveva frapposto tra le ginocchia e lo lanciò in aria.

Davide intuì, fin da subito, che il lancio era troppo energico e, nel suo piccolo, provò a saltare tenendo le braccia aperte e ben distese verso l'alto e sperando, in qualche modo, di afferrare il sacco. Nonostante i suoi immani sforzi, il sacco non solo gli oltrepassò le braccia ma finì oltre il precipizio, fermando la sua caduta in una profondità di circa due piani sotto terra.

Il tizio, nascosto sotto il casco integrale nero, nemmeno si accorse di quello che aveva combinato e, in una frazione di secondo, uscì dalla Vela in direzione dello stradone nord, con la stessa velocità con cui era entrato.

Massimiliano si teneva la testa con entrambe le mani e nemmeno lui sapeva cosa fare dopo che il passaggio era avvenuto in maniera ben diversa dal solito.

Poteva raggiungere 'a Bomba per cercare una soluzione insieme o poteva scendere lui stesso per recuperare quella mina vagante, ma restò immobile, scosso.

A vederlo, dall'alto, sembrava una di quelle immobili statue del centro che, dopo averle guardate per più di venti secondi, non sai decidere se sia finta o vera e alla fine ti accorgi che era solo un bravissimo artista di strada che aveva ingannato tutti con professionalità.

Era chiaro che quel tipo non avesse compiuto bene il suo dovere, ma per Massimiliano e Davide non era un buon momento per pensare a lui.

Il borsone imbottito di eroina e cocaina si trovava oltre la discesa d'erba "addobbata" di immondizia, suscitando ansia in chiunque si trovasse nella Vela.

Davide non si perse d'animo ed, essendo il più vicino al carico, si avviò per recuperarlo il prima possibile dirigendosi sulla rampa e prestando attenzione alla sua gamba.

«Lascia perdere! La recupero io dopo» disse Massimiliano provando a fermare Davide per evitare che si facesse male.

Davide sembrava non sentire nessuno. Mormorava qualcosa che nemmeno lui sapeva cosa fosse, ma era chiaro che fosse infuriato perché sarebbe dovuto essere un passaggio in movimento e, invece, era stato uno dei peggiori carichi che avesse mai visto fare in tutta la sua vita.

«Ma chi cazzo me l'ha mandato a questo!?» urlava mentre provava ad aggrapparsi a dei piccoli rami di una pianta che spuntavano dal cemento.

«Davide...»

«Non posso, Massimiliano! Se la troveranno chi credi che accuseranno!?»

Massimiliano smise ogni tentativo di convincerlo e tacque, pur senza togliergli gli occhi di dosso.

Davide tornò alla sua impresa che si stava rivelando complicata. Stava andando piuttosto bene, almeno fino a quando il fragile ramo si staccò dalla vecchia pianta disidratata e il suo corpo scivolò per un bel po' di metri. A fermare la sua discesa fu un vecchio mobile da bagno che chissà da quanto tempo giaceva tra quell'erba alta.

Poiché la scivolata aveva deviato la traiettoria, mandando in fumo l'idea del percorso originario, proseguire diventò impossibile, anche perché il mobile bloccava e ostacolava il passaggio.

Guardandosi intorno provò a trovare una nuova deviazione, ma non era semplice anche perché a destra c'era un profondo fosso procurato dall'altra paranza che, dopo aver scoperto il nido dei topi di fogna, aveva lanciato duecento cipolle che avevano fatto cedere cemento e terreno. A occhio, il fosso poteva essere profondo circa un metro e largo almeno due. Mentre, a sinistra, vi era una grande e lunga pianta spinosa che Davide sicuramente avrebbe preferito evitare.

Così, dopo essersi reso conto che spostare il mobile sarebbe stata l'unica alternativa per recuperare tutti quegli anni di carcere chiusi in un borsone, si piegò in avanti e, dopo averlo afferrato per bene, con forza lo sollevò spingendolo e facendolo scivolare di sotto. Il mobiletto innalzò un muro di polvere che colpì Davide e gran parte della rampa.

Dopo alcuni secondi la nuvola di polvere si sfumò nell'aria mentre Davide, nella fretta di raggiungere l'obiettivo, appoggiò un piede su un pezzo di cartone, ignorando che sotto vi fosse nascosta una bottiglia di birra che gli fece perdere l'equilibrio. Prima cadde, si rialzò e poi ci scivolò ancora sopra, trovandosi a contatto con l'erba e l'immondizia e ruzzolando giù fino al dirupo.

Davide si alzò da terra lentamente. Dopodiché qualcosa gli fece abbassare lo sguardo sul fianco destro e, con cautela, si sollevò leggermente la maglia. Aveva uno sbrego grande come un uovo, ma sebbene sentisse bruciore, non diede tanta importanza alla cosa. Poi, percepì la stessa sensazione provenire da un'altra porzione del corpo, così diede uno sguardo al gomito. Si toccò la ferita delicatamente e, quando vide il sangue macchiare le sue dita, riprese a urlare dalla rabbia: «'Fanculo... cazzo! Lo ammazzerei a quello stronzo!»

E poi: «Ma chi cazzo l'ha messo a questo genio a caricarci!?»

Davide s'era infuriato ancora più di quanto lo fosse già. Vivere nelle viscere della Vela, con quel fetore provocato dall'abbandono, dagli animali morti, attorniato dalle feci e dalle siringhe sporche dei tossici, dalla puzza dell'immondizia creatasi col tempo, era diventato troppo pesante per lui che decise di non volerci restare un secondo di più. Così, più nervoso che mai, afferrò il borsone con la mano come fosse uno scalpo e tenendolo stretto si posizionò sotto l'atrio.

Massimiliano aveva le braccia al di fuori del muretto, attendendo il lancio di Davide.

«Davide, più in alto!» gridò Massimiliano ridendo, dopo aver visto il borsone roteare nell'aria per poi finire al di sopra della sua testa.

«Ci saranno almeno otto anni di carcere qui dentro, sii serio per una volta» rispose preoccupato e arrabbiato.

Davide si posizionò a due passi più indietro rispetto al primo lancio e, dopo aver chiuso gli occhi, con tutta la forza accumulata, lanciò di nuovo il borsone in aria, seguito da un urlo misto tra rabbia e sforzo fisico. Massimiliano, sporgendosi oltre il limite del parapetto, riuscì ad afferrare il carico e si affrettò a scappare su per le scale, come se tenesse in mano una bomba, fermandosi solo all'arrivo del nascondiglio.

Davide scavalcò il muretto che divideva la rampa dal pavimento che conduceva sotto la scala nord-ovest, preparandosi ad affrontare di nuovo, arrampicandosi, la rampa. Mentre si teneva forte con le mani appigliate nei piccoli fori del cemento, urlò: «Maria! Maria!» e da est cominciarono a imitarlo urlando più forte di lui. Solo allora, tirò un sospiro di sollievo e riprese la difficile scalata.

Io, invece, mi diressi verso i ballatoi a sud della Vela e poi raggiunsi la scala sud-ovest e cominciai a scendere. Una volta arrivato sulla via, lo vidi sbucare dall'erba: era sudato, stanco e malridotto, i vestiti avevano qualche strappo provocato dalle cadute ed erano sporchi, sia di terriccio sia di sangue.

La cosa strana, però, era che né all'interno né all'esterno della Vela rossa c'era la presenza di uno o più agenti di Scampia o di Secondigliano.

E allora capii: Davide non aveva dato l'allerta perché aveva visto l'arrivo della polizia, anche perché era sotto di almeno otto metri rispetto al piano strada e da lì sicuramente non avrebbe potuto vedere l'entrata dello stradone sud, ma aveva urlato comunque, perché nessuno e, dico nessuno della paranza, aveva pensato di ricoprire il suo ruolo durante la sua assenza.

Dando l'allarme, Davide sapeva bene che non avrebbe messo nessuno in pericolo, anzi tutt'al più avrebbe salvato sia sé stesso che l'intera paranza della Vela rossa.

Quando si toccò sul fianco destro sussultò come se avesse preso una scossa elettrica dal forte bruciore, talmente forte che stringeva i denti per sopportare il dolore. Si tolse la t-shirt e, dopo aver visto la ferita ovale, alzò gli occhi al cielo e strinse il pugno dalla rabbia.

Infuriato e ferito, si aggrappò e s'incamminò verso la sua postazione. Ad aspettarlo c'era un SH bicolore con due uomini a bordo.

Davide aveva una mano posata sul fianco, cercando di fermare il sangue che sgorgava fino a sporcare i pantaloni a strisce. Zoppicando si avvicinò a loro e iniziò a parlare. I due, accorgendosi dello stato in cui si trovava, lo fecero sedere sul portapacchi e lo portarono via verso la discesa nord.

Quindi mi affrettai a recuperare Bianca, parcheggiata sotto il suo balcone e, senza nemmeno alzare la testa per salutare i condomini che conoscevo, me ne andai preoccupato. Sapevo che non avrei potuto neanche sentirlo al telefono, dato che non gli era consentito tenerlo quando era in "postazione". Quindi per poter sapere qualcosa, soprattutto se stesse bene, avrei dovuto aspettare la sua telefonata, che mai arrivò.

Tre piccioni con una fava

Erano trascorsi due giorni e Davide non si era né fatto sentire né fatto vivo. L'agitazione si era talmente impadronita di me da rendermi nervoso e impaziente. Così me ne fregai delle conseguenze e, insieme a Bianca, andai a casa sua. Quando entrai nella Vela rossa notai non solo l'assenza di Davide al posto a lui assegnato ma anche quella di suo cugino Franco. La paranza aveva collocato un nuovo ragazzo. Fermai la vespa sotto il suo balcone e salii. Suonai il campanello, ma nessuno mi aprì e, quindi, riprovai per altre due volte.

«Tieni il dito fermo sopra» disse suo padre dal ballatoio di sotto.

«Grazie» risposi alzando anche la mano in segno di saluto. Poggiai il dito sul campanello e non lo tolsi fino a quando, dal vetro della finestra, apparve la sagoma di Davide che barcollava dal sonno.

«Io sono in pensiero per te da due giorni e tu te ne stai a dormire, fregandotene di tutto? Bel pigiama, comunque» dissi ironico alzando un po' il tono di voce.

Davide rimase immobile sotto lo stipite della porta: teneva la mano ferma, a mo' di pensilina, appena sopra le sopracciglia per proteggere gli occhi dalla luce del giorno e alzò appena lo sguardo fissandomi per un istante.

«E chi te lo ha fatto fare?» commentò ridendo. Voltò le spalle e rientrò in casa.

«Sei solo?» domandai entrando.

«Mia moglie è al mercato» disse il padre da sotto, mentre chiudevo la porta.

C'era uno strano silenzio in casa e, intuendo che Davide si fosse rimesso a letto, mi recai in camera sua. La porta era spalancata e lui era sdraiato sul letto con la sigaretta stretta tra le labbra. Aveva la testa rivolta verso l'alto ma, anziché fissare il soffitto, contemplava il compensato di legno dell'armadio a ponte. La stanza era buia, a stento riuscivo a intravedere lo sguardo.

«L'hai fatta aggiustare?» domandai riferendomi alla tapparella.

«No, l'ho finita di rompere. Almeno così riesco a prendere sonno più velocemente» mormorò.

Nel premere l'interruttore penetrò nella stanza una forte luce che accecò gli occhi di Davide che, per reazione a tale intrusione, si tuffò sotto il guanciale lasciando fuori solo la mano che reggeva la sigaretta, per evitare che la cenere potesse cadere sulle lenzuola.

Nell'attesa che il buio si mescolasse con la luce, inconsapevolmente, mi ritrovai con lo sguardo sulla parete. Provai rammarico quando mi accorsi che non solo una parte dell'intonaco si fosse staccata dalla parete ma anche che fosse completamente vuota. Per me era insolito vedere quella cameretta completamente sobria e guardarla mi suscitò una sorta di ansia e di angoscia. Più che una cameretta per ragazzini della sua età, sembrava una di quelle celle di massima sicurezza che avevo visto in qualche documentario. Non che mi aspettassi di trovare un camper di Micro Machines aperto su qualche mensola o l'intera collezione di Dragon Ball, alti quanto una bottiglia, perché Davide aveva già passato quella soglia di età ma almeno pensavo di scorgere, affissi sull'armadio, grandi poster di alcuni attori che hanno fatto la storia o di qualche cantante di successo.

D'altronde è così che ogni cameretta per ragazzi viene adornata in base ai propri gusti, no?

Poi, spalancai gli occhi quando sulla sedia, posta a fianco del letto, oltre al posacenere realizzato con un bicchierino di plastica contenente dell'acqua per attenuare la puzza, oltre ai quattro mazzi di chiavi, all'accendino d'argento con il suo nome inciso e a tantissime banconote che sicuramente provenivano dalla suddivisione dei profitti del turno precedente, vidi anche una pistola, con la canna puntata contro il muro.

Istintivamente allungai la mano per afferrarla e capirne il modello, ma mi resi subito conto che la mia azione era stata più veloce del pensiero.

«Attento, è carica» affermò e aggiunse espirando il fumo dal naso: «E la sicura è rotta.»

Sussultai dalla paura di commettere qualche guaio irreparabile e preso dal panico mollai la presa come se avessi tra le mani un oggetto rovente, facendola cadere indisturbata nel vuoto. Fortunatamente terminò il suo breve viaggio sulla sedia.

Davide si spaventò nel sentire quel tipico rumore sordo e trasalì perché la canna era puntata verso di lui. Con un movimento rapido la sollevò dalla sedia, estrasse il caricatore, scaricò il colpo in canna e, dopo averlo recuperato tra le lenzuola, la posò nel cassetto, sopra i calzini piegati e messi in ordine da sua madre.

«Cosa ci fai con una pistola?» domandai allarmato.

Stava per rispondermi quando qualcuno suonò il campanello. Mentre assunsi un certo contegno per andare ad aprire, lui si affrettò a riporre la pistola usando movimenti rapidi e decisi.

Suo fratello maggiore entrò in casa, mi salutò e si recò velocemente da Davide. Prese la pistola e, dopo essersela infilata nei pantaloni, andò via senza dirgli nulla.

«Cosa ci deve fare tuo fratello con una pistola?» domandai con maggiore curiosità.

«Sta andando da un imprenditore locale» rispose sbottonandosi la camicia del pigiama in seta per poi farsi la doccia.

«E con la pistola ci deve andare?» dissi ridendo.

Davide mi fece uno sguardo fulminante.

«Se qualcuno avesse 50.000 euro in una qualunque borsa e a te servissero disperatamente quei soldi, tu come ci andresti?»

Restai senza parole incassando, ancora una volta, una sconfitta decretata dal suo sorriso compiaciuto. Poi entrò in bagno cantando. Uscii di corsa sul balcone con la speranza di riuscire a vedere suo fratello, ma se n'era già andato come un lampo.

Dopo essersi vestito, scendemmo. Davide indossava i soliti pantaloni blu, in edizione limitata, con lo stemma della bandiera scozzese stampato sulle cosce, mentre io portavo i soliti Ray-Ban, il giubbotto di pelle e degli anonimi jeans.

«Dove mi porti a mangiare?» gli chiesi scendendo le scale.

«Dai tuoi amici» commentò ridendo riferendosi alla questura di Scampia e quando finì di prendermi in giro, disse: «Dai femminielli...»

Si fermò a metà scala e cominciò a pulire le lenti degli occhiali da sole con un lembo della camicia bianca che sbucava da sotto il golfino bordeaux.

«O vuoi andare in qualche ristorante importante?» disse mentre camminavamo verso l'auto, allungando il braccio e posandolo sulla mia spalla.

«Hai l'assicurazione?» domandai.

«Certo, ne ho tre» rispose ridendo. Aprì la portiera e indietreggiò di qualche passo allontanandosi da una ventata di calore che fuoriusciva dall'abitacolo.

«Andiamoci con la vespa, no? È una bella giornata» proposi simulando interesse, ma, in verità, non volevo andare in giro senza assicurazione. Davide, dopo aver guardato Bianca, fece una smorfia di disprezzo.

«Hai vergogna perché la macchina non è pulita?»

«No, tu hai vergogna della mia vespa solo perché è vecchia. E non guardarmi in quel modo, te lo leggo in faccia» dissi in tono provocatorio.

«Io vergogna? Ma cosa ti dice il cervello!?»

E per una volta, per la prima volta da quando ci conoscevamo, la vinsi io. Salì dietro di me senza casco e mi indicò la strada.

Arrivammo nei pressi del carcere di Secondigliano e mi fece parcheggiare Bianca proprio all'esterno di un'anonima salumeria.

«Guadagni più di mille euro a turno e mi porti in una classica salumeria?» dissi ridendo, sminuendo il suo sforzo.

«A parte che non accade sempre e poi non è una salumeria. Questa è la salumeria. Quella dei femminielli, ora vedrai» rispose entrando nel negozio.

«Buongiorno» disse alzando la mano e agitandola in direzione dei presenti, alcuni dei quali ricambiarono il saluto, altri nemmeno si girarono.

Il negozio era non solo piccolo ma colmo di prodotti sparsi ovunque. Dinanzi al banco c'erano tante persone che ordinavano ai quattro "femminielli" dietro al bancone: alcuni consumavano il pasto stando in piedi, altri invece appoggiavano la vaschetta sui congelatori, sugli scaffali, sopra i pacchi di pasta e c'era anche chi era seduto sulle cassette delle bevande.

Mentre Davide ordinava i suoi soliti assaggi a uno dei femminielli dalla coda lunga, io mi misi a guardare le tante specialità esposte nella vetrina refrigerata.

«Una bella porzione di frittata di maccheroni» dissi, senza alcun rimorso, dopo averla vista, all'ultimo secondo, in fondo.

Davide, dopo aver sollevato le vaschette sopra al bancone, si appoggiò con la schiena contro un frigo a colonna e cominciò a mangiare il riso all'insalata, mentre io mordicchiavo la frittata stando seduto su una scatola di birre.

«Assaggia un po' di parmigiana di zucchine» mi propose.

Mi sollevai dalla scatola prendendo una forchetta dal cesto e ne presi un pezzetto.

«Buona» commentai. Poi, senza rendermene conto, puntai il dito contro le bottigliette d'acqua nel frigo dietro di lui. Davide spalancò gli occhi, sorpreso per aver imitato la sua gestualità e si voltò con un sorriso prendendo da bere dal frigo.

«Chi erano quelli dell'altro giorno?» domandai assaggiando degli spinaci al burro.

«Erano i compagni» affermò facendomi l'occhiolino.

Si guardò intorno e, quando si assicurò che nessuno dei presenti lo stesse guardando, avvicinò la bocca al mio orecchio sussurrando: «Quello che guidava era Josè, il proprietario dei negozi abusivi sulle piazze. Quello dietro, invece, era Carluccio Bellezza, il capopiazza, sia delle Vele che delle Case dei Puffi.»

Davide spinse il cibo davanti a sé, come se non avesse più fame. Con un gesto mi fece capire di andarcene via, si affrettò a pagare il conto e uscì. Dopo aver buttato il cibo nel bidoncino, lo raggiunsi fuori. Era seduto sulla vespa che fumava la sigaretta, tenendo lo sguardo sulle auto che sfrecciavano sulla strada. Nel mentre, un individuo alla guida di una vettura di colore nero lucido, dopo averlo visto, fece una brusca frenata e, dato che lo oltrepassò di una decina di metri, ingranò la retromarcia per raggiungerlo.

Davide, quando l'auto arrestò la sua corsa, si fermò al limite del marciapiede appoggiando il gomito sul tetto e iniziò a conversare con il conducente. Poi, neanche dopo un minuto, l'auto saettò sulla via facendo stridere il motore.

Rimase immobile a tal punto che, nonostante lo chiamassi per sfilargli una sigaretta che avevo una gran voglia di fumare sotto il sole, sembrò non sentire nulla. Temendo che fosse tormentato da brutti pensieri, mi avvicinai a lui per capire cosa avesse.

«Davide?» dissi e dopo qualche secondo lo richiamai ancora una volta. Sussultò appena, come se lo avessi risvegliato da un incubo spaventoso.

«Hai la macchina fotografica?» domandò con un filo di voce, senza nemmeno guardarmi negli occhi.

«È sempre con me. Perché me lo chiedi?» domandai incuriosito.

«Hanno ucciso Sandro Poletti, il ras di Mugnano» mormorò senza battere ciglio.

Poi si voltò verso me e, fissandomi in preda a uno stato confusionale, gesticolò invitandomi ad andare via in fretta per raggiungere il luogo del delitto e fotografare, così, la vittima.

«Vieni con me» gli dissi, ma Davide fece una smorfia che restò sul suo viso per alcuni secondi di troppo, da apparire come una paralisi facciale.

«Troverò un passaggio, ora vai, Gioele. Ci vediamo dopo da me» affermò, accompagnando le parole con una leggera spintarella di incoraggiamento.

Accesi il motore di Bianca e mi avviai nel rione Lotto G che in quel periodo era frequentato dai capi del clan Valente e Torretta. Le piazze delle Vele e le Case dei Puffi, da quanto avevo potuto capire da Davide, erano sì gestite da Carluccio Bellezza, ma erano zone di Giordano Betulla.

Quando varcai l'ingresso notai che la via principale era completamente deserta, mentre alcuni motorini uscirono dai portici, a tutta velocità, dirigendosi verso il parco delle case di colore grigio. Proprio fuori dall'ingresso delle scale A e B, steso per terra, con il mento contro il marciapiede, c'era il corpo senza vita del boss di Mugnano.

A venti metri dal corpo, disposti a cerchio in modo tale da chiudere la via d'accesso, c'era una folla di ragazzini seduti sulle selle dei motorini che guardavano il corpo insanguinato. Alcuni di loro, mentre scattavano le fotografie con il cellulare, ridevano lodando il killer che gli aveva sparato alla testa.

Essendo Poletti pelato, dalla nuca si vedevano con chiarezza delle scie di sangue scorrere fino a raggiungere la parte superiore del capo. Quelle strisce rosse sembravano affluenti di un fiume che terminavano il proprio percorso sfociando in un'unica pozza creatasi sull'asfalto, in quanto la vittima aveva la faccia spiaccicata sul marciapiede. Poiché la polizia non era ancora giunta sul posto, i ragazzi cominciarono a suonare il clacson dei motorini per segnalare il punto X alla prima volante che si sarebbe intravista nel rione. Così, m'inginocchiai dietro un'auto parcheggiata, estrassi la reflex dallo zaino e cominciai a scattare fotografie. Dopo alcuni scatti le prime sirene delle volanti iniziarono a farsi sentire e, dopo solo qualche minuto, iniziarono a sgombrare l'area. I ragazzi, tutti posizionati in prima fila per non perdersi nemmeno un movimento degli agenti, crearono un cordone visibile e impenetrabile. All'interno del cancelletto, tra la folla accalcata vicino al lampione, si fece avanti un'anziana signora che porse a un agente un lenzuolo bianco per coprire il corpo della vittima.

Quando mi voltai per andarmene, vidi Davide in compagnia di una dozzina di ragazzi molto più grandi di lui. Nel guardarli meglio, con maggiore attenzione, mi resi effettivamente conto dell'evidente differenza che c'era tra noi. La distinzione stava nel loro particolare modo di interloquire tramite gesti o mormorii, anziché a parole, nella loro postura rigida, nonché negli sguardi di superiorità che lanciavano verso chiunque si avvicinasse.

La curiosità di unirmi a loro per sentirmi parte di quel mondo, come un vulcano, esplose in me. Volevo tanto raggiungere Davide con una scusa, ma alcune facce non mi piacquero per niente. Più li guardavo e più pensavo che sarebbe stata una pessima idea non solo per me ma soprattutto per Davide. Così, aspettai sul ciglio del marciapiede con la speranza che, in qualche modo, il suo sguardo incrociasse il mio o che mi facesse un minuscolo cenno, finché un gesto lo fece, ma con una tale indifferenza che capii che avrei dovuto fare ritorno alla Vela rossa.

Nel salire i gradini della Vela pensai di fermarmi al primo piano da cui, nascondendomi dietro al muretto, diedi uno sguardo in fondo al ballatoio per vedere chi ci fosse di turno. Dopo aver visto che al posto del padre di Davide, verso cui non nutrivo particolare stima, c'era Pupato, m'incamminai verso di lui con l'intento di tenergli compagnia.

Pupato era un quarantunenne divorziato molto atipico perché, nonostante facesse la vedetta, si comportava come un qualsiasi operaio dentro una fabbrica. Aveva appena iniziato a intrattenere una relazione con Angelica, una principiante tossica dai capelli chiari e con la frangia. Snello, agile e con una capigliatura pettinata all'indietro assai curiosa, così liscia da sembrare quasi perfetta e resa lucida dall'abbondante gelatina. L'effetto che ne derivava era esilarante: sembrava che i suoi capelli avessero avuto un incontro ravvicinato con la lingua di un bovino. Era sempre calmo e sorridente, ma con un unico chiodo fisso nella mente: quello di giocare. Ogni volta che lo incontravo, tirava fuori una schedina dal portafogli e, dopo avermela mostrata, si lamentava della sua perdita.

In quel momento, Pupato era seduto su un motorino abbandonato sul ballatoio.

«Ciao Fotografo!» esclamò vedendomi arrivare.

«Come stai?» domandai e porsi la mano per stringere la sua.

Dopo i soliti convenevoli, pose il gomito sul muretto del ballatoio ignorando che la felpa bianca potesse sporcarsi e riprese a guardare lo stradone della villa comunale, colmo di rifiuti lasciati dalle bancarelle del mercato.

«Tutto bene. Sto aspettando la vittoria del Benevento. Per il momento sta perdendo» disse ridendo.

Poi, dopo aver guardato l'importo dell'eventuale vincita, continuò: «Mancano ancora ventotto minuti.»

«Ce la può ancora fare» commentai fiducioso.

«Speriamo, così compro il passeggino a mia figlia, s'è fatta mettere incinta.»

«Auguri! Quindi diventerai nonno a momenti?»

Si voltò verso di me e rise: «A momenti? Mancano ancora sei mesi.»

Sussultammo quando, al centro della Vela, qualcuno della paranza diede un forte strillo di allerta. Poi, in coro gridarono: «Maria! Maria!»

Pupato si paralizzò all'istante con lo sguardo fisso lungo il ballatoio vuoto e quando vide correre alcuni ragazzi della paranza che, come tanti rami di un albero, si diramavano su per le scale o verso qualche appartamento dello stabile o fuori dalla strada, mi ordinò di introdurmi nella casa alle sue spalle.

Intuii che qualcosa non andava e, senza fiatare, entrai e trovai seduto sul divano un anziano che guardava la televisione. Doveva vivere da solo perché sulla tavola, ancora apparecchiata, non solo c'era ancora il piatto sporco di ciò che restava della pasta e ceci ma anche due bottiglie di vino aperte, una mezza mela, in bilico sull'angolo della tavola con una mosca appoggiata sopra, nonché una sigaretta accesa sul posacenere di vetro. L'anziano si voltò verso me e dopo avermi guardato, senza dirmi nulla, ritornò a guardare lo schermo, incurante di ciò che gli accadeva attorno. Poco dopo, piombò dentro anche Pupato, investito in pieno da un carico di agitazione: aveva il viso pallido e il respiro ansioso.

«Stanno venendo o' Russo e o' Tappo» mormorò preoccupato e, un attimo dopo, gli agenti in borghese del commissariato di Scampia erano già fuori alla porta.

«Giovane?» chiamò uno di loro a voce alta.

Pupato si alzò dalla sedia e uscì fuori. Io mi affrettai a chiudermi in bagno per spiarli dalla finestra.

«Dite, maresciallo» disse Pupato, mostrando la massima calma.

«Cosa ci fai qui?» domandò il bassino.

«Sono venuto da mio zio. È malato, maresciallo.»

Gli agenti prima si guardarono e poi gli risero in faccia.

«Dicci la verità, perché noi lo sappiamo bene cosa ci fai qui» disse o' Russo, in tono sarcastico.

«Marescia', faccio il palo» farfugliò Pupato e abbassò la testa.

«Abbiamo preso lo spacciatore al quarto piano della Vela gialla, ma non ha niente» disse qualcuno, la cui voce proveniva dalla ricetrasmittente che il bassino aveva nella mano. L'avvicinò alla bocca e, dopo essersi consultato col suo collega che gli mormorò qualcosa, rispose: «Scavate nelle case abbandonate, di sicuro troverete la droga.»

L'agente dai capelli rossi prese il braccio di Pupato e lo ammanettò ai ferri del cancelletto che delimitava il confine tra la casa dell'anziano e quella accanto.

«State facendo una cattiveria, Maresciallo» esclamò Pupato, sottolineando il suo ruolo minore, come se fare la vedetta fosse un lavoro onesto.

«Tranquillo, se non troveremo niente, ti lascio andare» disse o' Russo andandosene verso il centro della Vela assieme al suo collega.

Quando i due agenti raggiunsero il ballatoio del centro della Vela, Pupato mi chiamò a voce bassa. Uscii dal bagno e mi avvicinai a lui che mi ordinò di sfilargli il portafoglio dalla tasca posteriore e di sparire dal ballatoio.

Salii al piano superiore e, nell'imboccare il lungo ballatoio che mi avrebbe portato alla casa di Davide, proprio a metà scalinata, trovai lo zio paterno di Davide che stava battendo il tappeto impolverato contro l'inferriata. Dopo averlo salutato, con insistenza volle offrirmi una tazza di caffè appena preparato da sua moglie. Così, per sparire da quei ballatoi il più in fretta possibile, accettai il suo invito senza battere ciglio.

Suo zio, muratore a tempo pieno, mi fece accomodare sulla sedia accanto a lui, poi mi pose su un tovagliolino colorato un pezzo di crostata alla ciliegia che mangiai. La moglie, invece, aveva appena finito di lavare il pavimento del balcone e, come sua abitudine, dopo aver buttato l'acqua sporca del secchio facendola scorrere di sotto, senza lavarsi le mani andò in cucina e versò il caffè nei bicchierini di plastica, che pose sul tavolo traballante.

Così, in pensiero per Pupato, lo convinsi a berlo fuori dalla porta per poter vedere se fosse ancora lì o se l'avessero portato via.

Allungando il collo, vidi Pupato camminare sul ballatoio con i due agenti ai suoi fianchi e capii che l'avevano arrestato e che, presto, sarebbe stato rinchiuso dentro le mura di Poggioreale.

«Ciao, avvisa mia sorella» disse alzando la testa.

«Mannaggia a te!» commentò il muratore, dispiaciuto di vederlo ammanettato.

Non appena imboccarono le scale, entrambi ci affrettammo a raggiungere il balcone del salotto per vederli allontanarsi. Tirai fuori la reflex e aspettai il momento giusto per scattare. Pupato si fermò per fare spazio all'agente che aprì lo sportello posteriore e, prima di entrare nell'auto, alzò lo sguardo verso noi e ci salutò con un occhiolino. Mentre Pupato pensava a tutto quello che avrebbe dovuto affrontare in seguito, gli agenti accesero la sirena dell'auto che sfrecciò sullo stradone della villa comunale.

Il BlackBerry suonò per l'arrivo di un messaggio.

Davide

"Fingiti tossico. Vai sotto la Vela e trova Ciccio!"

E poi un altro:

"Oggi è il tuo giorno fortunato: due piccioni con una fava."

Sorrisi dalla felicità. Davide non si era dimenticato di me né delle fotografie. Così mi affrettai a salutare il muratore, sua moglie e la loro figlia, concentrata a mettere lo smalto fucsia sulle unghie dei piedi e me ne andai.

Dovevo raggiungere le tenebre che si trovavano nelle viscere della Vela. C'erano solo due modi per conseguire l'obiettivo: uno, era accedere dall'esterno e, l'altro, dall'interno. Visto che mi trovavo già sul ballatoio, optai per il secondo. In questo modo non avrei incontrato il capo-paranza che era sempre fuori al "negozio" di Josè, né uno dei quattro "responsabili della piazza", ma mi sarei imbattuto solo nei tossici che scendevano o salivano per comprare le dosi.

Mi feci, allora, inghiottire dalle tenebre. Mi si gelò il sangue nel vedere una ragazzina dai capelli viola, poco più che maggiorenne, che si stringeva la cintura dei pantaloni intorno al braccio per poi bucarselo con l'ago della siringa. Di fianco a lei c'era un uomo che si era appena fatto e che era intento a discutere con qualcuno che, però, non era altro che il muro di cemento armato.

Feci un profondo respiro nel tentativo di ignorare ogni pensiero che si presentava alla mente e, dopo essermi fatto coraggio, m'incamminai verso quelle cavità.

«Ciccio?» chiamai.

Uno dei tossici si voltò e rispose: «È lì sotto.»

Scesi alcuni gradini dell'ultima scala delle profondità della Vela e, proprio dietro a una vecchia e rotta lavatrice, c'erano tre persone. Nel guardarli esclusi, fin da subito, che uno di loro potesse essere

Ciccio perché mancavano pochi anni per oltrepassare la soglia della terza età. Scesi altri due, tre gradini e scartai anche la seconda ipotesi dato che si trattava di una donna, col carré biondo, sulla cinquantina, con la parte superiore seminuda, mentre una terza persona, col cappello di cotone, che doveva essere sicuramente Ciccio, era concentrata a bucarla al lato della bretella del reggiseno, proprio dentro la bocca di una tigre tatuata tra la spalla e il petto.

Vedendolo concentrato nel bucare la bionda, per non distrarlo, aspettai un po' prima di chiamarlo. Mentre Ciccio iniettava, con cura, la dose nella vena, alzò leggermente lo sguardo, mi fissò per qualche secondo e poi lo riportò sulla sua mano.

«Sei l'amico di 'o Limone?» domandò, riferendosi a Davide.

«Sì, mi chiamo Gioele» dissi e mi allontanai per salire le scale.

Dopo aver drogato la donna, Ciccio si avvicinò a me e, insieme, raggiungemmo la luce esterna, dove prese la dose dalla tasca dei pantaloni pronto a iniettarsela.

«Ti andrebbe di farlo sulla villa comunale con le Vele alle tue spalle?» gli chiesi.

Ciccio sollevò lo sguardo dalla dose e mi fissò con curiosità.

«Basta che mi fai bucare» rispose.

Salimmo sulla vespa e, mentre ci stavamo dirigendo dall'altra parte della villa comunale, sullo stradone vedemmo una volante che proseguiva lentamente, accostata al marciapiede. L'agente seduto sul lato passeggero aveva la mano fuori dal finestrino e con il cellulare filmava, mentre se la rideva, la massa di tossici sparsa sul lunghissimo "fosso" che costeggiava la villa. Solo Dio sa quanto avrei voluto essere in cima alla Vela celeste per fotografare quella scena, smascherando quegli agenti che la paranza chiamava "Stanlio e Ollio". Li chiamavano così perché facevano sempre coppia fissa e non erano mai in coppia con una seconda volante. Mai!

Come avevo sentito da Davide, Stanlio e Ollio erano sì degli agenti, ma erano anche molto particolari: loro non avevano regole da rispettare o un copione da seguire, ma facevano di tutto pur di arrivare allo spacciatore. Ogni giorno tentavano, con tutti i mezzi, di arrivare ad ammanettare colui che smerciava l'eroina. Stanlio e Ollio avevano "stabilito" una specie di patto con i "responsabili delle piazze" che dovevano rispettare ad ogni evenienza: potevano eseguire l'arresto, ma solo dello spacciatore, tutelando le vedette. Erano gli unici a divertirsi in servizio tra appostamenti, travestimenti e inganni. Certe volte si trattenevano sotto la Vela dove, in presenza della paranza, prendevano in giro i tossici.

Quando Davide li vedeva gironzolare attorno alle Vele, conoscendo bene i loro orari di turno, si concentrava al massimo, senza distrarsi neanche per un solo secondo. Diceva che erano dei vigliacchi perché non erano coerenti: dicevano di fare una cosa ma, in realtà, ne facevano un'altra. Lui li definiva "corrotti", non perché fossero sulla "lista pagamenti" di Carluccio Bellezza, ma perché dopo aver dimostrato di essere "bravi" nell'arrivare allo spacciatore e nell'ammanettarlo all'inferriata, ovviamente con l'aiuto di qualcuno della paranza che, invece di allarmare tutti invocando "Maria", restava in silenzio fingendo di non averli visti, sul verbale di arresto dichiaravano meno della metà dei soldi trovati nel borsello. In questo modo facevano credere di essere irreprensibili ma comunque, a loro modo, si intascavano profitti che lo Stato nemmeno poteva immaginare. Inoltre, sebbene tutta Scampia vantasse almeno una cinquantina di piazze, nessuno dei "compagni" riuniti sempre nelle Case dei Puffi, poteva spiegare il motivo per cui il loro turno iniziasse e terminasse nelle Vele, gialla e rossa.

Arrivati sul posto, Ciccio provò a cercare un luogo appartato. Tuttavia le piccole entrate del parco erano chiuse da anni e i varchi erano non solo serrati dai cancelli chiusi ma anche invasi da enormi piante e immondizia accatastata. Di conseguenza, irrequieto e ansioso di iniettarsi la dose, si accovacciò sotto il muretto e cominciò ad appoggiare sull'erba l'occorrente che serviva per drogarsi. A quel punto, mi affrettai a tirare fuori la reflex dallo zaino e gli obiettivi per scattare le fotografie.

«Sei pronto?» mi chiese arrotolando il polsino della camicia a strisce.

Prima di rispondergli, diedi un'occhiata sul display della reflex che stava ancora caricando l'accensione. Mi portai avanti agganciando l'obiettivo 70-300 e mi piegai, leggermente, per inquadrarlo meglio.

«Sono pronto» risposi.

Ciccio spezzò il collo della fialetta con le dita e, dopo aver gettato quasi la metà del liquido, rovesciò la finissima polvere d'eroina al suo interno. Riscaldò il contenuto con la fiamma dell'accendino che veniva disturbata dal venticello e, poi, a denti stretti addentò il cappuccio dell'ago per rimuoverlo e, in ultimo, sfilò la siringa. Infine, con la siringa prelevò la dose diluita per poi farla scorrere su e giù con l'ausilio dello stantuffo e ottenere, così, un composto omogeneo. Dopo aver riempito la siringa di eroina diluita, si infilzò l'ago nel braccio. Siccome la vena era otturata per eccesso d'uso, cominciò a bucare altre porzioni del braccio finché, solo al terzo tentativo, raggiunse lo scopo. Così, quando si accorse che la sostanza contenuta nella siringa scorreva in piena regola, si iniettò l'intera dose nella vena. Dopo aver sfilato l'ago, Ciccio, senza nemmeno tamponarsi il sangue che gli scorreva lentamente sul braccio, si distese sul prato sporco e, con gli occhi puntati al cielo, attese l'effetto dell'eroina che rapidamente lo trascinò in un mondo, seppur immaginario, diverso da quello in cui era nato.

Padre Pio

La folla accerchiò gli agenti mentre tentavano disperatamente di gestire la situazione che era degenerata a causa di un ennesimo morto ammazzato. Amici, parenti e conoscenti di Federico Maestri, il cui corpo era steso per terra a pochi metri di distanza da alcune auto parcheggiate fuori da un bar, tentavano di forzare la barriera predisposta da militari, carabinieri e polizia.

Forse avrebbero voluto semplicemente vederlo per sfogare tutta la sofferenza che avevano dentro, urlando a squarciagola.

Il dolore era forte perché Maestri, pur essendo giovane, non era uno qualunque, bensì uno dei fedelissimi della famiglia De Nicola.

La rabbia era troppa perché nessuno poteva uccidere Maestri né in quel modo né, tantomeno, nel cuore del rione Terzo Mondo, l'unico rimasto al latitante Moreno, fratello di Costanzo De Nicola.

E nonostante tutto, i denicoliani, in qualche modo capirono che Maestri era stato venduto da qualcuno del suo stesso livello.

L'elicottero dei carabinieri sorvolava gli edifici del rione riprendendo la scena dall'alto e sperando di trovare indizi per poi catturare i responsabili. Così, dopo aver finito di scattare le fotografie per inviarle subito alla mia agenzia, andai a ringraziare di persona la mia "fonte".

Quando parcheggiai Bianca sotto casa di Ugariello, dopo aver salutato il fratello minore di Davide, gli feci segno di non preannunciare il mio arrivo. M'incamminai verso la sua postazione dove lo trovai di spalle, seduto su una sedia a mangiare una pizza fritta e con gli occhi puntati verso l'entrata posteriore della Vela rossa.

Gli misi una mano davanti agli occhi, chiedendogli di tirare a indovinare chi fosse alle sue spalle.

«Gioele, la tua carretta fa troppo rumore!» esclamò ridendo e con la fronte diede una spinta alla mia mano per continuare a garantire sicurezza e professionalità allo spacciatore.

«Come hai fatto!?» dissi sorpreso. «Cioè, tu non mi hai visto ma hai riconosciuto il suono del motore!?» commentai ridendo.

«Il suono?» ripeté ironico. «Gioele, solo tu hai la vespa da queste parti. Pensa che alcuni tossici vengono con il Beverly.»

Quando si voltò per guardarmi da qualche parte sul viso vide un lieve disappunto che non ero riuscito a nascondere, poi mi fece segno di sedermi di fianco a lui. Mi accomodai su una cassetta di plastica che serviva a trasportare le bottiglie di latte fresco e Davide, senza dirmi nulla, mi posò sulle ginocchia, per rimediare, una pizza fritta avvolta nella carta oleata.

«Prima di mangiarla, vai da Salli Salli e prenditi da bere perché c'è troppo pepe in questa pizza.»

Così, mi alzai e salii le scale. Proprio sulla sinistra dell'atrio, accanto alle scale centrali della Vela, entrai nel "negozio". Dietro al tavolo c'era seduto Salli Salli che serviva ai tossici, uno per volta, le fialette, le siringhe, i fazzoletti e anche qualche sigaretta sfusa. Di fianco a lui, c'era un uomo brizzolato che mi guardava con insistenza.

«Acqua naturale» dissi a Salli Salli, che mi guardò con indifferenza.

Gli posai la moneta sul tavolo, presi la mia bottiglietta e ritornai da Davide. Nello scendere le scale, però, mi accorsi che l'uomo mi stava seguendo e, quando mi sedetti di fianco a Davide, lo vidi avvicinarsi a noi.

«Ma lo conosci?» domandò a Davide.

«Pensavi che fosse uno della questura, eh?»

L'uomo prima sussultò e poi, a gran voce, rispose: «Ti giuro sui miei figli, mi sono cacato sotto!»

«È il fotografo dei matrimoni della mia famiglia» disse Davide ridendo.

L'uomo mi si avvicinò: «Comunque piacere, io sono Cocò, uno della paranza.»

Poi qualcuno della paranza, dall'altro lato della Vela, lo chiamò e lui si affrettò a raggiungerlo.

«Cocò è una brava persona. Lo vedi stralunato perché ha perso sua moglie alcuni anni fa e ancora ne soffre» disse Davide vedendomi concentrato a fissarlo mentre si allontanava perché, finalmente, potevo dare un volto ai protagonisti dei racconti di Davide. Per me era un po' come vedere un film dopo averne letto il libro immaginando le fattezze di ogni singolo personaggio.

«Abita qui?» domandai.

«A Melito. E ogni giorno è in ansia per i suoi gemelli...»

«Vedi questa macchina!» gridò Davide dopo aver visto un'auto sospetta scendere la rampa che portava dall'altra parte della Vela.

E subito dopo ci fu la risposta dal centro: «Tutto a posto!»

«Come mai?»

«Non teme di essere arrestato e di scontare quattro, cinque anni di carcere, lui ha paura che per sbaglio gli ammazzino qualche figlio, solo perché sono amici di Gerry, il parente più spietato della famiglia Valente.»

Davide smise di parlare e, dopo aver soffiato per raffreddare la parte che poi addentò come un affamato del Terzo Mondo, continuò: «È fidanzato con una brava signora che lavora al bar Madonna, se ti interessa saperlo. La vedo spesso quando la domenica vado a comprare i dolci e, dopo avermi fatto una bella confezione, mi consegna la testa di una rosa rossa dicendomi di recapitarla al suo amore.»

Davide fece un sussulto, si alzò in piedi e s'incamminò verso le tenebre della Vela. Si accorse che due tossici stavano litigando perché uno di loro sospettava che l'altro gli avesse fregato una dose.

«Se vengo lì, prima abbuscate e poi vi caccio via!» disse gridando.

«Ma... 'o Limone, questo...»

«Ancora che parli!?» gridò facendolo tacere all'istante. Poi, restò a fissarli per qualche istante e tornò a sedere solo quando i due si separarono e sparirono, silenziosamente, nel buio.

Sul ciglio della strada si fermò un fattorino della pizzeria che aveva appena riscosso i soldi della consegna dallo spacciatore al quarto piano. Mise sul cavalletto il malridotto motorino delle consegne e si avvicinò a lui per salutarlo.

«'O Gnomo, ma quanto pepe c'ha messo 'sta chiavica di pizzaiolo?» disse Davide gettando la pizza nell'erba.

«Mi dispiace, Davide. La prossima volta, chiama sul mio numero che te le faccio fare a mestiere» rispose rammaricato e se ne andò mortificato, senza dire una parola.

Dalla scala vidi scendere un ragazzo con dei sacchetti tra le mani che appoggiò a terra e da cui cominciò a tirare fuori delle vaschette per consegnarle nelle mani di Davide.

«Pasta e piselli, frittata di patate e formaggio» disse il ragazzo tenendo in mano i contenitori.

Davide lo guardò con rabbia, ignorando sia di salutarlo che di prendere le vaschette dalle sue mani.

«Se lo dai ai tossici te lo gettano in faccia, perché 'sta roba fa schifo» disse mandando via il ragazzo con un gesto di stizza.

Davide era sull'orlo di una crisi di nervi. Mangiare quella robaccia cucinata male, di certo, non gli faceva molto piacere, anzi lo disgustava proprio tant'è che gli mancava persino il coraggio di assaggiarla. Solitamente si nutriva, a proprie spese, di cibo cucinato da trattorie o pizzerie. E pensare che sua madre o le sue due zie, che abitavano appena a venti passi dalla sua postazione, avrebbero potuto cucinargli qualcosa che lo avrebbe reso sicuramente più felice! Ma la verità era che non voleva creare problemi alla sua famiglia. Tale scelta era una sorta di autopunizione in quanto aveva deciso, lui, di fare quella vita, anche se spinto dai numerosi problemi familiari.

Poco dopo ritornò il fattorino della pizzeria che si fermò vicino a noi, sollevò il sacchetto appoggiato ai suoi piedi e lo allungò a Davide.

«Te l'ho fatta alla tua pizzeria preferita. Devo scappare, questi mi stanno chiamando!» esclamò irrequieto.

Davide prima lo abbracciò e, dopo averlo ringraziato ripetutamente, prese il sacchetto dalla sua mano. 'O Gnomo diede gas al motorino che sparì sullo stradone della villa per fare ritorno alla pizzeria.

«Ah, questa sì che è una pizza fritta!» esclamò soddisfatto!

Dopo alcuni morsi, rendendosi conto della sua eccessiva reazione, si scusò con me, sebbene io stessi pensando a tutto tranne che a quello.

«Sono stati loro? I Valenti-Torretta?» domandai, riferendomi all'uccisione di Maestri.

Davide scosse la testa. Ingoiò il cibo e, dopo aver sorseggiato un po' d'aranciata, disse: «No! Perché quando sono loro, in qualche modo, ci avvertono.»

Davide gemeva di piacere a ogni morso, il che mi portava a pensare che doveva proprio piacergli la pizza della sua pizzeria preferita, anche se mi aveva in precedenza spiegato che non effettuava consegne a domicilio perché lavorava già tanto.

«E tu come lo hai saputo?» domandai.

«Tramite Fiorucci, un mio vecchio amico di scuola. Mi aveva telefonato per sapere se fosse stato deciso qui. E dopo la mia risposta negativa, ha capito che è stata una cosa interna. Beh, allora hai fatto le foto o no?»

«Certo! Ero soltanto curioso di capire come fai a sapere sempre tutto.»

Davide si lasciò andare a una rumorosa risata, poi si ripulì la bocca sporca e commentò: «Quasi sempre tutto.»

Dalla cima delle scale scesero due ragazzi, probabilmente appartenenti alla paranza.

«La cena non è stata di tuo gradimento, eh!?» esclamò il tipo con delle simpatiche lentiggini sul viso.

«Mi dicono che tu c'hai fatto addirittura la scarpetta, vero Michele?» domandò Davide.

«Macché!» esclamò schifato.

«'A Bomba deve risolvere questa cosa. Io mica posso andare avanti con pizze e panini!» si lamentò Davide fingendosi nauseato. Ma, in realtà, lui avrebbe anche potuto!

I due si recarono qualche metro oltre la soglia d'ingresso delle tenebre, pronti a urinare contro il muro. Se lo sgrullarono per benino e ritornarono a coprire il rispettivo ruolo.

«'A Bo'...!», gridò Davide vedendolo scendere per le scale.

«Lo so. L'ho cacciata. E non le do neanche i soldi di oggi. Da dopodomani ci cucinerà la signora di prima» affermò sollevato e, senza fermarsi, andò a urinare anche lui, proprio sull'urina dei suoi compagni, come un cane che marca il territorio.

«'Sta pizza ha preso il sapore di eroina e pisciazza. Ma che spaccimma!» disse irritato.

'A Bomba, dopo essere riemerso dal buio, si fermò davanti a Davide chiedendogli di versargli dell'acqua sulle mani per lavarsele.

«Luciano 'o Fagiano mi ha detto che tieni un tatuaggio sul petto, è vero? Ma tu non avevi paura degli aghi?» domandò con ilarità.

«Io? Ma quando mai? Domani alle nove devo farmene un altro, dietro alle spalle. Mi voglio fare due ali d'angelo» disse eccitato.

Con la punta della scarpa diedi due colpi al piede di Davide che si voltò verso me e, fissandomi per qualche secondo nel tentativo di comprendere, mi posò una mano sula rotula del ginocchio stringendola e confermandomi, così, di aver intuito il messaggio.

«E domani vengo a fotografarti mentre ti lamenti come un neonato.» disse Davide in tono giocoso.

«E vieni a casa, qual è il problema?» affermò ridendo. Poi, si allontanò da noi.

Guardai Davide con espressione ammaliante e sguardo seducente per convincerlo non solo ad alzarsi presto ma anche ad accompagnarmi a casa sua e lui, in tutta risposta, mi spinse.

«Non se ne parla proprio» farfugliò ridendo.

«Dai, Davide, per favore!»

Davide smise di prendermi in giro. Bastarono pochi secondi per ritornare serio tanto che mi colpì il suo repentino cambiamento, perché in pochissimi secondi era quello di sempre. Poi senza guardarmi, con un semplice gesto del dito, mi ordinò di avvicinarmi a lui.

«Domani mattina, vai nella Vela gialla. Dopo aver bussato alla sua porta, gli dici che ti ho mandato io. Fidati, nonostante tutto, è una brava persona.»

Mi rattristarono tanto quelle parole. Tuttavia mi abbandonai a vari pensieri tra cui uno in particolare mi fece sorridere di gioia: finalmente l'album delle fotografie si stava riempiendo, giorno dopo giorno.

Alle sette in punto parcheggiai Bianca sotto la Vela gialla. In entrambe le Vele regnava un magnifico silenzio, simile a quello che si trova in un cimitero di notte.

Mi guardai intorno per un istante, poi m'incamminai sui ballatoi, piano per piano. Non avevo ancora una meta da seguire, volevo perlustrarla prima dell'invasione della paranza che sarebbe arrivata a momenti e avrebbe sicuramente generato chiasso.

Nella notte, alle cinque e un quarto per l'esattezza, Davide mi aveva inviato un messaggio dicendomi che a casa di 'a Bomba ci sarebbe stato anche Michele e, visto che ero in anticipo, lo attesi.

Dopo poco tempo Michele giunse a bordo di un'auto grigia che mi lasciò spiazzato: non era un'utilitaria consona né a un membro della paranza né a un ragazzo, ma era più adatta a una persona matura, perché aveva delle squallide staffe fissate sul tetto.

Quando scese dall'auto "stile impiegato del comune", non potei ignorare che indossava la tuta azzurra della squadra del Napoli e un borsello a tracolla. Fu allora che rimasi folgorato sulla via di Damasco ripensando alle parole di Davide: «A me il calcio non piace.»

Da quel momento in poi, le sue parole ebbero un senso.

Spesso mi capitava di rimuginare su quella frase: mi scervellavo fino a procurarmi un lieve dolore, perché volevo riuscire a decifrare Davide attraverso le sue metafore. Finalmente, in quel preciso istante, avevo capito un aspetto importante: il look di Davide aveva un senso logico che era quello di distinguersi dalla massa.

Michele s'incamminò in direzione della scala sud-ovest, concentrato a custodire cellulare e chiavi nel borsello. A pochi passi da me alzò gli occhi fissandomi con uno strano, ma educato, sorriso di circostanza. Avevo dato per scontato che mi avrebbe riconosciuto dopo qualche secondo ma, quando mi passò di fianco con noncuranza per salire i primi gradini, mi resi conto che si trattava di un'illusione. Così, gli andai dietro.

«Sei Michele, vero?»

Si voltò con molta tranquillità, guardandomi con maggiore attenzione.

«Tu... tu eri seduto di fianco a Davide ieri. O sbaglio?»

«Corretto. Sono venuto per fotografare 'a Bomba mentre si tatua. Credo che sia uno dei suoi capricci» dissi alzando lo sguardo, facendo intendere di essere stato costretto da Davide.

«Fotografare? E perché?» domandò sorpreso. Poi rise e dai suoi occhi traspariva così tanta curiosità che mi sembrava che stessero prendendo fuoco nel tentativo di sapere cosa ci fosse sotto tra Davide e 'a Bomba.

«Va beh, andiamo su che ho bisogno di un tazzone di caffè e sigarette. Stanotte, a causa di mio figlio, ho dormito pochissimo» disse.

Salimmo le scale per due piani e, quando imboccammo il ballatoio dopo una decina di metri, di colpo si fermò. Voltò lo sguardo verso un appartamento in stato di abbandono: fissare quelle mura vuote e buie lo turbò molto. Poi, rapidamente, fece il segno della croce, ripetendolo per tre volte, nemmeno fosse Dorothy del Mago di Oz che, con la stessa frequenza, doveva battere i tacchi delle sue scarpette rosse per tornare a casa.

Ritornò in sé e, senza dire una parola, proseguì a camminare seguito da me.

«È un gesto nobile da parte tua» dissi.

«Di solito m'inginocchio, ma oggi mi sento molto debole.»

«Addirittura!» farfugliai.

«Lui è stato un grande uomo: Luigi Aliberti. Un tempo qui comandava, lui, prima di Carluccio Bellezza le Vele erano sue, fino a quando i rivali lo ammazzarono. Aveva un cuore grande, credimi. Regalava le spese alimentari alle persone disagiate di tutte e sette le Vele. Hai notato il campetto? Non è stato il comune a metterlo in piedi, ma lui. E sempre lui organizzava grandi feste nella villa comunale, pagando il comune.»

Il modo in cui lo elogiava per essere stato un uomo generoso cancellò dalla mia mente ogni tipo di pensiero di condanna o di consenso. Vedere i suoi occhi lucidi e felici nel tornare a rivivere con la memoria quei momenti passati, non so per quale motivo, mi commosse tanto.

E, vedendomi imbarazzato, voltò le spalle e riprese a camminare.

Arrivati vicino alla scala che conduceva all'appartamento di 'a Bomba, cominciammo a salire i gradini. Michele lo chiamò a voce alta, evitando di suonare il campanello.

'A Bomba, dopo aver aperto la porta a Michele, non rimase negativamente sorpreso della mia presenza, anzi si dimostrò felice di conoscermi davanti a una buona tazza di caffè. Ci fece accomodare nel salone, mentre lui si avviò in cucina per prepararlo.

Michele aprì il frigo e, tirando fuori una bottiglia di latte, la pose sul tavolo.

«Ma perché vuole queste fotografie?» domandò Michele al suo amico.

'A Bomba, mentre avvitava la base superiore della moka, rispose: «Sarà uno dei suoi ingrippi. Tu lo conosci. Quello lo fa per divertimento» E mettendola sul fuoco, continuò: «Tanto lo paga lui il tatuatore.»

Spalancai gli occhi. Non volevo credere alle parole di 'a Bomba, ma ripensando a quanto Davide fosse astuto, mi ricredetti subito: per accontentarmi e farmi essere presente s'era comprato 'a Bomba, ignaro del vero motivo della mia visita.

Michele sussultò sulla sedia, urlando: «Allora, che pagasse anche il mio. Perché pure io mi faccio fotografare da...» disse guardandomi.

«Gioele» dissi offrendogli la mano.

«Piacere, Michele.»

'A Bomba prese un pacco di biscotti dal mobile e lo allungò a Michele, poi si sedette accanto a me versandosi un bicchiere di latte.

A un certo punto, sentì il gorgoglio del caffè e fece una corsa verso la cucina per spegnere il fuoco e versare il contenuto nelle tazzine che pose al centro del tavolo.

Michele, con un pizzico di timidezza, forse per timore di essere deriso alla sua età, rovesciò la tazza di caffè nel bicchiere di latte, ottenendo un delizioso latte macchiato.

A un certo punto la moglie lo chiamò.

«Scusami, devo salutare mio figlio che sta andando a scuola» mi disse 'a Bomba, affrettandosi a raggiungerli.

«Ci mancherebbe. Vai pure» risposi.

Come una lucertola protetta dagli occhiali scuri, uscii fuori sul balcone cercando di godermi qualche istante di sole e di calore primaverile. Entrambe le Vele erano invase dalle vedette con i berretti incollati sulle rispettive teste. Anche loro si adeguavano al cambio di stagione: i bidoni infuocati che li avevano protetti dal freddo erano stati sostituiti dai grossi ombrelloni da spiaggia che li avrebbero riparati dal sole cocente.

Alcuni ragazzini, nonostante fosse presto, erano già in campo a giocare a calcio: ognuno indossava una perfetta maglia della propria squadra preferita, eccetto uno, che nel guardarlo provai un po' di magone. Indossava una maglia azzurra con la scritta Cavani e sotto il numero 7 scritto col bianchetto.

«Gioele, sei pronto?» domandò Michele.

Quando mi voltai, oltre a Michele e 'a Bomba, vidi un terzo ragazzo che indossava una t-shirt bianca con la stampa di una testa di un teschio e un gilet nero in pelle, mettendo in mostra e in risalto le robuste braccia, completamente tatuate. Anche se eravamo in anticipo di venti minuti, doveva essere per forza il tatuatore. Credo che i tatuatori siano una specie a parte: per loro ogni tatuaggio che fanno, in un certo senso, racchiude anni di gioia o di dolore che soltanto chi lo porta sulla pelle sa realmente cosa significhino. Le scritte incise, beh... quelle sono facili da capire o da leggere.

Ritornai in salone. Il primo a farsi torturare dall'ago fu Michele. Si sedette a cavalcioni sulla sedia dando inizio alla seduta.

Michele lamentò subito dolore, ma per sua fortuna c'era 'a Bomba al suo fianco che lo incoraggiava in stile Rocky Balboa: «Non fa male! Non fa male!» E lo ripeté un'infinità di volte.

Quasi al termine della seduta, scattai qualche fotografia. Michele aveva i denti stretti dal dolore e a tratti, assieme a 'a Bomba, ripetevano al tatuatore: «Continua. Non fa male! Non fa male!»

Quando il tatuatore sfilò l'ago dalla sua spalla e ripulì il disegno con la carta morbida, il profilo del volto di Padre Pio era ormai inciso sulla pelle rossastra, le linee insanguinate si mescolavano con la pomata rendendo l'immagine lucida e brillante.

Un forte suono di una campanella proveniva dall'esterno e, visto che mancavano pochi minuti alle 12.00, 'a Bomba si affrettò a calare la corda del paniere per comprare dei pagnottelli per tutti, mentre Michele prese delle birre dal frigo per concedersi una lunga pausa. 'A Bomba, dato che sarebbe stato il prossimo a essere torturato, beveva la birra come fosse acqua.

Qualcuno suonò alla porta e Michele si alzò dal divano per recarsi ad aprire. Di punto in bianco si presentò il vecchietto dai capelli bianchi e, dietro di lui, s'intravedeva appena il profilo di Davide.

«Sei venuto!» esclamai contento.

Davide fece un sussulto di sorpresa perché non si aspettava che lo avrei riconosciuto.

«Cicciobello...» esclamò il vecchietto in tono minaccioso ma ironico «voglio farmi un bellissimo tatuaggio.»

Il tatuatore lo fissava con timore mentre lui gli mostrava il petto nudo indicandogli la zona precisa.

Tutti scoppiarono a ridere e non potei fare a meno di notare che ogni cosa che dicesse il vecchietto, Davide e Michele se la ridevano a crepapelle fino a sdraiarsi sul pavimento.

In effetti faceva ridere anche me, anche se possedeva uno sguardo crudele e molto minaccioso.

Così, si tolse la camicia di colore amaranto e dandosi delle forti pacche sul petto disse: «Col rosso, devi scrivere: "Tutto a posto, Vela rossa".»

E, fissandolo negli occhi, assumendo un'espressione intimidatoria, continuò: «Mi raccomando, Cicciobello, fai una cosa precisa e fatta bene o faccio torturare tutte le persone a cui vuoi bene. E se il danno è maggiore, me la prenderò anche col tuo pappagallo, semmai ne avessi uno.»

Davide, schiattando dalle risate, crollò di nuovo sul pavimento combattendo contro una crisi isterica.

Il vecchietto, non so se per dimostrazione o per sembrare un duro, non espresse nessun lamento. Anzi, restò zitto per tutto il tempo con gli occhi paralizzati contro lo specchio, seguendo la mano del tatuatore, passo dopo passo.

E, infine, venne il turno di 'a Bomba, che si affrettò a stendersi sul divano a pancia in giù. Il tatuatore, sollevato, dopo aver sorseggiato mezzo bicchiere d'acqua, cominciò a disegnare rilassato. Siccome il suo tatuaggio era molto più grande di quello di Michele, 'a Bomba si fermò per tre volte scambiando il divano con la sedia posizionata davanti al quadro di Gesù Cristo, invocandolo ripetutamente. Ormai, tutti quei sorsi a cui si era lasciato andare durante la seduta lo avevano ubriacato. In effetti aveva alzato talmente tanto il gomito che di colpo smise di sentire dolore, rendendo tutto più scorrevole.

Michele, invece, anziché incoraggiarlo proprio come aveva fatto lui, lo prendeva in giro.

Quando il tatuatore spense l'apparecchio sonante, lui andò a guardarsi le spalle attraverso gli specchi, da cui riuscì a vedere la presenza di due nuove ali d'angelo lucenti con, al centro, il nome del figlio. 'A Bomba nel vedere il tatoo completo e così luminoso fu soddisfatto della scelta sia della posizione che del tatuaggio che avrebbe sfoggiato in piena estate, sulla finissima sabbia del Bagno Elena a Posillipo.

L'arresto di Gargantua'

Davide stava mangiando una succulenta fetta di anguria, a pochi passi di distanza dal carretto che le vendeva, fregandosene che si stesse sbrodolando con il succo che dal mento finiva sulla sua costosa polo grigia di Ralph Lauren.

«Ne vuoi una?» disse girandosi. «È bella fredda» aggiunse dopo aver voltato la testa verso la strada.

Feci un gesto al tizio del carretto che si affrettò a tagliarmene una fetta prelevandola dall'enorme anguria che era avvolta nello straccio bagnato. Si avvicinò a me e, senza piattino né tovagliolino, me la pose sulle mani.

Nel vedere Davide che se la gustava con grande ingordigia, abbassai la testa e lo imitai.

In quel periodo provavo con tutto me stesso a copiarlo, tanto che anche Valeria aveva intuito che ero cambiato perché, sebbene lo negassi sempre, volevo essere come lui.

Davide all'interno della paranza era, insieme a pochi, la vedetta più in gamba che la Vela avesse mai avuto a partire dagli anni Ottanta. Oltre a lui, c'era Michele e infine Luciano 'o Fagiano. Questi ultimi, però, a differenza di Davide, all'arrivo della polizia o dei carabinieri fuggivano come cavalli imbizzarriti, lasciando scoperta la proprio postazione e fornendo, così, la possibilità alle autorità non solo di girovagare per la Vela ma anche di nascondersi in qualche casa abbandonata ai piani alti. Tale situazione si era già verificata e, infatti, era l'unico modo in cui le forze dell'ordine riuscivano a concludere un arresto catturando qualche membro.

La polizia era a conoscenza di questo punto debole e ogni volta lo sfruttava a proprio vantaggio.

Quando entrò nella strada la pattuglia in borghese, Michele e 'o Fagiano, che erano le vedette fisse a est con gli occhi puntati a nord-est, nel gridare "Maria" fuggirono a ovest, verso la postazione di Davide.

«Sono carabinieri!» urlò 'o Fagiano a Davide, dirigendosi a nord-ovest della Vela rossa.

Davide si voltò verso di me rivolgendomi un impercettibile sorriso sornione. Guardò prima 'o Fagiano che correva a tutta velocità e poi me, incuriosito nel decifrare il suo pensiero. Successivamente, prima di riportare di nuovo lo sguardo su di lui, inarcò due volte le sopracciglia invitandomi a guardarlo.

Un carabiniere si fermò sull'atrio e, vedendo 'o Fagiano fiondarsi verso lo stradone nord, gli corse dietro per fermarlo, passando davanti a Davide che non solo non sussultò vedendolo arrivare ma continuò ad addentare l'anguria come se niente fosse.

Era così sicuro di sé da fare invidia quasi a tutta la paranza.

'O Tedesco, a bordo del suo SH bicolore, ignaro della presenza dei carabinieri nella Vela, si fermò davanti al carretto con l'intento di mangiarsi una fetta di anguria. Non appena Davide avvicinò la mano aperta coprendo gran parte del suo viso, 'o Tedesco, conoscendo il significato del gesto, frettolosamente fece ritorno allo scooter e sfrecciò via, uscendo dalla parte della villa comunale.

Davide si voltò verso me e, guardandomi con amarezza, esclamò: «E... li chiamano pure responsabili!» Poi, sputando i semi, ripeté: «Li chiamano pure responsabili!»

Davide fece qualche passo in avanti e, dopo aver rimproverato i tossici che si bucavano alla luce, facendoli rientrare nel buio per nascondersi dagli agenti, ritornò al mio fianco.

«Pensa che questi stanno tutto il giorno in macchina girando tutto il quartiere, eppure, pretendono la parte uguale ogni giorno» disse con un briciolo di rabbia, reputandolo ingiusto.

«Non vi potete opporre?» domandai.

Davide fece una risata satanica.

«Se non fosse per Carluccio Bellezza... li avremmo mandati a lavare i vetri fuori alle quattro vie.»

L'auto sospetta, di colore grigio topo, passò davanti a noi procedendo a passo d'uomo. Il conducente si fermò, guardò Davide, che a sua volta non gli tolse gli occhi di dosso, anche con il proposito di contare il numero di agenti dentro la vettura, e poi seguitò verso l'uscita.

Quando l'auto sparì sullo stradone della villa comunale, dalle scale scesero 'a Bomba e Cocò che si fermarono dinanzi a Davide.

«Hai visto quanti ne erano in macchina?» domandò 'a Bomba con ansia.

Davide gli rise in faccia, trascinando anche me e anche Cocò nel momento di spensieratezza.

«Stai tutto cacato sotto, eh!?» disse Davide continuando a deriderlo.

«Quelli davanti se ne sono scappati» annunciò 'a Bomba, come se per Davide fosse una novità.

«E tu?» domandò Davide e nascondendo un sorriso, continuò: «Te ne sei scappato a casa tua?»

«Tanto lo sanno tutti che sei il numero uno» affermò 'a Bomba ridendo, come se Davide non sapesse quanto fosse, persino, scarso nell'adulare le persone.

«Erano in tre» dissi io.

«Fatti dire quanti ne sono entrati» suggerì Davide in tono serio.

Cocò fece una smorfia di sconforto. Ormai sapevano bene che né 'o Fagiano né Michele erano riusciti a vedere, al loro arrivo, quanti carabinieri fossero all'interno della vettura. Ciò significava che nessuno aveva seguito i loro movimenti assicurandosi che oltre alla paranza, nella Vela, non ci fosse nessun altro soggetto estraneo.

Davide avvicinò la bocca all'orecchio del capo-paranza mormorando: «Allora simuliamo.»

I due si allontanarono in fretta per riorganizzare l'apertura della piazza di spaccio.

«Che significa?» domandai a Davide.

«Fingere che siamo operativi» disse facendo un respiro pieno d'ansia.

Dopo Davide, ognuno riprese il proprio posto.

«Tutto a posto!» gridarono in coro.

Davide sollevò la seconda fetta di anguria dalle mani del venditore ambulante e, al terzo morso, sussultò dall'agitazione dopo aver sentito urlare: «Maria! Maria!»

Michele e 'o Fagiano corsero di nuovo verso di noi e scapparono via, insieme, rifugiandosi in un appartamento di qualche loro parente.

«Non hanno simulato un cazzo» esclamò Davide colmo di rabbia.

Dopo neanche un minuto, mentre Davide cercava di capire cosa avessero visto i suoi amici, s'incamminò sulle scale. Si fermò di colpo quando, oltre i porticati della Vela, vide due volanti ferme e, facendomi segno di allontanarmi, continuò a salire i gradini.

Quando raggiunse l'atrio, si affacciò posando i gomiti sul muretto come se fosse lì per caso e, mentre i suoi occhi erano puntati verso la scala centrale, di fianco a lui comparve il vecchietto. Entrambi, scendendo le scale, seguirono i movimenti dei carabinieri e videro lo spacciatore ammanettato e accerchiato mentre veniva condotto verso le volanti ferme in attesa.

I carabinieri, dopo averlo fatto sedere sul sedile posteriore, se ne andarono con la sirena accesa, attirando l'attenzione degli inquilini che si affacciarono incuriositi.

In pochi minuti, dopo aver trovato un tossico disposto a spacciare, la piazza della Vela rossa riprese l'attività.

Nessuno della paranza era disposto a rischiare mettendosi seduto sui gradini con il borsello imbottito di soldi tra le mani. Quindi, visto che era impossibile controllare ogni angolo della Vela dopo i tentativi di cattura delle forze dell'ordine, la paranza metteva solo i tossici a spacciare, offrendogli la stessa parte dei guadagni che spartivano Davide, Michele, 'o Fagiano e gli altri. A quel punto, come mi spiegò Davide, in caso di arresto, la paranza non ci avrebbe perso nulla, anzi, ci avrebbe guadagnato.

Infatti, secondo una regola impartita da Carluccio Bellezza, lo spacciatore nel borsello doveva tenere due pacchettini di eroina e uno di cocaina e qualora fosse stato arrestato, questi tre pacchettini venivano scalati dalla lista del carico e addebitati direttamente a lui. Non solo! Allorché i cancelli di Poggioreale si fossero spalancati all'arrivo dello spacciatore, la paranza, non sapendo chi fosse né dove abitasse, avrebbe suddiviso, in parti uguali, la sua parte dei guadagni tra i membri.

Dopo circa un'ora la Vela rossa fu invasa da tre volanti di cui una in borghese: l'auto grigia della caserma di Marianella.

«Metti in moto!» urlò mettendomi fretta.

Davide e io ce la scampammo per un soffio perché uscendo dalla Vela notammo che c'erano non solo i carabinieri con le torce accese per le scale ma anche le pattuglie che avevano bloccato sia le due entrate che le uscite.

«Non sono mai scappato, Gioele. Ma non mi è piaciuta la loro "picchiata"» disse guardandosi indietro per vedere se una delle volanti ci stesse inseguendo.

Davide sapeva bene che la presenza di tutte quelle pattuglie avrebbe fermato la piazza per un bel po' di tempo, così, decise di trattenersi al bar Ares.

Ci sedemmo a un tavolo all'interno e Davide ordinò un piatto di pasticcini mignon assortiti.

Davide aveva il gomito posato sul tavolo e sul viso s'intravedeva una leggera stanchezza. Restò pensoso, in silenzio e con lo sguardo perso nel vuoto in direzione della parete.

«A cosa pensi, Davide?» domandai.

Scosse la testa, come se lo avessi svegliato con violenza.

«Alla magnifica Costiera, alla mostruosa pizza da Gigino e alla coppa di fragoline con crema chantilly di quella gelateria che mi parli spesso. Quando mi ci porti?»

Sollevai un bignè al caffè dal piattino e lo infilai in bocca.

«Pure domani se vuoi...» farfugliai masticando. «Tanto mi sono licenziato dal centro» dissi.

Davide spalancò gli occhi nell'aver appreso la mia decisione.

«Ma come? È un posto fisso quello. Il mese va e viene e tu lo rifiuti?»

Feci un respiro liberatorio.

«Davide, io lì dentro non riesco più a starci. Improvvisamente, sento una strana sensazione, come... se mi mancasse l'aria. E poi lo sai, io nella vita vorrei diventare un grande giornalista. E tu, cosa vorresti dalla tua, Davide?» domandai.

Lui non faceva altro che ciondolare il capo, ma non ne colsi il senso: mi aveva capito o, piuttosto, mi reputava un imbecille... ma in entrambi i casi, smise di parlare.

Con un gesto si alzò dalla sedia e io lo seguii come un cagnolino. Dal momento che ce ne andammo lasciando la metà dei dolci sul piatto, fui contento di aver bevuto, perlomeno, il caffè tutto d'un sorso.

Al nostro rientro alla Vela, l'intera paranza si era riunita fuori al "negozio" di Josè.

Li raggiungemmo a passo svelto.

«Hanno arrestato Gargantua'» annunciò 'a Bomba.

Davide si passò una mano sulla fronte facendola scorrere giù per il viso e, dopo aver messo a fuoco il pensiero, disse «E chi è?»

'A Bomba abbassò lo sguardo dall'imbarazzo.

«Il custode del carico» borbottò.

Davide fece un passo indietro. Sia con lo sguardo che a piccoli gesti fece capire alla paranza l'inaccettabilità della decisione presa dal capo-paranza. Infatti il carico, da sempre, era nascosto in qualche casa abbandonata e mai messo nelle mani di qualcuno. Poi, dopo aver guardato dritto negli occhi uno per uno, Davide disse:

«Se noi non lo sapevamo che Gargantua' teneva il carico, come hanno fatto a trovarlo i carabinieri?»

I presenti gli diedero ragione chi con mimica facciale chi a gesti, ma tutti senza dire una parola.

«Non lo so. Quello che so è che Massimiliano non poteva oggi e Gargantua' si è fatto avanti, aveva sui centoventi pacchettini.»

Davide fissò 'a Bomba, i suoi occhi divennero lucidi dalla rabbia e sembrava che le sue iridi verdi sprigionassero saette incandescenti che fulminavano gli occhi di tutti i presenti.

«Carluccio Bellezza, tramite i responsabili, ci ha fatto sapere che lo dobbiamo pagare noi il carico» annunciò 'o Fagiano. Quindi 'a Bomba dovette subire gli insulti di tutta la paranza perché, oltre a lui e a Massimiliano, nessun altro sapeva che Gargantua' fosse il custode del carico né, tantomeno, dove lo tenesse.

Davide fece una risata sferzante e, senza dire nulla, s'incamminò verso la propria postazione per continuare a garantire sicurezza dalla sua direzione. Seguendo il suo esempio, la paranza si affrettò a riprendere il proprio ruolo e la piazza tornò di nuovo attiva.

Dopo qualche ora, tramite la moglie di Gargantua' che si era recata in questura per consegnare ai carabinieri gli effetti personali del marito, la paranza venne a sapere che era stato lo spacciatore a tradirlo, rivelando loro l'identità di chi teneva il carico e, anche, il luogo.

Dopo essersi lamentati l'un l'altro, la paranza si convinse ad accettare sia la perdita di Gargantua' che il debito da pagare a rate a Carluccio Bellezza.

Verso le undici di sera, però, uscendo dal "negozio" sotto i portici, vidi Michele che aveva relegato, fermo in un angolo, l'infame che aveva venduto Gargantua'.

Davide stava fumando la sua ennesima sigaretta in santa pace ma per tutta la serata non aveva proferito una sola parola e io nemmeno tentai di comunicare con lui. Preferii, infatti, lasciarlo tra i suoi pensieri, pensando che fosse la scelta più opportuna.

Mentre scendevo dalle scale portando un caffè a Davide, vidi venire giù anche 'a Bomba e Cocò che si fermarono davanti a lui.

«L'infame è qui» disse Cocò.

Davide saltò su dalla sedia, fissò prima i suoi amici dritto negli occhi e poi disse: «Chiudiamo tutto e mandiamo qualcuno giù alle Case dei Puffi.»

In pochi minuti la piazza cessò di vendere le dosi.

Lo spacciatore venne legato, imbavagliato e condotto in una casa abbandonata tra i rifiuti, al piano terra.

In quel momento, dall'entrata nord-est della Vela rossa, entrò Giacomino 'o Cane, un membro della paranza di Giacinto. Proveniva da una cena con l'intera paranza e, siccome era di passaggio, aveva deciso di fermarsi per salutare i ragazzi o, perlomeno, quelli con cui andava d'accordo.

'A Bomba, con l'espediente di raccontargli dell'arresto di Gargantua' nei minimi dettagli, lo convinse a prestargli l'auto.

La "Bravo" bianca con 'o Fagiano alla guida si accostò troppo al marciapiede rigando il cerchio in lega.

«Cominciamo bene» commentò Michele ridendo in faccia a Davide.

Davide con la rabbia che gli usciva dagli occhi, senza dire niente, si affrettò a sedersi dietro mentre Michele sedeva davanti. Senza lasciare nemmeno il tempo di chiudere la portiera, 'o Fagiano partì facendo sgommare gli pneumatici sull'asfalto asciutto e alzando un muro di polvere.

Non appena da sotto i portici si intravide l'auto bianca sfrecciare sullo stradone della villa comunale, la paranza si riunì all'esterno del "negozio". Dall'auto, oltre a 'o Fagiano, non scese nessun altro.

«Allora?» domandò 'a Bomba vedendo 'o Fagiano che gli andava incontro.

«Davide e Michele sono con Carluccio Bellezza e Josè, arriveranno a momenti» disse entrando nel "negozio". Prese una lattina fresca dal frigo e uscì fuori.

Si accese una sigaretta per calmare l'agitazione, posò un piede contro il muretto e, dopo aver aperto il contenitore della bibita, cominciò a sorseggiarla.

Un'auto si fermò di fronte alla postazione di Davide. Oltre a lui e a Michele, scese un ragazzo sui trent'anni, che avevo già visto, con i capelli castani, pettinati all'indietro e con le punte di colore giallo chiaro. Non sapevo, però, se fosse Carluccio Bellezza o Josè e la curiosità di dare un nome a quel viso, per me, era troppo elevata.

Dal forte timore, 'a Bomba, vedendolo salire le scale, sbiancò in viso.

Forse pensava che Davide, anziché aiutarlo, l'avesse venduto per capriccio o per invidia.

Solo quando sul viso di Davide brillò un sorriso seguito da un occhiolino, 'a Bomba riprese colore.

«Ciao Josè» salutò 'a Bomba restando immobile.

Sentendo le lettere che componevano quel nome, ci rimasi male perché, in realtà, avrei voluto vedere e incrociare lo sguardo di Carluccio Bellezza.

Josè fece un gesto con la mano ad 'a Bomba e lui si affrettò a raggiungerlo al centro dell'atrio, circa a una dozzina di metri dal suo "negozio".

Dopo avergli posato la mano sulla spalla, i due s'incamminarono verso le scale per parlare da soli.

'A Bomba sembrò agitato mentre cercava di spiegare l'accaduto a un suo superiore e, mentre balbettava impaurito all'idea di una sua reazione inaspettata, per discolparsi fece segno a Davide o a Michele di avvicinarsi a lui.

«Josè...» disse Davide nel raggiungerli «io voglio solo che mi dai il via.»

Josè fece un profondo respiro. Se Carluccio Bellezza lo aveva mandato a risolvere il problema, ogni sua decisione, che fosse giusta o sbagliata, avrebbe portato la sua firma.

«Dove sta il tossico?» gli domandò fissando 'a Bomba. Tuttavia, rendendosi conto che il capo-paranza non sapesse granché, prima fece un sorriso cattivo e poi lo guardò torvo.

«Ma tu non sai niente? E come fai a essere il capo-paranza!?» disse a voce alta.

'A Bomba, colpito da quel crudo giudizio, abbassò lo sguardo per terra.

Michele fece un segno a Josè avvicinandosi a lui.

Si aggiunsero anche 'o Fagiano e il fratello di Davide e tutti insieme s'incamminarono fino ad arrivare vicino alla casa abbandonata. Michele, 'o Fagiano e il fratello di Davide entrarono dentro e portarono fuori lo spacciatore prendendolo per i capelli.

Josè lo fece sedere sulla sedia proprio sotto i porticati della Vela, dove iniziò la sua tortura che prevedeva schiaffi e calci.

Il giovane spacciatore tossico scoppiò a piangere sia per il dolore che per la paura. Ormai era braccato dal male: avendo venduto qualcuno non avrebbe dovuto né potuto più tornare.

«Se mi dici la verità, giuro che ti accompagno a casa tua» disse Josè con tono credibile. Gli passò un fazzoletto per asciugarsi le lacrime, poi una bottiglia d'acqua per sciacquarsi il sangue che gli usciva dal labbro superiore.

Si voltò verso Cocò e vedendolo intento a girare il caffè con una palettina, allungò la mano impossessandosi del bicchierino.

Sul viso di Cocò apparve una leggera e contrariata smorfia.

«Vuoi un poco di caffè?» disse Josè al ragazzo.

Fece sì con la testa e allungò la mano tremante per prendere il bicchiere che avvicinò alla bocca per bere.

«Hai detto ai carabinieri chi teneva la borsa?» mormorò Josè.

I loro occhi si fissarono per qualche secondo, quindi il ragazzo dopo aver acquisito fiducia attraverso lo sguardo di Josè, raddrizzò la schiena per rispondergli: «Mi avevano promesso la libertà» affermò con un filo di voce.

Josè strinse i denti. Quella verità era contraria alle sue regole. Inoltre gli procurava dolore il pensiero che più di cento pacchettini sequestrati, che si sarebbero potuti trasformare in solo mezza giornata in soldi, fossero ormai andati in fumo per colpa di un tossico!

Indietreggiò di qualche passo e, poi, inaspettatamente, partì con una serie di pugni che colpirono il viso del giovane tossico, facendolo cadere dalla sedia come un sacco di farina.

Josè non si fermò alla sua caduta sebbene sul viso del ragazzo ci fosse sangue che gli scorreva lungo la guancia. Appoggiò la mano sul muretto e, tenendosi saldo, cominciò a colpire con violenza e con la punta delle scarpe il volto, lo stomaco e la testa. Davide, il fratello, Michele e 'o Fagiano, gli unici minorenni della paranza della Vela rossa, si fecero avanti per aiutarlo nel pestare il tossico, ma Josè gli gesticolò che non era ancora arrivato il loro momento.

Sollevò la sedia di legno massiccio dove era seduto il tossico e, con tutta la forza, la scaraventò ripetutamente sulla schiena del ragazzo, fermandosi solo quando la sedia, a causa dei colpi inferti, si ruppe.

Josè, insoddisfatto o per dimostrare maggiore perfidia agli occhi della paranza, si abbassò e afferrò uno dei due piedi posteriori della sedia che erano volati via. Pose un piede sul collo del tossico per tenerlo bloccato e puntando lo sguardo sulla testa, dopo aver preso lo slancio con le braccia, gli fracassò il cranio a colpi di quell'improvvisato bastone.

Quando smise per prendere respiro e per cercare di placare l'affanno, ormai il ragazzo sembrava non muoversi più. Era steso sullo sporco pavimento immerso in una pozza di sangue e dal cranio e dal viso continuava a sgorgare ancora sangue.

«Buttatelo di sotto!» esclamò Josè fissando il fratello di Davide, il più piccolo della paranza.

I minorenni della paranza prima sollevarono il corpo da terra e poi, avvicinandolo al muretto, lo spinsero con forza. Il corpo del tossico volò giù per circa otto metri e si schiantò al suolo oltre le viscere della Vela rossa.

«Ora ti ho fatto vedere come si fa. La prossima volta non venire giù ai puffi, fallo tu stesso, 'a Bo'» disse Josè. Poi s'incamminò verso il suo "negozio" per sciacquarsi le mani e, forse, per pagare quel caffè di Cocò che non aveva neanche odorato.

La paranza si riunì per dividere i guadagni dell'intera giornata. Nonostante il casino che avevano dovuto affrontare, al netto di tutte le spese e le perdite, Davide e gli altri divisero quasi mille euro a testa.

'O Fagiano e gli altri, vedendosi quella somma nelle mani, sembrarono aver dimenticato quanto accaduto e sdrammatizzarono ridendo o lasciandosi andare a battute tra di loro. L'unico che sembrava morto dentro era Davide che non era in vena né di ascoltare né di parlare.

La sirena dell'ambulanza, giunta sotto la Vela, attirò la curiosità di alcuni di loro che si affrettarono ad affacciarsi per vedere se fosse venuta per il giovane tossico pestato pesantemente. Davide e il vecchietto si alzarono e andarono via.

Volevo tanto raggiungere Davide cercando di rincuorarlo, magari parlandogli di alcuni posti speciali della costiera Amalfitana, ma la scelta di restare ebbe la meglio, in quanto era importante per me e per le mie aspirazioni. In fondo la strada era ancora lunga per diventare un rinomato giornalista!

Turista in costiera

Per placare, almeno in parte, il mio senso di colpa regalai a Davide una pausa da tutto quell'orrore. Lo tirai giù dal letto alle nove del mattino. Poi dallo zaino prelevai un sacchetto con due cornetti farciti con una squisita crema di limone e un thermos di caffè, ancora tiepido. Prima di scendere facemmo colazione in camera sua, nel totale disordine.

Davide non perse tempo rinunciando, per una volta, persino a radersi, per evidenziare i baffetti, quei quattro peli che gli erano cresciuti sul viso e a spalmarsi la sua preziosa crema corpo per cui aveva una vera e propria fissazione. Addirittura aveva evitato di limarsi le unghie, pratica a cui si dedicava con frequenza regolare, per renderle ancora più perfette di quanto non fossero già. Si concesse giusto solo una doccia ed eravamo già seduti sulla sella di Bianca.

Quella mattina faceva caldo, nonostante fossero appena i primi giorni di maggio. Il sole picchiava forte rendendo, ancora più evidente, la sfumatura dei capelli di Davide e un venticello faceva svolazzare la sua leggera camicia bianca, a strisce rosse, riproducendo quasi un acuto gemito.

A guardare, attraverso lo specchietto retrovisore, il suo sorriso e i suoi occhi illuminati di felicità, Davide poteva sembrare un ragazzo qualunque, lontano da ciò che era realmente. Forse la sua euforia dipendeva dal fatto che si sentisse sereno sapendo che oltre a me, Bianca e una Leica m6, dal rullino usato che giaceva nello zaino, non c'era nient'altro e nessun altro. Il solo fatto che nessuno potesse metterlo in pericolo o appesantirlo di preoccupazioni, lo faceva sentire in uno stato di pace, a dispetto dei suoi demoni. Era così spensierato che sporse la mano permettendo al violento vento di accarezzarla. Sembrava che la mano perdesse i suoi nitidi contorni e che acquisisse un aspetto informe, un po' come succede ai "cattivi" dei fumetti prima di dissolversi definitivamente nel vuoto.

Avevo capito fin da subito che, dietro quello sguardo da finto duro, si nascondesse un ragazzo dalle mille sfaccettature.

I miei occhi puntarono uno dei tanti cartelli autostradali e, dopo aver letto l'uscita per Portici, allungai il braccio per passare il casco a Davide.

«Mettilo, senza fare storie» dissi.

Dallo specchietto vidi la sua espressione contrariata. Tuttavia, con l'atteggiamento di chi sta compiendo uno sforzo disumano, lo appoggiò sulla testa ignorando, però, di allacciarlo.

Anche se dentro di lui albergava qualcosa di positivo, l'abitudine di rappresentare l'immagine di sé che per anni aveva impersonato, non l'avrebbe mai persa.

Nonostante la sua giovane età, aveva uno sguardo agghiacciante, tant'è che se qualcuno lo avesse incontrato per casualità gli sarebbe venuta voglia di urinarsi addosso. Non era solo una delle vedette più in gamba di Scampia ma era imparentato, seppur indirettamente, con le famiglie degli altri clan di Napoli. Partendo, infatti, da suo fratello maggiore, Mattia, che aveva sposato la sorella di un pezzo grosso affiliato alla famiglia Ricci. Quest'ultima era a sua volta "legata" ai Corsica e ai Mollica, cosicché in qualche modo, anche lui insieme al cognato entrò a farne parte.

Continuando con suo cugino, di soli diciannove anni, che sposandosi con Giulia Scarola, nipote di un pezzo da novanta dei Licastro, automaticamente era entrato a far parte della cerchia più ristretta, ovvero di quei pochi che avevano accesso ai discorsi "delicati".

Persino il padre del suo amico Tiziano da qualche anno si era trasferito nel rione del "Terzo Mondo", così Davide quando una volta al mese passava a salutarlo incontrava i vertici più spietati della famiglia De Nicola.

Infine, era legato da un rapporto di stima al vecchietto che faceva la vedetta nella sua paranza. Contrariamente alle apparenze, non si trattava di un vecchietto qualunque ma, piuttosto, di uno che incuteva terrore. Infatti era una delle spietate "teste matte" dei Quartieri Spagnoli che, dopo il suo trasferimento avvenuto all'inizio della prima faida, divenne "esterno e fidato" del noto boss di Mugnano: Sandro Poletti. Quest'ultimo, approfittando del fatto che fosse un volto nuovo, lo impiegava solo per gli omicidi.

Davide mi raccontò di quella volta in cui il vecchietto rientrò dopo aver consumato un omicidio. Il patto tra lui e Poletti, per commettere quel delitto, prevedeva che la ricompensa fosse una lussuosa Limousine. Sennonché, il vecchietto, dopo essersi seduto sull'auto, manifestò disprezzo e delusione, rifiutando il regalo ricevuto. Invero, era ugualmente contento e soddisfatto perché aveva aspettato da anni di ammazzare quell'infame, anch'esso killer.

«Fermati qui!» esclamò, puntando il dito in direzione di una piccola curva di Vico Equense.

Scese dalla vespa con movimenti irrequieti e, dopo essersi avvicinato alla ringhiera spalancando gli occhi nel fissare il magnifico panorama, si accese la sua prima sigaretta della giornata, immortalando quel momento nella memoria, tra un tiro e l'altro.

«Sembra finto» mormorò compiaciuto, ammirando il mare dall'alto.

Si voltò verso di me e, guardandomi in modo strano, disse: «Intuisco che per te non è la stessa cosa, vero?»

«Intuizione giusta, Davide. Io sono nato un po' più indietro, a Torre Annunziata. E qui ci venivo spesso quando avevo la tua età.»

Davide accennò un sorriso deluso, forse pensava a quanto fossi stato fortunato a nascere da quelle parti e in una famiglia modesta, ma onesta.

Così, prima di montare in sella e rimetterci in marcia, fece fatica a staccare gli occhi da quella veduta che non aveva mai potuto ammirare prima. Ogni volta che gliene avevo parlato, lui sbavava dalla voglia di vederla con i suoi stessi occhi e di perdersi in quel "paradiso".

Nonostante con Bianca avessimo proseguito il tragitto, lui restò con la testa voltata verso il mare per tutto il tempo emettendo, a ogni curva, un forte urlo e commentando la bellezza che si estendeva davanti a sé.

Diversamente dal solito, procedevamo a velocità ridotta e ben presto si fece l'ora di pranzo. Mi fermai, quindi, all'esterno della pizzeria "da Gigino" per mangiare non una pizza ma "la pizza" di cui Davide, tramite me, aveva tanto sentito parlare per diversi mesi.

Scegliemmo di sederci al tavolo in giardino per due motivi, entrambi a suo favore: era il luogo meno affollato ed, essendo all'aperto, gli avrebbe consentito di fumare.

Il cameriere posò una gigantesca pizza sul tavolo di fianco a noi, la tagliò e, dopo aver messo i primi tranci sui piatti, li dispose davanti ai nostri occhi.

Davide, seppur masticava la pizza con voracità, sembrava fosse altrove.

«Non ti piace?» domandai, interrompendo i suoi pensieri.

«Moltissimo...» affermò con un sorriso «è così buona che stavo pensando di proporre a Carluccio di aprire una piazza qui» mormorò ridendo, trascinandomi con lui.

Per non mettermi in imbarazzo, si sforzava di tagliare il trancio con le posate. Quel gesto fu la risposta a tutte le mie domande, ma vederlo dannarsi in quel modo mi faceva sentire in colpa, perché era come se la gustasse solo per metà. Così posai con decisione le posate sul tavolo, afferrai il "cornicione" con le dita e, prima di addentare la mozzarella, gli feci un occhiolino di incoraggiamento.

Davide rise e poi l'azzannò imitandomi con soddisfazione. Per una volta, sotto il suo sedere, non aveva una cassetta in plastica o una sedia malridotta e scomoda, ma una sedia confortevole e pulita.

Da lì uscimmo con la pancia gonfia e piena di cibo buono e genuino. In sella a Bianca proseguimmo il nostro giro costeggiando il mare.

«Tutto bene, Davide?» domandai dopo che aveva cambiato posizione.

«Benissimo, Gioele. Oggi mi sento un turista!» gridò e sul suo viso brillò un enorme sorriso.

«Oggi sei il turista in costiera.»

Davide inspirò così profondamente che il profumo del mare gli entrò nelle narici e l'aria pulita nei polmoni.

«Lo puoi dire forte, Gioele!» gridò contento.

Le curve della costiera erano mozzafiato, tanta bellezza naturale era da capogiro! Davide guardava ogni minimo particolare, dalle entrate dei lidi balneari alle case incastonate nelle colline come se fossero gemme preziose di una montatura ancor più pregiata.

«Wow!» esclamò a piena voce, dopo aver visto un bar con una terrazza che quasi si posava sul mare calmo.

Fermarsi non rientrava nella mia tabella di marcia, ma pur di accontentarlo, frenai e, dopo aver parcheggiato Bianca, entrammo dentro.

Davide, dopo aver varcato la soglia d'ingresso e non sapendo nulla del senso civico, camminò verso la terrazza incurante della presenza del cameriere che lo attendeva per accoglierlo.

«Davide» chiamai. Gli feci segno di raggiungermi e, quindi, tornò subito indietro.

«Buongiorno, signori. Preferite stare dentro o fuori?» chiese il cameriere.

«Fuori! Fuori! Vogliamo stare fuori!» esclamò preso dall'eccitazione.

Il cameriere spalancò gli occhi guardandolo incuriosito e, dopo aver mostrato un'espressione stranita pensando che la sua reazione così gioiosa fosse troppo eccessiva per la sua età, assunse pienamente e con professionalità il suo ruolo accompagnandoci al tavolo.

Davide si sedette con arroganza e stizza, mentre i suoi occhi minacciosi erano puntati sul cameriere. Dal momento che non avevo nessun potere né capacità di gestire i suoi impulsi, prima che si alzasse e lo prendesse a pugni in faccia solo per un equivoco, mi precipitai a ordinare attirando su di me l'attenzione del cameriere.

«Due caffè e una bottiglietta d'acqua bella fresca» dissi.

Davide voltò la testa per evitare la sua presenza e si immerse a guardare il panorama. Le sue dita cercarono di tracciare la linea all'orizzonte che separava il cielo dal mare: se avesse avuto a disposizione una tela bianca avrebbe realizzato sicuramente un quadro di forte impatto emotivo! Tuttavia quell'impresa gli apparve complicata, quindi si lasciò cullare dalle increspature delle barche create dai motori sulla superficie dell'acqua, facendo raffreddare il suo caffè, che bevve comunque. Venne però tradito dalla sua espressione di disgusto che rivelò quanto il caffè, ormai freddo, fosse sgradevole.

Cavalcammo Bianca diretti a Positano dove ci imbattemmo in quegli incantevoli e stretti vicoletti. Quando mi fermai tra residenti e turisti per cambiare il rullino alla mirrorless, Davide si soffermò qualche passo più avanti dinanzi a una bancarella che vendeva souvenir di ogni tipo.

Dedussi che si fosse incantato a fissare qualcosa di molto particolare che, sicuramente, gli aveva suscitato interesse perché aveva dei gusti molto singolari.

Dopo essermi avvicinato, lo vidi sollevare con delicatezza una statuetta che guardava attentamente in ogni suo particolare. Finché, dopo averla girata e rigirata, decise di acquistarla senza intavolare alcun dibattito o trattativa sul tagliandino che esponeva il prezzo.

«Mi piace un sacco, Gioele» mormorò cercando di trattenere un'esplosione di gioia.

«Ti si legge in faccia» commentai con un sorriso.

E così, continuammo il nostro percorso per raggiungere il mare.

Quella distesa d'acqua che stavo ammirando mi portò a pensare all'acquisto di Davide. Aveva comprato due statuette, incollate tra loro, molto bizzarre: pulcinella che aveva sul palmo della mano un piatto di spaghetti al pomodoro e 'o munaciello che impugnava un grande coltello. I due sorridenti personaggi si abbracciavano con lo sguardo rivolto verso gli spettatori, come se si fossero messi in posa per una fotografia.

Molto belle per chi si soffermasse solo a guardare la loro buona fattura, ma per chi avesse il dono di andare oltre, quelle statuette assumevano un significato straordinario: pace e amore.

«Questo è un regalo per te» disse imbarazzato, sfoggiando uno dei suoi goffi sorrisi.

«Oh, Davide. Grazie.»

«No, Gioele. Sono io a ringraziarti per aver reso possibile tutto questo. Non immagini quante notti ho trascorso sveglio per venirci da solo...» e si fermò quando l'amaro sapore dei ricordi dolorosi gli salì dritto in gola. «Poi, però, pensavo alla patente che non ho, all'assenza dell'assicurazione e... Insomma, hai capito, no?»

«Certo» risposi immedesimandomi in lui e pensando che, veramente, sarebbe stato impossibile arrivare in costiera con quegli ostacoli.

Certo sì, c'erano gli autobus, i treni o il traghetto, ma per uno come lui non erano ipotesi accettabili.

Per uno come lui sarebbe stato parecchio inconcepibile il solo pensiero di viaggiare con una tasca piena di soldi sul sedile di un treno con i vetri imbrattati da una bomboletta spray di messaggi o di proteste. Ma credo che Davide stesse iniziando a capire che, a prescindere da chi si fosse o da quanti soldi si potessero guadagnare, nel bene e nel male, se vuoi veramente conseguire certi obiettivi devi essere non solo un "soggetto" apparentemente normale ma anche disposto a salire su quel treno che non avresti mai pensato di prendere. In una parola la tariffa da pagare è "compromesso".

Ogni cosa ha il suo prezzo e la felicità costa solo uno sforzo in più.

«Gioele?» chiamò, vedendomi distratto nel guardare il mare dalla finestra di una pasticceria.

«Dimmi pure» risposi concedendogli tutta l'attenzione che meritava.

«La sera che arrestarono Gargantua', nel bar Ares seduto a quel tavolo, mi hai fatto una domanda, ricordi?» domandò.

Posai la mano sulla guancia e strusciandola sulla spinosa barba provai a concentrarmi sperando che, tra tutto quel casino di quella sera, ricordassi la domanda che gli feci. Finché, in un rapido lampo accecante, la mente illuminò quella scena con la stessa precisione di un "occhio di bue" utilizzato in teatro per proiettare un fascio di luce su una sola porzione di palcoscenico o su un solo attore.

«Cosa vorresti dalla vita?» domandai, sperando di averci azzeccato al primo tentativo, come Dio.

«Esatto» esclamò e io, che fino ad allora avevo trattenuto il fiato in preda all'ansia, ripresi a respirare sgonfiando la pancia e rilassandomi per non averlo deluso.

Non era la prima volta che si dilettava in quel tipo di giochetti di memoria. Era un espediente che usava spesso per testare le persone o meglio per capire veramente quanto ci tenessero a lui e in quale percentuale provassero affetto e interesse nei suoi confronti.

«Ora so esattamente cosa vorrei dalla vita: vorrei vivere su una spiaggia paradisiaca, mangiare una pizza all'aria aperta perché dinanzi al mare diventa ancora più saporita. Vorrei anche conoscere tutte le gelaterie del posto e provare tutti i gusti del mondo, solo per riscattare quegli infami ricordi di quand'ero bambino che sono ancora conficcati nella testa, vorrei imparare a pescare e infine, uscire da questa vita una volta per tutte. Così! Come si fa quando strappi con violenza una pianta dal suo terreno» disse sconfortato, mimando nel vento il gesto di chi estirpa una pianta dalla terra.

E dopo aver ascoltato i suoi intimi desideri, capii che Davide non sarebbe mai uscito da quella vita che tanto gli piaceva, ma che, al tempo stesso, gli rosicava l'anima. Almeno non da vivo.

Permesso speciale

Alle nove in punto il grande portone della comunità di Nisida si spalancò e, sull'asfalto infuocato, si propagò l'ombra di Davide. Bastarono piccoli passi per notare che quella perfetta rasatura corta era sparita e che si era fatto crescere i capelli castano chiaro in un cespuglio informe, mentre quei quattro peli sul viso formavano una disomogenea barba incolta.

Sua madre gli corse incontro, lo abbracciò forte e, dopo averlo strattonato e riempito di baci, lo lasciò libero. Davide, con indifferenza, si avvicinò a suo padre salutandolo con una stretta di mano, come si è soliti fare con qualche conoscente o per presentarsi a un simpatico sconosciuto. Usava spesso quel tipo di saluto: nella paranza della Vela rossa non avevano l'abitudine di mostrare né affetto né debolezza, ritenendo che i sentimenti rendessero vulnerabili. Poi, accorgendosi che potesse sembrare riduttivo, gli diede una pacca sulla spalla sfoderando il suo miglior sorriso.

Con rapidità si voltò verso l'uscita e, quando mi vide, entrambi rimanemmo impassibili, limitandoci solo a guardarci reciprocamente.

«Spero che non ti sia affaticato a venire fin qui» disse ridendo incamminandosi verso di me. A differenza di suo padre, che ci guardava con invidia, Davide mi abbracciò forte.

«Quanto tempo è passato, Davide» mormorai strusciandogli, ripetutamente, la mano sulla testa come se fossi in attesa di veder comparire il Genio della lampada dinanzi a me. Ero felice di vederlo, tante erano state le volte che avevo immaginato quel momento.

«Vi dispiace se vengo con lui in vespa?» chiese ai suoi genitori.

«Ci mancherebbe a mamma. Ti farà bene prendere un poco d'aria fresca» disse salendo in auto.

Davide allungò il braccio e sollevando il casco che penzolava dal manicotto se lo posò sulla testa.

Accesi il motore di Bianca e lasciammo Nisida in pochi minuti.

«Gira di qua!» esclamò caricando gran parte del suo peso sulla mia spalla nel puntare il dito della mano sulla strada.

«Da quella parte avremmo fatto prima» commentai con un volume di voce così alto che, oltre a coprire il rumore del motore, gli perforò il timpano.

«Lo so, ma mi sarei perso il magnifico lungomare» mormorò avvicinandosi all'orecchio.

I suoi occhi puntavano ogni angolo della strada. Davide sembrava quasi spaesato eppure era a soli venti chilometri da casa sua.

All'alba di un lontano giovedì, qualche settimana dopo il nostro giro in Costiera Amalfitana, i carabinieri della questura della Vela, situata a cento passi dal suo balcone, avendo tra le mani una sentenza passata in giudicato di condanna a sedici mesi, lo ammanettarono e lo condussero in carcere per poi trasferirlo in comunità.

L'ordine di esecuzione era conseguenza di un reato per spaccio risalente a quando Davide aveva appena dodici anni. A quell'epoca, infatti, nel rione Don Guanella Davide vendeva le stecche di Hashish sulla piazza del suo amico Tonino Papaluco, figlio ed erede di Gigino, trucidato in strada a poche centinaia di metri da casa sua.

Quel pomeriggio Davide era sotto l'effetto di marijuana e, non essendoci le vedette a guardargli le spalle, i "Palestrati" della caserma Raniero riuscirono ad appostarsi su uno dei tetti degli edifici del rione. Dopo aver visto che Davide nascondeva i pacchettini confezionati di Hashish nella maestosa statua posta al centro del rione da Gigino molti anni prima, scesero dal tetto e lo ammanettarono.

Davide, a quei tempi, scontò solo dieci mesi in quanto, dopo l'udienza, fu subito rimesso in libertà mentre la residua esecuzione della pena venne momentaneamente sospesa finché, non adempiendo agli obblighi impostigli, perse tale beneficio.

Quando andai alla Vela per vedere la nuova motocicletta che aveva comprato e seppi dalla madre che lo avevano portato via, una parte di me precipitò nel vuoto. Era come se stessi fermo sul bordo di un grattacielo e qualcuno mi avesse spinto oltre il precipizio: non solo mi avevano allontanato l'unico amico con cui fossi in sintonia ma avevano anche spazzato via tutti i sacrifici fatti per avere le fotografie. Senza Davide, inutile dirlo, era impossibile pensare di continuare a riempire l'album!

Però nelle lettere che ci scambiavamo non smetteva mai di ripetere che, una volta uscito di lì, non avrebbe mai dimenticato la sua parola d'onore.

«Ce lo prendiamo un caffè?» domandò Davide.

Al pensiero che fosse rimasto rinchiuso per ben quattordici mesi, arrestai la vespa e ci accostammo all'esterno di un bar.

«Lo beviamo al banco, però. Così non facciamo tardi» dissi sfilando le chiavi dalla vespa.

«Dai, sediamoci!» esclamò trascinando la sedia per sedersi di fronte al mare. «Tanto da lì nessuno si muove, soprattutto lei» e un amaro sorriso apparve sulle sue labbra sottili.

Smisi di insistere per non apparire invadente e mi sedetti di fronte a lui. Pensai che doveva essere dura per un ragazzo della sua età, ma per fortuna lui era Davide e sapeva come tenersi tutto dentro, essendo piuttosto bravo in questo. Nessuno poteva intuire quanto dolore portasse con sé in quel corpo magro, perché Davide era una spugna che assorbiva di tutto e di più ma io, invece, lo percepivo in ogni suo passo.

«Ti ho fatto un regalo» dissi prelevandolo dallo zaino.

Davide, con i suoi soliti movimenti lenti e delicati, aprì il pacchetto e tirò fuori il libro di Edward Bunker "Little Boy Blue". Ma anziché affrettarsi a leggere il titolo sulla copertina, oppure le prime righe della prima pagina come fanno tutti, lui aprì a caso il libro in due parti disuguali e, dopo essersi guardato intorno come se stesse per commettere un reato, affondò il suo naso tra le pagine del romanzo, inspirando a pieni polmoni come fanno i cocainomani.

«Scusa, Gioele. Lo so che è da pazzi, ma l'odore di un libro nuovo mi fa impazzire a me» disse e, benché si sforzasse di celarla, sul suo viso apparve ancora un po' di quella timidezza che portava sempre con sé, anche se era una pedina che giocava dalla parte del male.

«Mi hai spaventato per un attimo. Ho pensato...» e gli occhi si fermarono sulla borsa di una donna seduta al tavolo di fianco a noi.

Davide scoppiò a ridere. La sua risata attirò l'attenzione dei vicini che prima lo guardarono con disprezzo, poi si voltarono ignorandolo completamente.

«Io non sono mai stato uno scippatore di vecchiette o di donne indifese. Anche se ho fatto di peggio nella mia vita, ma questo non lo farò mai» affermò compiaciuto. Dopo aver bevuto le ultime gocce di caffè in fondo alla tazzina, si affrettò a dare gli ultimi tiri di sigaretta e si alzò incamminandosi verso Bianca che ci avrebbe portato in un luogo speciale, ma allo stesso tempo molto triste.

Passando vicino alla piazza di spaccio di Ludovico Maresca, conosciuto come Bassotto perché vestiva solo di Harmont & Blaine, fermai Bianca davanti alla chiesa del rione Don Guanella. Davide scese dalla vespa e, quando si voltò, vide i suoi due fratelli appostati sul marciapiede, uno di fianco all'altro. Li abbracciò uno a uno, intensamente. Poi dopo essersi fatto coraggio, entrò dentro tenendo la testa bassa.

Le panche della chiesa, specie quelle davanti al pulpito, erano occupate dai suoi pochi parenti. Mentre seguivo i suoi fratelli che volevano raggiungere e riunirsi agli altri componenti della famiglia, non sentendo la presenza di Davide alle mie spalle, mi voltai.

Lo vidi seduto all'ultima fila, lontano da tutti e, non potendo tornare indietro per questione di educazione, continuai a ripercorrere i passi dei suoi fratelli.

Mi sedetti accanto a sua zia e a suo marito, che, prima di quell'incontro, conoscevo solo di nome. Infatti, pur abitando al piano superiore rispetto a quello di Davide, mai una volta lo avevo incrociato per le scale, perché faceva il cameriere in un pub del centro storico lavorando dal pomeriggio alla notte inoltrata.

Il sacerdote cominciò a celebrare la messa, a cui Davide non avrebbe potuto mancare, per onorare la scomparsa di una signora. Proprio per concedergli di andare in chiesa per darle l'ultimo saluto, il Giudice aveva accettato la richiesta di un "permesso speciale" che il direttore della comunità aveva faxato in tribunale. Sui visi dei presenti s'intravedevano alcune lacrime che scorrevano e si fermavano sulle guance. Nina, la nonna di Davide, era deposta nella bara marrone, a pochi metri dai suoi cari.

Quando il sacerdote lasciò l'altare, dando possibilità ai parenti di raccogliersi nel dolore, alcune cugine di Davide si voltarono verso di lui e con dei gesti lo invitarono ad avvicinarsi. Davide non si fece attendere e si alzò incamminandosi verso loro.

«Ciao Davide, come stai?» domandò sua cugina. E per lui, nonostante fosse una domanda fuori luogo, l'unica risposta consentita sembrava essere: «Sto bene.»

Erano le prime parole che aveva pronunciato da quando era arrivato. Bastava guardarlo per intuire, a pelle, che non fosse in vena di parlare con nessuno, nemmeno con sé stesso perché in quel momento aveva un foro dentro al cuore e non sapeva come chiuderlo. Ai suoi cari non mostrò nessuna delle lacrime che venivano celate dagli occhiali da sole, ma si limitò a respirare solo il forte e acre odore che emanavano i fiori e le ghirlande appoggiate contro le pareti.

Dopo aver salutato sua sorella, che si era sporta verso lui e il resto dei parenti che non vedeva da tempo, si appartò vicino alla bara.

Togliendosi gli occhiali, si chinò lentamente. Dalla tasca della camicia a tinta unita estrasse un piccolo rametto con tre fiori di mezereo, che sicuramente aveva colto nel giardino della comunità, e lo inserì tra le braccia della croce d'argento affissa sulla bara.

Pensai che Davide si colpevolizzasse per non averle portato qualcosa di più costoso e magnificamente confezionato a dovere, sebbene i presenti sapessero bene che non era un problema di soldi ma di mancanza di tempo.

Conoscendo il suo carattere riservato, i suoi parenti fecero qualche passo indietro lasciandolo qualche minuto solo con sua nonna e magari sperando che avrebbe vegliato su di lui.

Davide era avvolto nel dolore di chi si dà la colpa nel rimpiangere quel tempo libero che avrebbe potuto dedicare alla sua vecchietta malata di cancro. Il suo braccio si allungò e la sua mano si posò sulla bara poi accarezzò, lentamente, il legno laccato lucido. Quel gesto per lui significava una perenne carezza elargita a una persona cara che lo aveva cresciuto prima che lui cadesse nel pozzo satanico. Ma per fortuna o per coscienza, Davide aveva tenuto sempre nascosta la verità a sua nonna, perché lei già soffriva per il suo male incurabile alle ovaie.

Da quando lo conoscevo, quella era la prima volta che Davide rinunciava ai suoi appariscenti vestiti firmati. Infatti, in segno di rispetto, era l'unico a indossare i vestiti a lutto. Anche se quel nero lo rendeva ancora più triste di quanto lo fosse già, nessuno poteva negare che gli si addicesse molto, mettendo in risalto i suoi bellissimi occhi verdi, seppur spenti per il dolore.

Davide era in ginocchio con le mani giunte, sembrava che in quel momento si fosse estraniato dal mondo intero e che la sua preghiera non fosse né frettolosa né superficiale. Probabilmente cercava più un contatto spirituale per esprimere tutto quello che non aveva potuto esternare.

I becchini si avvicinarono a lui interrompendo il suo delicato momento di raccoglimento. Ma anziché chiedere in tono gentile ancora un istante, grugnì qualcosa tra i denti come se avesse fermato in tempo un impulso irrefrenabile. Così, si alzò in silenzio e, dopo essersi piegato per baciare la bara, lasciò loro sollevare quel rettangolo di legno lucido per riporlo sul carro funebre che avrebbe trasportato la salma al vecchio cimitero. Lì l'avrebbero seppellita accanto a suo marito, scomparso a trentun anni.

Il permesso di tre ore che Davide aveva ottenuto dal Giudice ormai era quasi giunto al termine. Sulla collina di Nisida fermai la vespa, a pochi metri di distanza dall'ingresso della comunità penale, dove le luci dell'edificio erano già accese.

Davide, dopo essere sceso dalla sella, abbassò lo sguardo sull'orologio di plastica che teneva al polso e, accorgendosi che mancava ancora un quarto d'ora al suo rientro, per schiarirsi le idee si accese la seconda sigaretta e si sedette, a peso morto, sullo spigolo di una fioriera in legno.

«Allora, Davide, quando pensi che ci rivedremo?» domandai.

Davide, per calmare i nervi tesi, accese la punta della sigaretta guardandola ad ogni tiro che inspirava.

«Tra due mesi» mormorò espirando il fumo dal naso. «Esattamente il ventidue ottobre, Gioele.»

«Stai bene, sì?»

«Ho passato giorni peggiori» brontolò passando la lingua sui denti superiori.

«L'altro giorno, ho incontrato 'a Bomba da Salli Salli. Ti fa sapere che quando uscirai il posto è sempre tuo» dissi, cercando di rincuorarlo un po'.

«Salli Salli» mormorò ridendo. «Circa un anno fa s'innamorò di una trans nella zona di Porta Nolana. Ci andava spesso da lei e ogni volta spendeva quaranta euro perché la trans si prostituiva» e ridemmo, insieme, immaginandoci l'ironia della sorte di Salli Salli.

«Continua, fammi ridere un altro poco» gli dissi guardandolo.

Davide mi diede una piccola spinta sulla spalla che quasi finivo per terra.

«Se ti capita di incontrare una Punto di colore grigio con la targa ...089..., stacci dietro che potrà essere importante» disse in tono serio e la voglia di ridere sparì completamente.

«Chi sono?» domandai mentre dallo zaino presi il taccuino per appuntarmi le informazioni.

«Tre carabinieri tossici e corrotti. Uno di loro si chiama 'o Modaiolo. L'altro con la faccia pallida si chiama 'o Talebano. E infine c'è 'o Pugliese. Li puoi trovare incollati alle slot-machine dentro il bar Greco, che confina proprio sull'entrata dell'asse-mediano che ti porta a Mugnano-Melito o a quella specie di mare che si trova a Castel Volturno. Non puoi sbagliarti!»

«Gli faranno comodo qualche centinaia di euro in più» commentai sottovoce, ma non pensavo che Davide mi avesse sentito.

«Qualche centinaia di euro?» ripeté fissandomi. Poi si lasciò sfuggire una piccola risatina di rammarico. «Quelli sono sulla lista pagamenti di ogni capo-piazza di Secondigliano e di Scampia; partendo da fumo ed erba a... che so, alle Case Celesti che trattano Kobret. Non immagini quante volte Vituzzo li ha presi a calci nel culo e non pensare che sia solo un modo di dire!»

«Chi è questo Vituzzo?» domandai mentre finivo di segnare fedelmente ogni sua indicazione.

«Ti auguro di non incontrarlo mai, Gioele» rispose fissandomi mentre la sua testa dondolava su se stessa, tanto da sembrare uno di quei cagnolini che si trovano sui parabrezza delle auto. Se la rideva per provocarmi e lasciarmi nel dubbio e nelle mie supposizioni.

«A Scampia sono pochi a conoscere il suo vero nome. Si chiama Vito Quaglia, fratello minore di Giuseppe. I due non sono roba nostra, ma del rione...» e la sua lingua s'incespicò nel guardare una donna appena uscita dal portone che s'incamminava verso di noi.

Davide si alzò in piedi sporgendo la mano in fuori tenendola ferma e ben in vista per indurre la donna a fermarsi.

Ormai il tempo era scaduto e quella donna gli aveva rammentato che il conto con lo Stato non era ancora stato chiuso.

Quando si voltò verso me notai che il suo viso si stava rattristando e che lo sguardo era ritornato a fissare nel vuoto in direzione del mare azzurro che Davide aveva sempre davanti.

Prima di abbracciarmi mi prese le braccia con tale forza da farmi quasi percepire, non intenzionalmente, un lieve dolore.

«Passeranno in fretta questi due mesi, Gioele» mormorò con voce rotta dall'emozione.

Davide rapidamente si staccò da me e, incamminandosi verso la donna che lo attendeva, fu seguito dalla sua ombra scura che sembrava dotata di vita propria, come quella di Peter Pan. La cosa strana è che non si voltò indietro neanche dopo aver oltrepassato quel portone sapendo che, una volta chiuso, quelle mura lo avrebbero tenuto prigioniero ancora per un po' di tempo. Soltanto i suoi lontani ricordi avrebbero potuto tenergli compagnia, quelli belli e spensierati.

Recluso al guinzaglio

Quando rientrai da Marina di Camerota, dopo due settimane di puro relax trascorse con Valeria all'interno di un villaggio turistico, la mia agenda prevedeva già diversi impegni. Oltre a disfare la valigia e mettere in lavatrice i vestiti, avrei infatti dovuto recarmi all'appuntamento fissato con il direttore del quotidiano. Inoltre avevo anche segnato e, promesso a me stesso, di trovare un buco libero e di andare a fare una breve visita a Pupato, che era uscito dal carcere di Fuorni da qualche mese.

Seppi da Davide che Pupato era stato affidato a una parrocchia perché doveva scontare il resto della pena come volontario. Dopo aver volutamente rinviato un appuntamento con un mio collega giornalista per discutere su alcuni punti prima di iniziare le riprese di un cortometraggio sulla malasanità, fermai Bianca su un marciapiede.

Mi stavo incamminando verso il vicoletto, che costeggiava proprio uno dei ristoranti più famosi della città, quando il sole alle mie spalle di colpo sparì completamente, come accade quando spengo l'interruttore della luce della camera.

L'intero vicolo non solo si scurì ma venne anche reso freddo e ventilato dall'umidità accumulata nel tempo: respirai il tanfo delle pietre di tufo umidicce. Dopo aver percorso alcuni isolati, la viuzza stretta divenne ampia e luminosa e la sua pavimentazione, al contatto dei raggi bollenti, cominciò a scricchiolare sotto i miei piedi, quasi riproducendo lo scoppiettio dei popcorn quando terminano la cottura. Proseguendo sulla sinistra, vidi la parrocchia delimitata da cancelli e da inferriate e mi avvicinai all'ingresso. Provai a suonare tutti e tre i pulsanti presenti sul citofono, ma dopo due tentativi falliti, decisi di aspettare per qualche minuto. Non sapevo di preciso cosa stessi attendendo ma lo feci ugualmente sentendomi, in quel lasso di tempo, catapultato nella trama di "Aspettando Godot". Forse speravo in un colpo di fortuna che non tardò ad arrivare: una donna stringeva la mano di sua figlia che si precipitò a suonare il citofono con insistenza. Dopo qualche secondo di ritardo, il cancello si spalancò.

Così, come un ladro da quattro soldi, mi affrettai a seguirle fingendo di essere con loro. Camminammo lungo il percorso fiorito arrivando fino al cortile, dove rallentai il passo nel vedere Pupato, leggermente chinato, con delle enormi forbici nelle mani nel tentativo di tagliare alcuni sporgenti e smisurati rami che sbucavano dalla lunga siepe.

«Però!» commentai vedendolo concentrato ad allineare, con passione, la siepe.

Pupato, dopo aver mozzato un ramo doppio, si voltò e sfoggiò un sorriso radioso. Lasciò cadere le forbici sull'erba curata, si tolse i guanti sporchi di terriccio e mi abbracciò come fossi un suo parente. Mi sentivo un tronco di legno stretto tra le sue braccia, perché non pensavo fosse così affettuoso.

«Cosa ci fai qui?» domandò dopo avermi lasciato.

Notai che le sue mani tremavano dalla felicità, mentre il suo sorriso restò paralizzato per alcuni secondi mettendo in risalto i suoi luccicanti occhi che mi fissavano con gioia.

«Innanzitutto, sono venuto a portarti una cosa tua. E poi avevo piacere di salutarti. Allora, come stai?»

Pupato chiuse gli occhi per un istante, poi si lasciò andare a un profondo e sonoro sbuffo di scoramento. Probabilmente la mia domanda gli aveva messo in moto la mente correndo dai ricordi passati al timore degli eventi che avrebbe dovuto, ancora, affrontare. Purtroppo sapeva bene che il suo calvario era giunto a metà percorso e che solo il tempo gli era amico.

«Beh, è stata dura, ma ce l'abbiamo fatta» bofonchiò.

Si strofinò le dita facendo cadere il poco terriccio attaccato, poi continuò: «Devo ancora scontare ventisei mesi, qui dentro.»

«Almeno sei libero, no?»

«Ehm... libero, sì. Come un cane al guinzaglio» commentò scoraggiato.

Il suo sguardo era fisso a terra, come se provasse sfiducia in sé stesso, suscitando in me rammarico. Poi, vedendo un fiore dal petalo scolorito, si piegò e con le dita lo strappò. Improvvisamente qualcosa gli balenò in mente, si alzò di scatto incamminandosi verso gli alberi da frutto, piantati lungo il giardino recintato, dove cercò di afferrare i frutti più bassi. Dopo essersi accorto che non ci sarebbe mai riuscito, incominciò a saltare allungando le braccia per cercare di raggiungerli e di strapparli dal ramo, finché ci riuscì alla grande!

«Sediamoci lì!» esclamò venendomi incontro.

Nell'angolo dell'edificio vi era una panchina libera, riscaldata dal sole e adorna di fiori e piante colorate che, da quanto fosse esposta alla natura e alla tranquillità, invitava a sedersi chiunque le si avvicinasse, manco fosse una sirena di Ulisse a cui bastava intonare un canto ammaliatore per soggiogare tutti i presenti.

Dopo esserci accomodati, mi allungò due mandarini e un'albicocca molto piccola, ovviamente acerba. Ma ero contento perché trovai il suo umile e semplice gesto alquanto generoso: sapevo che non aveva i soldi per invitarmi al bar per offrirmi un caffè e, nonostante ciò, non aveva perso tempo nel propormi qualcosa di gustoso e genuino.

«Grazie. È gentile da parte tua, Pupato» dissi prendendo i frutti dalla sua mano.

Mentre liberavo dalla lucida buccia gli spicchi succosi che sgocciolavano sul palmo della mia mano, il cortile venne invaso da una moltitudine di persone: mamme che affidavano i propri figli agli animatori per le attività di ballo e di recitazione, profughi che raggiungevano il portone di un piccolo edificio posto proprio di fianco alla chiesa e, infine, alcuni ragazzi che indossavano divise da cuoco e da calcio, pronti a scatenarsi nel campo alle nostre spalle.

«Sono squisiti» farfugliai masticando. Era ovvio che non gli provocassero il medesimo piacere, perché sul suo viso apparve una smorfia d'indifferenza, sembrava, più che altro, che masticasse giusto per passatempo o per tenermi compagnia e non perché ne avesse voglia.

«Tieni» dissi allungandogli il suo portafogli.

«L'avevo dimenticato» rispose prendendolo dalle mani e, con espressione d'incuranza, lo ripose nella tasca posteriore dei pantaloni.

La sua reazione mi scosse leggermente perché non solo non fu sorpreso di ricevere quello che era suo ma neanche si affaticò a controllare se mancasse qualcosa di importante.

«Non lo controlli?» domandai nascondendo, a fatica, il sorriso che "sgomitava" per farsi spazio sulle mie labbra. Ma mentre stava per rispondere, si trattenne vedendo qualcuno alle mie spalle.

«Buon pomeriggio, figlioli» disse il parroco passandomi di fianco.

«Grazie, anche a lei, padre» risposi in tono gentile.

Pupato lo fissò con gli occhi pieni di rabbia o d'invidia. Non faceva altro che scuotere la testa, come se quel gesto celasse una crudele minaccia. Poi si voltò verso me e vidi il suo largo sorriso colmo, però, di sarcasmo.

«Padre? Questo non è un prete. È un camorrista» borbottò infastidito.

«Ma è un sacerdote. Un servo del...» e m'interruppe.

«Sì, come no. Questo è quello che crede la gente. Ma intanto si fotte i soldi che il comune dà ai profughi in cambio di un letto e di un piatto di pasta. Solo che il cibo non lo ricevono neanche. Le mamme pagano una quota fissa per lasciare i propri bambini a giocare sulle giostrine e, di sera, affitta il parcheggio alla proprietaria della pizzeria qui di fronte. Mentre a me, perché sono un delinquente, mi fa lavorare gratis e il doppio delle ore che ha stabilito il Giudice.»

«Hai provato a parlargli? A ribellarti?»

Pupato sghignazzò e poi si abbandonò alla disperazione mordendosi la punta del pollice.

«Non posso. Se lo facessi, lui scriverà al Giudice dipingendomi menefreghista e irrecuperabile e mi rimanderanno dentro. Così, io sono costretto a tenere la bocca chiusa e lui s'ingrassa perché è prete. Hai capito come stanno le cose?»

Pupato aveva lo sguardo perso, l'espressione di un martoriato ormai rassegnato alle torture e alle ingiustizie. Per questo in quello strano silenzio impregnato di sofferenza, pensavo a come poterlo aiutare.

«Lo rifaresti? Cioè, voglio dire...» gli domandai con un filo di voce, sperando che non avesse capito la domanda perché mi pentii subito dopo avergliela rivolta.

«Entrare nella paranza?»

«Sì» mormorai.

«No! Non ne vale la pena. 'O Russo mi ha sistemato per bene. Cioè, mi ha fatto la cattiveria di associarmi al palo dall'altra parte, ma comunque mi ha rovinato. Prima mi aiutava quella santa di mia madre e non mi faceva mancare nulla. Però lei non c'è più. Ed è difficile andare avanti senza un soldo. Le mie sorelle mi aiutano, sì, ma anche loro devono campare. Fanno quello che possono.»

«Ora devo proprio andare. Ma prima che vada, voglio che tu guardi nel portafogli» dissi alzandomi, pronto a voltargli le spalle.

Pupato non esitò a farlo e quando vide le banconote fior di stampa e ben distese, sussultò di gioia.

«Ma cosa sono?» disse felice, manifestando la sua euforia con salti e urla.

«È la tua vincita. Mi sono permesso di riscuoterla nel tempo consentito o andavano persi. Ma dentro ci deve essere la ricevuta e una copia della schedina» dissi tutto d'un fiato.

«Ma che me ne fotte della ricevuta! A te santo ti devono fare!» gridò eccitato. Poi alzò gli occhi al cielo e aggiunse: «Grazie, mammà!»

«Stammi bene, eh!» dissi porgendogli la mano. E lui, fuori di sé dalla felicità, mi scostò la mano per poi saltarmi addosso.

Vederlo entusiasta mi rallegrò il cuore. Non erano tanti soldi, ma erano pur sempre qualcosa.

Commosso, riuscii a svincolarmi dalle sue braccia e m'incamminai verso l'uscita.

Pupato mi corse dietro e quando mi raggiunse tirò fuori una banconota da dieci e, con gli occhi bassi e pieni di vergogna, disse: «Metti la benzina.»

«Apprezzo il gesto, credimi. Ma non posso accettare» dissi voltandogli le spalle e incamminandomi verso l'uscita.

Stavo pensando alle sue parole quando venni distratto dalla presenza del parroco vicino all'uscita. Dopodiché, precipitosamente, lo raggiunsi.

«Mi ascolti bene, squallido sacerdote» dissi tirandolo a me per il colletto così da farlo sussultare dallo spavento. «Se alla prossima visita mi tirerà fuori che lo ha minacciato o che lo fa lavorare fuori dalle sue ore e oltre la sua mansione, io vengo qui con un cameraman e faccio un servizio sui suoi squallidi profitti che arriverà oltre le mura del Vaticano. A quel punto, la scomunicheranno. E se non dovesse bastare, vengo qui e, prima di piazzargli il piombo tra le carni, la torturerò per tutta la notte. Mi sono spiegato, verme?»

«Sì, sì, certo. Ho compreso il suo messaggio. D'ora in poi non sentirà una lamentela dalla sua bocca» disse con la voce tremante.

«Meglio così. Allora alla prossima visita» risposi minacciandolo con cipiglio e con sguardo maligno.

Voltai le spalle e mi diressi, a passo svelto, verso Bianca: una voce dentro di me condannava il mio comportamento, mentre un'altra approvava la mia condotta, motivata dall'essere nel giusto. Ormai avevo la certezza che Scampia mi stava cambiando ma se da una parte ero contrariato, dall'altra ero contento di aver aiutato un "amico" in difficoltà.

A ogni passo che muovevo mi sforzavo di credere che tutto ciò che avevo fatto fosse, in realtà, inevitabile.

Se c'era una cosa che non riuscivo a tollerare era proprio l'abuso di potere ai danni degli indifesi perché, in fondo, mi sentivo come loro.

Blitz

All'esterno della Vela rossa c'era un silenzio misterioso. Sopra di essa un traffico di nuvole grigio scuro, sparse nel cielo, che sembravano minacciare tempesta. Mentre, sotto i portici, nonostante fosse il primo pomeriggio, il vuoto.

Davide non solo era uscito dalla comunità da qualche giorno ma aveva già ripreso il suo compito standosene seduto e concentrato presso la sua postazione. Dopo avermi visto parcheggiare Bianca sotto il suo balcone, con l'indice mi fece segno di rimanere immobile.

Quel gesto generò in me lo stesso bruciore di una lama conficcata nell'addome perché potevo vederlo, ma non abbracciarlo.

A guardarlo in lontananza mi accorsi che la galera lo aveva cambiato, in peggio.

Il suo sguardo aveva assunto la stessa espressione di chi è perennemente arrabbiato. Gli aveva, persino, fatto perdere qualche chilo mettendo in risalto, in modo impressionante, il viso scavato e sicuramente pensare a quei momenti di reclusione gli causava solo astio.

Non doveva essere stato facile per lui che, a soli quindici anni, si era dovuto adattare a dormire su un letto estraneo e scomodo e a trascorrere la giornata chiuso in una stanza con un severo regolamento da rispettare.

Per lui non era stato pesante dover scontare quella condanna, lo era stato di più scoprire, in uno dei giorni più torridi d'agosto, che il pacco che gli aveva consegnato la madre, nel corso di un colloquio, contenesse delle calzamaglie per riscaldare il ginocchio infortunato, anziché dei comodi e freschi pantaloncini per combattere l'afa che assaliva quelle mura.

Davide mi fece segno con la mano di salire ma, dopo alcuni passi, mi fermò di nuovo tenendo la mano aperta, stesa verso di me. I suoi occhi puntavano alla cima della scala centrale. Era immobile, trattenendo il respiro per alcuni secondi. Poi...

«Maria! Maria! Maria!» gridarono a squarciagola le vedette a est.

Sullo stradone nord, in fila indiana, marciava una sfilata di pattuglie che entrarono nella Vela rossa.

Improvvisamente, come animali che escono dal letargo, i portici vennero invasi dalla massa: componenti della paranza, tossici e condomini si mischiarono tra loro. Tutti cercavano di scappare rifugiandosi in un luogo sicuro, ma nessun posto lo era finché ci si trovava nella Vela.

Poi dal nulla, improvvisamente sopra la mia testa, spuntò un elicottero dei carabinieri che sorvolava a bassa quota.

«Scappa!» gridò Davide, precipitandosi su per le scale per sparire all'interno della Vela.

Mi fiondai sotto l'atrio della scala sud-ovest e quando mi voltai, sullo stradone della villa comunale, vidi un altro corteo di volanti della polizia e camion militari che entrarono e bloccarono il perimetro.

Continuando a salire in fretta i gradini, presi una leggera distorsione alla caviglia che mi rallentò il passo.

Quando arrivai al ballatoio, cercando di raggiungere l'appartamento di Davide più in fretta possibile per svanire alla vista degli agenti, il dolore mi costrinse a camminare con moderazione.

«Non fermarti!» gridò sottovoce Davide che era alle mie spalle. Cercava di raggiungermi in fretta ma la sua gamba malconcia si ribellava dal dolore, facendolo zoppicare vistosamente.

Impaziente di rifugiarmi in casa sua, appoggiai il pollice sul campanello e non lo tolsi finché sua madre non aprì la porta di ferro.

Davide, che era dietro di me, mi diede una forte spinta facendomi finire dritto tra le braccia di sua madre.

Quando entrò dentro anche lui restò immobile a guardare, dalla fessura della porta, qualcosa che si muoveva sul ballatoio. Il fratello minore arrivò, con affanno, in prossimità delle scale e si piombò sui gradini cominciando a salirli a quattro zampe. Dalla fretta scivolò indietro ma, repentinamente, Davide allungò un braccio e lo afferrò sotto l'ascella. Una volta agganciata saldamente la presa, se lo tirò a sé chiudendo la porta.

«Che succede?» domandò il muratore, avendo un aspetto assonnato. Era evidente che tutto quel vino, che aveva mandato giù alcune ore prima, lo avesse stordito.

«Il blitz. Stanno dappertutto!» esclamò il fratello di Davide.

«Spogliatevi, presto!» ordinò preoccupato. Poi, voltandosi verso la cognata, continuò: «Mettili in lavatrice.»

Davide e il fratello si affrettarono a togliersi gli abiti indossati, fino a restare in mutande. Il muratore e il fratello raggiunsero la cameretta di quest'ultimo che era stata, da poco, ristrutturata: aveva fatto sfondare un quarto di parete del salone, che confinava proprio con la camera da letto di una casa abbandonata, e l'aveva arredata con un ampio armadio e due letti singoli.

Davide, entrato in camera sua, si tuffò sotto le lenzuola fingendo di dormire profondamente mentre io, in attesa del consueto caffè di benvenuto che stava preparando la madre, mi recai in balcone per cercare di fotografare qualcosa di interessante.

Era chiaro che lo Stato si fosse svegliato di buona lena, come si suole dire "con i piedi già per terra" perché oltre a militari, polizia e carabinieri, di sotto, c'erano anche la squadra cinofili, i vigili del fuoco e due ambulanze.

Qualcuno bussò, insistentemente, alla porta di casa facendo sussultare la madre di Davide così, notando la sua evidente agitazione, andai ad aprire personalmente.

«Digli alla signora che le guardie vogliono controllare tutti i box giù al garage» disse la vicina.

Davide, per pochi centoni di euro, aveva comprato due box accorpati insieme. Dentro aveva parcheggiato la sua motocicletta, che aveva usato poche volte, una Chatenet Speedino nera di suo fratello minore, i motorini delle due figlie di sua zia (una lavorava come "cuoca" in un pub e l'altra s'arrangiava come badante da una vecchiettina paralizzata) e infine il motorino di Pupato. Tutti i mezzi erano sprovvisti di assicurazione, di bollo auto e persino del tagliando della revisione, ma lo Stato non si era attivato per quei motivi.

La madre di Davide, dopo aver recuperato le chiavi, uscì di casa in fretta e andò verso il garage per aprire il loro box bifamiliare. Mentre le autorimesse, di cui si ignorava l'identità del proprietario come da informazioni assunte dai condomini, venivano aperte forzatamente dai pompieri, permettendo agli agenti di ispezionarli.

Gli stessi controlli vennero eseguiti dalla squadra cinofila, che insieme ai cani, perlustrò ogni angolo di ogni singola casa abbandonata, dove alcuni di loro trovarono sia il carico che il borsello.

I pompieri, ai piani alti, sfondarono anche qualche cancello che i condomini avevano fatto istallare davanti ai ballatoi per tutelarsi sia dalla paranza che dal resto degli abitanti.

Dopo essermi affacciato dalla finestra della veranda, sentii le urla di frustrazione dei condomini perché gli agenti non credevano alle loro versioni. Le loro voci tuonavano per tutta la Vela, ma a nulla servì il loro tentativo di intervenire a difesa dei propri beni, perché lo Stato voleva smantellare la piazza di spaccio e, mai come quella volta, era così motivato a mettere in ginocchio l'intero sistema.

Il blitz cessò alle sette, lasciando più disordine di quello che già c'era: grandi pareti ridotte in macerie; cancelli abbattuti, distrutti in piccoli pezzi e abbandonati sui ballatoi; porte degli ascensori, già arrugginite, forzate e lasciate aperte e totalmente prive di serrature, incuranti del rischio che un bambino, mosso dalla curiosità, potesse avvicinarsi volando nel cunicolo. Non contenti, i militari entrarono anche nel "negozio" di Josè dove trovarono Salli Salli. Al loro ingresso, gettarono centinaia di scatole di siringhe e fialette sul pavimento che distrussero completamente schiacciando con gli stivali, con la stessa energia e disgusto con cui ci si sbarazza di uno sgradevole insetto. Stessa sorte toccò alla merce esposta all'interno dell'intero negozio, come bibite, patatine e tanto altro. E, per finire, denunciarono Salli Salli per abusivismo.

Mentre la paranza stava cercando di coprire i punti deboli che gli agenti avevano reso vulnerabili, gli operai del clan, convocati da Carluccio Bellezza, erano già all'opera per cercare di rimettere insieme i pezzi che le autorità avevano smantellato.

Il blitz aveva causato al clan circa ventimila euro di perdite per la droga invenduta. Tuttavia, e ciò era fondamentale, la paranza della Vela rossa non aveva perso alcuna risorsa umana, anzi nonostante tutto era già attiva, contrariamente a quella gialla.

Davide, temendo che potessero tornare i controlli, rinunciò a sedersi preferendo restare, per tutto il tempo, con la schiena appoggiata all'inferriata.

«Vuoi un caffè, Davide?» domandai, visto che stavo già andando a prenderlo per me.

«Preferisco una gazzosa, ho un po' di acidità allo stomaco» disse appoggiandoci la mano sopra.

Mi avviai a raggiungere Salli Salli e…

«Maria! Maria! Maria!» gridò Davide mettendosi le mani ai lati della bocca cercando di far arrivare la voce anche ai piani alti.

Davide non si mosse dalla sua postazione, mentre una parte della paranza si fiondò da Salli Salli mentre l'altra raggiunse in fretta la Vela gialla.

L'auto grigia della questura di Scampia era entrata dentro la Vela rossa. L'agente alla guida parcheggiò di fronte alla postazione del fratello di Davide e, i tre agenti che vi erano all'interno, scesero dall'auto. Tutti si diressero verso la scala nord-ovest e nessuno di loro fermò né suo fratello né Davide pur sapendo che era stato lui a dare l'allarme.

Entrarono in un appartamento al quarto piano. Pochi minuti dopo, scesero. In mezzo a loro c'era un uomo con una borsa nelle mani. Poi, giunti all'auto, salirono e uscirono dalla Vela.

«Tutto a posto» gridò il fratello di Davide dopo essersi assicurato che non si fosse nascosto nessuno.

Entrai nel "negozio" dove ordinai il mio caffè. Mentre Salli Salli lo stava preparando, aprii il frigo e presi la gazzosa per Davide.

Quando uscii, vidi che Davide stava parlando con una persona che era seduta sul motorino. Solo scendendo le scale capii che era il suo amico, "lo zio".

«...e tu che pensi?» domandò il vecchietto.

«Cosa devo pensare!? Sta finendo il brodo.»

«Seeee! E quando finisce il brodo!» esclamò ridendo.

«Grazie tante, Gioele» mi disse prendendo la bottiglietta dalle mie mani. Tolse il tappo con l'estremità dell'accendino e si voltò verso lui.

«Questi hanno appena inaugurato il varco. Credi che accetteranno il fatto che esiste una piazza d'eroina a venti passi dal loro cancello?» brontolò Davide tenendo i denti stretti.

Il vecchietto scosse la testa.

«No, perché se lo pensi vuol dire che sei un pazzo o uno scemo. Rischiare così tanto non ne vale la pena, 'o zi'» e attaccò il collo della bottiglia alla bocca facendo scorrere giù la gazzosa con violenza.

«Comunque, vediamo se ci fanno stare tranquilli...»

«E se dessero ancora fastidio?» domandò Davide in tono provocatorio.

«Butterò due bombe a mano e farò saltare tutta la caserma» disse ridendo. Poi continuò: «Tu lo sai che io non sto bene con la testa, Nennillo. Si vede che è arrivato il momento di farglielo capire anche a loro.»

Dopo essersi liberato in una lunga e rumorosa risata, il vecchietto accese il motore e si allontanò da Davide dirigendosi verso il fratello.

Dopo le sconfortanti parole dello zio, Davide si sedette sulla sedia a peso morto e divenne pensieroso.

«Che succede, Davide?» domandai sperando di trovarlo in vena di parlare, cosa improbabile dopo tutto ciò che era accaduto.

«Succede che questi si sono visti troppi film di western, gangster e di tutti quelli che c'hanno la guerra in testa» disse preoccupato.

«Perché?» chiesi sorseggiando il bollente caffè. Davide fece un respiro profondo per tenere a bada il suo nervosismo.

«La caserma alle mie spalle...» mormorò puntando il pollice sopra la sua spalla. «Per anni non solo uscivano dall'altra parte ma ci lasciavano in santa pace, come se noi non esistessimo. Ora quell'uscita l'hanno bloccata perché c'hanno costruito dei palazzi e hanno aperto un varco proprio nella Vela.»

«Pensi che non si fermeranno solo al blitz?»

«No, questi ci martelleranno ogni minuto della giornata. E io non voglio prendere solo il freddo dopo una giornata passata a sperare o a fuggire alle loro "picchiate"» disse fissandomi negli occhi.

Un tossico scese le scale di fretta e quando si avvicinò a Davide mormorò: «Ci sono i carabinieri sopra, hanno preso lo spacciatore.»

«Maria! Maria! Maria!» gridò Davide a squarciagola. Poi, si voltò di nuovo verso me guardandomi in modo strano e, puntando il dito verso l'imponente colonna finestrata, disse: «Hai visto?».

E tutti capirono che i carabinieri non erano entrati né avevano scavalcato i cancelli della caserma, perché erano già all'interno della Vela che aspettavano il momento opportuno per riemergere dai loro nascondigli, proprio come un pesce che attende l'esca prima di affiorare in superficie.

Di lì a poco scesero in tre, più lo spacciatore ammanettato e, visto che erano a venti passi dalla caserma, nemmeno si sforzarono di chiamare una pattuglia ma s'incamminarono verso l'ingresso.

La corsa in ospedale

'A Bomba aveva appena ritirato la sua Fiat 500 di colore azzurro e, dato che s'era preso un'ora di permesso per provarla, girava intorno alle due Vele fermandosi vicino ai compagni che guardavano la strada. Era così entusiasta che chiedeva a tutti di commentare il suo nuovo acquisto!

Non era una 500 base, ma quella super accessoriata: vantava cerchi in lega, tetto apribile, faretti fendinebbia e anche il satellitare, opportunamente nascosto, in caso di furto o di rapina.

Finché si fermò davanti a Davide, che stava mangiucchiando una pannocchia arrostita ricoperta di maionese e che, alla sua vista, iniziò a ridere cercando di coprire la bocca con quell'obbrobrio che teneva con entrambe le mani.

«È arrivata la befana, Gioele» disse e mi unii alla sua risata nel vedere 'a Bomba così contento.

Davide focalizzò l'attenzione sul cofano con un'espressione così irritata e seria che attirò l'attenzione di 'a Bomba. Poi, spalancando gli occhi e puntando l'estremità della pannocchia, che pareva una colorata pistola ad acqua, disse: «C'è un grosso graffio.»

Per interpretare bene la parte, arrivò persino a tentare di rimuoverlo strofinando sopra, con vigore, un dito sporco di maionese.

'A Bomba sussultò sul sedile, aprì la portiera per scendere e costatare il "danno" ma Davide, vedendo la sua reazione, non resse fino alla fine e scoppiò a ridere.

«Gliela portavo indietro!» esclamò 'a Bomba in tono serio, prima di ridere sollevato. Ingranò la marcia e proseguì, tutto soddisfatto, il suo giro di prova.

Dall'ingresso della villa, a tutta velocità, entrò un motorino con un gigantesco baule fissato sul portapacchi. Si fermò a pochi centimetri dal marciapiede a cui Davide si avvicinò.

«L'ho assaggiato lì, è... spettacolare» disse passandogli una bottiglia in plastica contenente un liquido rosa.

«Ma quanto tempo c'hai messo?» lamentò Davide. «Per un attimo ho pensato che non saresti più ritornato» continuò gesticolando di tenersi il resto dei soldi che gli erano avanzati.

'O Gnomo, senza alcuna esitazione, li rimise in tasca. Poi cercò di giustificarsi: «Davanti al chioschetto hanno fatto un brutto incidente.» sussultò dispiaciuto. «Vado a vedere e... indovina chi era?» domandò spalancando gli occhi.

«Mia sorella con la sua bicicletta?» domandò ridendo, ricordandogli che si trovava lì per guardare chi entrasse e, in particolare, che non fossero poliziotti.

«Macché!» esclamò 'o Gnomo in tono dispiaciuto. E dopo una breve pausa, continuò: «Rino. Quello che abita nell'isolato uno.»

La bottiglia che era salda nella mano di Davide, di colpo si schiantò frantumandosi sull'asfalto. Rimase immobile per alcuni secondi e, nonostante fosse lì nel suo ruolo di vedetta, per un istante mise a rischio sia sé stesso che l'intera paranza della Vela rossa, perché in quel momento non vedeva e non sentiva nessuno.

«Si è fatto male?» domandò preoccupato, dopo essersi ripreso dalla notizia.

«Speriamo di no, perché la botta è stata troppo forte, Davide. Pensa che il Corso Secondigliano è tutto bloccato.» E i suoi occhi si chiusero nell'incassare il colpo.

Davide, dopo averlo ringraziato, appoggiò la mano sulla spalla di 'o Gnomo facendogli capire di tornare in pizzeria. Al che il suo amico fattorino accese il motore andandosene alla stessa velocità di quando era arrivato.

Quindi Davide raccolse la bottiglia e raggiunse la sedia. L'aprì versando il contenuto nel mio bicchiere, che avevo usato per bere l'acqua e facendo lo stesso col suo, bevemmo quel magnifico frullato: latte, fragola e banana.

«Cocò!» gridò Davide con l'intento di far arrivare la sua voce oltre la scala.

Cocò uscì dal "negozio" di Josè e allungò il collo per guardare Davide, che al mio fianco, gli rivolse un gesto che non gli avevo mai visto fare prima: un pugno chiuso nel palmo dell'altra mano. Doveva avere un significato molto preciso perché Cocò, che aveva sostituito 'a Bomba prendendo lui le redini in mano, senza contraddirlo, si precipitò da lui.

Mentre Cocò scendeva le scale, Davide puntò il dito contro Bianca ordinandomi di accendere subito il motore per raggiungere il luogo dell'incidente.

Mentre io guidavo Bianca verso la zona dello scontro, Davide col mio BlackBerry provava a rintracciare una certa Teresa che abitava proprio nello stesso condominio di Rino, sperando di ricavare informazioni utili. Perché si sa, le notizie circolano velocemente e chi è nel "giro" riesce ad apprenderle più facilmente. Dopo svariati tentativi tra i suoi contatti, finalmente Teresa riferì a Davide che Rino era già all'ospedale San Giovanni Bosco.

Eravamo imbottigliati nel traffico sul Corso Secondigliano e, dato che l'ospedale non era troppo distante, decidemmo di deviare per raggiungerlo.

Parcheggiammo Bianca tra i paletti piantati all'esterno dell'ospedale, accanto agli altri ciclomotori legati con le catene e ci avviammo verso l'ingresso. Davide era agitato, molto preoccupato per il suo amico e nutriva, in cuor suo, la speranza di trovarlo vivo perché le parole di 'o Gnomo non erano state per niente rassicuranti.

Scendemmo la rampa che conduceva sia ai parcheggi delle auto sia al pronto soccorso. Dalla fretta Davide fece scontrare la punta di una scarpa contro il tacco dell'altro piede e incespicò su sé stesso. Se non fosse stato abile nel riprendersi, avrebbe rischiato di schiantarsi di faccia contro il cofano di un'ambulanza, ferma davanti all'ingresso.

L'entrata del pronto soccorso era invasa da una moltitudine di persone: alcune relegate in un angolo in lacrime per la perdita di qualcuno e altre irritate perché volevano oltrepassare la soglia d'ingresso nonostante il divieto imposto dagli addetti della sicurezza, pronti a respingere chiunque si avvicinassi troppo a loro.

Davide camminando accostandosi al muro, tentò di eludere la sorveglianza ma un addetto, dopo averlo visto, corse a chiudergli il passaggio distendendo, davanti a sé, un braccio completamente tatuato, molto più simile alla sbarra di un passaggio a livello.

«Dove stai andando?» domandò irritato.

Davide fece qualche passo indietro per guardarlo bene negli occhi ed, emulando la sua espressione arrogante, rispose: «Devo vedere una persona.»

Il responsabile della sicurezza con un largo sorriso ironico gli fece capire che non poteva oltrepassare quella soglia. Davide, vedendo quell'ignobile sorriso, che turbò il suo già precario equilibrio, strinse i denti dal nervoso. Quando scorsi la sua espressione amareggiata, diedi ascolto al pensiero che mi suggeriva di allontanarmi perché, di sicuro, lo avrebbe preso a pugni in faccia lasciandolo soltanto all'arrivo degli altri addetti. Infatti, indietreggiando ancora di un passo, prima lo fulminò con lo sguardo e poi avvicinò la bocca al suo orecchio per mormorare qualcosa che gli fece cambiare idea all'istante e che rapidamente cancellò quel sorriso di superiorità dalle sue labbra.

Poi l'uomo si guardò intorno e fece segno a Davide di infilarsi tra lui e il muro.

Così, Davide, mettendomi una mano sul petto e stringendo la t-shirt sotto il giubbino mimetico, con violenza mi tirò a sé, lasciando la presa solo dopo aver oltrepassato la porta d'ingresso.

«Come lo hai convinto, Davide?» domandai camminando a passo svelto per stargli dietro.

Si fermò di colpo, tornò indietro di qualche passo e, dopo aver letto il cartello informativo, imboccò il lungo corridoio che portava agli ascensori. Le sue dita schiacciarono ripetutamente i pulsanti di chiamata come se stesse tentando di battere un record a un videogioco, smettendo solo quando le porte dell'ascensore si spalancarono davanti a noi. Subito Davide si tuffò frettolosamente nell'ascensore e, dopo essere entrato, digitò il pulsante del terzo piano.

«Allora?» ripetei incuriosito.

«Gli ho detto che sono il cugino di Mario Lametta» disse fissando il mini-display che lampeggiava segnalando il piano d'arrivo.

Davide si affrettò a uscire ma, una volta fuori, si fermò esitando su quale direzione prendere, indeciso tra destra o sinistra. Diversamente da lui, restai in ascensore, in meditazione, cercando di ricordare se avessi già sentito quel nome che era uscito dalla sua bocca. Tuttavia più mi sforzavo più cresceva la certezza di non averlo mai sentito.

Alla fine Davide decise di svoltare a sinistra. Spalancò una doppia porta di un verde chiaro e s'incamminò nel corridoio a passo svelto. Mi fermai a breve distanza dalla soglia della porta per risparmiarmi un richiamo da qualche infermiere che sarebbe potuto uscire da lì da un momento all'altro.

Si arrestava davanti a ogni porta, la apriva e, dopo aver dato un'occhiata veloce, la richiudeva e passava oltre. Alla settima porta, allungò il collo verso di me facendomi capire di averlo trovato e mostrando, contento, un grande sorriso.

Lo raggiunsi e quando entrai nella stanza, Davide era già seduto sulla sedia accanto al letto.

Rimasi perplesso quando vidi che il ragazzo disteso sul letto con la testa fasciata non era Rino ma qualcun altro che Davide doveva conoscere molto bene.

«Che cazzo ci fai qui?» mormorò Davide sorpreso di vederlo ridotto in quel modo.

Il ragazzo affondò i palmi delle mani nelle lenzuola, poi con un piccolo sforzo si tirò su. Quello sforzo dovette causare a quel corpo più di un dolore, perché l'irritazione sul suo viso rimase più del dovuto.

Dopo essersi ripreso, si voltò verso Davide regalandogli un minuscolo sorriso.

«Ho fatto un macello, fratello» farfugliò con un velo di tristezza negli occhi. E con lentezza alzò la maglia intima mostrando a Davide una lunga cicatrice che partiva dallo stomaco e finiva all'ombelico. Aveva entrambe le mani fasciate e una gamba ingessata con dei ferri che perforavano le ossa.

Davide lo accarezzò con amore. Si allungò al comodino prendendo il bicchiere e lo aiutò a sorseggiare il contenuto fissandolo dritto negli occhi.

«Sto aspettando a te» mormorò Davide con tono deluso.

«Stavo impennando...» e si fermò affaticato. Dopo una breve pausa, riprese: «Sullo stradone delle Vele, ma...» E chiuse gli occhi portandosi subito una mano dietro alla testa, sperando che quel gesto facesse sparire il dolore che sentiva.

«Sei caduto?» domandò Davide dando per scontato che avesse perso il controllo del mezzo.

«Magari fosse così. Ma non lo è» e una lacrima gli scese sul viso. «Ho buttato sotto una vecchia.» Dopo quelle parole si voltò verso la finestra.

Davide si alzò all'arrivo di un medico. Si piegò verso lui e gli diede un bacio sulla mascella mentre la sua mano accarezzò quella del ragazzo malmesso. Poi con rammarico si staccò ed entrambi, senza voltarci, uscimmo dalla stanza.

«Che strana la vita: cerchi una cosa e ne trovi un'altra» commentò affranto.

I suoi occhi erano lucidi e arrossati, tanto che il verde scomparve nel nulla.

Vederlo in quel modo mi addolorava molto perché non era il ragazzo che avevo conosciuto ma un Davide martoriato dal suo stesso fato che si divertiva a giocare con la sua vita.

Anche se per lui fosse esistita un'altra strada, pensai che non sarebbe stata troppo diversa da quella che aveva scelto.

«Conta molto per te?» domandai.

Davide si fermò di scatto, si voltò verso me e disse: «Quando i suoi si separarono, io andai a vivere a casa sua. Io e Tiziano abbiamo bevuto il latte dalla stessa tazza. Indossavamo persino le stesse mutande.»

Dopo aver udito quelle parole e soprattutto quel nome, rimasi pietrificato. Finalmente quel ragazzo malridotto aveva un nome che mi riportò tutto alla mente a cominciare dal loro legame profondo, per proseguire con la convivenza che li aveva portati a crescere insieme, fino all'incidente e all'evidente affetto reciproco.

Dopo aver chiesto informazioni a più infermieri, alla fine giungemmo davanti alla porta dietro la quale avremmo trovato Rino. Davide, dopo aver appoggiato la mano sulla maniglia, esitò nell'aprire la porta. Probabilmente, nel provare a immaginare come l'avrebbe trovato, cercò di farsi coraggio con rumorosi respiri pieni di ansia.

Aprì la porta con cura, proprio come fa un giocatore di poker quando maneggia le sue carte da gioco.

A un tratto indugiò nel procedere oltre, forse turbato per aver intravisto Rino avvolto nelle bianche lenzuola. Poi qualcosa lo spinse a proseguire ed entrò nella stanza con me dietro.

Rino, rispetto a Tiziano, era vigile e meno dolorante.

Fortunatamente, di fianco al letto, c'erano due sedie libere e ci accomodammo.

«Che ci fai qua?» chiese, felice di vederci.

«Ho saputo e sono corso qui» mormorò Davide cercando di non infastidire i vicini, sfiniti dal dolore, che cercavano di riposare.

Poi Davide, che era seduto vicino al suo bacino, spinto dalla curiosità e dalla sua esperienza pregressa, sollevò il lenzuolo scoprendo quello che i medici avevano nascosto agli occhi di Rino.

Nel vedere la sua gamba, chiusi gli occhi perché sapevo già quello che avrebbe dovuto affrontare per la riabilitazione: il suo femore era legato ai pesi sospesi a pochi centimetri dal pavimento, il che significava una frattura multipla e scomposta. In poche parole: una rottura di scatole.

Rino spalancò gli occhi e Davide capì che aveva fatto un guaio irreparabile.

«Tranquillo, servono a raddrizzarti l'osso» dissi nel tentativo di rasserenarlo mentendo sulla gravità della situazione, cosa che non mi faceva di certo piacere. Davide, invece, ricoprì la gamba.

«Che hai combinato?» gli domandai.

«Ho fatto un casino...» disse.

«E siamo a due» commentò Davide.

«Stavo camminando e... quel vecchio si è messo davanti a me» e si lasciò andare a un sorriso rassegnato.

«Questo non te lo fai camminando, Rino» brontolò Davide mostrando il suo sguardo adirato.

«Lo so. Lo so» commentò mettendosi una mano sulla fronte. «Sai lei come sta?» domandò preoccupato e Davide, a quella domanda, sbarrò gli occhi.

«C'era anche Carolina?»

«No! Mi ha lasciato per un altro» e sul suo viso comparve un'espressione irritata.

Davide flesse la schiena all'indietro, come se avesse ricevuto un pugno in pieno viso, stringendo i denti dalla rabbia.

«Allora è un vizio» commentò contrariato, riferendosi a lei.

«Ma no. Lo fa solo per farmi ingelosire» disse con un sorriso, rivelando una sua parte masochista.

«Mi piacerebbe crederlo» mormorò Davide. Poi dopo aver sbuffato seccato, continuò: «Comunque, a chi ti riferivi? E poi, se tu sei agli arresti domiciliari, allora perché eri a Secondigliano?»

Rino fece un sospiro tanto rumoroso che sentirono anche i suoi vicini di letto che alzarono le palpebre e poi le calarono lentamente.

«Sto con una ragazza del rione Sanità adesso. Sai com'è, lei voleva vedermi per forza e sono andato a prenderla. Ma poi al ritorno...» e sbuffò di nuovo pensando a quello che era successo.

«Dove ho sbagliato?» si chiese Rino disperato e afflitto dal dolore e dalla confusione.

Davide si alzò in piedi, si avvicinò al suo orecchio e gli mormorò: «Quasi tutto, amico mio!»

Poi gli baciò la guancia lentamente e s'incamminò per uscire dalla stanza.

«Quasi tutto?» ripeté Rino con un sorriso, curioso di sapere il significato di quelle due parole.

Davide si voltò verso lui fissandolo con uno sguardo che tradiva compassione: «Ora ti resta solo una cosa da fare, pregare» disse mentre spariva dalla sua vista.

Salutai Rino e mi affrettai a raggiungere Davide sperando di non trovarlo troppo abbattuto da quello che aveva visto e, soprattutto, sentito.

Arrivai agli ascensori ma Davide non c'era. Ero sicuro, infatti, che avrebbe preso le scale lasciando l'ascensore libero a chi ne avesse più bisogno.

Davide non era un tipo arrogante o prepotente, ma un ragazzo intelligente e molto educato, anche se sapeva anche diventare strafottente, presuntuoso e severo. Era capace di spaventarti senza aprire bocca, ma allo stesso tempo, di incantarti nel sentirlo parlare.

Scesi le scale velocemente, beccandolo al secondo piano.

«C'è rimasto male, Rino. Lo hai lasciato... così» dissi.

«La ragazza che era dietro di lui aveva quattordici anni ed è morta nello schianto per un'inutile guerra fatta di gelosia e ripicca» disse affranto, come se la colpa fosse sua. E aggiunse: «Se n'è andata perché lui la stava portando nel rione per farsi vedere da lei. Un complotto che dura da anni basato su litigi e abbracci, gelosia e corna reciproche. Ora, dimmi tu, potevo mai complimentarmi con lui, dopo tutto questo!?»

Restai zitto e immobile, mentre lui proseguì la discesa. Non perché avessi paura, ma semplicemente perché Davide aveva tutte le ragioni di questo pianeta e, probabilmente, di tutta la galassia.

«E tu come lo hai saputo?» domandai, pensando a come facesse a essere sempre un passo davanti agli altri.

Davide smise di scendere i gradini e quando si accorse che lo avevo raggiunto, disse: «Le voci corrono da queste parti, Gioele. E poi tra quelle persone che piangevano all'esterno del pronto soccorso ho riconosciuto un ragazzo che stava con me in carcere. E sai dove abita quello?»

«Non dirmelo. Nella Sanità?».

«Esatto!» esclamò.

Dalle scale salivano alcune persone che ci passarono di fianco. Tra queste, c'era un uomo alto, con la camicia di jeans e i capelli corti che venne fermato da Davide.

«L'ho visto» disse abbracciandolo.

«Hai fatto prima di me, eh!» commentò l'uomo passandosi la mano sul mento liscio.

«Chi era con lui?» domandò Davide intuendo qualcosa che gli aveva nascosto uno dei due suoi amici.

«'O Marziano, che ora è in coma, mentre la vecchia l'ha presa in pieno con le buste della spesa» rispose passandosi la mano tra i capelli.

«Niente da fare?» gli domandò Davide temendo la sua risposta.

L'altro non disse nulla, ma l'espressione che comparve sulla sua faccia lasciava facilmente intendere che la donna avesse cessato di vivere.

«Fatti coraggio» affermò Davide posandogli una mano sulla spalla, cercando di tirargli su il morale.

I due si strinsero tra l'affetto e il dolore, ma non potei ignorare che Davide avesse più stima nei confronti di quell'uomo che per suo padre. Infatti, seppur per qualche anno, quell'uomo aveva ricoperto per lui il ruolo di padre.

Quest'ultimo, scosso e addolorato, riprese a salire le scale e Davide si voltò verso lui e gli disse: «Ah! Dopo fatti un giro al quarto piano. Troverai un'altra sorpresa», una sorpresa che aveva quattordici anni.

«Chi sarebbe?» domandò curioso.

«Lo capirai dopo essere entrato nella stanza centonove» affermò con un sarcastico sorriso.

L'uomo riprese a salire, mentre noi a scendere. Quando Davide vide l'uscita, si preparò accendino e sigaretta: delusione e rabbia erano presenti, in egual misura, in ogni fibra del suo corpo e c'era solo un modo per placare quello stato d'animo, ovvero il fumo nei polmoni.

Non l'accese subito. Passò, prima, davanti a un gruppo di persone che fumavano vicino a un grande posacenere e quando si isolò sulla rampa, sedendosi sul marciapiede, se la accese gemendo ai primi tiri a voce alta.

«Chi è Mario Lametta?» domandai per non perdermi quel particolare.

«Tu non tralasci mai niente, eh Gioele?»

«Mai!» risposi ridendo.

«Quello che comanda questo rione, compreso questo ospedale» disse chiudendo gli occhi dalla troppa stanchezza. Persino il suo corpo si era stufato delle sue abitudini da spremiagrumi.

Tenere un ritmo serrato e complicato come il suo era da folle. Nemmeno i kamikaze sacrificano più di tanto il loro fisico infatti, prima di raggiungere lo stremo delle forze, si fanno saltare in aria, così, in un millesimo di secondo, chiudono la partita. Ma il lato bello e buffo della vita è continuare a lottare contro il proprio fato, il più a lungo possibile.

Oltretutto, quando Davide era di turno, si svegliava alle sei del mattino perché alle sette in punto la piazza di spaccio doveva essere già operativa. Ma alla fine di ogni turno, che avveniva intorno all'una e mezzo di notte, non andava a letto se prima non si affacciava al balcone aspettando i primi colori dell'aurora.

Amava quei momenti più di ogni altra cosa, era come se quei colori gli trasmettessero serenità e pace. Davide impiegava fino all'ultima tacca di energia pur di non perdersi quelle magnifiche sfumature dell'alba, finché il sonno lo investiva brutalmente ribellandosi alla sua ostinazione. Quello era il momento adatto in cui si poteva lasciare andare ai suoi desideri, permettendo loro di fluttuare e sgorgare, liberamente, dalla testa.

Era un flusso che non riusciva a controllare né tantomeno a spiegarsi da dove provenisse. Tuttavia l'idea di viaggiare col pensiero lo rimetteva al mondo.

Quando, col passare dei minuti quei colori si sbiadivano e si dissolvevano diventando un perfetto azzurro, Davide staccava i gomiti dal muretto e, come un vecchietto centenario, pian piano s'incamminava verso la sua cameretta, soddisfatto di aver sognato con gli occhi aperti e di non essersi perso quelle sfumature create dalla misericordiosa natura.

La caduta dell'Impero

La fine del lungo sentiero della villa comunale, che cominciava dalla minuscola Vela verde e finiva qualche metro dopo l'ingresso della Vela rossa, dove s'intravedeva già il profilo dei nuovi alloggi, stranamente era invasa da diverse persone.

Qualcosa di drammatico aveva attirato l'attenzione dei passanti. Alcuni automobilisti, diretti chissà dove, furono costretti a spegnere i motori a causa di due ambulanze e di tre pattuglie dei carabinieri, ferme sullo stradone, che bloccavano il passaggio.

I curiosi si erano fermati sul bordo del marciapiede con gli occhi puntati nel fosso, ma nessuno di loro versò una lacrima alla vista di ciò che c'era sotto: due corpi avevano cessato di respirare.

Il cadavere della donna con i capelli corti e rossi, dal fisico anoressico, era rivolto con la schiena al cielo e la testa affondata in un cappotto beige. L'uomo, invece, era rimasto in una posizione innaturale: in ginocchio con il corpo all'indietro. Il suo viso era bianco come un lenzuolo.

I paramedici, dopo aver iniettato un apposito farmaco, passarono alla rianimazione, ma senza ottenere alcuna risposta finché, dopo averli coperti, ne constatarono la morte.

«Che è successo?» domandò un ragazzo seduto sul sedile di una Smart ben lucidata.

«Sono morti due tossici» rispose con noncuranza una ragazzina che stava per andarsene, come se le loro vite valessero meno di quelle di chiunque altro.

Quelle parole mi spinsero nel vortice di un ciclone dove venni risucchiato al pensiero del dolore dei familiari che, di sicuro, erano ignari della morte dei loro cari. Dall'apprendere la notizia all'esplosione del dolore passa meno di un minuto, ma per dimenticare non basta una vita intera.

Quando i presenti videro il carro funebre avvicinarsi al luogo, alcuni fecero le corna con la mano e altri si affrettarono a grattarsi sotto l'inguine da sopra i pantaloni. Tutti, in meno di un minuto sparirono, così i corpi dei tossici giacevano circondati da un irreale silenzio.

Invece, proprio quello sarebbe stato il momento giusto, per chi avesse dimostrato compassione o per chi avesse provato dolore fino alle ossa, per dedicare una preghiera in memoria di quelle vite perse.

L'arrivo del carro aveva angosciato i vivi che navigavano nella superstizione, affogando nelle vecchie tradizioni familiari.

Facendo attenzione alle siringhe ancora sporche di sangue, lasciate per terra dei tossici, i "ripulitori della morte" scendevano nel fosso portando con sé una barella. Ma fu inutile perché i corpi, che chissà da quanto tempo erano in quella posizione, erano già in "rigor mortis" e nel medesimo stato in cui avevano esalato il loro ultimo respiro.

Mentre uno di loro maneggiava con forza gran parte del corpo dell'uomo per legarlo sulla barella in ferro, per la prima volta nella vita decisi di non assecondare la mia curiosità che mi spingeva a restare e andai via in direzione della Vela rossa.

Davide era seduto esattamente nella stessa posizione del giorno prima: le sue dita erano impregnate dall'odore del fumo e s'intravedeva leggermente il giallastro che di solito contraddistingue un vecchietto nato e, soprattutto cresciuto, con la sigaretta tra le dita. Il suo viso era scuro e lo sguardo puntato oltre l'ingresso. Aveva un'aria arcigna, frutto in realtà di una situazione che si era ingarbugliata su sé stessa, ma nessuno lo voleva né capire né ammettere, Carluccio Bellezza in primis.

L'inaugurazione della nuova entrata della caserma aveva indebolito la paranza, ma rafforzato i militari che non mollavano l'osso.

Semmai ci fossero stati patti tra Carluccio Bellezza e la caserma della Vela rossa, che da decenni non aveva mai dato fastidio, le regole stabilite da entrambe le parti si erano evidentemente rotte.

Gli agenti della caserma cominciarono a perseguitare la piazza di spaccio, o meglio ad asfissiarla, senza concedere un momento di respiro né alla paranza né ai tossici e nemmeno a Salli Salli che cercava in tutti i modi di proteggere il "negozio" di Josè, marito di sua cugina.

Ormai avevano un solo obiettivo in testa: smantellare la piazza della Vela rossa.

Diversamente dalle altre questure che avevano come finalità di arrivare in tutti i modi allo spacciatore, loro arrestavano chiunque avesse in tasca anche solo un cilindretto d'eroina. Ammanettavano e conducevano in caserma chiunque: tossico, estraneo o interno alla paranza. Di conseguenza, l'attività della piazza era calata più del dovuto. I tossici, infatti, non volevano rischiare di essere fermati né di essere arrestati ingiustamente.

Così come successe a Totonno, vedetta appostata sotto la scala nord-ovest che non ebbe neanche il tempo di accorgersi dell'arrivo degli agenti. Quest'ultimi, dopo aver fermato e perquisito un tossico sullo stradone a bordo della sua Ford, trovandogli addosso otto cilindretti di eroina, lo arrestarono. Subito dopo, con la velocità di un ghepardo, entrarono dall'ingresso nord e colsero alla sprovvista Totonno che venne incarcerato insieme al tossico.

Cocò fu il secondo uomo che entrò dal portone di Poggioreale. Quella mattina non era di turno. Si era preso una giornata libera per essere presente al matrimonio di uno dei suoi figli. Alle dieci in punto era passato dalla Vela rossa per prendere in prestito la 500 di 'a Bomba, che era più presentabile della sua Fiat Punto. Però ad abbracciarlo fu la sfortuna di trovarsi nel posto sbagliato al momento sbagliato. Infatti i carabinieri si erano nascosti negli appartamenti abbandonati ai piani alti della Vela e, in seguito a vari tentativi falliti, avevano deciso di cambiare strategia: non sarebbero più usciti dal nascondiglio nell'udire le prime voci, avendo ormai capito che quelle fungessero da campanello d'allarme, ma avrebbero aspettato in agguato. E così, dopo aver atteso per più di tre ore immersi nell'immondizia e respirando quell'orribile fetore, decisero di saltare fuori solo che, a differenza del tradizionale "nascondino", non gridarono "tana libera tutti". Lentamente arrivarono al piano dello spacciatore che non solo braccarono e ammanettarono alla ringhiera della scala ma gli tapparono la bocca con una finta promessa di rilascio. Lo spacciatore cadendo nel tranello fece capire, con un cenno della testa, di accettare il doppio gioco. Quindi la forza armata scese giù con l'unico obiettivo di incarcerare quante più vedette possibili. E così fece catturando Cocò e Giacomino 'o Cane mentre gli altri riuscirono a scappare verso la Vela gialla.

Ma non finì lì. L'arresto che seguì fu una vera vittoria per la caserma della Vela rossa perché presero il passatore, una vedetta e un sacco pieno di droga.

Carmine aveva preso il posto di suo cugino Davide e mentre ravvivava il bidone infuocato per difendersi dal freddo, un carabiniere, con la stessa abilità di un camaleonte, si mimetizzò con un gruppo di tossici che stavano raggiungendo la scala ovest.

Quando passarono davanti a Carmine, il finto tossico gli si fermò vicino scambiando, persino, qualche parola con lui. Spesso, infatti, accadeva che un tossico si avvicinasse alle vedette e, in tal caso, si verificavano due ipotesi: veniva cacciato via o veniva trattenuto per trascorrere il tempo in compagnia.

D'altronde, Carmine da qualche mese era soggiogato dalle canne ed era continuamente sotto l'effetto di marijuana, quindi di sicuro non aveva né abilità né esperienza nel distinguere un soggetto affetto da dipendenza da uno privo.

Così, mentre il falso drogato conversava con lui per distrarlo, Massimiliano venne arrestato. Nessuno della paranza seppe spiegare come avessero fatto i carabinieri ad avvistarlo nel momento esatto in cui stava aprendo, per ricaricare il borsello dello spacciatore, la borsa del carico di droga da cui estrasse due pacchettini neri di eroina e uno bianco di cocaina.

Massimiliano, scendendo le scale scortato dagli agenti, gridò «Maria» pur avendo le manette ai polsi. Così, iniziarono a scappare tutti quelli che appartenevano alla paranza ma non appena Carmine improvvisò un tentativo di fuga, il carabiniere lo bloccò.

Poi venne il turno di Franco, fratello maggiore di Carmine, che venne arrestato due ore dopo. Un carabiniere camuffato da muratore scese dalla piccola rampa che collegava lo stradone alla Vela rossa. Camminava accostandosi alle auto parcheggiate, finché arrivò all'altezza della portiera di un'orribile Opel Astra, appartenente a un fabbro del piano terra e parcheggiata dinanzi alla scala nord-est, situata a venti passi dalla caserma. Fu lì che cominciò a correre verso Franco che intuì, in quel momento, che si trattasse di un carabiniere. Nel tentativo di scappare su per le scale, il "muratore" lo raggiunse con rapidità e lo ammanettò.

Apprendemmo dalla madre, che si era recata in questura insieme al marito, che il carabiniere sul verbale d'arresto aveva dichiarato che aveva trovato il figlio in possesso di due stecche di Hashish, sequestrate chissà da chi.

Ormai il danno stava raggiungendo misure catastrofiche. Non solo la paranza era spaventata da tutto quello che stava accadendo ma quella serie di arresti aveva aperto uno squarcio nella Vela che, dopo anni di storia, non era più la piazza di spaccio più sicura di Scampia. In realtà i suoi membri erano, piuttosto, animali rinchiusi nelle gabbie o belve in semilibertà.

Le nuove leve, appena sentivano un'offerta sulla piazza della Vela rossa, rinunciavano senza battere ciglio. Era chiaro che se avessero accettato non sarebbero durati più di due giorni. Inoltre rifiutavano anche perché le due paranze erano diventate una sola e tutti facevano metà turno, cosicché il privilegio di godere del giorno libero e di una buona parte dei guadagni erano ormai, da qualche settimana, ricordi lontani.

La difficoltà nasceva anche nel trovare qualche spacciatore tossico da piazzare al quarto piano, perché persino loro avevano intuito che il livello di sicurezza fosse scarso, tant'è che la paranza stava cercando di risolvere tale punto debole. Fu così costretta ad adottare il vecchio sistema consistente nel rimboccarsi le maniche alternandosi a turni di due ore per smerciare i cilindretti del clan.

Inoltre i due capi-paranza, prendendo in mano la situazione, decisero di portare all'attenzione dei quattro responsabili la difficoltà nel proseguire in quella condizione di perenne "scacco matto".

Costoro si recarono da Carluccio Bellezza per proporgli la chiusura definitiva della piazza della Vela rossa. A sua volta, Carluccio delegò, per trattare con la paranza argomenti così delicati, un certo Malagueños, in quanto capo e affiliato alla famiglia Torretta.

Quest'ultimo veniva chiamato con questo soprannome perché, prima di essere affiancato al gruppo di Carluccio Bellezza, era il braccio destro del boss Sandro Poletti e, dopo la sua morte, per non finire sotto i proiettili degli stessi killer, aveva lasciato tutto per scappare in un luogo esotico. Lì aveva comprato subito un appartamento, poi la fortuna lo aveva sfiorato e una sera d'estate, seduto a un tavolo da poker, conobbe Dario Torretta.

Malagueños stava perdendo già ottomila euro, così aveva pensato di mostrare le proprie carte. Nel mentre, aveva confidato il suo problema a Dario Torretta che lo aveva benedetto in due secondi e lo aveva fatto rientrare subito a Scampia, garantendogli la reintegrazione nel clan Valente-Torretta, nonché la sua protezione.

Il designato da Carluccio, recatosi sul posto, si avvicinò a ogni singolo membro dicendo: «La piazza è sotto assedio, ma non possiamo permetterci di chiuderla perché dobbiamo sostenere i carcerati. Se ti chiedo mezz'ora di sacrificio, tu cosa mi rispondi?» A quel punto tutti, "cuor di leoni", cercarono le più disparate giustificazioni per togliersi da quell'impaccio. Tutti, tranne Davide. Lui, guardandolo con rispetto e dignità, si dichiarò pronto a tutto, precisando che la placca fissata tra il ginocchio e il femore avrebbe potuto rappresentare il suo unico limite.

Dopo essere uscito dalla casa di una trans, che si era trasferita lì da poco e che abitava al ballatoio sovrastante a quello di Davide, scesi le scale centrali sbucando a cinque passi dalla scala ovest. Lì, anziché trovare Davide, mi imbattei in suo fratello che era seduto su un Liberty di colore scuro.

Il ragazzo era diverso da suo fratello. Se Davide mi appariva come un ragazzino, lui era un bambino, perché sul viso non s'intravedeva peluria di barba e il suo classico taglio rasato-corto metteva in risalto la sua fanciullesca ingenuità. Tuttavia a ingannarlo era il suo sguardo, simile a quello di uno spietato avvoltoio.

«Ciao. Davide?» chiesi mentre allungavo la mano per salutarlo.

«È di turno» brontolò preoccupato.

«Ieri sera, mentre mangiavo una grossa fetta di carne, pensavo a te» e lui scoppiò a ridere.

«Io avrei pensato alla carne. Comunque...»

«Nel senso... pensavo a quale fosse il tuo soprannome. Non so se Davide ti abbia mai detto che sono un tipo molto, ma molto curioso» dissi ridendo.

Contò con le dita, dicendo: «Luigi, Gino, Otto.» Poi riportò gli occhi sull'entrata.

Qualcuno vestito di scuro stava scendendo le scale e lui, nel vederlo arrivare, chiuse gli occhi in preda alla disperazione, come se fosse in attesa di uno schiaffo. Quando li riaprì, inarcò un sopracciglio per farsi coraggio.

«Ciao» dissi dopo che Davide si tolse il berretto posandolo sulla testa del fratello. Poi lo abbracciò e infine gli passò il borsello. Così il ragazzino, con aria rassegnata, s'incamminò sulla scala per iniziare il suo turno e, una volta arrivato sotto l'atrio, iniziò a spacciare droga.

Dopo gli arresti avvenuti ai piani alti, la paranza aveva deciso di smerciare al piano terra: lo spacciatore veniva collocato al centro, tra la scala ovest e la rampa est. Guardare il giovane urlare in faccia ai tossici che avevano premura di sparire dalla Vela, mi portò alla mente quando dalla troppa stanchezza mi addormentavo tra le braccia di mia madre. Al mio risveglio, ai lati del letto, trovavo sempre delle barriere create con grossi guanciali così, semmai mi fossi girato e rigirato finendo a uno dei bordi del letto o oltre, mi avrebbero impedito di cadere o di farmi male nella caduta. Nello stesso modo, lo spacciatore si sentiva al sicuro.

Quando mi destai da quel pensiero riportando gli occhi su Davide, mi accorsi che aveva uno sguardo tra il curioso e l'imbarazzato.

«Dove posso comprare un computer usato?» domandò e nella sua voce c'era una nota di esaltazione.

«Lo sai usare?»

Davide fece di no con la testa e sembrò imbarazzarsi per la mia domanda.

«Ma lo voglio. Mi hanno detto che si possono vedere tutti i film, è vero?»

«Dipende» dissi guardandolo e Davide cambiò espressione. La mia risposta lo aveva scoraggiato e mi maledissi per ciò che avevo detto.

«È complicato. Io ne ho uno che non uso più, se non ti offendi te lo regalo» e sul suo viso s'intravide un sorriso felice.

«Ma i film si possono vedere?» ripeté con insistenza.

«Certo. Non so come si faccia ma... puoi navigare, guardare i video su YouTube, scaricare canzoni che ti piacciono...»

E m'interruppe.

«Sì, sì. Mi piacciono le canzoni. Scaricherò la canzone del grande Lucio Dalla, *Caruso*.»

«La conosco. Bellissima, veramente» dissi pensando al ritornello della canzone.

E a interrompere la nostra conversazione sulla tecnologia che, miracolosamente, aveva affascinato anche Davide anche se con molto ritardo, qualcuno della rampa est gridò: «Maria! Maria!»

Le sue urla erano a gran voce, come se qualcuno lo stesse torturando. Ma non si fermava dall'invocare «Maria!»

E continuava a gridare a squarciagola, come se stesse assistendo al concerto di Vasco Rossi.

Davide dopo aver sussultato dallo spavento, anziché scappare come facevano tutti, con rapidità si avviò verso la scala. Salì e si fermò a qualche gradino prima della sua fine, restando immobile con la mano sulla testa e con gli occhi puntati dritto davanti a sé.

Non sapevo nemmeno io perché lo feci, ma mi mossi per raggiungerlo. Non appena giunsi al suo fianco destro, vidi un uomo alto in groppa a suo fratello nel tentativo di spingerlo contro l'inferriata per immobilizzarlo.

«Maria! Maria!» continuò lui, ribellandosi con forza al carabiniere che non dava segni di mollare la presa.

Davide si riprese dal momentaneo blackout e mentre fece qualche passo verso suo fratello…

«Vattene! Scappa via, cazzo!» gridò Otto fissandolo e invitandolo, in modo deciso, a non immischiarsi.

«Lascialo andare, figlio di puttana!» urlò Davide contro il carabiniere.

«Vieni. Vieni» rispose in tono provocatorio. Ma Davide sapeva benissimo che se solo avesse provato ad avvicinarsi ancora di qualche passo avrebbe arrestato anche lui.

Il carabiniere in borghese, essendo solo e non potendo lasciare il ragazzino col borsello per correre dietro a Davide, addosso al quale sapeva che non avrebbe trovato alcunché, si limitò a minacciarlo con lo sguardo.

Le gambe del ragazzino si piegarono leggermente. Era evidente che resistere al peso di quell'uomo dal fisico scolpito, appeso come uno zaino sulle spalle, lo aveva stancato. E quando il carabiniere si accorse di questo suo punto debole, ne approfittò. Con maggiore sforzo riuscì a stenderlo con il viso rivolto contro il pavimento sporco, bloccandolo con le ginocchia contro la schiena, mentre si lamentava a voce alta per il dolore.

Il ragazzo non si muoveva più, s'era arreso all'arresto. Ormai aveva esaurito le risorse energetiche. Era immobile, sfinito, con le labbra contro il pavimento. Aveva perso la battaglia, ma non aveva rinunciato a battersi pur sapendo in anticipo che non ce l'avrebbe mai fatta. Però, ci aveva provato con tutte le sue forze.

Dopo qualche respiro per ricaricarsi, aveva ancora una briciola di energia da sprecare e la impiegò con una tale rabbia che sembrava fuoriuscire dagli occhi. Alzò leggermente la testa e, fissando suo fratello maggiore dritto nelle pupille, gridò: «Scappa!»

Solo dopo aver visto Davide gesticolare qualcosa di indecifrabile, gli rispose con un occhiolino e si lasciò cadere con la fronte contro il lurido pavimento.

Davide, preso dall'ira, afferrò il mio avambraccio e tirandolo con forza mi trascinò giù per le scale. Mancavano ancora due gradini, ma Davide fece un "salto" e miracolosamente si trovò sulla sella del Liberty che era parcheggiato sul marciapiede con le chiavi inserite. Dopo aver sentito il mio peso dietro di lui, diede tutto gas al motore nonostante il motorino fosse ancora sul cavalletto. Stavo per fargli notare tale circostanza quando lui indietreggiò con la schiena per fare in modo che il suo peso facesse aderire la ruota posteriore all'asfalto.

Il Liberty fece una piccola e violenta impennata permettendoci di scappare con rapidità e di saltare in corsa dal marciapiede per dirigerci sullo stradone sud, percorrendo la via della villa comunale.

Svoltò in direzione della Vela celeste e poi entrammo sotto i portici con il motorino. Si fermò dinanzi a una porta in ferro. Dalla tasca tirò fuori una chiave e l'aprì di fretta.

«A chi appartiene questo posto?» domandai guardandomi intorno.

Nell'angolo c'era un tavolo, tre sedie, un frigo impolverato e nient'altro.

«È una specie di scantinato. 'O Fagiano ci viene solo per giocare a carte con i suoi amici» disse sedendosi sulla sedia a peso morto.

La sua voce era rotta e stanca. I suoi occhi avevano assunto una colorazione rossastra ed erano gonfi. Avrebbe voluto piangere, ma non poteva a causa mia. Piangere di fronte a me gli avrebbe fatto solo bene, ma per lui sarebbe stato un segno di debolezza e quella era una parola che non apparteneva al suo dizionario. In fondo, gli avevano appena arrestato il fratello e, in parte, si sentiva responsabile per quanto accaduto. Sapeva per esperienza quello che il ragazzino avrebbe dovuto affrontare: impronte su una scheda bianca, ore da trascorrere in isolamento, trasferimento in carcere minorile e... insomma avrebbe dovuto fronteggiare un lungo calvario in giovane età. In quel momento pensai, anzi ne ero sicuro, che stesse peggio lui che il fratello in manette mentre riceveva spintoni dal carabiniere perché, lui, aveva già oltrepassato quella porta per l'inferno.

Al nostro rientro alla Vela rossa, circa un'ora dopo l'arresto, per sicurezza il resto della paranza si era riunita nell'appartamento di 'a Bomba.

Alla fine, dopo essersi scambiati le opinioni, dovettero rinunciare a riaprire la piazza di spaccio di Carluccio Bellezza perché, oltre al fratello di Davide, il carabiniere aveva riconosciuto e arrestato Alex che era intento a visionare l'ingresso della Vela da dietro la rampa est. Lo aveva identificato in un secondo momento, probabilmente dopo aver digitato i tasti di un computer della caserma. Alex, infatti, essendo affidato agli arresti domiciliari, in quanto legato sempre a fatti di droga ma non inerenti la Vela rossa, era sottoposto ai controlli effettuati dalla caserma della Vela che si trovava alle spalle del suo appartamento occupato abusivamente. Così, il carabiniere si era presentato alla sua porta in veste ufficiale e lo aveva ammanettato con l'accusa di complicità.

Avendo perso il fratello di Davide e Alex, erano rimasti in cinque e, di certo, non erano in numero sufficiente per continuare.

A occupare una delle sedie di proprietà di 'a Bomba era Michele che sorseggiava un caffè freddo mentre guardava la televisione. Di fianco a lui, con gli occhi rivolti al display del cellulare mentre le dita schiacciavano dei tasti per rispondere a un messaggio, vi era 'o Fagiano. Davide e il vecchietto erano affacciati al balcone che parlavano, mentre 'a Bomba si era chiuso in sé stesso abbandonandosi ai pensieri più bui. Tutti aspettavano sia il ritorno dei quattro "responsabili della piazza" sia una risposta dalle Case dei Puffi: soltanto il capo-piazza, Carluccio Bellezza, poteva decidere per i cinque della resistenza.

Poco dopo arrivò la risposta direttamente dal capo-piazza, anzi più precisamente da uno dei suoi quattro delegati che erano sdraiati in auto aspettando l'arrivo di 'a Bomba, che scese giù per raggiungerli. Bastarono pochissimi minuti e lo vedemmo rientrare dalla porta.

Trattenne un profondo respiro e, dopo averlo liberato, trovò il coraggio di annunciare che Carluccio Bellezza aveva fissato una riunione a mezzogiorno spaccato, senza però specificare dove sarebbe avvenuta essendo diffidente e parecchio prudente.

Nessuno fiatò. Ognuno si chiuse nei propri pensieri pieni di angoscia. Lo stato d'ansia si spiegava col fatto che nessuno dei presenti, esclusi il vecchietto e Davide, avesse mai conosciuto di persona il capo-piazza, ma solo di nome. E quel nome spaventava chiunque lo sentisse pronunciare.

La riunione segreta

Quando il cielo era ancora avvolto nel buio della notte e sotto di esso gironzolava una gelida aria prepotente che non risparmiava né i vicoli stretti né quei pochi mattinieri che erano già sul ciglio della strada, la sveglia cominciò a suonare. Non mi lamentai prima di spegnerla perché era come se fossi già sveglio. Gli occhi si aprirono e mi resi conto di essere in uno stato confusionale, forse perché avevo dormito poco, o meglio, fin troppo poco. Mentre mi alzavo dal letto pensai alle parole di Pupato: «Mi son fatto tre ore di sonno in cinque minuti.» Sì, andò proprio così.

Potevo fregarmene di tutto e rimettermi a letto ma la sera precedente Davide, prima che ci salutassimo, era stato chiaro con me: «se davvero ci tieni più di ogni altra cosa, allora... vieni come si deve. Al resto ci penso io».

Prima che io prendessi sonno, non c'era notte in cui non m'immaginassi il viso di Carluccio Bellezza. Morivo dalla curiosità di vederlo, almeno una volta nella vita, tanto che ogni giorno che incontravo Davide speravo che fosse la giornata decisiva. Proprio come quel detto che recita: vedi Napoli e poi muori, ecco Carluccio Bellezza per me rappresentava Napoli! Ma un pezzo di quello spessore non lo incontri per caso in un bar o in un ferramenta né tantomeno per uno scambio di saluti, ma lo si incontra quando la tempesta ha già bagnato i cappotti degli affiliati. Però per sedermi dinanzi al capo-piazza, l'unico mago del clan Valente-Torretta che riuscisse a miscelare l'eroina e a moltiplicare il taglio, avrei dovuto trasformarmi in uno di loro.

Così fui il primo cliente della mattinata di un barbiere nella zona di Piscinola-Chiaiano, di cui mi fornì l'indirizzo proprio Davide.

Dopo essermi alzato dalla comodissima poltrona, mi avvicinai allo specchio per guardare il mio nuovo look: il minuscolo cespuglio disordinato e la barba non curata dalle basette lunghe e larghe ben evidenziate che si prolungavano sulla mascella, fecero posto a una rasatura uniforme che rese la fronte non solo più larga ma anche più lunga. Ma alla vista delle perfette curve della barba mi eccitai all'istante!

Uscendo dal salone mi recai sul Corso Secondigliano per comprarmi una tuta della Juventus e uno smanicato da abbinare alle mie scarpe Nike che da molto tempo giacevano nella scarpiera: me le aveva comprate Valeria perché le calzassi per rendere più confortevoli le lunghe passeggiate.

L'orologio sul polso segnava le ore 10.40 e, anche se ero in largo anticipo, per la prima volta mi avviai a raggiungere le Case dei Puffi passando dal quadrivio e dal carcere di Secondigliano. Mentre attendevo il rosso del semaforo per le auto che impazienti provavano a svoltare, con prepotenza, in Via Bakù, sulla parallela giunse una Nissan Micra. Il conducente dell'auto attirò la mia attenzione suonando il clacson ed esponendo il braccio fuori dal finestrino per invitarmi a raggiungerlo.

Vidi la Nissan fare inversione, parcheggiare sul marciapiede davanti al bar Ares e, infine, il vecchietto e Davide scendere dall'auto.

Non sapendo come comportarmi o meglio chi salutare per prima dissi: «Buongiorno» rivolgendomi a entrambi.

«Che ti par...»

Il vecchietto mi interruppe alzando leggermente l'indice: «Cicciobello, prendiamo prima il caffè!»

Davide fece una buffa smorfia alle sue spalle e quando mi tolsi il casco prima rimase stupito e poi alzò il pollice. Con quel semplice gesto mi aveva dato la sua approvazione senza sforzarsi di aggiungere altro, non per timore del vecchietto ma perché era in ansia per quell'incontro, almeno quanto me.

Lui aveva incontrato diverse volte Carluccio Bellezza, ma non nutriva una grande considerazione di lui. Per Davide, Carluccio era solo un ragazzo fortunato e non un vero capo.

«Troppo potere nelle mani di un giovane che non si è mai sporcato le mani» brontolava irritato.

E se non era piaciuto a Davide, di certo, non sarebbe piaciuto a me ma, in qualità di giornalista, lo dovevo e volevo incontrare assolutamente.

Dato che il barista li fissava, forse perché li conosceva o più probabilmente perché aveva intuito chi fossero, il vecchietto e Davide farfugliarono qualcosa sottovoce per escluderlo. Ma restò, ugualmente, immobile a osservarli. Allora il vecchietto lo fulminò con lo sguardo e il tizio, che intanto gli aveva servito il caffè, si allontanò dal bancone e si recò fuori per concedersi una pausa sigaretta. Sembrava più un bambino, allontanato malamente dagli adulti e spedito a giocare con le macchinine.

«Tu conosci il mio pensiero. E quello non cambia, 'o zi'. Fai una bella cosa allora, parla tu che è meglio» disse Davide. Dal suo tono si percepiva perfettamente che fosse arrabbiato o che preferisse, a tutti i costi, evitare di parlare con Carluccio Bellezza.

«Quello deve capire solo che non è cosa» affermò. Si voltò verso Davide e continuò: «È semplice, Nennillo.»

«Ma tu la fai sempre così facile? Si vede che non lo conosci bene» disse Davide con tono irritato.

Il vecchietto raddrizzò la schiena e con grandi occhi fissò Davide: «Nennillo, quando io... capisci, Carluccio non era diventato ancora Carluccio. A me se non sta bene quello che dirà, allora gli manderò qualcuno che gli ricorderà quello che io ho fatto per loro ai tempi della guerra» disse sfoggiando un sorriso da vincente.

«Vado a prendere 'o Fagiano a casa sua, un altro regalo di 'a Bomba» disse sbuffando. E dopo essersi morso le labbra, continuò: «Mi raccomando a lui, lo affido nelle tue mani. Poi ti spiego tutto, testa matta» affermò Davide lasciandosi andare in una risata per calmare i nervi tesi.

Mi sporse la mano aperta in attesa che gli "battessi il cinque" con la mia e uscì dal bar salendo sulla sua Peugeot e sparendo nel traffico scorrevole.

«Sali in macchina» mi ordinò il vecchietto.

Non dissi nulla, limitandomi solo a ubbidire senza fiatare.

Il vecchietto aveva un'aria spensierata come se stesse andando a fare shopping: sguardo solare, respiro normale e un luminoso sorriso stampato sulla faccia. Si accese la sigaretta stringendola tra i denti ed espirò il fumo egoisticamente, totalmente incurante degli altri presenti. Inspirava con maggiore intensità rispetto a tutti gli altri fumatori e ciò rivelava la sua indole masochista, perché trattenendo il respiro così a lungo obbligava i polmoni a nutrirsi di quello schifo.

Gli bastarono poche manovre per sterzare il volante e trovarsi, dopo neanche quattro minuti, parcheggiato sulla via esterna della prima ala delle Case dei Puffi.

Il vecchietto, prima di aprire lo sportello per scendere, si lasciò cadere entrambe le mani sulla camicia nera cercando di eliminare qualche piega. Allungò il braccio e il corpo per raggiungere i sedili posteriori e afferrare il cappotto.

Nel chiudere le portiere, i nostri occhi si incrociarono per un istante. Mi fece segno di avvicinarmi a lui e quando lo raggiunsi mi disse: «Da questo momento in poi sei del rione Sanità, Salita Principi al civico 36. E sei il figlio di mia sorella Dora, malata di Bingo e di qualsiasi gioco che si gioca con le carte. Non te lo scordare o ci sotterreranno in qualche tombino oltre quei cancelli.»

Così, dopo aver incassato il suo sguardo minaccioso semmai mi fossi perso qualche parola, ci incamminammo in un vicoletto sbucando proprio nel polmone, la cui forma richiamava un rettangolo, della prima ala.

Le ali complessivamente erano tre ed erano così strutturate: da una parte si accedeva e dall'altra si usciva, mentre al di sopra di esse vi abitavano le famiglie. Alle spalle dell'entrata principale, sulle scale che portavano a uno dei tre "palazzoni", c'era una fila di tossici che con estrema cautela si avvicinavano al cancello blindato dove, attraverso una minuscola finestra, avveniva lo scambio denaro-droga.

Un lungo corridoio lastricato conduceva ai portoni degli edifici dove, disposti l'uno accanto all'altro e a qualche passo dal secondo "negozio" di Josè, si trovavano alcuni affiliati di Carluccio Bellezza.

Il vecchietto non solo si precipitò a salutarli ma mi presentò anche come suo nipote. Poco distante vi erano ragazzi avvolti nelle tute di qualche squadra straniera. Però non tutti erano giovani, c'era anche qualche coetaneo del vecchietto. Uno di questi fumava la sigaretta aspirandola con un lungo e lussuoso bocchino beige. Sulle dita della mano destra aveva degli anelli d'oro: una testa di leone sul mignolo, un serpente sull'indice, la fede nuziale sull'anulare e un'altra fedina sul dito medio. Proprio quest'ultima mi incuteva più angoscia, perché dal brillante spuntavano delle punte sottili di almeno un centimetro che mi fecero dubitare che il gioiello fosse stato creato per una linea commerciale di anelli. Per dirla tutta pensai non solo che fosse stato realizzato su espressa richiesta ma anche con l'intento di sfregiare il volto dopo tre pugni inferti. Inoltre se della sutura si fosse occupato un medico di scarsa esperienza, si sarebbe rischiato di morire dissanguati.

Mancavano dieci minuti alla riunione segreta e né Davide né 'o Fagiano erano ancora arrivati.

Due uomini sulla quarantina e un giovanissimo ragazzo alto uscirono da sotto i portici incamminandosi verso di noi.

«Buongiorno» si auguravano vicendevolmente mentre le loro mani si ingarbugliavano tra loro per salutarsi.

«Carlu'...» disse una donna col carré corto nero corvino che era appena uscita dal negozio di Josè. Lo attendeva ferma, immobile e con gli occhi frenetici puntati verso i suoi.

Quando il famigerato capo-piazza s'incamminò verso la dea, ricevetti un colpo allo stomaco da cui tentavo di riprendermi con tutto me stesso, perché finalmente avevo visto l'uomo che rappresentava il male: colui che faceva smerciare tonnellate e tonnellate di eroina e che trasformava i tossici in zombie conducendoli alla morte.

I suoi affiliati, dopo aver ricevuto un segnale direttamente da Carluccio Bellezza, ci ordinarono di salire le scale con loro.

Nel piazzale c'erano bambini che correvano, impugnando pistole nelle mani, dietro a un cane sparandogli pallini gialli di plastica. Il cane, sebbene guaisse forte a ogni colpo subito, non smetteva di correre sul lungo ballatoio e quando arrivò alla seconda scala, li seminò.

Infine si appartò dietro un'auto parcheggiata dove, rotolandosi sull'erba, provava a lenire il dolore che sentiva. Alcune signore, nel vedere quello strazio, gridarono a voce alta rivolgendogli irripetibili parole piene di rabbia.

Accedemmo al secondo portone, salimmo due piani e arrivammo a un appartamento semivuoto.

I primi si accomodarono, chi sul divano e chi sulle sedie che avevano trascinato dalla cucina. Io mi accomodai sulla sedia che piazzai quasi nell'angolo, mentre il vecchietto si sedette di fronte a me.

Un ragazzino molto piccolo, di circa dieci, undici anni al massimo, cominciò ad avvicinarsi ai presenti con le braccia distese e, senza nemmeno ringraziarlo, ognuno gli lasciava il proprio cellulare. Poiché il mio l'avevo riposto nello sportellino di Bianca, non mi disturbai ad alzarmi. Dopo averli radunati tutti, uscì dall'appartamento.

Le lancette segnavano le 12.00 in punto quando dalla porta blindata entrò Carluccio Bellezza con altre due persone: uno era calvo e con la barba folta, l'altro era Josè.

Mezzogiorno era arrivato e, oltre al vecchietto, non si era ancora presentato nessun altro della paranza della Vela rossa. Dopo che i tre decisero dove accomodarsi, Carluccio chiese al vecchietto: «Dove stanno gli altri?»

«Non lo so...» rispose con uno sbuffo scoraggiato. «Ma 'O Nennillo è andato a prendere 'o Fagiano che tiene la macchina rotta.»

Carluccio Bellezza fece una piccola risata satanica. Si voltò verso il pelato e disse: «Ma tu hai capito come stanno le cose qui?»

Qualcuno bussò alla porta con insistenza, mentre uno dei presenti si scollò dalla parete e andò ad aprire la porta. Dinanzi a noi apparve Davide che aveva il respiro rumoroso e affannato e la fronte leggermente sudata.

«Scusate il ritardo» mormorò con uno sforzo.

Il capo-piazza lo fissava con un enorme sorriso e Davide ricambiava col suo.

«Hai un bellissimo orologio...» disse alzandosi dal divano.

Davide strinse i denti preparandosi a qualunque sua reazione. Poi, fissandolo con serietà, gli chiese: «Lo sai vedere?»

«Io...» e venne interrotto.

«Come hai fatto ad arrivare tardi?» gli domandò.

Davide fece un profondo sospiro cercando di tenere a bada la paura che si risvegliò in lui all'improvviso.

«Non trovavo le chiavi della macchina e... ho fatto tardi» farfugliò fingendosi dispiaciuto.

«Come hai fatto ad arrivare tardi?» ripeté con insistenza con un atteggiamento arrogante e presuntuoso.

«Te l'ho detto. Non trovavo le chiavi della macchina, credimi. Perché dovrei dirti una bugia, scusa? Mi conosci da molto tempo» affermò Davide tutto d'un fiato facendo gonfiare le vene al collo.

«Per quale motivo dovresti dirmi una bugia?» si chiese Bellezza guardando il vecchietto che subito dopo riportò la mano davanti agli occhi.

«Esatto. Non avrei motivo!» affermò sfoggiando il suo miglior sorriso.

«Io ti credo...» disse Carluccio, mentre toccava la spalla di Josè che si alzò dalla sedia. Ma quando Davide si avvicinò a lui per salutarlo, il capo-piazza mormorò: «O forse no!»

Sollevò la sedia con rapidità e Davide, d'istinto, si voltò dandogli le spalle e Carluccio Bellezza cominciò a scaraventargliela, ripetutamente, contro la schiena. Ogni colpo che Davide subiva lo piegava ma l'ultimo colpo lo aveva fatto accasciare sul pavimento lucido.

Davide non dava alcun segno, a malapena si scorgeva respirare. Aveva gli occhi lucidi, sporgenti e cercava di resistere al dolore. Con lentezza provava a muoversi, ma il dolore gli paralizzava ogni movimento e dalla bocca sgorgavano, senza controllo, gocce di saliva secca.

Vederlo ridotto in quello stato, privo di forze, sofferente, sfinito dal dolore, dentro di me, negli abissi del cuore, rivissi lo stesso dolore di quando in Afghanistan ero stato accoltellato all'addome per una manciata di monete afghani. Ma avevo le mani legate e, oltre a mordermi le labbra, che scricchiolavano come carote, non potevo fare altrimenti.

A interrompere la scena fu l'arrivo di due affiliati: un ciccione con una grossa valigetta e un bassino sbarbato, con i baffetti in evidenza, che si affrettò a salutare, solo ed esclusivamente, i pezzi da novanta.

Il ciccione appoggiò la valigetta nera sul tavolo e, dopo averla aperta, indietreggiò dando possibilità al bassino di montare una lunga antenna e di accendere un display. Nell'attesa, indossò delle gigantesche cuffie nere. Le sue dita iniziarono a digitare alcuni tasti della minuscola tastiera e, dopo aver ripetuto la sequenza per tre volte, fece segno al grassone di riordinare e richiudere la valigetta.

«Tutto a posto. Nessuna microspia nel raggio di tre chilometri» annunciò guardando Carluccio Bellezza che si affrettò a salutare. Poi, salutò anche il pelato e infine Josè.

Riportai lo sguardo su Davide per vedere se si fosse ripreso e lo vidi che stava strusciando, pian piano, dirigendosi nell'angolo, accanto alla finestra. Mentre i due "controllori ambientali" lasciavano l'appartamento, Davide aveva raggiunto l'angolo dove con cautela provò ad appoggiare la schiena contro il muro. Estrasse il pacchetto di sigarette dalla tasca e, fissando negli occhi Carluccio Bellezza, con un gesto gli chiese se potesse approfittarne. Così, dopo aver ricevuto il permesso con un minuscolo movimento della testa, Davide se ne imboccò una e con la mano tremante gli diede fuoco; i muscoli della mascella pulsavano mentre aspirava il fumo della sigaretta. Le sue labbra, invece, erano quasi invisibili, risucchiate tra i denti bianchi che di tanto in tanto le mordevano cercando di soffocare il dolore che covava come lava sotto la cenere.

Uno dei ragazzi girava tra i presenti tenendo fermo un vassoio nella mano, tutti sollevarono un bicchierino riempito di caffè. Dopo i primi sorsi dati nella penombra della stanza adibita a salone, Carluccio diede inizio alla riunione con un leggero battito di mani, zittendo e ottenendo subito l'attenzione di tutti.

«Dimmi come stanno le cose» disse fissando il vecchietto.

Raddrizzò la schiena contro il cuscinetto del divano, staccò la bocca dal collo della bottiglietta d'acqua e accavallò una gamba sull'altra attendendo la sua versione.

«Le cose stanno che qui non c'è nessuno che vuole stare nella Vela rossa. Le guardie vengono ogni mezz'ora, come un infermiere del San Gennaro. E poi sia i responsabili...» e si lasciò andare a un ironico sorriso «sia il cosiddetto capo-paranza dal coraggio di una mosca, basta che si mettono lontano dalla droga per loro è tutto okay» affermò il vecchietto e, all'udire quelle parole, un broncio comparve sulla faccia di Carluccio. Era innegabile che, da una parte, il vecchietto avesse appena sputato veleno sui suoi "fedeli", ma dall'altra, avesse detto nient'altro che la verità.

«Appena qualcuno grida Maria, Carlu'...» continuò «questi corrono più di Makybe Diva. E mi devi credere sulla parola» disse il vecchietto con tono di voce alto e agitato.

Il capo-piazza non faceva altro che guardarlo e annuire. Poi, calò lo sguardo sulle bianchissime Nike Air Force che in quel periodo non solo stavano spopolando, ma qualunque affiliato aveva ai piedi.

«Se il problema è trovare i ragazzi per completare la paranza, basterebbe prenderne qualcuno da qui sotto, da Melito, Mugnano...» disse il pelato. E Carluccio assentì, leggermente, con la testa nel dargli ragione. Sembrava fatta se non avessero sentito l'impercettibile risatina ironica o sarcastica di Davide.

I loro occhi si voltarono per incontrare quelli di Davide e con loro tutti noi. Davide sentendosi tutti quegli occhi addosso, chiuse le palpebre maledicendosi di essersi spinto così oltre. Visto che Carluccio lo guardava con accanimento, Davide fissandolo negli occhi disse: «Ora mi alzo, aspetta...» e provò a sollevarsi dalle piastrelle. «Così la facciamo finita» affermò, preparandosi al secondo round.

«Tu cosa consigli?» gli chiese, gesticolandogli di non alzarsi.

«Qui non si tratta di mancanza di componenti o di paura, almeno parlo per me. Quelli non ci molleranno mai...» annunciò Davide concedendosi una pausa per accendersi la seconda sigaretta. «Soltanto la caserma della Vela, in tre settimane, ha arrestato una trentina di ragazzi...»

«Come una trentina?» chiese Josè.

«Ora ve lo spiego. So bene che a voi, sulla lista dei carcerati, vi risultano meno della metà, ma in realtà al loro arrivo braccano chiunque si trovi lì sotto. E non importa che tu, io, lui o l'atro proviamo a ribellarci perché ci stanno ammanettando ingiustamente» e si fermò per aspirare il fumo dal filtro.

«Lo fanno per soldi?» chiese Carluccio, dando per scontato che si trattasse di quello.

«No, Carlu'. Quelli si sono ricordati del loro giuramento, perché è da quando hanno inaugurato la nuova entrata che hanno cominciato a dare fastidio. E c'hanno ragione. D'altronde, chi accetterebbe mai una piazza fuori al loro canc...» e Davide vedendo Carluccio con gli occhi spalancati, si tappò la bocca.

«Di quale entrata sta parlando?» domandò al vecchietto. «Di quale entrata sta parlando?» ripeté e i suoi occhi saltarono da un presente all'altro.

Il vecchietto si precipitò a dare spiegazioni: «'o Nennillo tiene ragione, Carlu'. Quelli entrano ed escono dalla Vela rossa.»

Le parole del vecchietto fecero calare il silenzio tra i presenti.

«Cioè, voglio capire...» esclamò Carluccio in stato confusionale. «Mi state dicendo che questi hanno fatto la caserma nella Vela rossa?» domandò stupito.

«Esatto!» affermò il vecchietto.

«Da circa un mese. E pensa che quando qualche malcapitato entra per denunciare un documento perso o... quelli sentono chiaro e tondo quando urliamo Maria» aggiunse Davide in tono ironico.

Carluccio si piegò in avanti, abbassò il collo e si posò le mani sulla testa. Era evidente che, non solo fosse all'oscuro di questa enorme novità, ma anche un po' irritato perché a perderci era soltanto lui. Perché quelli di Melito a fine mese pretendevano, indipendentemente da tutto, i guadagni da lui.

«Ma non possiamo chiudere le Vele solo per una questura del cazzo. Ogni Vela, nelle nostre casse, riesce a portare quasi mezzo milione alla settimana. Ma che siamo pazzi?» si domandò. La stessa domanda, non solo la ripeteva in continuazione, ma cercava anche il consenso dei suoi fidati.

«Conoscete il Beverly blu e la Golf rossa?» domandò Davide riferendosi ai due carabinieri che si drogavano solo di crack e ai quali era lui stesso a procurarglielo. I due si fidavano solo di Davide e, ogni volta che lo cercavano, creavano un finto posto di blocco sullo stradone della villa comunale per creare un diversivo e farsi notare da lui. Davide pazientemente, prima piazzava qualcuno al suo posto, poi con il motorino andava nelle piazze per comprare loro il crack e al ritorno, passando davanti senza casco, si faceva fermare apposta da loro ma, anziché consegnargli i documenti, gli allungava le dosi con la mano.

«Sì, li ho visti qualche volta sullo stradone delle Vele, ma non hanno mai arrestato nessuno» rispose il pelato.

«Eh, grazie a lui» commentò il vecchietto puntando il pollice su Davide.

«Solo perché io gli procuro il crack. Comunque, mi mandano a dire che per calmare la situazione bisogna chiudere per forza le Vele e aprire da un'altra parte.»

E dopo che Carluccio Bellezza si chiuse nei suoi silenziosi pensieri mentre i suoi fidati si scervellavano nel trovare un rione pulito dove attivare una nuova piazza, Davide con fatica riuscì a separarsi dalla superficie fredda, si sistemò l'orlo dei pantaloni sulle lussuose scarpe di Prada in pelle nera lucida e, aprendo i mobili in cucina, trovò un sacchetto di patatine da mangiare.

Dopo pochi minuti, la riunione terminò nel silenzio generale sia suo che dei suoi sottoposti. Carluccio Bellezza rimase seduto su quel divano, ignaro del tempo che scorreva intorno a lui mentre i suoi affiliati, pian piano, lasciavano l'appartamento tralasciando persino di salutarlo. Ma quando Davide, il vecchietto e io stavamo raggiungendo la porta per uscire, Carluccio farfugliò qualcosa di simile a: «Voi no.»

Sul viso di Davide comparve una piccola smorfia demotivata e stanca. Ci voltammo e ci posizionammo in piedi dinanzi al capopiazza, uno di fianco all'altro, mentre lui, oltre a fissarci, sembrava non facesse altro.

«Dove la possiamo spostare?» domandò al vecchietto.

«Nella Vela celeste» rispose. Ma Carluccio non era tanto convinto perché la stessa domanda la fece prima a Davide e poi a me. Però, a guardarmi con maggiore interesse, rimase intento a riflettere se mi avesse già visto prima di quell'incontro.

«E tu chi sei?» mi chiese incuriosito.

«Sono Gioele, suo nipote» risposi cercando di controllare l'agitazione che si era moltiplicata in seguito a quella domanda.

Fortunatamente, Carluccio portò di nuovo lo sguardo su Davide.

«Fino a dove ci possiamo spingere?» domandò Davide prima di sbilanciarsi.

«Scampia e Secondigliano è tutta roba nostra» affermò con un sorriso.

Davide portò una mano alla bocca coprendola completamente: era il suo modo per cercare di attivare il cervello.

«La Cianfa di Cavallo», propose Davide.

«Ci sta Roberto 'a Zoccola» affermò Carluccio.

«Le Torri Bianche?»

«Sono già occupate» rispose sbuffando.

«Nel parco Castelline, Parco Postale o le Case Gialle.»

«Ma le Case Gialle non sono dei Ricci?» chiese il vecchietto. E Carluccio si lasciò sfuggire un sorriso soddisfatto.

«Dopo il pentimento di Saverio Tartaglia, Melito se l'è prese», affermò. Così, si stravaccò con la schiena contro il cuscinetto della sedia facendola scricchiolare.

«Datemi due giorni per riorganizzare il tutto e vi prometto che andrete nelle Case Gialle.»

Si allungò verso il vecchietto e lo salutò con una stretta di mano. Lo stesso fece con me e, infine, salutò Davide dandogli, sorridendo, una pacca sulla spalla.

Nel dirigerci verso le auto, Davide provava dolore a ogni passo che muoveva, ma non volle sentir parlare di andare a farsi vedere in ospedale. Perlomeno non prima di aver sistemato una faccenda molto personale.

Dopo essere entrati nella sua auto, ordinò al vecchietto di guidare mentre lui si sforzava di indicargli la strada. Arrivati fuori a dei palazzetti bassi, proprio di fronte alle Vele, disse al vecchietto di fermare il suo ferro vecchio. Aprì lo sportello ignorando le domande incuriosite che gli porgeva il vecchietto e s'incamminò verso la pulsantiera dei campanelli. Dopo aver parlato attraverso il citofono con qualcuno, raggiunse il portabagagli e lo aprì. Prese qualcosa e lo richiuse, senza perdere altro tempo. Si avvicinò dietro a un pilastro dell'edificio e si nascose.

Rimasi allibito quando vidi che impugnava un girabacchino stringendolo con ferocia e, neanche un secondo dopo, mi resi conto che Davide aveva perso l'autocontrollo. Le sediate alla schiena, il dolore che aveva dovuto ingoiare sforzandosi di non lamentarsi, lo avevano trasformato in un guerriero spietato. Ormai nessuno riusciva a fermarlo. Chiunque si fosse messo davanti avrebbe subito le conseguenze di un ragazzo colmo di rabbia.

'O Fagiano uscì dal portone e, non vedendo Davide, si voltò prima a destra e poi a sinistra. Poi, fece qualche passo in avanti buttando lo sguardo oltre i parabrezza delle auto parcheggiate sperando di trovarlo seduto sul sedile. Nel momento esatto in cui il cancello si chiuse alle sue spalle, Davide uscì allo scoperto comparendogli davanti e tenendo la mano dietro la schiena per nascondere l'acciaio che presto avrebbe piegato le sue ossa.

'O Fagiano, trovandosi Davide davanti a sé, gli andò incontro con un sorriso, pronto ad accoglierlo a braccia aperte. Davide prima si abbandonò nel suo abbraccio e poi, afferrandolo per il collo, lo scaraventò contro il muro e cominciò a liberarsi di quel male che aveva nel corpo colpendolo alle gambe con una rapidità e con una violenza che terrorizzò persino i passanti che evitarono di intromettersi.

Le grida di 'o Fagiano erano così strazianti da arrivare ai piani alti. La gente curiosa corse ad affacciarsi alle finestre e ai balconi. Mentre chi era in strada, oltre ad allungare il collo per curiosare, non fece altro.

Davide smise di colpire le gambe di 'o Fagiano solo perché il vecchietto lo avvisò che si stava avvicinando una volante della polizia. Nel sentire le urla della gente che provenivano dai piani alti, gli agenti erano scesi dall'auto e avevano bloccato Davide. Il vecchietto, senza esitare, uscì dall'abitacolo e si avvicinò a loro e, dopo neanche tre minuti, lui e Davide rientrarono in auto e tutti e tre andammo via.

Le mani di Davide tremavano dal nervoso e dalla rabbia, perché erano diventati strumenti di morte che lui fissò per tutto il tempo e che bramavano ancora di colpire, non solo la carne di o' Fagiano, ma anche di rompere le ossa di entrambe le gambe.

Il vecchietto, dietro a un ordine di Davide, fermò l'auto sotto ai tanti box della Vela rossa. Dopo essere uscito dall'auto, spalancò la basculante del box ed entrò dentro per lavarsi le mani.

Ma ad attirare la nostra attenzione fu il feroce ruggito di alcune moto che, scendendo dalla discesa per andare verso la parte est della Vela, videro il vecchietto che stava fumando col braccio appoggiato sullo sportello dell'auto e fecero inversione per avvicinarsi a lui.

«Buongiorno, 'o zi'» disse uno dei ragazzi non alla guida.

«A te, Cicciobello. Che ci fai qui?» domandò il vecchietto.

«Ci manda Carluccio Bellezza, dobbiamo parlare con il ragazzo che stava con te» affermò con aria minacciosa.

Davide uscì fuori dal box, tenendo stretto nelle mani uno straccio sporco di macchie d'olio per ripulirsele.

«Scarpetta, dimmi tutto!» esclamò Davide alle sue spalle.

Facendo uno scatto rapido, il ragazzo dai capelli ricci si voltò e, dopo averlo riconosciuto, scese velocemente dalla sella.

Mentre gli andava incontro, da qualche parte dentro di me si risvegliò il mio sesto senso e il campanello d'allarme che si era assopito negli anni, portandomi a pensare che Davide, avendo picchiato 'o Fagiano con ferocia e senza nessun permesso né dal clan né dal capo-piazza, avesse superato il limite. Scarpetta porse la mano a Davide e, dopo averlo salutato, sollevò il giubbotto dietro alla schiena e tirò fuori un pacchetto avvolto nel sacchetto di plastica consegnandolo nelle sue mani. Poi, rapidamente, salì sulla moto e sfrecciarono via facendo un gran chiasso con il rombo del motore.

«Che roba è, Nennillo?», domandò il vecchietto con il mento sporgente.

«Diecimila euro, da parte di Carluccio!» esclamò irritato lanciandoli oltre il finestrino. Prima finirono sulla spalliera del sedile e poi caddero sul tappetino.

I fuochi d'artificio

Davide era stravaccato su Bianca facendosi coccolare dai tiepidi raggi del sole e, per proteggere gli occhi chiari dalla forte luce solare, li aveva coperti con degli appariscenti occhiali da sole di Versace. Il contrasto tra la superficie fredda della vespa e il calore dell'aria gli faceva emettere, a voce alta, gemiti che sembravano più lamenti perché non era abituato. Per resistere più a lungo provò a distrarsi farfugliando una canzone indecifrabile, ma dal ritmo invitante.

Guardandomi intorno mi sembrava strano trovarmi sul bordo del marciapiede delle Case Gialle: cinque palazzi attigui che formavano una "L", un triangolo erbato un po' trascurato e un solo ingresso di entrata-uscita. Non erano trascorsi nemmeno tre giorni e la Vela rossa già mi mancava.

Dietro di lui, da una cantina adibita a una specie di "negozio" alimentare, il vecchietto uscì impegnato a girare il caffè con la palettina. Si fermò di fianco a Davide, lo fissò con aria eccitata e, dopo avergli messo il bicchierino nella mano, rientrò.

Davide si voltò e, quando il vecchietto varcò la porta d'ingresso, fece prima una smorfia liberatoria e poi lo passò a me come se fosse una bomba a mano che stesse per esplodere.

«Questo è pazzo!» affermò irritato.

«Addirittura!» commentai ridendo.

Davide sussultò dalla sella, mi fissò dritto negli occhi e disse: «Secondo te, è normale che uno beva tre caffè in mezz'ora!?»

E vedendo la mia espressione irritata sul viso, aggiunse: «Bene così, Gioele.»

«Nennillo, buttalo via che sa di bruciato. La signora Marietta te ne sta facendo un altro un poco meglio» affermò il vecchietto e rientrò ancora prima che Davide potesse rispondergli.

«Cosa ti sembra?» gli domandai mentre Davide fissava una ragazza che stava uscendo dal portone dirigendosi verso le auto parcheggiate.

«Ehi, ma ciao!» esclamò con un sorriso dopo averlo riconosciuto e cambiando traiettoria per incamminarsi verso Davide.

«Stai bene, sì?» domandò ancora sorridente.

«Tutto bene, grazie» rispose e si allungò per baciarlo. «Ma lo sai che l'altro giorno parlai di te con mia mamma?»

«Non l'avrai annoiata, spero» mormorò Davide che riprese a spalmarsi su Bianca come fosse burro su una fetta biscottata.

«Gesù! Ogni volta che racconto di quel famoso primo aprile, tutte schiattano a ridere.»

Davide prima chiuse rapidamente gli occhi e poi sbiancò in viso, mostrando una timidezza che solitamente nascondeva.

«Cos'è successo quel giorno?» domandai alla ragazza con un sorriso.

«Ti chiedo scusa perché non doveva andare così» brontolò lui.

«Lo so, Davide. Ma sappi che sei ancora qui dentro» disse puntandosi un dito al petto. Si protese verso lui e, dopo averlo baciato tra l'angolo delle labbra e la guancia, come una dominatrice selvaggia e molto sicura di sé, voltò le spalle per raggiungere l'auto evidenziando il suo enorme "lato B". L'inaspettata sfilata su quell'improbabile passerella, diede a lui la possibilità di fantasticare su cosa avrebbero fatto le sue mani sul suo prosperoso corpo. Poi, riprendendosi da quei peccaminosi pensieri, uscì dal parco delimitato da un muro alto almeno un metro che sosteneva alte inferriate munite di filo spinato e rese impenetrabili.

«C'è qualcuno qui dentro?» domandai puntando un dito sulla sua fronte e scuotendo leggermente la testa.

«Mio fratello spacciava proprio dietro quel cancello...» disse puntando il dito «andai da lui per chiedergli qualche moneta perché volevo comprare un bel pesce d'aprile a quella ragazza. Dopo aver girato alcune bancarelle qui intorno, presi cinque piccoli pesci e andai sotto al suo balcone. Però, mentre lei trovava la scusa da rifilare a sua madre, io li mangiai uno a uno» disse con un nodo in gola.

«Quando una persona ha fame...»

«No, Gioele. Non fu per la fame, ma per un forte desiderio. Prima di allora non avevo mai visto tutta quella cioccolata nelle mie mani, mai! E siccome erano più di tre ore che aspettavo che scendesse...» e si lasciò andare in una risata timida, ma piena di eccitazione.

Il vecchietto uscì con due bicchierini nelle mani incamminandosi verso di noi.

«Tieni. Questo è meglio» affermò soddisfatto.

«Ormai l'ho già bevuto» disse Davide. E il vecchietto lo porse a me. Poi si avviò verso la sua auto per recuperare il pacchetto di sigarette nel vano.

«Non farlo!» esclamò Davide fermandomi in tempo.

«Perché?» domandai.

«Non puoi buttarlo così, Gioele» affermò irritato.

«Perché mi è stato offerto?» chiesi per comprendere meglio il motivo.

«No, ma perché te lo ha portato lui stesso. Quando uno di noi ti vuole per forza offrire qualcosa, lo puoi rifiutare perché non si tratta di mancanza di rispetto. Ma se te lo porta o lo divide con te, che ti piaccia oppure no, tu lo devi mangiare o bere.»

«Anche se l'ho appena bevuto, Davide?» chiesi col broncio.

«È la regola.»

«Regola del cazzo!» brontolai. E così fui costretto ad avvicinare il bicchierino alla bocca, a sollevarlo per far scorrere il liquido e a ingoiarlo tutto d'un sorso per evitare che il sapore raggiungesse le papille gustative. E mentre percepivo degli spasmi per tutto il corpo per aver bevuto un caffè altamente bruciato, dall'ingresso delle Case Gialle entrarono due furgoncini che si fermarono al centro della stradina bloccando, di conseguenza, il passaggio.

Alcuni addetti scesero dai mezzi e iniziarono a scaricare tavoli e sedie. Dietro di loro c'era un'auto con tre operai a bordo che, senza degnarsi né di presentarsi né di concedersi il lusso di assaporare un pessimo caffè, iniziarono ad arrampicarsi sui lampioni per sostituire le lampadine oppure per trovare il problema di un malfunzionamento, riattivandoli quanto prima.

Davide sussultò sulla sella quando dall'entrata vide comparire un furgone che si piazzò di fronte all'entrata: sul tetto aveva un altoparlante che riproduceva una musichetta invitante, soprattutto per i bambini. Uno di quei bimbi era proprio lui!

«Ti va un gelato blu?» mi chiese mostrando, eccitato, il suo consueto sorriso.

«Blu?» domandai di rimando, cercando di capire se stesse scherzando. «Ero certo che non sapevi della sua esistenza. Ora te lo farò assaggiare, ma tu non dirlo a nessuno altrimenti tutti lo comprano e io rimarrò senza» aggiunse.

«Ma fa freddo oggi, Davide» dissi irritato.

«Io lo desidero continuamente e sai perché?»

«No!»

«Perché quand'ero piccolo sbavavo per un cucchiaio di gelato, ma non me lo potevo comprare. Nessuno ha mai pagato un gelato per me. E ora che posso… ora che posso comprarmi il camion con tutti i gelati e il tizio dentro, non mi tiro indietro, anche se dal cielo dovesse scendere la neve. Lo so, è da pazzi. Ma quando certe cose mi riportano indietro nel tempo, proprio non riesco a respingerle.»

«Quindi anche tu hai un punto debole» dissi ridendo.

«Non credo, Gioele. Per me è come riscattare le sofferenze del passato, nient'altro che questo!»

Ci avviammo verso il venditore dei gelati e più mi avvicinavo e più mi passava la voglia di mangiarmi un gelato preparato con le sue mani: il furgone non solo era banale e colorato malamente, ma ogni lato era sporco di fango. Tuttavia quando vidi il venditore sporgersi dalla piccola finestra da cui avveniva la consegna, dovetti ricredermi perché mi ispirò non solo fiducia ma anche un senso di pulizia e di genuinità.

«Per me il solito» esclamò Davide. Si chinò e, afferrando la bambina per le ascelle, la sollevò avvicinandola al venditore per afferrare il suo gelato.

«Vuoi provarlo?» mi chiese mentre stava ritirando la sua coppetta bianca contenente il gelato blu. Mentre Davide stava per cedermi il suo cucchiaino, il venditore me ne allungò un altro che affondai nel tenero gelato per poi infilarlo in bocca.

«Non sai cosa ti perdi!» esclamò Davide vedendo la mia reazione impassibile. Forse si aspettava un'espressione esaltata, colma di stupore accompagnata da piccoli salti gioiosi, ma in verità quel gelato blu non mi convinceva del tutto. Anzi, per niente. Lo trovai insignificante sia per il mio palato sia per la mia vista.

Mi bastò guardare gli occhi del venditore che, intuendo che fossi un nuovo cliente, calò lo sguardo sui gusti disponibili che cominciò a elencare.

«Zuppa inglese va bene» affermai convinto di aver scelto un gusto semplice e tradizionale.

«Cono o coppetta?» mi chiese con uno sguardo curioso che non riuscii a decifrare.

«Cono. Cono.»

Nel voltarmi vidi Davide con gli occhi spalancati, ma non lo assecondai. E con un largo sorriso, dissi a voce alta: «È da gay, lo so. Ma me ne fotto dei tuoi pensieri da troglodita!»

«Siamo in democrazia...» affermò in tono tranquillo «se ti piace leccare sono affari tuoi» e fece due, tre passi veloci per scansarsi dal mio vagante calcio sul culo.

Davide, dopo aver visto una Fiat Punto entrare dall'ingresso principale, restò pietrificato a eccezione degli occhi, che seguirono l'auto ovunque essa andasse. Finché la Punto grigia, appartenente alla questura di Scampia, con cinque uomini a bordo, si fermò dinanzi a noi guardandoci incuriositi.

Davide si chinò in avanti e con lentezza e indifferenza appoggiò la coppetta sull'asfalto, accanto alle sue nuovissime Tod's.

«Perché l'hai buttato?» chiese un agente biondino con tono dispiaciuto.

Le braccia di Davide si allargarono, portandomi a pensare che l'avesse fatto già altre volte.

«Questione di rispetto, appuntato» rispose, mentre cercava di sfilare il documento di riconoscimento dalla tasca posteriore dei suoi pantaloni su cui erano cuciti un asso di bastoni, un jolly sorridente, il numero sette in verde chiaro e infine, dietro alla coscia, uno shuttle in lancio.

«Lascia stare» affermò il biondino. Poi, ricordandosi quale ruolo rappresentasse, continuò: «Cosa ci fai qui?»

Davide a denti stretti gli fece capire che da quel momento in poi si sarebbero incontrati più spesso.

«E il signore è una nuova recluta?» domandò guardandomi. Feci un passo in avanti, fregandomene di qualunque conseguenza mi si potesse presentare e preparandomi ad affrontarla.

«Oltre a essere un giornalista, sono un suo amico» affermai con orgoglio.

«Quando aprite?» continuò a chiedere.

«Domani» gesticolò Davide.

«A domani allora, Avagliani» affermò. E mentre il suo collega cominciò una complicata retromarcia, continuò: «Le auguro buon lavoro, signor giornalista.»

Quando il sole tramontò a est di Scampia, sparendo dietro i grossi palazzoni dei Sette Palazzi, la festa ebbe inizio. Sotto la luce dei lampioni, all'interno del triangolo erbato, c'era il cantante neomelodico in attesa di aprire la serata con alcune sue canzoni di successo. Le ragazzine e le loro madri urlavano dalla felicità nel vedere l'esibizione di uno dei cantanti del momento.

Alcuni camioncini si erano schierati uno accanto all'altro e ognuno di loro offriva, addebitando al capo-piazza, le proprie specialità: dalle noccioline al panino alla piastra, dal dolce o gelato alla frutta fresca tagliata e posata sul ghiaccio. Pannocchie arrostite e zucchero filato erano nelle mani dei bambini che, destreggiandosi per vedere il cantante avvolto dalle luci colorate, assumevano posizioni alquanti insolite, quasi come se fossero dei contorsionisti.

Il parco non solo era illuminato come non mai, ma anche affollato da persone affiliate e non.

Josè entrava e usciva dal suo "negozio", appena ristrutturato dai muratori, impegnato a dare istruzioni a don Fernando e a sua moglie Marta non solo sul regolamento, ma anche sulla disposizione della scrivania e di alcuni scaffali da sistemare con patatine in busta, caramelle, lecca-lecca, biscotti e quant'altro.

Carluccio Bellezza si era imbattuto a parlare con alcuni "personaggi" di grande spessore, standosene a dieci passi dal portone che presto sarebbe diventato la cassaforte della nuova paranza: dalla finestra oscurata e sbarrata sul retro sarebbe, presto, avvenuto lo scambio denaro-droga.

Davide e il vecchietto erano davanti al camion di un tale, in attesa di ritirare i nostri panini imbottiti di specialità casarecce.

Il cantante, dopo aver finito la sua esibizione, scortato da due uomini grossi quanto un armadio, s'incamminò verso il capo-piazza. Ma dopo i saluti, uno dei due guardaspalle si scostarono da loro per avvicinarsi a noi.

«Ciao, mi manda Carluccio» disse con tono innocuo.

«Mare o montagna?» chiese Davide.

«Montagna» affermò con un sorriso.

Davide fece un gesto al vecchietto che, rapidamente, si infilò una mano dentro le mutande e, senza guardarsi intorno, gli posò sulla mano una pallina avvolta nella plastica bianca.

«Grazie e buona serata» disse voltandosi e raggiungendo il collega e il cantante.

Il secondo a esibirsi era una donna mora che, senza giri di parole, cominciò subito a cantare.

«Ma a me, il mille euro, chi me lo deve dare?» chiese Davide al vecchietto.

«Ma... ancora, Nennillo!?» rispose fingendosi arrabbiato. «Carluccio ha detto che li ha dati ad Amendola. Anzi, appena lo vedi fammelo sapere che lo sequestro, parola d'onore» affermò ridendo.

Il bodyguard della cantante si avvicinò a Davide, dicendo "mare" e lui gli consegnò un rotolo di banconote legate con gli elastici.

«Me lo fanno mangiare questo panino o no?» lamentò Davide irritato.

«Io voglio capire, a te cosa ti costa? Ma ti stanchi ad aprire il borsello, prendere un rotolo e darglielo?» disse il vecchietto con tono ironico. Ma sapeva bene che Davide, quando si trattava di lavori semplici, si lamentava peggio di un bambino dopo essere caduto dalla bicicletta.

Insomma, tra un cantante e l'altro, sia Davide che il vecchietto fungevano da cassa: Davide aveva i rotoli di soldi, ognuno dei quali conteneva mille euro, mentre il vecchietto, con disinvoltura, nelle mutande aveva le palle di cocaina da venticinque grammi l'una. Dopo che le mutande del vecchietto e il borsello di Davide vennero svuotati, fuori dall'ingresso delle Case Gialle furono piazzate tante batterie di fuochi d'artificio che sparavano colpi colorati in aria. I condomini guardavano con gioia i giochi pirotecnici che illuminavano il cielo buio dalle proprie finestre.

In quel modo Carluccio Bellezza aveva chiaramente dimostrato due cose: a) aveva fatto un ingresso da gentiluomo, offrendo loro un'intera serata spensierata e piena di sorprese e b) da quel momento in poi, indipendentemente dal loro benestare o meno, le Case Gialle erano ormai diventate sue!

Le Case Gialle

Con il Natale alle porte il parco delle Case Gialle venne completamente illuminato dalle lucine natalizie attorcigliate nelle inferriate di protezione di filo spinato che impedivano alle autorità di scavalcare, di compiere un arresto e di ammanettare qualche vedetta accusandola per le dosi trovate addosso ai tossici.

Nel triangolo erbato Carluccio aveva fatto piazzare un grande albero addobbato con lucine illuminate e palline colorate, sotto il quale giacevano alcuni pacchi avvolti nella carta da regalo rossa glitterata. Tanti erano i balconi contagiati dallo spirito natalizio e ognuno di loro era allestito in modo esagerato, in particolare uno, quello di don Donato. L'uomo, pur versando in uno stato di totale miseria, con orgoglio e un tocco di speranza ci aveva messo di tutto: un babbo-natale seduto sulla slitta trasportata da due renne che spiccavano il volo; una stella cadente grande quanto un televisore e le lucine lampeggianti colorate che echeggiavano nell'aria la classica musichetta rilassante o fastidiosa, a parer di alcuni lagnoni.

Tutti erano contenti di vedere il parco curato e abbellito. Le Case Gialle, per la prima volta, avevano preso le sembianze e l'anima delle feste natalizie. Prima di allora, nessun clan si era attivato come Carluccio Bellezza nel realizzare una tale trasformazione. Ma cambiando casa, cambiano anche le regole, i privilegi e la sicurezza.

Le Case Gialle, contrariamente alle Vele che erano un complesso ampio, aperto e a cui era facile accedere, erano una cassaforte difficilmente penetrabile.

Il nuovo regolamento, non solo era complicato rispetto a quello della Vela rossa, ma anche molto severo per tutti, tranne che per il vecchietto e Davide.

Loro, a differenza del resto della paranza della Vela rossa, avevano dimostrato non solo coraggio, lottando per un suolo che veniva attaccato dallo Stato, ma anche spirito di resistenza e di sacrificio. Carluccio Bellezza, dopo aver verificato tali capacità, nutriva fiducia in loro, inserendoli nelle nuove paranze come dei jolly nascosti sotto la manica della felpa da tirare fuori al momento opportuno.

Come "responsabile", Carluccio Bellezza decise di nominare Amendola, un personaggio molto curioso. Sotto di lui, come nella Vela rossa, i capo-paranza erano in due: da una parte l'ex detenuto Ugariello, dall'altra Gennarino Stunato, ex spacciatore di Saverio Tartaglia, ex pezzo da novanta della famiglia Ricci, poi diventato collaboratore di giustizia. Infine la mente delle Case Gialle: Tinuccia.

Tinuccia, suocera di Gennarino Stunato non solo svolgeva più di un ruolo ma anche quelli più importanti: era responsabile del carico di droga, dei soldi, del mantenimento dei carcerati e, a fine turno, ospitava la paranza permettendole di tirare le somme dei guadagni da dividersi. Ogni paranza era costituita da cinque persone: due vedette inchiodate davanti al portone, una sul retro, lo spacciatore nel palazzo e il capo paranza che esplicava il ruolo di passatore.

Nel negozio di Josè, invece, vi erano sia il padre che la madre di Gennarino Stunato.

I coniugi si dividevano i compiti: donna Marta si prendeva cura dei membri della paranza dalla mattina alla sera, dal loro nutrimento ai piccoli favori personali, mentre don Fernando curava sia le vendite che gli interessi di Josè. Più precisamente, oltre a esporre sul banco fiale e pompe per i tossici, aveva anche caramelle, patatine in busta, bibite, gelati... e inoltre sigarette di contrabbando e svolgeva anche servizio bar sia al "banco" sia a domicilio. Infine a consegnare i prodotti c'era il loro ultimo figlio di sedici anni, Chicco.

Costui era un bravo ragazzo, talmente ingenuo che tutti i rioni lo definivano "diversamente abile". Pur essendo imparentato con il killer della famiglia Valente-Torretta, nonché socio di Carluccio Bellezza, non si pavoneggiava del legame di parentela né se ne vergognava. Ma a differenza dei suoi coetanei, Chicco, viveva la sua vita succube dei suoi genitori a cui chiedeva il permesso per qualunque cosa.

Insomma, con il consenso di Josè, loro avevano creato un piccolo mini-market per la piazza di spaccio e i bambini del parco.

Ugariello aveva un ruolo maggiore rispetto a Gennarino Stunato che consisteva nel cercare di aumentare le vendite della nuova piazza e lo faceva nel modo più impensabile: offrendosi come "tassinaro".

Costui, essendo un ex tossico e conoscendo bene i sintomi dell'astinenza che provoca dolori muscolari, ansia, debolezza, se ne andava in giro con la sua auto in cerca di tossici, li caricava come sacchi di patate accartocciati e li accompagnava nelle Case Gialle per provare la nuova droga che Carluccio Bellezza aveva deciso di sperimentare. Infatti, oltre all'eroina tagliata con meno morfina per aumentarne l'efficacia e alla cocaina poco trattata, aveva inserito anche lo speedball, da non confondere con lo speed, ovvero una miscela di eroina o morfina con cocaina o crack in un'unica dose che fu subito un successo!

Una fitta nebbia era scesa sui lampioni attorno al parco, dove il vecchietto si trovava con la fronte appoggiata al finestrino di un'auto. Probabilmente quella posizione era dovuta alla stanchezza per aver dormito solo tre ore a causa della tosse che, non solo era secca e persistente, ma anche rumorosa e fastidiosa. Stava conversando con Amendola sottolineando le capacità dello spacciatore minorenne, ingaggiato da Davide, suo amico d'infanzia.

Il ragazzo, soprannominato 'o Minorenne, essendo orfano di genitori e con gravi problemi economici, tra cui anche qualche debito al minimarket, era molto riconoscente nei confronti di Davide per averlo piazzato nella sua paranza. Per i primi tempi, 'o Minorenne lavorava tutti i giorni saltando come una gazzella da una paranza all'altra, portando a casa circa cinquemila euro. Poi, dopo aver saldato i debiti fatti per sfamare i due fratelli più piccoli, riprese i turni normali: un giorno sì e l'altro no.

Mentre parcheggiai Bianca seppur con molta fatica, vidi Davide stravaccato su una sedia vecchia e scolorita che, come sua abitudine, mi salutò senza distogliere lo sguardo dall'entrata.

Di fianco a lui c'era un grassone, con il culo posato su una cassetta in plastica e il corpo piegato in avanti, che immergeva la mano in un secchio azzurro. Passandogli davanti, per avvicinarmi a Davide e salutarlo, vidi che nel secchio c'era un "santino" sepolto nell'acqua limpida e ricoperto di monete di vario valore.

«Ha un secondo?» mi chiese in tono predicatorio tenendo alzato un dito.

«Certo» dissi sorridendo.

«A vostro buon cuore, vi chiedo un'offerta per una bambina malata di leucemia. Sto aiutando l'associazione a raccogliere i fondi per operarla in America» disse e, con trasporto, iniziò a raccontarmi la storia che mi scaturì una bolla di angoscia nello stomaco. La sua voce era triste e rotta dal dolore, mentre gli occhi erano lucidi e colmi di amarezza. Nonostante questo, qualcosa in lui non mi convinse molto e allora mi voltai verso Davide.

«Oreste, è un mio amico» affermò ridendo.

E lui, senza usare alcun pretesto, si voltò verso un tossico e cominciò a raccontargli la triste filastrocca cercando di essere ancora più convincente, in modo da poter intenerire la sensibilità di qualcuno, riuscendo così a ottenere una moneta che finisse nell'acqua insieme alle altre.

«Come va?»

«Alza la testa, Oreste. Mi prendo un caffè con lui» disse alzandosi dalla sedia.

Ci incamminammo verso il "negozio" di Josè e don Fernando, uomo umile e gentile, dopo averci salutato, si affrettò a preparare due caffè. Nell'angolo stretto e vuoto, donna Marta aveva piazzato un piccolo tavolino con due sedie dove, insistentemente, ci fece accomodare mentre lo puliva con uno straccio umido.

«Allora? È davvero bella l'America?» mormorò Davide con gli occhi spalancati dalla curiosità e attendendo con ansia i miei commenti.

«New York è bellissima, Davide. Dovresti vedere la Fifth Avenue. Attaccati agli edifici ci sono giganteschi schermi che illuminano l'intera...»

«E il sole... lo hai visto, Gioele?» mi chiese col fiato sospeso.

In me si risvegliò la malefica presenza del male, perché a vederlo incuriosito in quel modo mi si gelava il cuore. Pur spiegandoglielo, sapevo fin troppo bene che non sarei mai riuscito a trasmettergli quell'emozione che lui sperava di percepire da me. E così, in silenzio, tirai fuori il mio BlackBerry dalla tasca del giubbotto trovando lo scatto fatto sulla 23rd street e glielo mostrai.

Davide, lentamente, mi prese il BlackBerry dalla mano restando ipnotizzato a fissare le sfumature di quel magnifico tramonto, dimenticandosi di tutto il resto, persino della piazza di spaccio.

«Davide» dissi sottovoce per evitare di spingerlo bruscamente verso la realtà.

Con delicatezza alzò lo sguardo dal display e mi fissò con gli occhi umidi.

«È... è... è straordinario! Per un attimo mi è sembrato di essere lì, seduto su quella panchina al tuo fianco. Magari un hot-dog con sottaceti e mostarda nelle mani a guardare il sole sparire dietro quei palazzoni con vista sul mare» balbettò con gioia miscelata a gocce di tristezza.

A quel punto pensai che cambiare discorso lo avrebbe distratto dal rammarico di essersi perso la bellezza di New York.

«Qui come va?»

«È sempre la stessa merda. Però si guadagna di più rispetto alla Vela» disse sbuffando. «E quella cosa, invece?» mi chiese, cercando di nascondere un sorriso abbozzato posando una mano sopra la bocca, quasi come volesse soffocarlo.

Restai sorpreso nel godermi quella magnifica espressione che stava nascendo sul suo viso. I suoi occhi, per la prima volta, brillavano di curiosità nel volere sapere, in anticipo, cosa avesse deciso il direttore del Vanity Fair.

«Le hanno prese. Il servizio uscirà la prossima settimana» esclamai cercando di frenare la felicità che tanto voleva correre verso la lingua per poi saltare fuori.

Davide si spense completamente. Si lasciò trascinare dai suoi pensieri e, insieme, spiccarono il volo. Sul viso aveva un'espressione sconcertata, forse a causa della notizia, forse non si sarebbe mai aspettato una risposta del genere. Magari quei tortuosi pensieri gli avevano generato angoscia e tristezza perché quelle fotografie, una volta rese pubbliche, sarebbero state terreno del cimitero.

«Qualcosa non va, Davide?» domandai preoccupato.

Indietreggiò con la schiena spiaccicandola, violentemente, contro lo schienale della sedia, sorseggiò piccole gocce di caffè, sfilò una sigaretta dal pacchetto incastrandola tra le labbra e, dopo essersi alzato, mi offrì una mano dicendomi: «Congratulazioni, Gioele. Allora... ce l'hai proprio fatta, eh!».

Ma io scostai la sua mano con la mia e lo abbracciai forte a me.

«Lo sai che ci scambieranno per gay?»

«Tanto per tuo padre lo siamo già» risposi.

E contemporaneamente scoppiammo a ridere della squallida stupidità umana, seppur in buona fede, fatta di discriminazione e di diffamazione.

Il gatto tra le tigri

Dallo schermo della tv, appesa alla parete del salone, fuoriusciva una voce femminile del notiziario che forniva aggiornamenti sul disastro avvenuto ad Haiti due giorni prima: la lista dei morti era già salita quasi a settantamila e sarebbe aumentata nelle successive ore. La madre di Davide aveva appena messo, nei piatti di plastica, due fette di carne arrosto con insalata mista che pose davanti a noi.

La sorellina di Davide si era appesa ai pantaloni di suo fratello, tirandoli tra lamenti e capricci, perché voleva versarsi da sola la bibita nel bicchiere ma Davide, prevedendo che l'avrebbe rovesciata sulla tovaglia, si sforzava di spiegarle che non poteva farlo da sola.

Dalla porta d'ingresso entrò suo padre con un viso pallido, il respiro affannoso e lo sguardo di chi aveva combinato qualche guaio che si era portato dietro.

«Chiudi tutte le luci e le finestre!» ordinò a sua moglie che lo guardava con timore.

«Che è successo?» gli domandò preoccupata, ma il marito ignorò la sua domanda e si chiuse in camera da letto.

Sua madre si lasciò cadere sulle ginocchia, spaventandomi a morte. Fissava suo figlio con gli occhi sofferenti e balbettò: «Davide, ti... imploro a mamma tua, vai a vedere.»

Davide sbuffò irritato. Poi lanciò il coltello sul tavolo e andò da suo padre.

«Se vuoi che ti tiri fuori dai casini, non devi dirmi cazzate» disse.

«Mi stanno cercando. Mi vogliono uccidere!» urlò in panico.

«Non gridare che ci sono loro in cucina. Sii uomo per una volta, pa'!»

Ma sua madre era ferma nel corridoio a origliare impaurita. Davide, per nascondere a sua madre tutto quello che aveva combinato suo padre, chiuse la porta.

Poco dopo uscirono insieme e quel viso spensierato, che aveva Davide fino a un attimo prima, era completamente sparito.

Suo padre, con rapidità, scavalcò il balcone che confinava con l'appartamento abbandonato accanto al suo ed entrò in casa. Dopo aver cercato qualcosa tra la spazzatura e tra i vecchi mobili che spostava di continuo, prima si affacciò per passare a suo figlio qualcosa che era avvolto in uno straccio scuro e poi ritornò in casa.

Davide si abbassò fino ad appoggiare le ginocchia sul pavimento in modo tale che il muretto gli facesse da scudo e, con le mani, slegò il nodo che stringeva lo straccio facendo apparire una lucente FN Browning Model 1922 nera.

«Che succede?» mormorai preoccupato.

«Andiamo!» esclamò infilandosela nei pantaloni «Te lo spiego strada facendo» affermò voltandomi le spalle e incamminandosi verso l'uscita dell'appartamento.

Arrivammo all'esterno del bar, che si trovava sotto il ponte del rione Don Guanella ed entrammo dentro in cerca di Bassotto.

Il bar era leggermente affollato sia fuori che dentro, ma Davide sapeva dove e come cercarsi le cose.

Quando gli occhi di Davide si fermarono su un tizio robusto e gigante dai capelli corti e chiari, capii che c'era una spiegazione logica per la pistola che aveva nascosto nei pantaloni.

«Davide, che ci fai da queste parti?» chiese staccando gli occhi dalla slot-machine.

«Sono venuto per...» e si guardò intorno facendogli capire che non era il luogo adatto per conversare.

«Certo. Usciamo fuori che è più tranquillo» disse sollevandosi dallo sgabello schiacciato dal peso.

Davide, incamminandosi verso l'uscita, si fermò davanti al frigo dove prese due bottigliette d'acqua, perché dalla fretta non avevamo neanche bevuto. Si precipitò davanti alla cassa per pagare, ma Bassotto, dopo averlo afferrato per il giubbino, lo strattonò fuori in modo scanzonato offrendo a Davide il benvenuto che meritava.

«Senza giri di parole, so che stai cercando una persona che ha rubato i dati assicurativi di una Audi A3.»

«E tu come lo sai?» domandò Bassotto incuriosito.

«La persona che stai cercando, è… mio padre» disse, senza alcun timore.

Bassotto strinse i denti e quello era un gesto che non lasciava presagire niente di buono.

«Che casino, Davide. Ma come gli è venuto in mente? Quello è arrabbiato perché è stato convocato dalla polizia e se viene accusato di truffa, per un reato che tra l'altro non ha mai fatto, c'è pure il rischio che gli sequestrano la macchina nuova» spiegò.

«Non so che dirti. A nome della nostra vecchia amicizia, quando ho saputo che si trattava di un amico di tuo figlio mi sono precipitato qui da te. Sediamoci intorno a un tavolo e troveremo una via d'uscita. Chi ha sbagliato pagherà e chi sta cadendo lo tireremo su» affermò Davide.

«Certo. Dammi mezz'ora e vengo con loro alla Vela rossa.»

Erano proprio queste le parole che Davide voleva sentirsi dire perché se fosse scoppiata una guerra, lui l'avrebbe affrontata in casa sua, trascinando tutto il clan che l'avrebbe appoggiato.

Così, dopo avergli offerto e stretto la mano per siglare l'accordo, voltammo le spalle e andammo via.

Al nostro rientro alla Vela rossa, Davide convocò fratelli e cugini che si piazzarono intorno alla Vela con l'ordine, semmai fosse andata diversamente dal previsto, di non permettere a nessuno di loro di riuscire a raggiungere i due stradoni.

Mentre Davide nascondeva la sua pistola dietro a una gomma della sua Peugeot, dalla parte della caserma giunsero quattro moto che si fermarono sotto la rampa sud-ovest.

«Giannino?» chiamò Davide, dopo aver riconosciuto il primogenito di Bassotto, restando immobile vicino alla pistola.

Si voltò verso lui e dopo averlo visto, gli andò incontro scortato da altri sette brutti ceffi, classici tipi da "foto segnaletiche".

Tutti si stringevano la mano in segno di saluto e fui coinvolto anch'io.

«Tuo padre?» domandò Davide.

«Ha mandato me» rispose in tono freddo per sostenere un atteggiamento rigido che si era imposto.

«Dove stanno quei due?» domandò il tizio accanto a Giannino con tono minaccioso avvicinando la faccia, su cui notai una cicatrice sotto l'occhio, a quella di Davide.

Quest'ultimo lo sovrastò con uno sguardo talmente freddo e diretto che sembrava uno strumento di tortura e, mantenendo una rigida postura, disse: «Ci sono io qua.»

Lo sfregiato, sentendosi preso in giro, si tirò indietro e, rivolgendosi a Giannino, urlò: «Io voglio quei due, gli devo spezzare le mani con la mazzuola!»

A quel punto, Giannino, vedendo con chiarezza l'espressione irritata sul viso di Davide che si limitava solo a minacciarli con lo sguardo, provò a calmare il suo amico. Lo sfregiato, però, sembrava non ascoltare nessuno e voleva farsi giustizia da solo.

«Ehi, guardami» disse Davide. «Io sono qui per risolvere questa situazione, ma se sbavi o fingi di non sentirmi, mi costringi a voltarti le spalle e di conseguenza a mancare di rispetto agli amici qui presenti. Allora?»

E le parole di Davide fecero calare il silenzio. Quei tizi di mezza età non riuscivano a credere che un ragazzino, non solo avesse usato parole pertinenti, ma stesse seguendo il regolamento della strada: non mancare di rispetto a nessuno dei presenti, anche se si trattava di un pescivendolo o di un fabbro.

«Io ho portato la mia macchina all'autolavaggio, quei due hanno rubato l'assicurazione compilando un CAI fasullo. Ora la polizia mi ha già chiamato per avere informazioni e rischio grosso, io non sono venuto per parlare, ma per ucciderli. Ecco come la risolviamo, fratello caro!» urlò con rabbia.

Con cautela feci due passi indietro, perché lo sguardo di Davide era spaventoso e sapevo che incassare minacce non era il suo forte.

«Primo, non sono tuo fratello. Secondo, è inutile che alzi la voce perché io ci sento benissimo. E terzo, tu non uccidi nessuno qui per due motivi: a) perché qui non è zona tua e se solo facessi un fischio l'ultima cosa che vedresti è la mia faccia, b) perché stai parlando di mio padre» disse Davide sfidandolo con lo sguardo.

Lo sfregiato fece un profondo respiro per valutare le successive parole da dire o la mossa da fare che, probabilmente, avrebbe scatenato l'inferno, ma senza distogliere gli occhi da quelli di Davide.

«Okay. Tuo padre non si tocca, ma il suo amico me lo vai a prendere, me lo consegni e me ne vado via con lui» propose con tono minaccioso, mettendo Davide in una posizione molto scomoda.

«Giannino, portatelo via» suggerì Davide facendogli l'occhiolino amichevole.

«Io non me ne vado da qui finché non mi consegni l'amico di tuo padre» affermò lo sfregiato.

Davide strinse i denti dal nervoso. Se lo sfregiato era disposto a scatenare l'inferno, Davide era pronto a liberare i diavoli con un solo gesto, ma qualcosa lo tratteneva ancora. Il suo piano stava andando proprio come lui lo aveva programmato: con la sua pazienza, la calma e il rispetto, stava portando lo sfregiato fuori strada.

«Donato, l'amico qui presente, è qui per trovare una soluzione. E tu non solo gli stai mancando di rispetto, ma lo stai mancando anche a noi» disse un suo amico, dissociandosi dal suo comportamento.

Lo sfregiato cambiò espressione. Era evidente che si sentiva abbandonato dai suoi stessi amici e questo avvantaggiò Davide eliminando un'altra pedina dalla scacchiera dello sfregiato.

«Forse è meglio finirla qui...» e lo sfregiato interruppe Davide.

«Perché non vuoi consegnarmi l'amico di tuo padre, a te cosa ti cambia?» domandò in tono amichevole.

Davide alla sua domanda non solo rimase sorpreso, ma anche stupefatto trovandola del tutto insensata. In realtà dell'amico di suo padre non gliene fregava nulla e non spettava a lui salvargli la vita o appenderlo come un prosciutto in qualche box distante da Scampia. Tuttavia, vedendo il comportamento indisponente dello sfregiato, nonostante lui fosse andato da Bassotto dimostrando la sua maturità, nonché totale collaborazione, per lui era diventata una questione personale, una sfida di potere.

«I motivi sono sempre due: uno, perché l'amico di mio padre è mio zio e due, la più importante, che quelli come noi c'hanno dei principi. Tu dovresti saperlo» rispose Davide con aria di superiorità.

E mentre lo sfregiato cominciò a ribattere con parole che tuonarono come una tempesta di minacce, una Mercedes bianca entrò dallo stradone della villa comunale fermandosi accanto a noi e zittendoci all'istante. Ci voltammo tutti, ma a causa dei vetri oscurati non riuscimmo a capire chi si trovasse al suo interno. Dopo alcuni secondi, il vetro del conducente si abbassò a scatti e, quando arrivò a metà, apparve la faccia di Carluccio Bellezza che fissava un po' tutti, finché si fermò su Davide.

«Tutto a posto?» gli domandò.

E visto che eravamo in troppi e che, oltre a noi due, non aveva riconosciuto nessuno dei presenti, intuì che qualcosa non andava per niente bene e, lentamente, scese dall'auto fingendosi stanco e dolorante. Da come camminava sembrava un giocatore di football dopo aver giocato la finale di una partita importante.

Ricordo ancora i loro volti, di tutti e otto: avevano l'espressione terrorizzata, come se tutto quel coraggio lo avessero disperso nell'aria. Potevano essere famosi come malavitosi, ma in quel preciso istante avevano capito di aver fatto una grossa cazzata: erano entrati in un rione che non controllavano loro. Davide riuscì a fiutare la loro paura, perché avevano lo sguardo perso e di chi si arrampicava in cima alla tazza del cesso sapendo che qualcuno, a breve, stava per tirare la catena facendoli sprofondare nella merda.

«Finora tutto bene» affermò Davide con orgoglio. Poi, si precipitò a spiegare a Carluccio tutto quello che era accaduto fino al suo intervento.

«Di dove siete?» domandò il capo-piazza con irritazione, minacciandoli con lo sguardo uno a uno.

Davide rispose per loro.

«A nome di chi venite a minacciarci?» domandò fissando lo sfregiato. E dopo che tutti e otto abbassarono lo sguardo, Carluccio si voltò verso l'auto grattandosi la testa. Immediatamente gli sportelli si spalancarono con violenza e scesero Poppone, Scarpetta e Josè che, dopo essersi avvicinati, iniziarono a menarli con calci e pugni sulla faccia. Davide aveva un conto aperto con lo sfregiato e non vedeva l'ora di chiuderlo in fretta. E anche se ci stava già pensando Josè scaricandogli, con la punta delle scarpe da tennis, alcuni calci nello stomaco, lui lo afferrò per il braccio trascinandolo verso il vuoto e cominciò a colpire il suo viso come fosse un pallone da calcio con il destro dello stivale Harley Davidson, poiché la gamba sinistra era debole. Ciò che mi turbò non fu il numero dei calci ben assestati, ma le parole di Davide che a ogni "pallonata" ripeteva come fosse una formula magica: «Anche se lui è un ingrato, anche se lui è un ubriacone, anche se lui è un violento, anche se lui è un buono a nulla... ma è pur sempre mio padre.»

Carluccio, impegnato a pestare uno di loro, mentre il secondo steso sull'asfalto provava a strisciare sotto un furgoncino per nascondersi, mi spinse verso lui gridandomi: «Sfondagli il cranio!»

Nel sentire quelle parole fu come se qualcuno mi avesse tolto il pavimento sotto ai piedi. L'adrenalina sfrecciò nelle mie vene e i muscoli iniziarono a tremare come una cassa ad alto volume. Ma non potevo tirarmi indietro perché Carluccio, mentre scaricava i pugni in faccia al ciccione steso sul cofano dell'auto di Davide, mi teneva sott'occhio. Così, da dietro l'auto, raccolsi un piccolo bastone che avevamo piazzato lì precedentemente, chiusi gli occhi e iniziai a colpirlo alla cieca, con le stesse movenze che impiegavo da bambino quando, bendato, giocavo alla "pentolaccia" nella speranza di rompere il contenitore sospeso in aria da cui sarebbero usciti tanti dolcetti.

«Volevi spezzare le mani di mio padre con la mazzuola!?» gridava Davide trascinando lo sfregiato verso la portiera dell'auto.

«Ora te le spezzo io a te, gran figlio di troia!» urlò aprendo lo sportello.

Allungò il braccio fino a raggiungere con la mano il manico della pistola e lo tirò a sé. Gli afferrò il dorso della mano che tenne fermo schiacciandolo con la scarpa e incominciò a scaraventargli il calcio della pistola sulla mano e sulle dita. Lo sfregiato, dopo aver urlato ai primi colpi subiti, svenne dal dolore, incassando in silenzio.

Carluccio Bellezza mollò il ciccione insanguinato, che lentamente strisciò giù dal cofano e, insieme agli altri, sparì nel giro di pochi minuti.

«Dai Davide, mollalo!» urlai tirandolo verso me con forza. Dopodiché ci allontanammo raggiungendo in fretta la rampa sud-ovest per salire le scale che ci portarono a casa sua. Mentre i fratelli e i cugini si chiusero in casa di Pupato con le armi.

«Non ho capito come hanno fatto a sapere di tuo padre» dissi lavandomi le mani sporche di sangue in bagno.

Davide era di spalle al mio fianco che urinava tutta la bottiglietta d'acqua che aveva bevuto.

«L'autolavaggio di cui parlava è del cognato di mio padre. Siccome sono ubriaconi, quel fesso sul CAI ha inserito i dati della sua patente dichiarandosi alla guida dell'A3. Ma avendo la residenza altrove, lo hanno cercato lì e qualcuno glielo ha riferito. Per questo ha capito che aveva le ore contate» rispose con una smorfia che rivelava tutta la delusione che sentiva per quel padre che gli era capitato.

L'affronto

Se c'era una cosa che Davide non sapeva proprio gestire erano i suoi desideri che, per lui, erano del tutto irrefrenabili.

Al suo risveglio, se durante la notte aveva sognato qualche primizia facilmente reperibile, dopo essersi acceso la sigaretta, si scervellava restando seduto a bordo del letto cercando di placare quella smania il prima possibile. Diventava come una donna in gravidanza che lotta contro le sue irresistibili voglie.

Così una sera di fine gennaio, Davide aveva una frenetica voglia di divorare un gustoso Big Tasty con bacon tostato al fast food McDonald's di Capodichino. Non potendo più resistere, mi supplicò di fargli compagnia.

E dato che eravamo fermi, in attesa di rifornire il serbatoio della sua auto, lo accontentai.

Quando le porte in vetro si spalancarono davanti a noi, appena si accorse di una lunga coda alla cassa, mi fulminò con lo sguardo. Ma c'era una nota di sconforto nella sua voce quando espresse a voce alta il suo pensiero: «Faremo notte.»

«Dai, me ne hai parlato per tutto il giorno. Desideravi così tanto questo panino e ora che siamo qui...»

«Mica ho detto di andarcene?» brontolò.

«Non con le parole» farfugliai sottovoce.

Finalmente trovò la pazienza di attendere il nostro turno restando a fissare il corpetto scollato di una donna bionda dal seno prosperoso e non solo. Per fortuna, la donna civettuola lo provocava donandogli piccoli sorrisi e qualche occhiatina fuggente. Finché una lama tagliente lacerò le sue carni non appena la burattinaia, di proposito, si piegò in avanti posando i gomiti sulla superficie del banco. Davide, trasformandosi in un masochista irrequieto, restò a fissare con eccitazione le sue imperfette curve incassando sofferenza a ogni suo movimento. Era un po' come guardare un cane che attende sotto il tavolo, con la bava alla bocca e lo sguardo languido, che qualcuno gli getti qualche succulento resto di cibo.

«Ha un bel culo, Gioele» disse lasciandosi andare a una risata perversa.

«A me non dice nulla. Mi piacciono magre, more e non troppo alte. Magari con qualche lentiggine sul viso.»

«Dovresti andare a Pietrelcina e dirglielo direttamente a lui» suggerì ridendo con malizia e facendo seguire uno spintone.

La donna, accompagnata da un impettito latin lover con indosso una camicetta aderente e una giacca aperta per evidenziare il girocollo d'oro, sollevò il vassoio e s'incamminò verso i tavoli.

Venne il nostro turno. Dato che Davide mi parlava di quel panino come fosse l'unico al mondo, prendemmo due menù uguali con aranciata. Mentre ci avviammo alla ricerca di un tavolo libero, due ragazzi, riconoscendo Davide ed essendo passato diverso tempo dall'ultima volta in cui l'avevano incontrato, insistettero nel farci sedere al loro tavolo. I due, però, non erano da soli ma accompagnati dalle rispettive fidanzate.

Non sapendo a quale gruppo criminale appartenessero, per rispetto di Davide, mi presentai loro. Uno per volta porsero la mano ignorando, di proposito, di presentarmi alle loro fidanzatine imbrattate di trucco e con quintali di lacca sparsa sui capelli da sembrare la squallida copia di Amy Winehouse. Le guardavo incuriosito e anche loro ricambiavano lo sguardo con lo stesso interesse. Non riuscivo a distinguerle perché, a parte che per il colore dei capelli e per alcuni lineamenti, le due si assomigliavano moltissimo. Vederle conciate in quel modo mi generò dei ripetuti brividi di timore, angoscia e paura, che salirono lungo la schiena fermandosi alla nuca e risvegliando piccole fitte alle tempie che erano sparite da qualche ora. Forse, non essendo carnevale, non riuscivo a tollerare tutto quel trucco impiastrato sulla faccia con totale mancanza di professionalità: rossetto leggermente sbavato spalmato sopra i contorni delle labbra per renderle più rimpolpate, sopracciglia tatuate e un'immancabile piercing sulla lingua. Inoltre un lungo ramo fiorito, pieno zeppo di farfalle colorate che entrambe avevano tatuato sulle braccia, completava il quadro rendendolo, se possibile, ancora più "barocco".

Anch'io portavo sulla pelle alcuni tatuaggi che col tempo si sono sbiaditi: sul fianco destro avevo un tribale e sulla spalla il volto del rivoluzionario Che Guevara. Ma, a mio parere, quelli che avevano scelto le due minori erano troppo appariscenti, eccessivi e decisamente volgari.

Pensai che, semmai in un futuro remoto mi fosse nata una figlia che avesse deciso di mostrarsi al mondo in quel modo, di sicuro avrei sofferto le pene dell'inferno e sarei arrivato persino a pregare Dio di mandarmi un infarto fulminante.

E quando rincontrai gli occhi di Davide, intuendo il mio sguardo sconcertato, con un gesto mi fece capire che, dalle sue parti, si usava tenere le ragazze fuori da ogni discorso che fosse banale o serio. D'istinto mi sfuggì una risatina sarcastica pensando che alcuni islamici fossero non solo più moderni ma anche più emancipati di loro.

Mentre parlavano con Davide, io rimasi a esaminare i due ragazzi, con cura per diversi minuti, senza esprimere un mio pensiero e non ci volle molto per comprendere che fossero molto diversi da lui: entrambi, infatti, avevano una postura minacciosa, parlavano in modo aggressivo e gesticolavano continuamente. Persino il modo di vestirsi era differente: ribelle e appariscente. Quelle doppie catene intorno al collo, i rumorosi bracciali ai polsi ed entrambi i lobi delle orecchie appesantiti da penzolanti orecchini li rendevano, a prima vista, anonimi: non avevano alcuno stile proprio, né la capacità di ispirarsi ai punk, né ai rocker, né tantomeno agli emo.

«Ti avrò scritto una decina di lettere quando stavi in vacanza!» esclamò Pippo 'o Pacc' guardandolo. Ma Davide era totalmente distratto. Si era perso nel guardare incuriosito un tizio che non gli distoglieva gli occhi di dosso. I suoi occhi di ghiaccio fissavano quelli di Davide. Gli concedeva tregua soltanto quando addentava con avidità il panino che teneva tra le mani, masticando come fosse un cannibale psicopatico.

«Ma... mi stai ascoltando, Davide?» continuò. Poi, buttò un'occhiata nella stessa direzione in cui Davide fissava.

«Cosa?» domandò sconcertato voltandosi verso lui.

«Parlavo delle lettere che t'ho scritto. Le hai ricevu...» e si bloccò nel vedere Davide che riportò sia lo sguardo che l'attenzione sul tizio.

Pippo 'o Pacc fece un brusco movimento nel tirarsi indietro con la sedia, si alzò e fece qualche passo in avanti. Fissò prima il tizio, poi vistosamente, gesticolò con la mano cercando di attirare la sua totale attenzione che non tardò ad arrivare.

«Hai qualche problema con il mio amico?» gridò minaccioso e agitato tra le persone che gli passavano davanti.

Il tizio subito si alzò in piedi pronto a rispondergli o a reagire e con lui anche il suo amico dalla forma della testa a uovo, assai bizzarra. Bastò quel piccolo scatto che Aglitiello, l'amico di 'o Pacc, dal peso e l'altezza di un gigante, allontanò il Big Mac dalle mani e si alzò in piedi andandogli incontro, con ancora il boccone in bocca.

I quattro si fronteggiarono al centro del locale, imbattendosi in una discussione accesa, tra il chiasso dei bambini e la confusione della massa di persone che sembrava un gregge privo di pastore.

Davide vedendo che il ferro si stava scaldando sempre di più e intuendo che presto avrebbe sicuramente ustionato la pelle di qualcuno, raggiunse i suoi amici provando a calmarli.

«Ehi...» disse tirando a sé il braccio di Aglitiello. «Finitela! Entrambi! Ai tavoli ci sono le ragazze» disse mettendosi nel mezzo come fosse una barriera.

«Non stavo guardando il tuo amico» disse il tizio sporgendo in fuori gli occhi di ghiaccio.

«Vuoi venire fuori?» propose 'o Pacc con tono rabbioso.

«Chiudiamola qui» gridò forte Davide e il suo urlo rimbombò su tutto il soffitto della sala facendo calare il silenzio sulle persone, fino ad allora, sorridenti. Davide si voltò verso i suoi amici, prima li fulminò con lo sguardo e poi puntò il dito verso il tavolo ordinando loro di risedersi. Non avevo mai visto tutta quella rabbia sul suo viso, mai. Così i suoi amici voltarono le spalle e, senza dire nulla, ritornarono al tavolo continuando a fissare il tizio con lo sguardo ancora più minaccioso di prima.

«Vi chiedo scusa. Permettete che vi offra qualcosa?» domandò Davide ai due malcapitati in tono dispiaciuto.

«Va bene così, tranquillo» rispose il tale dagli occhi gelidi, lasciandosi andare in una perfida risatina.

«Allora... ciao» e la mano di Davide si distese verso di lui.

Il tizio non disse altro, ma stringendogli la mano restò a fissarlo per qualche secondo di troppo, come se lo stesse fotografando con gli occhi per imprimere il suo volto in qualche angolo del cervello.

E quando le mani si staccarono l'una dall'altra, in contemporanea, le loro spalle si voltarono e ognuno raggiunse il proprio posto. Ma il tizio dagli occhi di ghiaccio si rialzò subito e andò via con l'amico al suo fianco e le due ragazze dietro che mormoravano tra loro.

«Ma perché hai fatto quella scenata?» mormorò Davide pieno di rabbia a 'o Pacc.

«Quello è uno scemo. Che cazzo tiene da guardare? Se avesse parlato un altro poco lo avrei preso per i capelli e lo avrei tirato fuori. Glieli raddrizzavo io quegli occhi da fighetta, tra schiaffi e pugni in faccia» disse alterandosi.

«Ma... sei con la tua ragazza, Pippo. Comincio a credere che più passa il tempo e più diventa difficile parlare con te» balbettò Davide innervosendosi. E continuò: «È mai possibile che litighi con tutti? Senza alcun motivo? Ma quando imparerai a crescere un po'?»

«Senza motivo? Quello ti stava guardando da mafioso» affermò con lo stesso tono.

«Ti sbagli! Quello mi guardava per un motivo» rispose.

«E qual è questo motivo?» domandò Aglitiello incuriosito. Poi, con tutta tranquillità, ricominciò a inzuppare la punta delle patatine fritte nella maionese.

«Credo che lui mi conosca. Ricordo la sua faccia, ma non ricordo né chi sia né dove l'abbia incontrato.»

E mentre 'o Pacc e Aglitiello se la ridevano illudendosi di aver spaventato il tizio arrabbiato con il mondo intero, Davide si spense completamente concentrandosi sui ricordi del passato.

E proprio lì, su quella sedia scomoda, tra le stridule grida che producevano le sedie quando le persone si alzavano o sedevano e i lamenti dei bambini capricciosi, irrefrenabili perché volevano andare nell'aria giochi, lui voleva ritornare indietro nel tempo e associare un nome a quel volto dagli occhi di ghiaccio.

Braccati dai lupi

Eravamo seduti sui sedili della Peugeot 106 blu pastello: Davide guidava stanco e spensierato, mentre io ero al suo fianco.

Percorrevamo le strade di Scampia senza una meta, come dei forestieri disorientati dopo essersi smarriti. Accadeva spesso a lui, o a quelli come lui, che si avviassero a perlustrare ogni rione setacciandolo uno dopo l'altro, come per preannunciare all'intero quartiere: "Io ci sono". Davide dentro di sé aveva, pur sempre, qualcosa di diverso rispetto agli altri.

Quando veniva rapito da generici pensieri, anziché respingerli o posticiparli a un'altra occasione come facciamo tutti, li assecondava imboccando l'entrata dell'asse-mediano, guidando sempre dritto e oltrepassando tutti i paesi della provincia. Chiunque fuori da Scampia si sentiva in pericolo perché c'era il rischio di incontrare la persona sbagliata ed, essendo in un territorio sconosciuto, le probabilità di finire su una barella erano veramente alte. Ma lui no. Lui si sentiva protetto e tranquillo perché non era un tipo che cercava guai ma piuttosto aveva come unico obiettivo la voglia di godersi una passeggiata, come fanno i ragazzi normali della sua età, gustando un gelato o un panino alla piastra nel mezzo della notte o di bere un caffè, abbinato alla sigaretta, tra la gente comune.

Invece quella volta Davide, a causa del traffico, ignorò il suo infallibile fiuto. Mentre uscivamo dal rione facendo rientro nelle Case Gialle, sulla lunga e larga curva che costeggiava la piazza della villa comunale, proprio di fronte all'edificio dell'ASL, tre SUV di colore nero ci chiusero la strada, incastrandoci tra il marciapiede e le lamiere. Sussultai dalla paura quando dalle portiere e dai portabagagli semiaperti cominciarono a uscire una massa di ragazzi di ogni peso e misura che accerchiarono l'auto. Eravamo braccati da un esercito di persone dallo sguardo maligno e il broncio da assassino stampato sulla faccia. Con prontezza Davide, pur apparendo freddo e tranquillo ai loro occhi, allungò due dita della mano che arrivarono al cambio e, con lentezza, senza distogliere lo sguardo dai loro visi, ingranò la retromarcia preparandosi a investirli.

Da qualche parte nella sua testa, i pensieri sfrecciavano a tutta velocità cercando una soluzione per uscirne vivi. Sembrava morto e quasi non riuscivo a sentirlo respirare talmente era concentrato a cercare qualche soluzione, dettata dal suo istinto, a cui voleva aggrapparsi con tutto sé stesso. Ma ben presto si rese conto che non c'era via di scampo e che tutti i tentativi si trasformavano in totale fallimento e fu allora che sfogò tutta la sua frustrazione con un lungo e profondo sospiro.

«Sono della DIA?» domandai in panico e dalla disperazione, inconsapevolmente, svegliai la voce che era in me che cominciò a pregare che la risposta fosse un sì.

«Magari lo fossero» rispose aprendo lo sportello.

Dopo che le sue Paciotti toccarono l'asfalto umido ogni faccia che guardava era sempre più imbronciata. Poi tutti fecero un passo indietro quando dall'auto scese il giovane rampollo che, con arroganza e presunzione, si avvicinò a Davide tentando di impaurirlo con lo sguardo.

«Mi riconosci?» gli domandò fissandolo con i suoi occhi di ghiaccio, passandosi una mano sui capelli gelatinati e schiacciati all'indietro.

«Certo» borbottò. «Come potrei dimenticarti...» rispose chiudendo la portiera. «Stavo cercando proprio te» affermò nascondendo la paura che gli cresceva dentro.

«Pure io» disse con un largo sorriso ma si vedeva che era maligno quanto il suo sguardo. «Volevo sistemare quella situazione. Magari... davanti a un caffè. Dai, perché non vieni con i tuoi amici nel mio bar?» propose ridendo e la sua mano accarezzò la spalla di Davide.

«Dove lo trovo?» chiese Davide fingendosi smemorato.

Il rampollo aprì le braccia come se abbracciasse l'intero quartiere di Scampia. Si guardò intorno e ridendo rispose: «Nel mio rione.»

«Okay» disse ma, intanto, il suo cervello si catapultò in cerca di una giustificazione solo per guadagnare altro tempo.

«Dammi il tempo di...» e la lingua di Davide s'inceppò nel vedere l'arrivo degli agenti della questura di Scampia a bordo delle loro moto che rapidamente cercarono di bloccare tutti.

I guardaspalle del ragazzo dagli occhi di ghiaccio subito provarono a dileguarsi fingendosi estranei ai fatti: chi si rintanò dietro alle auto, simulando un tamponamento e chi si avventò fulmineo ad attraversare sull'altra corsia rischiando di essere investito dalle auto. Siccome erano in tanti, a differenza degli agenti che erano solo in sei, alcuni riuscirono nel loro intento, mentre altri vennero braccati con l'ausilio delle pistole.

Gli agenti dell'antidroga li fecero schierare tutti dietro alle loro auto, iniziando a denudarli in strada ed effettuando un'integrale perquisizione. Il poliziotto biondino, fingendo di aver visto un'anomalia, si affrettò a raggiungerci.

«Apri il portabagagli!» ordinò a Davide.

Lo aprì in silenzio e lentamente. Era ovvio che non fosse in vena di parlare come le altre volte. I pensieri si impossessarono della sua mente e la paura del suo corpo. Davide cominciò a sudare freddo, come quando veniamo assaliti dagli incubi durante la notte e ci svegliamo di colpo.

Lui avrebbe desiderato tanto destarsi sudato, spaventato, con il battito accelerato e l'affanno quasi da togliergli il respiro, solo che non sapeva come uscirne, perché quello che stava vivendo non era un brutto sogno, ma purtroppo una triste realtà.

«Che è successo?» gli domandò.

«Niente di che. Ci stavamo solo salutando» rispose. Ma era evidente che la sua espressione non era per niente convincente.

«Io posso aiutarti, Davide. Ma ho bisogno che mi parli chiaro» disse. E nella sua voce c'era una nota di preoccupazione, come se oltre a fare il proprio dovere fosse animato da uno spirito di protezione nei suoi confronti.

«Se mi vuoi aiutare, allora... dimmi il suo nome. Al resto ci penso io» E Davide, rendendosi conto delle parole e del tono amichevole usato, mise prima le mani dietro al corpo e poi si scusò con un cenno del capo.

L'agente allungò prima il collo verso i suoi colleghi e, vedendoli impegnati a perquisirli, avvicinò la bocca al suo orecchio e disse sottovoce: «Si chiama Gabriele Genovese.»

Davide alzò gli occhi al cielo, poi demoralizzato li chiuse. Aver udito quel nome gli aveva scaturito un dolore che si fermò alla bocca dello stomaco. Per distrarsi dall'ansia che gli era saltata addosso, senza alcun avviso, la sua mano cominciò a toccarsi ogni punto del viso e della testa, ma quegli spasmi non lo aiutarono per niente, anzi continuarono ad agitarlo sempre più.

«Possiamo andarcene?» gli chiese in tono perentorio.

«Sì. Ma semmai avessi bisogno di me, sai bene dove trovarmi» affermò l'agente posandogli una mano sulla spalla per incoraggiarlo. Mentre Davide entrava in auto, Gabriele lo minacciava con lo sguardo ricordandogli che la faccenda era rimasta in sospeso.

Con la testa infiammata dai pensieri, Davide si barricò nella chiesa dell'Assunta a Mare, proprio accanto alla darsena di Pozzuoli.

Si sedette dietro a un gruppetto di vecchiette fedeli che abitualmente accendevano una candela dedicandola non solo a sé stesse ma anche a una persona malata del paese o a un conoscente, del vicinato, defunto.

Non era lì per pregare né per confessare a Cristo i suoi peccati sperando di sbiadire qualche macchia scura e sporca sulla sua anima, anche perché ne aveva così tante che, pur sforzandosi a compiere qualche buona azione, non si sarebbero mai nemmeno scalfite. Lui c'era andato perché era l'unico posto in cui avrebbe trovato silenzio: la giusta atmosfera per meditare sulla mossa successiva. Poiché era una faccenda importante, avrebbe dovuto trovare una soluzione al problema e ciò non sarebbe stata una cosa semplice.

Si sentiva smarrito nella valle oscura, perché il fratello Mattia era in galera per i reati di estorsione e di lesioni. Suo cugino aveva lasciato la moglie per una ragazza di Ponticelli e questo distacco gli fece perdere tutto il potere precedentemente acquisito. Anche il padre di Tiziano era da escludere perché sia il clan di Davide che il suo erano già in guerra. Infine il vecchietto, seppur un elemento importante nella malavita e nella storia camorristica, avendo cambiato clan da poco tempo, non era la persona giusta a cui rivolgersi: lui avrebbe potuto tranquillamente sparare e uccidere in assoluto anonimato, come aveva fatto sempre ma non avrebbe potuto mettere a tacere "occhi di ghiaccio" con delle semplici parole.

Dopo averle pensate tutte, mandando in fumo la mente dove le fiamme si trasformavano in fiumi di lava incandescente, essendo a corto di tempo e obbligato a presentarsi all'incontro, l'unica alternativa che sembrasse adatta alla risoluzione del problema era quella di andare a spiegare tutto a Malagueños.

La mezz'ora

Arrivammo alle Case dei Puffi con Bianca. Davide scese, si tolse il casco e s'incamminò verso la piazzetta con me dietro.

Ci appartammo accanto al "negozio" di Josè dove, dopo pochi minuti passati a guardarsi intorno, si rese conto che era l'ora di pranzo e che, oltre ai ragazzi di poco conto, non c'era alcun referente né di Carluccio Bellezza né di Malagueños.

Quell'intuizione risvegliò d'improvviso la tensione che cominciò ad assalirlo sempre più intensamente. Quindi cercò di gestirla mordendosi il labbro e torturandolo come fosse un pezzo di pane farcito con del prosciutto crudo pregiatissimo.

Già dopo i primi tentativi, entrambe le labbra si erano macchiate di sangue ma, nonostante ingoiasse il sapore amaro del sangue rosso chiaro e vivo, non cessava di mordicchiarle.

A farlo smettere fu il vecchietto che d'improvviso apparve dietro alle sue spalle con aria completamente assonnata e indossando una camicia con qualche piega di troppo, il che mi portò a pensare che si era fatto un riposino sulla panchina oltre i giardini.

Fece un breve saluto generico e s'incamminò verso il "negozio" di Josè per poi ordinare l'ennesimo caffè.

Poco dopo, a risuonare sotto i portici della prima ala sino allora silenziosi, fu il ruggito del motore di un motorino nero opaco con a bordo un tizio che si faceva chiamare "Paolone l'assassino" che, vedendo uscire e avvicinarsi il vecchietto con il caffè in mano, gli si fermò a fianco.

In quel preciso momento, nonostante Paolone fosse uscito da pochi mesi dal carcere di Opera sotto misura di sorveglianza speciale e l'obbligo di soggiorno nel comune di residenza, era l'unico referente per entrambi.

Siccome era lì apposta per ricevere le ambasciate fatte dagli affiliati e non, dopo più di un'ora d'attesa, Davide decise di chiedergli informazioni su Malagueños.

Così, dopo aver inspirato il dannoso fumo della sigaretta, si voltò verso i due e disse: «Paolone, sai quando viene Malagueños?»

«Perché?» esclamò. Poi si alzò dalla sella e si avvicinò a noi.

«Perché è l'unico che può tirarmi fuori dai casini» mormorò. E sul viso del portavoce apparve un'abbozzata smorfia, come per dire: "Ci sono qua io".

«Ho capito...» sogghignò. «Solo che... che... c'è stata una discussione con Gabriele. Tu lo sai, siamo giovani e tra giovani possono succedere brutte cose.»

«Hai fatto bene a venire qui. Spiegami la discussione e vediamo come aggiustarla» disse invitandolo a sedersi sulla panchina. Davide, mentre raggiungeva la panchina con il vecchietto e il portavoce, preso dalla stanchezza e dal nervosismo, cominciò a spiegare la disavventura di quella sera.

Dopo aver ascoltato le sue parole, Paolone aveva compreso due cose: a) che Davide era quasi innocente e b) che Gabriele era una testa calda, parente di una famiglia criminosa i cui capi erano stati condannati quasi tutti all'ergastolo per reati di omicidio, estorsioni, associazione a delinquere e spaccio nazionale. Nel rione, a tre chilometri dalle Vele, comandava proprio lui.

La famiglia di Gabriele non solo era affiliata a un importante clan storico ma gli aveva lasciato oltre agli affari anche un esercito personale per tutelare il rampollo in qualsiasi situazione si fosse cacciato. Questo significava che il volto dagli occhi di ghiaccio, nonostante la sua giovane età, era l'unico generale a gestire l'impero.

Oltre ai fedeli affiliati alla famiglia, Gabriele s'era creato un secondo esercito più compatibile con la sua testa calda: aveva arruolato dei ragazzi che non si limitavano di fronte a niente, che non scappavano alla vista di una divisa o davanti a una pistola con la canna puntata verso di loro, ma rispondevano al fuoco col fuoco.

In quelle occasioni, in qualche parte remota del loro cervello, si attivava la regola della malavita: disposti a morire per chi li rappresentava. Quello era l'unico modo per dimostrare fedeltà: uccidere o essere uccisi. L'alleato veniva ricordato per anni o la sua famiglia mantenuta economicamente in nome del suo sacrificio, finché l'impero sarebbe rimasto in piedi.

Seppur di minore livello, Gabriele era considerato uno del clan a tutti gli effetti perché costui ricopriva il ruolo di referente principale della sua famiglia sia per gli acquisti di droga sia per le spedizioni di morte, sempre con l'approvazione dei pezzi da novanta.

Questo spiegava il motivo per cui Davide di fronte a lui non avrebbe potuto competere: non era altro che una zanzara che aveva infastidito, mancando di rispetto, le sue ore di sonno e come tale doveva essere schiacciata quanto prima.

Paolone, essendo a conoscenza dell'ascesa del rampollo dagli occhi di ghiaccio, si offrì spontaneamente di aiutarlo, ma indirettamente. Sì, perché Paolone non era uno che contava tanto a Scampia, ma era pur sempre il padre di Basettone e lui non era uno "sciacqua-lattughe".

Basti pensare che Basettone, all'età di sedici anni, divenne il braccio destro di Gerry, il giovane più spietato di tutte le famiglie alleate del clan. Si vociferava che a diciassette anni, Gerry Valente junior, insieme a un killer esperto e fedele alla sua famiglia, in una traversa di Mugnano nel cuore della notte, inseguì due giovani affiliati al clan Masotta di Arzano che finirono trucidati. I due killer della famiglia Valente-Torretta, con armi diverse tra le mani, spararono più di cinquanta proiettili.

Davide, quando sentì che Paolone voleva coinvolgere suo figlio per sistemare la faccenda e dare una calmata a Gabriele che da qualche mese stava creando problemi in giro, assunse un'espressione irritata.

Sapeva già, in largo anticipo, che il pensiero del portavoce fosse completamente sbagliato: tirare in ballo il figlio significava trascinare dentro anche Gerry Valente junior e ciò avrebbe comportato il rischio che scoppiasse l'ennesima guerra o, ancora peggio, che a pagare l'intero prezzo fosse soltanto Davide.

Gabriele e Gerry, infatti, non solo erano gli eredi dei clan che avevano costituito i loro parenti, ma entrambi erano considerati delle mine vaganti. Metterli uno di fronte all'altro poteva essere pericoloso per tutti, equivaleva a dire addio agli affari.

Davide di sicuro si era immaginato che l'incontro di chiarimento con Gabriele avvenisse diversamente. Invece, la modalità con cui avrebbe voluto risolverla il portavoce, avrebbe implicato per il mio amico il rischio di scavarsi la fossa con le sue stesse mani. Purtroppo Davide, suo malgrado, non avrebbe potuto rifiutare il suo aiuto. Respingere quell'offerta rappresentava una mancanza di rispetto e Davide era, a differenza di altri, un tipo che ragionava prima di esporsi. Era molto cauto e, in ogni situazione di merda, cercava sempre di guadagnare più tempo possibile, il giusto tempo da spendere nella speranza di trovare una via d'uscita.

I suoi occhi spenti che fissavano il vuoto mi sembravano avere la stessa espressione di Gesù Cristo inchiodato sulla croce. Sono convinto che dinanzi a sé vedesse già il suo corpo, sanguinante e senza vita, disteso per terra. Questa consapevolezza, manco a dirlo, mi lacerava il cuore. Quindi mi sforzavo di trovare una giusta soluzione per riportarlo a sorridere ancora ma purtroppo la mia mente girava a vuoto.

Cosa mai potevo fare di buono per lui? Io ero soltanto un giornalista e, come tale, sicuramente ero la persona meno adatta a risolvere quel tipo di affare. I miei pensieri mi stavano trasformando da fedele e razionale Sancho Panza a Don Chisciotte della Mancia. Sfortunatamente, in quel caso, c'erano davvero corpulenti giganti dalle braccia rotanti e non mulini a vento.

Mentre ci stavamo rassegnando all'idea che non ci fosse alternativa a quella del portavoce, qualcuno da lassù non solo aveva ricevuto le suppliche di Davide ma non lo aveva nemmeno abbandonato.

Tutto d'un tratto, dall'ingresso della prima ala a velocità regolare, entrò una Porsche Cayenne nera che parcheggiò sul marciapiede. Alla guida del costosissimo SUV dai vetri oscurati non c'era uno qualunque, ma Malagueños in carne e ossa.

«Grazie a Dio» mormorò dopo averlo visto chiudere la portiera. Scaricò la tensione con uno sbuffo e rapidamente il suo viso riprese colore.

Paolone l'assassino vedendo il "ras" avvicinarsi al negozio con lo sguardo stanco e distratto, si incamminò velocemente verso di lui. Una volta raggiunto, gli camminò di fianco conducendolo verso noi e, senza perdere tempo, gli riportò tutte le novità attinenti il clan. E tra quelle, per ultima ma non di minor importanza, c'era anche la questione di Davide.

Malagueños, stanco di ascoltare il "papello" e soprattutto la voce di Paolone, si voltò verso di noi che attendevamo sul marciapiede e, dopo aver visto e riconosciuto il volto di Davide, lo chiamò con la mano.

«Tu sei quello con la... placca nella gamba?» domandò incuriosito, forse chiedendosi cosa ci facesse Davide lì.

Davide non rispose e si concesse ancora qualche secondo per avvicinarsi.

«Sì. Sono io, il ragazzo della mezz'ora» rispose.

«Ah! Quella mezz'ora, ricordo. Che ci fai qui?» gli chiese interessato.

«È qui per te...» annunciò Paolone e fissando Davide continuò: «Un altro minuto e ho finito.»

A quel punto, Malagueños ascoltò le ultime comunicazioni di servizio.

«...dicevo. Quella, la signora, è completamente pazza. Il marito si ubriaca. E tutte le sere finiscono per litigare lanciandosi addosso piatti e bicchieri. La figlia, quella che tiene quattro creature, ha paura che prima o poi apre la porta e si trova un poliziotto davanti agli occhi. E poi c'è lui...» annunciò Paolone, facendo cenno a Davide «... ha avuto un disguido con Gabriele. Dice che l'ha bloccato nella curva con una trentina dei suoi, pronti a...» e smise di parlare facendogli immaginare la scena più agghiacciante.

«Gabriele Genovese?» domandò Malagueños.

«Esatto. Se hai da fare, con tutto il rispetto, me ne occupo io. Vado a Melito e parlerò personalmente con Gerry, così la risolviamo senza troppo casino.»

Malagueños scosse la testa con risolutezza, sganciò l'orologio che aderiva alla pelle e guardando prima Paolone, poi gli occhi di Davide in modo penetrante chiese: «Hai torto o ragione?»

Davide, con la confusione che aveva in testa, rispose onestamente: «Ancora non l'ho capito.»

«Sì che l'hai capito, altrimenti non eri qui. Sei troppo astuto per cadere nell'errore» disse accennando un piccolo sorriso.

Mentre Paolone lo accompagnava in uno dei tanti appartamenti del piccolo edificio, Malagueños ordinò con un gesto a Davide di non muoversi da dov'era. Poco alla volta Davide iniziò a riprendere fiato.

Occhi contro occhi

Si notava a un miglio di distanza che Malagueños fosse un pezzo da novanta. Lo s'intuiva dalla postura, dai vestiti costosi e ben stirati da lui indossati e anche dal comportamento misurato e sicuro di sé. Aveva deciso di andare da solo a confrontarsi con il rampollo dagli occhi di ghiaccio. Per tale occasione aveva ordinato a Paolone di sottrarre quella Volkswagen Lupo sport, che aveva visto passare all'esterno della prima ala, al ragazzo che spacciava hashish sui ballatoi dell'ultima ala delle Case dei Puffi. Dopo neanche dieci minuti d'attesa, lui, Davide e io eravamo seduti su quell'auto rumorosa.

La cosa positiva era che nessuno, e dico nessuno, potesse vederci dall'esterno perché l'auto possedeva i vetri oscurati e degli adesivi sul cofano. Chi poteva mai immaginare che dentro quella "cafonaggine" ci fosse uno dei pilastri della famiglia Torretta?

Mentre guidava con tutta calma, dopo ogni curva, Malagueños buttava qualche occhiata verso Davide, seduto al suo fianco.

«Quando ci accoglieranno, di sicuro, ci saranno degli imprevisti. Però, nessuno perderà la testa con te.»

Davide, sollevato, inspirò profondamente.

«Vi ringrazio. E mi dispiace che...»

«Non preoccuparti, sono stato ragazzo anch'io e posso dirti che tu l'hai gestita meglio di chiunque altro della tua età. Ma sappi che in questa vita non siamo noi a metterci nei casini, perché in fondo noi sappiamo quello che facciamo. Siamo abbastanza maturi per distinguere il bianco dal nero, non trovi?»

«Certo» mormorò Davide.

«Sono gli altri che non lo sanno, credimi. Quelli che hai intorno, quelli faranno sempre guai a tuo nome. Perché, anche se per poco, tu conti qualcosa più di loro. E quello, in questo caso parlo di Gabriele, quello viene sempre da te. Sai perché?»

«Perché crede che io li rappresenti?!»

Malagueños rimase colpito. Si voltò verso di lui e gli disse: «Sei sprecato sulle piazze.»

Viaggiavamo sullo stradone delle palazzine. Dopo la curva per entrare nel rione gestito da Gabriele, davanti al parabrezza apparve un agente che, sporgendo la paletta, intimò a Malagueños di accostare. L'agente tese la testa all'interno della vettura cercando di intravedere qualche volto, ma i vetri erano troppo scuri. Così, con un gesto, ordinò al guidatore di abbassare il finestrino per identificarlo. Malagueños, con movenze lente e disinvolte, premette il dito sul pulsante e il vetro cominciò ad abbassarsi. Ma quando il suo volto divenne visibile agli occhi dell'agente, questi gli domandò: «Dove stai andando?»

«Non lontano. Devo ritirare la macchina dal meccanico.»

«L'auto è in regola?» domandò.

«Veramente pensi che vado in giro con una macchina rubata?!»

L'agente sogghignò. Poi, con un gesto di disprezzo, ci ordinò di proseguire.

Malagueños accese il motore e l'auto cominciò a muoversi verso il centro del rione.

Fermò l'auto, in seconda fila, sulla via trafficata a causa dei piccoli negozietti.

«Addirittura» commentò Malagueños, dopo aver visto e riconosciuto alcuni dei "migliori" affiliati di Gabriele seduti sui motorini e altri in attesa sul bordo del marciapiede di fronte.

Così, preso dalla stizza, suonò due, tre volte il clacson cercando di attirare l'attenzione di un grassone che s'ingozzava con la pizza fritta che teneva stretta tra le mani.

Il vetro di Davide si abbassò fino a metà, giusto lo spazio necessario per tirar fuori la mano e chiamarlo.

Il grassone, sorpreso, cercò di identificare Davide con una sbirciatina da lontano, ma con scarso risultato. Preso dalla curiosità, si avvicinò all'auto a piccoli passi ignorando di pulirsi la bocca sporca.

«Filippone, sono io» disse Malagueños irritato.

«Buonasera, 'o zi'. Che ci fate da queste parti?»

«Come se tu non lo sapessi» rispose scendendo dall'auto.

Dopo i due si allontanarono con cautela, fino a sparire dalla nostra visuale.

«Tutto bene, Davide?»

«Non mi piace» disse sbuffando.

«Pensavo ti fidassi di lui» dissi incredulo.

«Ti ho detto che mi doveva mezz'ora. Non mi fido di nessuno, Gioele.»

«Neanche di me?»

Davide abbassò il parasole e, dopo averlo posizionato correttamente in modo tale da incrociare i miei occhi attraverso lo specchietto, con lo sguardo fisso disse: «Di te sì!»

«Cosa te lo fa pensare?» domandai.

Davide ruotò la testa di lato e restò immobile mentre guardava due ragazzi avvicinarsi all'auto. Uno di loro, sotto i trent'anni e con un berretto in testa, bussò due volte sul vetro ordinandoci di scendere. Ma Davide non mosse un dito. Volle concedersi ancora due secondi. Forse gli ultimi prima che lo facessero fuori. E così, con gli occhi semichiusi dalla tensione e lo sguardo spento, si voltò verso di me restando a fissarmi intensamente, come se vedere il mio viso fosse l'ultimo desiderio di un condannato a morte.

«Non ho paura di andarmene, Gioele. Solo che mi fa rabbia, tanta rabbia. Sto per saldare un conto che non ho aperto io. Mi fido di te perché tu non fai parte di tutto questo schifoso mondo. E so per certo che, quando sarò morto, tu mi ricorderai finché vivrai.»

Si voltò, allungò il braccio con stizza e aprì la portiera per scendere.

Alzai la manopola che mi permise di piegare il sedile in avanti e scesi dopo di lui.

Oltre ai due affiliati si aggiunsero altri tre che uscirono da dietro i pilastri dei portici. Così, chiusi nel mezzo e accerchiati, c'incamminammo sul marciapiede semideserto.

Quasi in fondo alla via, prima dell'incrocio del rione, ci fecero entrare attraverso un cancelletto in ferro. Accedemmo al cortile di un minuscolo condominio di due piani – proprio di fronte al bar di Gabriele – dove il retro si presentava inaccessibile e recintato da ferro spinato. Varcammo la porta d'ingresso di un mini-appartamento situato al piano terra.

L'appartamentino lussuoso vantava solo due stanze: una era un salone con un bagno piccolo, incastrato nell'angolo e con la porta aperta, l'altra, munita di porta blindata da cui si intravedeva un tavolino di vetro, doveva essere una specie di privé di lusso.

Davide si fermò al centro del salone circondato da tanti ragazzi grandi e piccoli di età.

Io ero con le spalle appoggiate al muro, all'esterno del cerchio umano. Li guardavo, uno a uno, per memorizzare i loro volti e chiuderli in un angolo del cervello, ma smisi subito perché ogni sguardo che incontravo era avido e scostante.

Tutti i presenti fingevano di non sapere cosa ci facessero lì e lo intuii dal loro comportamento: chi sbuffava impaziente di aspettare, chi si grattava la testa per cercare di stare calmo e chi invece fischiettava una canzone trascinando la maggior parte degli affiliati a mormorarla sottovoce.

Il cerchio impenetrabile si aprì con l'entrata di Gabriele e Malagueños dietro di lui.

«Vi siete persi o dovete ritirare le settimane?» domandò il pezzo da novanta con ironia. Poi, voltandosi verso Gabriele fece una smorfia, come a dire: "Che esagerazione".

Improvvisamente, notai che gli occhi di Davide non smettevano di fissare quegli occhi di ghiaccio in modo strano.

Volevo tanto gesticolargli di piantarla, ma la posizione in cui mi trovavo non me lo consentiva.

«Come stai?» gli domandò Gabriele.

Sorpreso dalla domanda, mostrò un finto sorriso. Poi disse: «Esattamente come quella sera.»

«Quella sera... mi hai fatto umiliare dai "tuoi" davanti alla mia fidanzata e ai miei amici.»

Davide fece un passo avanti che gli permise di avvicinarsi fin troppo. A separare le loro fronti c'erano pochi centimetri. Facce irritate, sguardi cattivi, muso contro muso: due galletti nel pollaio.

«Spari cazzate. Io non t'ho per niente fatto umiliare, amico. Avrai anche preparato la tua parte per farmi uccidere proprio da chi mi rappresenta, ma io ricordo che mi sono alzato per calmare i miei amici e chiederti scusa, prima ancora di sapere chi tu fossi. E ora dimmi, Gabriele, perché mi guardavi in quel modo?»

Gabriele tacque e si passò una mano davanti alla bocca per schiarirsi le idee. Si avvicinò al frigo e, dopo averlo aperto, tirò fuori alcune birre offrendone una a me e altre a chi gli allungava la mano. Ma non la aprii. La tenevo stretta nella mano con maggiore forza.

«Ti guardavo perché t'ho già visto a te, però non ricordo né dove né quando. Per questo ti ho cercato dappertutto: nel passato, presente, persino dalla maga. E ora che sei davanti a me, nemmeno riesco a ricordarmi dove ti ho visto.»

«È strano, perché io non solo mi ricordo di te, ma anche dove ci siamo conosciuti» disse Davide mordendosi il labbro inferiore.

«Mi prendi in giro?» chiese sorpreso.

«Mi avevano appena trasferito al carcere di Irola. Una guardia mi stava accompagnando alla cella in fondo al corridoio e, in una di queste aperte, vidi un branco di ragazzi che pestavano un poveretto con calci e schiaffi. Così, m'immischiai e scoppiò la rissa.»

Gabriele riportò entrambe le mani sulla testa.

«Quindi, tu sei... sei Avagliati...»

«Avagliani. Ci parlavamo dal muro dell'isolamento. Poi venni trasferito a Nisida prima che sorgesse il sole del sedicesimo giorno» disse con rammarico.

Gli affiliati, tutti, fecero un passo indietro. Davide, col suo racconto, aveva spiazzato il duro Gabriele che non faceva altro che assentire con la testa nel confermare il racconto.

«Il passato è passato...» disse Malagueños con superiorità «mio nipote, nonostante le sue buone azioni sia del passato che del presente, è qui per chiederti scusa per l'accaduto di quella sera. Vero?»

E Davide, rigido come un massiccio tronco di un albero, si avvicinò a Gabriele e, porgendogli la mano destra, disse: «Entrambi sappiamo che non c'entro assolutamente niente. Ma sono qui, immobile davanti a te a chiederti scusa da parte mia e da parte dei miei amici...» e Gabriele lo interruppe.

«Tra noi è tutto chiarito, Avagliani. Ma preferirei che le scuse me le portassero gli amici di quella sera, come hai fatto tu.»

Malagueños, dando una pacca sulla spalla di Davide, gli ordinò di cominciare a salutare e di andare via. Ma Davide, testa dura come il marmo, voleva uscirne ancora più vincitore di quanto non lo fosse già. Dopo aver salutato uno dei tanti affiliati presenti, si voltò verso lui e chiese: «Tra noi è tutto chiarito?»

Gabriele rispose di sì con un occhiolino.

«Allora dillo che io non c'entro niente riguardo a quella sera!»

«Non c'entri niente riguardo a quella sera» ripeté. Poi, con calma, si avvicinò a lui infuocandolo con lo sguardo e mettendo in risalto i muscoli della mascella. La sua rabbia era giustificata, perché Davide ci sapeva fare e lo aveva messo in un angolo soltanto con le parole. Era chiaro che Gabriele avesse interpretato quel sputare la verità come una forma di vendetta e non come un innocuo racconto amichevole. Ma non poté fare nulla né prolungare il discorso né vendicarsi scagliandogli qualche affiliato addosso perché Malagueños, uomo di alto spessore e malavitoso quasi dall'infanzia, gli aveva fatto credere che fosse suo nipote. E quindi, bastava questo stretto legame a renderlo intoccabile. Almeno per un po'.

Una volta saltata fuori la verità, Gabriele non avrebbe perso altro tempo a risistemare la faccenda. Così, sforzandosi di nascondere l'amaro in gola davanti ai presenti, fu costretto a prendere l'iniziativa nel distendere la mano e farsela stringere in segno di pace e di rispetto. Ma vedendo le facce di tutti loro che sprigionavano espressioni da perdenti, capii che tra i presenti ardesse ancora la fiamma del rancore.

Mi sorprendo al pensiero che, in tutto il mondo, ci siano stati più di un milione di malavitosi che, dopo essere stati convocati a un incontro improvvisato e segreto, siano stati barbaramente uccisi. Credo che, nel profondo del loro subconscio, avessero tutti intuito che non sarebbero più tornati a casa eppure avevano avuto il coraggio di presentarsi, a testa alta, malgrado il loro sesto senso li avrebbe condotti il più lontano possibile dal luogo di morte.

Questa mania di cancellare per sempre un boss, un pezzo grosso o un affiliato dalla faccia della terra nel gergo della malavita la chiamano "appuntamento con la morte". E nulla può salvarli dalle braccia dell'inferno.

Dentro di loro è come se sentissero già l'odore dell'arrosto, solo che manca il vitello da cuocere.

Persino i più grandi capi, quelli che hanno segnato la storia della mafia, della vecchia camorra o della N.C.O. o della cosiddetta moderna malavita, prima di sedersi al tavolo per discutere di affari o di punizioni, anziché baci stampati sulle labbra e sinceri abbracci, hanno ricevuto piombo e morte.

Partendo dal nord America al sud Italia: come il boss Carmine Galante, detto Lilo che, nel lontano pomeriggio del 1979, morì all'istante con ancora il sigaro stretto tra i denti. Con sé trascinò a morire anche due suoi alleati: il socio Leonardo Coppola e il proprietario del ristorante italo-americano situato a Brooklyn, nonché suo cugino di primo grado.

A Scampia, nel settembre del 2004, a presentarsi a un appuntamento con la morte fu il capo-piazza Luigi Aliberti, conosciuto come 'o Luongo per i suoi quasi due metri di altezza, il miglior gestore di tutte le Vele e l'unico trafficante capace di versare quote inarrivabili nelle casse del clan.

Aliberti, dopo essersi presentato davanti alle palazzine della Trentatré a poche centinaia di metri dalla questura di Scampia, prima che gli sparassero sei colpi al viso, offrì la mano e baciò le labbra dei suoi "amici". Da quell'esecuzione in poi scoppiò la prima faida di Scampia conosciuta in tutto il mondo grazie allo scrittore Roberto Saviano, facendo perdere definitivamente alla zona l'appellativo "167". Il quartiere, infatti, dopo il terremoto degli anni Ottanta aveva assunto il nome dalla legge 167 che imponeva, in piena emergenza post-terremoto, l'obbligo di edificare case popolari per assegnarle ai poveri terremotati.

Infine cito il nome di Michele Greco, boss indiscusso di Cosa Nostra. Costui invitò nove persone per una grigliata di carne nella sua tenuta all'aperto facendogli credere di essere loro amico. Seduti intorno a quel tavolo erano presenti anche Salvatore Riina e Bernardo Brusca i quali, dopo il pranzo, attirarono costoro in trappola per poi ucciderli in maniera spietata e feroce: i cadaveri delle vittime furono denudati e buttati in recipienti pieni di acido per sciogliere totalmente i corpi. Ma questa è storia già scritta e riscritta. Però, quello che voglio dire è... che, come tutti i grandi boss, Davide, quella sera, pur temendo per la propria vita, si era presentato a un appuntamento con la morte dopo essere stato "nominato". Le regole sono molto simili a quelle del "Grande Fratello": chi riceve una nomination ha le ore contate per uscire definitivamente dal gioco. Se non ci fosse stato Malagueños, quei ragazzi plagiati dal danaro, dalla violenza e dal potere, avrebbero cancellato anche lui dalla faccia della terra, per sempre. Gli avrebbero riservato un trattamento da boss, l'avrebbero crivellato con ripetuti colpi di pistola e l'avrebbero lasciato a terra agonizzante, in attesa di essere portato via dalla morte. Ma c'era ancora una cosa da fare per farla finita una volta per tutte, così Malagueños fece promettere a Davide di mantenere "la parola d'onore" data a Gabriele: mandare i suoi amici a scusarsi con lui.

Davide era scampato alla morte per miracolo, ma non era ancora uscito dai pensieri di Gabriele. Per ottenere una tregua, infatti, si sarebbe dovuto presentare con i suoi amici entro mezzanotte o l'accordo con il "santo protettore" sarebbe saltato.

Dopo essere rientrati nel fortino di Carluccio Bellezza, Davide non smise di ringraziare il suo angelo custode per avergli salvato la vita. Il suo corpo riprese la postura naturale, anche se la mente continuava a generare angoscianti pensieri che lo portavano a respirare con maggiore fatica. Provò a spegnere l'interruttore solo quando, trovatosi costretto, cominciò a spiegare i dettagli dell'incontro avvenuto al vecchietto, che era preoccupato per lui più di chiunque altro.

Soltanto dopo aver bevuto un caffè insieme, dentro il "negozio" di Josè, lo lasciò andare.

Così, tornammo alla Vela rossa con Bianca e, dopo esserci serrati nella sua cameretta, si mise al telefono per chiamare Pippo 'o Pacc e Aglitiello, convocandoli d'urgenza a casa sua.

Per avere casa libera, dopo essersi lamentato che in frigo non c'era abbastanza cibo per la sera, posò un paio di cinquanta euro sul mobile in cucina invitando i suoi genitori ad andare a fare la spesa all'MD.

L'orologio appeso, appena sopra l'arco dell'ingresso della cucina, segnava le 18:40.

Circa un'ora dopo, dalla telecamera collegata a tre schermi TV, vedemmo i due che suonavano la porta in ferro e andai ad aprire.

Davide rimase in cucina a preparare il caffè e, dopo aver distribuito i bicchierini a tutti, cominciò a esporre la situazione.

I due, dopo aver udito quanto accaduto, rimasero sorpresi. Nonostante Davide ce la mettesse tutta per convincerli a presentarsi lì per chiedere "scusa", i due erano diffidenti.

Ormai avevano capito chi avevano osato sfidare ed era chiaro che avessero tanta paura di presentarsi dinanzi a quegli occhi di ghiaccio così spietati, ma dovevano farlo.

D'altronde, Davide spiegò loro che non c'erano alternative: o ci andavano con le loro gambe oppure Gabriele avrebbe mandato qualcuno a prelevarli fino a casa, sotto gli occhi dei genitori, delle mogli o fidanzate e persino sotto lo sguardo terrorizzato dei bambini.

Avevo visto ed esaminato gli occhi di Gabriele e credo che non si sarebbe fermato davanti a niente.

Trovandosi alle strette e, con le garanzie fornite da Davide, i due si convinsero ad accettare l'incontro.

A bordo di una discreta Lancia Y, di proprietà di Aglitiello, lasciammo la Vela rossa in direzione del rione capeggiato da Gabriele.

I due mostravano spensieratezza e serenità. Volevano affrontare l'incontro con coraggio, scusarsi con il rampollo e fare ritorno il prima possibile a casa. Boom boom, dentro e fuori. E tutto sarebbe finito. Ma Davide no. Lui non era per niente tranquillo, tant'è vero che volle a tutti i costi guidare lui.

A ogni incrocio o semaforo rosso, non smetteva di ripetere: «Se non ve la sentite torniamo indietro. Lasceremo Gioele su un marciapiede e prenderemo l'autostrada. Poi... poi non lo so...»

«Ma che stai dicendo?» chiedevano con insistenza i suoi amici.

Davide non rispondeva. Di sua spontanea volontà, sempre più, s'abbandonava a momenti di silenzio.

Non riuscivo a capire se avesse paura di ritornare in quel luogo maledetto senza Malagueños o se temesse una trappola. E mentre i pensieri più neri gli giravano in testa, Davide fermò l'auto due edifici prima di quello concordato.

Si voltò indietro, all'estremo delle forze, e disse: «Siamo ancora in tempo per...»

«Io non ho paura di nessuno» urlò 'o Pacc e dopo di lui gridò anche Aglitiello ribellandosi e mettendo un punto alle sue idiozie.

Entrambi si erano galvanizzati a vicenda per affrontare Gabriele, semmai la faccenda fosse degenerata.

Davide ci mise un po' di tempo per riprendersi dallo stato di angoscia in cui era caduto, per ingranare la marcia e far ripartire il motore.

Intuii che per lui ogni scusa era una buona occasione per perdere tempo: s'incollò dietro un treruote che trasportava ingombranti mobili, lavatrici e ferro. Nonostante le auto dietro gli suonassero, con insistenza, scaricando il malumore con gesti e parolacce, Davide sembrava non sentire nessuno.

Era come se in lui ci fosse qualcosa che lo spaventasse a morte. Non era in auto con noi, ma era altrove.

Così, di proposito, oltrepassò il luogo dell'incontro fermandosi a poche centinaia di metri dopo il cancello, sforzandosi di parcheggiare l'auto con accuratezza e precisione: manco una Rolls-Royce da mezzo milione meritava tutta quella concentrazione!

Nonostante avesse esperienza da vendere, sembrava più uno di quei principianti appena usciti dalla scuola guida piuttosto che un ragazzo di strada.

Le piccole manovre di Davide fecero perdere la pazienza a 'o Pacc, che, con forza e decisione, spinse in avanti il mio sedile e per poco non mi spiaccicò la faccia contro il cruscotto.

«Fammi scendere!» mi disse impaziente e più lo ripeteva, più mi spingeva ripetutamente in avanti.

Ormai Davide aveva spazientito tutti, persino me. L'unico modo per placarci era spegnere il motore e scendere dall'auto. Anche se non sembrava più quel Davide che avevo conosciuto, ce la diede vinta.

Mentre mi sistemavo i pantaloni mi accorsi che ad accoglierci, a pochi metri di distanza, c'era un affiliato di Gabriele sulla trentina con gli occhi diversi: uno era color ambra, l'altro era azzurro. Era impressionante guardarlo, ma ciò che incuteva più timore era la larga cicatrice sul labbro superiore che saliva fino alle narici.

«Buonasera...» disse e dopo la stretta di mano, aggiunse: «Volete un caffè, mangiare qualcosa?»

Contemporaneamente, i due risposero: «Siamo a posto, grazie.»

Poi, continuando a camminare, ripresero a mormorare tra loro.

Dal nulla sbucarono altri due affiliati e come se fosse un disco rotto o una canzone già sentita, uno alla volta dissero: «Buonasera, volete un caffè, mangiare qualcosa?»

«Niente, grazie» rispose Aglitiello in tono gentile.

Rimasi sorpreso nel vedere e sentire la loro disponibilità verso gli ospiti. A quei tempi era difficile che un estraneo ti trattasse con gentilezza e generosità.

Davide era riuscito a raggiungermi e stare al passo. Si abbandonò al suo passatempo preferito: occhi puntati sui visi degli affiliati del rampollo per esaminarli, mentre si dedicava alla tortura delle labbra che portava a un'unica conclusione, ovvero un labbro rotto.

Fu proprio in quel preciso momento che capii: la maggior parte delle persone si agitava soltanto alla vista del sangue, mentre per lui sia vederlo che assaporarlo aveva l'effetto di un calmante, più che sessanta gocce di Tranquirit.

Una volta varcato il cancello, l'intero percorso era avvolto dal buio e, a far luce, c'erano solo gli occhi di altri affiliati che conversavano tra loro nel cortile.

Davanti alla porta blindata del mini-appartamento c'era una dozzina di affiliati: alcuni appoggiati al muro che fumavano con agitazione la sigaretta, altri concentrati ad ascoltare le parole di qualcuno più grande di loro. Più che andare a un incontro, sembrava che stessimo andando a porgere le condoglianze a qualcuno.

Dopo alcuni passi sentimmo un leggero fischio dietro di noi che fece voltare quelli davanti all'ingresso mentre il gruppo degli altri affiliati, accorgendosi della nostra presenza, cominciò a disgregarsi e a rientrare, di fretta, dentro.

Davide accelerò il passo e in pochi secondi era in cima alla fila. Arrivati dinanzi alla porta blindata, completamente spalancata, ci fece segno di attendere fuori e di non entrare. Restò fermo sotto lo stipite a fissare un ragazzo davanti al tavolo, immobile, di spalle.

«Gabriele!» esclamò Davide e subito dopo varcò l'ingresso fermandosi al centro del salone.

Il rampollo non si voltò. A quel punto Davide pensò che se la montagna non va da Maometto, Maometto va alla montagna. Si avvicinò a lui e mettendogli una mano sulla spalla, lo fece girare.

Davide tentò di fare un passo indietro. Poi, rapidamente, rimise il piede dov'era. Rimase scosso, colpito, dopo che i suoi occhi avevano visto le mani di Gabriele stringere una 9x21.

«Che hai in testa?» gli domandò.

«Niente. La stavo pulendo, tutto qua» rispose nascondendo il sorriso eccitato.

«Mi piacerebbe crederlo. Comunque, con il permesso dei ragazzi qui presenti, i miei amici chiedono di scusarsi con te in privato. Che dici, si può fare?»

Gabriele posò la pistola sul tavolo e, aprendo le braccia, disse: «Sì, sì, certo, amico mio.»

«Prego, accomodatevi» disse qualcuno davanti a me rivolgendosi a 'o Pacc.

Così, 'o Pacc mise un piede in avanti e varcò la soglia. Dopo toccò a Aglitiello e dietro di lui il resto dei ragazzi "amichevoli".

L'istinto mi fece voltare indietro. E quando mi accorsi che il cortile era calato nel buio più totale, pensai che...

«Davide?» dissi. Credevo di aver urlato il suo nome, ma uscì una vocina fragile e delicata che fortunatamente lui riuscì a sentire. Voltò leggermente la testa verso l'uscita e, accorgendosi che i suoi amici stavano per varcare il privè blindato con tutti gli affiliati dietro, urlò: «No!»

Gabriele, per guadagnare tempo, diede una violenta spinta che fece cadere Davide sul pavimento. Poi con rapidità riprese la pistola sul tavolo e corse verso la camera blindata. Afferrò la maniglia con entrambe le mani e la socchiuse, restando immobile a guardare Davide mentre provava ad alzarsi.

Con tutta la forza provò a rimettersi in piedi e, persistendo nel tentativo, lo guardò con delusione e rabbia. Ma Gabriele, viscido e velenoso come un serpente dal morso mortale, esitò nel chiudere la porta per fargli sentire le prime grida dei suoi amici mentre venivano pestati dal feroce branco.

Davide riuscì a riporsi in piedi. Finse un malore alla fragile gamba provando a simulare debolezza e dolore. Poi, con un rapido scatto, provò a impedire la chiusura totale della porta blindata perché sapeva che, una volta che Gabriele fosse riuscito a serrarla, per lui sarebbe stato uno strazio. Ma il suo tentativo fu vano perché Gabriele fu più veloce di lui.

Oltre al muro, tra le fessure della porta, cominciammo a sentire le atroci urla di 'o Pacc e Aglitiello che gridavano dal dolore mentre incassavano tutto la perfidia di quel momento.

Davide, tra sofferenza e disperazione, rabbia e rancore, afferrò la maniglia dorata e cominciò a tirarla con tutta la forza gridando: «Apriti!»

Sentire quelle urla gli provocava quasi il sanguinamento dei timpani.

Dopo aver, ripetutamente provato con scarso risultato, lasciò la maniglia e si dedicò alla parete, graffiandola con le mani come se, dopo tanto sforzo, si potesse strappare in due, come accade con la carta velina.

Il forte boato di una lastra che si rompeva e lo stridore dei vetri sul pavimento ci fecero saltare dallo spavento. Dopodiché calò uno strano silenzio.

Si voltò verso di me guardandomi con gli occhi lucidi di disperazione e rossi di rabbia e si lasciò cadere con le ginocchia sul pavimento, pensando che sarebbero usciti morti da quella stanza.

Mentre accumulava tutta la sua rabbia tra pensieri e silenzio, la porta d'acciaio si aprì leggermente. A tenerla ferma era il rampollo con le mani sporche di sangue.

Afferrò un affiliato per la maglia e con violenza lo spinse fuori, urlandogli: «Prendimi un coltello dal bar.»

Davide, intuendo le sue intenzioni, si alzò dal pavimento tuffandosi contro Gabriele che, vedendoselo arrivare addosso, tirò a sé la pesante porta.

«Ah!» gridò Davide dal male. E nonostante il forte dolore lo portasse a urlare a causa del braccio incastrato nella porta, pur di tenerla aperta, preferì incassare e resistere ai colpi di Gabriele mentre pressava la sua carne tra l'acciaio dirompente.

«Questi non sono come noi. Non fanno parte di questa vita. Ridurli in fin di vita potrebbe essere rischioso per tutti» disse urlando dal dolore.

Fortunatamente, Gabriele smise di pressargli il braccio e lasciò la maniglia della porta.

Avendo sottolineato la loro estraneità e assenza di coinvolgimento alla malavita, Davide fece capire che lasciar perdere conveniva a tutti. Così gli affiliati lasciarono i due e cominciarono a uscire da quello stretto varco come uno sciame di pungenti api e a dirigersi verso l'esterno. Tra loro, feriti e doloranti, c'erano anche 'o Pacc e Aglitiello che camminavano sulle ginocchia con il volto completamente insanguinato.

Il panico mi assalì per qualche secondo. Non sapevo cosa fare per aiutarli. Così, mi feci forza e mi avvicinai ad Aglitiello con l'intenzione di soccorrerlo, ma dopo avergli afferrato il braccio, gridò: «Basta! Ti prego, basta!»

Qualcuno, per la fretta, mi diede una brusca spinta che mi fece perdere la presa. Quando mi voltai, non vedendoli più, decisi di non abbandonare Davide e mi limitai a guardarlo.

A rilento s'incamminava verso l'uscita del mini-appartamento, si fermò solo quando Gabriele lo chiamò: «Te ne vai senza salutarmi?»

Davide diventò di marmo. Poi cautamente si voltò verso lui e restò a guardarlo con disprezzo.

«Non hai la faccia di chi è contento, vero?» gli chiese Gabriele.

«Li hai conciati come stracci vecchi e sporchi di rosso.»

«Hanno avuto quello che meritavano!» gridò Gabriele.

«Ah, sì? Se sapevo che andava così, a Irola ti lasciavo con la testa nel cesso. E invece mi sono fatto l'isolamento per te!»

Gabriele fece un rapido movimento verso di lui tirando fuori la pistola dai pantaloni, afferrò Davide per il collo e lo rilegò nell'angolo.

Davide, pur avendo la canna della pistola incollata sulla fronte, non piegò lo sguardo nemmeno per un secondo.

«Non ti ammazzo perché sei il nipote di Malagueños. Sennò t'avevo già scaricato tutto il caricatore in faccia.»

«Sei un pezzo di merda. Spara!» gli gridò Davide.

Gabriele strinse i denti per farsi coraggio e sparargli e mentre lui concedeva a Davide pochi secondi prima di ammazzarlo a sangue freddo, dalla paura cominciai a indietreggiare, in attesa di sentire lo sparo. Volevo scappare via ma, non so ancora ora perché, rimasi immobile a guardarli.

«Vattene...» gli ordinò Gabriele «e sii contento per come è andata» disse voltandosi. E mentre lui estraeva il caricatore, Davide staccò le spalle dalla parete.

«Lo ero se lasciavi perdere loro e uccidevi me. Invece ora, mi costringi a vivere sentendo continuamente quelle urla nella mia testa e il peso da portarmi appresso» disse lasciando cadere una piccolissima e finissima lacrima sul viso.

Così, con l'amaro sulla punta delle labbra, si avvicinò a lui, lo obbligò a voltarsi e gli baciò entrambe le guance.

Gabriele rimase colpito dal suo gesto indecifrabile. Mentre Davide s'incamminava verso di me per andar via, lui lo guardava ancora con l'aria insoddisfatta.

Tuttavia Davide sapeva molto bene che facendo quella mossa, una volta uscito dal rione, per rimanere in vita avrebbe dovuto guardarsi le spalle, ridurre le amicizie e i posti frequentati abitualmente. In poche parole, si sarebbe dovuto trasformare in un perfetto fantasma.

'A Mentos

Un violento temporale si abbatté sui tetti delle Case Gialle. Le spaventose nuvole, che da nere come il catrame si stavano pian piano scolorendo, avevano scaricato talmente tanta pioggia da otturare la maggior parte dei tombini del parco, facendo salire l'acqua oltre il livello del marciapiede.

Quando esse si spostarono verso nord-est, continuando a bagnare gran parte dei rioni, la paranza di Gennarino Stunato sperava disperatamente in un po' di tregua.

Ormai le scarpe di coloro che erano fermi a guardare l'entrata principale erano inzuppate d'acqua e, di certo, il gelido freddo non aiutava per niente. Pur essendo "programmati" a resistere a ogni evenienza, rassegnandosi a circostanze del genere, comunque percepivo la loro insofferenza al freddo attraverso l'irritazione che sprigionavano.

Quanto a me, me la cavai grazie a Valeria che, essendo maniaca del meteo, quella mattina mi lasciò un messaggio in segreteria ordinandomi di calzare gli stivaletti di cuoio. Però, la maggior parte dell'umidità mi era già entrata nelle ossa facendo tremare il mio corpo con contrazioni imprevedibili e irregolari, a scatti, un po' come il motore della mia Bianca quando l'avvio dopo un lungo periodo di fermo.

Avrei dato qualsiasi cosa per distendere le mani e avvicinarle al bidone infuocato, ma nelle Case Gialle questo lusso non era consentito, non tanto per la puzza di bruciato ma per il fumo che avrebbe dato fastidio. Infatti avrebbe sicuramente affumicato i balconi dei palazzi e irritato i condomini per i panni stesi.

Per combattere tutto quel freddo ci voleva solo una cosa: una tazza di tè fumante ma donna Marta, a causa dell'età credo, si dimenticava sempre di comprarlo.

A farmi smettere di tremare dal gelido freddo fu l'arrivo della Fiat Punto con la targa che Davide, tempo prima, mi aveva detto di ricordare. Neanche si scomodarono a scendere dall'auto che Gennarino Stunato uscì dal "negozio" consegnando ai militari una busta con dentro la loro "mesata" da dividersi. Ma prima di farlo, sarebbero dovuti passare da quasi tutte le piazze di spaccio estese per Scampia. Quando andarono via, la domanda mi venne spontanea: «Quanto?» gli chiesi.

Davide staccò la pianta del piede e le spalle dal muro. Si avvicinò all'orecchio e sussurrò: «Per quelle piccole danno 15 bigliettoni verdi al mese, per quelle grandi il doppio.»

«Ma hai aperto la porta del frigo!?» disse 'o Minorenne a Davide sporgendo il naso oltre lo spioncino del cancello.

«Entra dentro!» gli ordinò con maggiore serietà.

«Sì, ora rientro. Ma se vedi arrivare il porta-pizze, bloccalo» disse e rientrò a spacciare droga dalla finestra sul retro.

«Cosa significa?» domandai.

«Marijuana, hashish e cocaina dal naso, sono quelle piccole. Il resto, sono quelle grandi.»

Inspirai con rabbia e mentre lo guardavo incassavo il suo sorriso travolto dal sarcasmo.

«Più guadagni e più pretendono. Più guadagni e più pretendono» commentai deluso.

«Siamo solo pezzi di ricambio chi si illude è fesso due volte» mormorò rassegnato.

Dopo circa un'ora passata a denti stretti, finalmente cominciammo a sentire un po' di calore quando vedemmo arrivare il venditore ambulante a tempo pieno, a bordo del suo treruote che, sollevando il coperchio dal pentolone, cominciò a versare il brodo di polpo nei bicchieri.

Nel momento di avvolgere il bicchiere con le mani per scaldarle, il cancello blindato alle nostre spalle si spalancò senza alcun ordine proveniente dall'esterno.

'O Minorenne uscì correndo e, passandoci di fianco, lanciò contro il mio petto il borsello che finì per terra.

Davide fece un violento sussulto riportando gli occhi contro il cancello, credendo che stesse fuggendo da un poliziotto che si era nascosto precedentemente da qualche parte. Ma a parte il vento, nessuno gli correva dietro. Anzi, era lui che correva velocemente dietro un'auto scura e impolverata dal maltempo.

Gennarino Stunato, sapendo che Davide a stento riusciva a camminare, raccolse il borsello caduto sul marciapiede e rientrò dal cancello. Una volta raggiunta l'auto 'o Minorenne strillando cominciò a colpire con forza il vetro dello sportello di guida.

L'auto fece una brusca frenata. Così, con violenza e decisione, 'o Minorenne infilò metà corpo nell'abitacolo e tirò fuori il guidatore scaraventandolo per terra.

Gli urlava in faccia in modo alquanto aggressivo, tanto che da lontano non riuscivamo a capire cosa fosse successo per farlo infuriare così e, soprattutto, per rischiare la galera solo per fermare un tossico nell'auto.

'O Minorenne si calmò solo quando il tossico estrasse qualcosa dalla tasca e gliela consegnò.

Al suo ritorno, Davide lo attese a pochi passi dal cancello, richiamandolo con il suo consueto sguardo minaccioso.

«Quel pezzo di merda, Davide, mi aveva dato una cinquecento lire. Ma ti rendi conto?» gridò 'o Minorenne col fiatone.

Davide si lasciò andare in una risata e non volle neanche sforzarsi di afferrare la moneta in volo.

«Tu ridi? Poi quando mancano i soldi ve la prendete con me!» affermò con rabbia.

«Tieni, rientra dentro» gli ordinò Gennarino Stunato e, dopo avergli messo il borsello a tracolla e averlo visto chiudersi dentro, continuò: «Hai fatto bene, Pepsiman!»

Davide spalancò gli occhi.

«Ha fatto bene? Era una merdosa moneta da due euro!» disse innervosendosi.

«È lui che ci rimette se supera la soglia di...»

«Cioè, questo ha rischiato di farsi arrestare per recuperare una cazzo di moneta e mi dici che ha ragione lui!?» urlò Davide. Poi tenendo gli occhi incollati all'entrata, indietreggiò fino ad arrivare allo spioncino. Si girò e, dopo averlo guardato in modo torvo, si rivoltò dicendogli: «Lo sai che hai rischiato di prendere da tre a cinque anni per due euro? Se andrai di questo passo, amico mio, di sicuro le tue stronzate usciranno su tutti i giornali. Già m'immagino l'articolo, credimi. Ma non sarai tu a dare spiegazione a quelli delle Case dei Puffi. Quando sapranno del tuo arresto, pensi che ti manderanno l'avvocato e il mantenimento ogni settimana o, piuttosto, che aspetteranno la tua scarcerazione solo per assicurarsi di vedermi nell'atto di spezzarti le ossa con una mazza da baseball, perché t'ho garantito io? Lo sai bene che sceglieranno me e che non posso tirarmi indietro, perciò non farmi vivere quel giorno.»

'O Minorenne sbiancò in viso e rimase immobile a guardarlo con la bocca aperta, mostrando i suoi minuscoli incisivi centrali superiori e le gengive ben evidenti.

«Non succederà più, fratello» rispose rammaricato.

Davide, senza neanche rispondergli, inspirò assaporando lentamente quel tipico odore che lascia nell'aria la pioggia, abitudine che faceva parte di lui, così come annusare l'odore della benzina. Poi s'incamminò per ritirare i nostri contenitori di brodo fumante.

Dopo i primi sorsi bollenti ebbi una strana sensazione, come se il corpo si stesse scongelando gradualmente. Finalmente ripresi un po' di calore, ma non durò per molto.

Era chiaro che avessi un unico pensiero che insistentemente mi suggeriva di salire in sella e andarmene a casa, farmi un bagno caldo senza bagnoschiuma, prepararmi quel magnifico tè e sorseggiarlo davanti alla TV, sotto una calda coperta. Mi sarebbe piaciuto molto, ma dovetti respingerlo.

Mio nonno diceva sempre: "Le cose che devono accadere, accadono solo in quel momento" e bastò pensare alle sue parole per convincermi a restare. Restare mi avrebbe permesso di conoscere, o meglio, di vedere uno dei volti più pericolosi del clan, soprannominato "'a Mentos".

Quando Ugariello cominciò a contare i primi guadagni che portavano le paranze, di sua sponte, meditò di fare carriera: nella sua qualità di capo-paranza decise di avvicinarsi al "responsabile" Amendola. Costui non aveva mai avuto dialoghi diretti con membri delle paranze, ma era l'anello comunicante tra Carluccio Bellezza e Ugariello.

Quasi tutti i giorni i due si incontravano soltanto di sera. Si chiudevano nell'auto di colore blu, parcheggiata lontano dalla paranza, per parlare evitando di farsi sentire da qualcuno e, cosa ancora più importante, di farsi beccare insieme da qualche pattuglia.

Dopo aver visto i bilanci delle vendite, Carluccio riconobbe l'audacia di Ugariello per quello che aveva fatto e per quello che stava facendo.

Così, Ugariello cercava espedienti per incontrarsi con Amendola che frequentava a tempo pieno le Case dei Puffi. Dopo poco tempo, Ugariello poteva entrare, fermarsi, parlare con qualcuno e poi fare ritorno, indisturbato, alle Case Gialle.

Era diventato un responsabile a tutti gli effetti, molto simile a quelli che c'erano nella Vela rossa, buoni a nulla!

Finalmente, dopo tanti sacrifici, Ugariello aveva realizzato il suo sogno: stare con i pezzi da novanta!

E per questo motivo, cedette il ruolo di capo-paranza al fratello minore di Gennarino Stunato.

Col passare del tempo, Ugariello cominciò a cambiare sia atteggiamento che regolamento. Si comportava proprio come un pezzo grosso e quando cambiava le regole diceva: «L'hanno detto i compagni» e tutti tacevano.

Il silenzio, però, non durò molto, finché a nessuno stette più bene niente.

La prima fu Tinuccia che, con disprezzo e rabbia, consegnò ogni tipo di responsabilità nelle mani di Gennarino Stunato. La sua uscita significava niente più appoggio, spartizione in casa sua o degustazione di un bel bicchiere di limonata fresca o di un caffè notturno. Inoltre, cosa ancora più grave, la paranza, con la perdita di Tinuccia, era priva di privilegi e sicurezza, perché la droga non era più in casa sua, ma era nascosta nei condotti dell'ascensore, all'ultimo piano. Ciò comportava un grosso problema per entrambe le paranze, perché sarebbero stati tutti responsabili del carico nel caso l'avesse requisito la polizia o i carabinieri: tutti avrebbero dovuto ripagare con i propri ricavi o, peggio ancora, con la galera.

I membri delle paranze facevano pressione ai due fratelli capoparanza e costoro, a loro volta, la riversavano su Ugariello. Ma quando intuirono che se ne fregava altamente, più volte, lo invitarono a farsi da parte e a portarli direttamente da Carluccio Bellezza, da Malagueños, dal terzo uomo o dai soci della piazza delle Case Gialle.

Ugariello non la prese bene e, con l'aiuto di Amendola, pretese subito un incontro con i pezzi da novanta per dare loro spiegazioni e per chiedere di dare una lezione ai due fratelli che non solo stavano gettando fango contro di lui ma che gli avevano messo contro tutti i membri delle due paranze, compreso donna Marta e don Fernando.

La questione dei due fratelli che stavano per smantellare una piazza di spaccio da circa cinquantamila euro al giorno, partì dalle Case dei Puffi e arrivò alle orecchie delle palazzine della "219" a Melito, fortino della Famiglia Valente-Torretta, proprio come il tradizionale gioco del "telefono senza fili".

Ottavio Torretta, in persona, affidò l'incarico ai peggiori Killer di Scampia: suo cognato Benito, 'a Mentos, 'o Casertano e infine, Mimmo 'a Mummia.

Nel primo pomeriggio, a bordo di un'auto scura, le quattro teste più spietate di Scampia-Secondigliano varcarono l'ingresso delle Case Gialle.

«Vattene! Vattene! Vattene!» urlò Davide, sussultando dalla sedia, allo spacciatore.

Mi allontanai dal cancello e, nascondendomi dietro al muro del "negozio" di Josè, schiacciai il bottone-spia del giubbotto e guardai Davide. Non volevo perderlo di vista: semmai gli agenti lo avessero pestato senza alcun motivo, avrei mandato il filmato a ogni giornale d'Italia.

Davide era quasi certo che fossero agenti di Castello di Cisterna che descriveva come i "peggiori", in quanto incorruttibili, carabinieri di tutta la Campania.

Mentre i membri della paranza si sparpagliavano per il parco, confondendosi con persone estranee alla piazza, Davide s'incamminò fino al marciapiede dove, restando immobile, fissò ogni loro movimento. Presto si rese conto che quei volti li aveva già visti e riprese fiato.

I quattro scesero dall'auto ignorando di parcheggiarla con cura. Non riuscivo a individuarli con precisione perché tirava troppo vento e poi avevano tutti la testa infilata dentro i cappelli di lana o di cotone. Tuttavia, non potevo ignorare il loro atteggiamento intimidatorio, di superiorità. D'altronde potevano permetterselo: erano killer, non si trovavano certo lì per pettinare le bambole!

Davide, essendo l'unico rimasto davanti al cancello blindato, fu costretto a parlare con loro per capire cosa o chi volessero.

Dopo un breve scambio di parole, Davide si avvicinò al negozio e fece uscire Gennarino Stunato, perché erano venuti apposta per lui.

Così, uscii da dietro al muro e mi sedetti sul muretto basso di cemento da cui avrei potuto guardare e sentire meglio.

I quattro killer non potevano ancora fare quello per cui erano venuti, perché mancava l'altro fratello, il "tragediatore". Così, dopo aver visto Gennarino Stunato citofonare a suo fratello per metterlo di fronte ai "capi", cominciarono a rivolgergli delle domande con il proposito di farlo cadere in errore e, quindi, in trappola. Ma il fratello minore di Gennarino non era ingenuo come suo fratello. Lui era molto diffidente tant'è che, anziché presentarsi davanti ai quattro killer e fare la fine del sorcio, mandò al suo posto suo zio Luchetto, anch'esso killer della famiglia Valente-Torretta, ma più legato a quella dei Valente. Luchetto, pupillo del boss Valente, era un loro affiliato ancora prima della faida scoppiata nell'anno 2004.

Quest'ultimo, rispetto ai suoi "colleghi" di morte, era un killer internazionale. Infatti, in quel periodo, tra gli affiliati girava voce che Luchetto, in Olanda, avesse mandato un "cristiano" al creatore e che lo avesse fatto da solo.

Quando costoro videro Luchetto uscire dal portone, rimasero spiazzati. Ma quello che più rimase stupito fu il cognato di Ottavio Torretta, Benito, che era vicino alla famiglia Torretta.

La presenza di Luchetto aveva cambiato il piano e le loro intenzioni, facendoli sentire un treno che deraglia dai binari.

Di lì a poco, lo zio materno, dopo avergli offerto una mano in segno di saluto, ordinò per citofono al fratello di Gennarino di raggiungerlo il prima possibile.

Ormai i due fratelli erano messi alle strette. L'unica via d'uscita per rimanere in vita sarebbe stata spiegare i motivi della rottura tra le paranze e il "responsabile" Ugariello. Chi aveva sbagliato avrebbe pagato! Ma questo sarebbe avvenuto in un secondo momento, lontano da occhi indiscreti.

Il fratello di Gennarino era appena uscito dal portone e, senza alcuna ombra di agitazione, cominciò a rispondere alle domande dei rappresentanti di Melito. A interromperlo fu Ugariello che era appena sceso dalla sua auto e si stava avvicinando.

«Beh, ora non ti atteggi più? Dammelo ora lo schiaffo, infame!» urlò e subito gli partì la mano dando un forte schiaffo in faccia al fratello di Gennarino.

Luchetto, incredulo per la scena, inarcò un sopracciglio. Rimase colpito dal comportamento dell'ultimo arrivato ma, non sapendo chi fosse, non seppe come reagire. Ma ci pensò subito qualcuno: 'a Mentos. Essendogli più vicino, partì con una raffica di schiaffi sulla bocca e sul viso.

Ugariello cercò di ripararsi dai colpi, mettendo le mani sul viso, sperando nell'impenetrabilità di quella barriera. Quando 'a Mentos smise, Ugariello, oltre a ripulirsi dal sangue che gli usciva dalla bocca, sputò anche qualche dente rotto. Poi venne subito fatto allontanare da Mimmo, che lo prese a calci nel culo, concedendogli una tregua solo quando lo vide rotolarsi per terra. Sebbene negli occhi di Mimmo ci fosse ancora tanta energia da scaricare, dovette fermarsi a causa dell'intromissione di due vecchiettine della scala E, che tentarono in tutti i modi di farlo smettere.

Nel raccontare alcuni episodi, i fratelli tirarono in ballo anche Davide. Non lo fecero per astuzia, ma per sembrare più credibili essendo il ragazzo privo di un legame particolare, se non quello "lavorativo" sia con loro che con Ugariello. Davide, in quanto imparziale, era la giusta persona da porre sul banco dei giudicanti.

Così, la proposta fu approvata dai cinque "tenenti", che trascinarono Davide in quell'imbroglio di parole taglianti e di discorsi a lui molto lontani.

Benito si lamentò del freddo e il gruppo si spostò verso il "negozio" di Josè. Poi furono invitati a entrare con insistenza da donna Marta.

Prima che qualcuno di loro facesse un passo in avanti verso l'ingresso, lo feci io. E per guadagnare tempo e far credere loro che fossi dentro molto prima del loro arrivo, ordinai un caffè-latte bollente a don Fernando.

Benito entrò per primo, in cerca di calore e la prima cosa che fece fu quella di scusarsi con i presenti, rubando loro ancora qualche minuto. Poi voltandosi verso don Fernando gli chiese se potesse accedere al bagno.

In quella piccola pausa imprevista, Luchetto con insistenza offrì loro da bere.

Ritirai il mio caffè-latte e andai a sedermi nell'angolo, mentre donna Marta socchiuse un'anta della porta.

Dopo i primi sorsi, alzai lo sguardo e rimasi scioccato. Non ci potevo credere. Per me era assurdo vedere che uno di quei volti, uno di quei killer che si era appena tolto il cappello, fosse un mio ex paziente del centro di riabilitazione. Volevo tanto alzarmi e chiamarlo per nome, ma rinunciai subito non appena mi resi conto che fosse lì in veste di affiliato e non come paziente. E come un pendolare in stazione, attesi con pazienza.

Il chiarimento si riaccese dopo che Benito si avvicinò al gruppo, mentre le sue mani provavano ad asciugarsi con un pezzetto di carta igienica.

Così, Davide cominciò a esporre loro alcuni dei cambiamenti imposti senza alcuna riunione né preavviso, ma imprevedibili come un lampo a ciel sereno.

Saltò fuori che Carluccio Bellezza, da sempre, mandava mille euro a settimana per ogni membro delle paranze finché la piazza non avesse garantito delle sufficienti entrate per essere "autonomi", ma a loro arrivava solo la metà.

Per i soci, Tinuccia prendeva la paga settimanalmente solo per curare il carico di droga e non per tutto il resto. Ma dal foglio che presentava Ugariello ogni settimana alle Case dei Puffi, scoprirono che Tinuccia avrebbe dovuto ricevere il doppio di quello che aveva confidato a suo genero Gennarino Stunato e che quella eccedenza, in realtà, veniva incassata dal capo-paranza e dal responsabile.

E poi, quest'ultimo mancava sempre più spesso dalle Case Gialle e per diversi motivi personali: per accompagnare la moglie a fare spese, per un week-end sulle montagne di Roccaraso, per le cene al ristorante con gli amici o con la scusa di incontrare Carluccio Bellezza. Spariva per ore e così, a curarsi della piazza, non era lui, bensì i fratelli.

E la goccia che fece traboccare il vaso fu quando Ugariello obbligò le paranze a versare nelle sue mani la stessa parte che dividevano tutti gli altri, per poi spartirsela con Amendola. Proprio quest'ultima decisione di Ugariello, per tutti i membri, era inaccettabile: Ugariello era stipendiato già da Carluccio Bellezza e per lui i pericoli erano molto minori rispetto alle paranze che rischiavano sul campo.

Le parole di Davide li spiazzarono: erano venuti per un motivo e ne avevano appresi degli altri.

Ma perché avrebbero dovuto dubitare che la sua versione non fosse altro che una dura verità?

C'era un solo modo per scoprirlo, ovvero prelevare Davide e portarlo a Melito, dinanzi ai fondatori del clan. Solo in questo modo sarebbe saltato fuori il nome di colui che stava per far chiudere una piazza molto redditizia.

A quell'eventualità che diventava sempre più certezza, una bolla d'ansia si formò nello stomaco, così mi feci coraggio e mi avvicinai a loro.

«Ciao Simone, come va la spalla?»

«Gioele?» chiese «Che ci fai qui?»

Poi con un rapido gesto mi prese sottobraccio e ci spostammo dai suoi "amici". Eravamo chiusi in un angolo, di fianco al bagno il cui fetore, che fuoriusciva dalle fessure della porta, mi confondeva i pensieri.

«Sono venuto per lui» dissi facendo cenno verso Davide che mi guardava con gli occhi spalancati.

«Lo conosci?» mi chiese.

«È come un fratello per me. Ora dimmi, cosa gli succederà?»

Simone mi fissò per un istante facendomi notare l'azzurro dei suoi occhi, era come se mi stesse leggendo nel pensiero. Con un cenno inequivocabile della mano ordinò a Davide di avvicinarsi a noi.

«È tutto vero? Te lo chiedo perché sotto quest'incontro c'è un macello che neanche immagini» disse sistemandosi i corti e chiari capelli di lato.

«Confermo ogni parola. A nessuno sta più bene la politica di Ugariello. Queste sono le Case Gialle, non le Vele. E se non fosse abbastanza, sappi che io sono uno dei due jolly di Carluccio.»

Lo fissò ancora un poco e voltandosi verso me disse: «Ci vediamo con calma, Gioele.» E dopo aver incassato una pacca sulla spalla, il mio paziente Simone, che per tutti era 'a Mentos, s'incamminò verso i suoi amici.

Avvicinò la bocca all'orecchio di Benito e, dopo avergli detto qualcosa, andarono via.

Nel giro di un'ora, Paolone l'assassino ci fece sapere che Ugariello fu prelevato dal suo amico Amendola che, voltandogli le spalle, lo portò alle Case dei Puffi. Proprio fuori alla lussuosa casetta di legno di Carluccio Bellezza, davanti ai soci e ai rappresentanti di Melito, dopo aver ammesso tutta la verità, fu pestato pesantemente dai fedeli del capo-piazza: Poppone e Scarpetta con le mazze da baseball, mentre 'o Casertano e Mimmo 'a Mummia, essendo più primitivi, usarono le mani.

Il violento pestaggio gli provocò una frattura multipla al braccio sinistro, un occhio violaceo e un ematoma sulla gamba, oltre a diversi punti sul sopracciglio destro, sul ginocchio e sulle mani. Insomma, lo conciarono proprio per le feste.

Lo stesso giorno che uscì dall'ospedale, Ugariello fu cacciato, perdendo ogni tipo di rispetto e di guadagno. Mentre i due fratelli, beh, loro continuarono a gestire la piazza come avevano sempre fatto, solo che come referente avevano il nuovo "responsabile": Paolone l'assassino.

Roma

Era l'alba di una fresca mattina. I giovani, padroni della notte, dopo aver fatto baldorie fino a ridursi ubriachi, sfiniti e rannicchiati sui marciapiedi, concessero tregua alle strade e ai vicoli storici.

Mi sentivo come un perfetto vagabondo a percorrere quelle strade spoglie, malinconiche. Non ricordo se mi fosse già successo di vedere la città godersi quel raro silenzio, ma ne dubito.

Era tutto così scorrevole, come quando si scende da una montagna con gli sci.

In poco tempo ero quasi arrivato sotto al balcone di Davide, ancor prima che sorgessero i primi raggi del sole, con la speranza di trovarlo affacciato a guardare l'arancio fluo, che tanto gli piaceva, sbiadire nel cielo. Ma la speranza svanì quando vidi il gatto che era stravaccato sul muretto del balcone.

Suonai il clacson, con insistenza, non perché fossi assonnato o pigro, ma perché nelle Vele si comunicava solo in quel modo. I citofoni? Beh, quelli erano un lontano ricordo.

Dopo poco si affacciò suo padre dicendomi: «Non è qui.»

Rimasi sconcertato, poi alzai la mano sia per scusarmi sia per salutarlo. Non appena lui rientrò, restai fermo, come un cretino in mezzo alla strada, travolto dalla collera.

Ci rimasi così male perché credevo che si facesse trovare pronto. Ci teneva così tanto a venire con me che mi aveva pregato per una settimana intera e invece, per come la vedevo, mi aveva dato buca.

Mentre stavo per rimettermi in auto per andare a Casoria, dove avrei imboccato l'autostrada per Roma, si accostò un'auto viola al mio fianco. A bordo c'era il muratore che teneva il volume della radio altissimo e se la godeva facendo danzare la testa e le mani. Era evidente che avesse bevuto molto, lo notai dagli occhi rossastri. A voce alta e impastata, biascicava la canzone di Elvis Presley, *Jailhouse Rock*. Non fu difficile capire che non conoscesse né la canzone né le parole ma che si sforzasse comunque, con scarso successo.

«Ha visto Davide, per caso?» domandai con un filo di speranza.

«Mio nipote, dici?» domandò abbassando il volume della musica. «Uah! Non lo vedo da mesi. L'ultima volta che l'ho visto avevo ancora due, trecento euro nel portafogli. Ma che sono i soldi di oggi? La lira era fantastica» rispose ridendo. Poi alzando la testa verso il balcone di suo fratello, provò a fischiargli. Ma a parte espellere un alito puzzolente non uscì altro.

«C'ho già provato. Credo che abbia dormito fuori» dissi irritato.

«Eh! Ma quello è giovane, mio caro amico. Anch'io quand'ero ragazzo dormivo dappertutto: nelle stazioni, sui tetti dei palazzi, al porto assieme ai pescatori che erano tornati da Procida. Ho dormito dovunque, tranne che a casa.»

Ripresi coscienza della realtà perché, diciamocela tutta, non aveva torto.

La gioventù è parente stretta della follia e Davide c'era ancora dentro con tutte le scarpe.

Aprii il portabagagli e consegnai a lui il computer che avevo promesso a Davide, sperando di renderlo felice.

Con stizza e amarezza mi rimisi in auto per andare via, direzione Roma.

Dopo circa tre ore di viaggio, trascorse tra code in autostrada e traffico di città, finalmente arrivai nel quartiere Petagna. Sostai l'auto sotto casa di Beatrice Turci, un'amica del liceo. Mentre stavo per recuperare la mia borsa da dietro i sedili posteriori per poi scendere e andare a citofonarle, la vidi uscire dal portone in legno.

Si fermò sul marciapiede bagnato, si guardò intorno, poi si accese una sigaretta attendendo a pochi passi dai citofoni.

Rimasi colpito. Quasi non la riconoscevo per quei chili di troppo che avevano assunto i suoi fianchi. Per non parlare di quei capelli corti, neri e rossi sulle punte e raccolti da un elastico che le regalavano qualche anno in più di quelli che aveva.

Beatrice aveva fatto una trasformazione radicale, una di quelle che le donne chiamano "rovina".

Dopo essermi ripreso dallo shock, scesi dall'auto e, alzando la mano, mi feci notare.

«Ehi!» esclamò contenta. Poi s'incamminò verso di me con un largo sorriso che quasi gli arrivava alle orecchie.

«Ciao, come stai? Ti trovo bene» dissi. Ma la voce nella mia testa mi definì un'ipocrita.

«Ricordi quei lunghi capelli castano chiaro sempre al vento, il fisico da sirenetta e le unghie da Kim?»

«Certo.»

«Cancella tutto! Ora sono solo la brutta copia di quella bella ragazza» disse ridendo.

«Beh, il tempo passa per tutti» commentai tirandole su il morale.

«Ma quale tempo? Ho beccato Giorgio mentre se la tirava con la mia amica.»

Rimasi pietrificato. Vedere una donna trasformata dal dolore era una cosa che mi lasciava senza parole.

Lei aprì la portiera dell'auto esclamando: «Comunque, quelli del giornale sono ansiosi di incontrarti. Sei a un passo dal successo, mio caro.»

«Sai cosa vogliono da me?» domandai incuriosito.

«Certo! Ma per saperlo devi andare lì. Dai, ora metti in moto e andiamo!»

Però, nonostante tutto, non aveva mai perso la grinta e la simpatia.

Impiegammo giusto il tempo di passare da un quartiere a un altro e, dopo essere arrivati in via Colombo, entrammo nell'edificio.

Una volta dentro, Beatrice accelerò il passo per raggiungere in fretta la hall per chiedere informazioni su una tale Vera Ulpi.

«Vieni. Di qua!» esclamò puntando il dito alla sua destra.

«Dai, accennami qualcosa» dissi mentre le porte dell'ascensore mi si spalancarono davanti agli occhi.

La curiosità mi stava per esplodere dentro. Non riuscivo più a trattenerla.

«Ti agiti per niente, proprio come al liceo» rispose trascinandomi dentro.

Poi scoppiò a ridere.

«Ti ricordi del professore di lettere? Cristo, appena mi vedeva da lontano mi rapiva per interrogarmi. Così, a caso.»

«Quello ti rapiva per altro. Veramente pensi che gli interessava sapere la tua opinione su Dante?»

Si voltò con gli occhi spalancati e un filo di broncio sul viso.

«Oddio, non volevo. Ti chiedo scusa» dissi imbarazzato.

«Certo che no! Quello le provava tutte pur di avermi tutta per lui» esclamò ridendo.

«Mi hai fatto prendere un colpo al cuore» dissi spingendola con ironia.

Al suono acustico che segnalava l'arrivo al piano, più simile in realtà al verso di una cicala in calore, uscimmo dall'ascensore. Quasi alla fine del corridoio, Beatrice bussò alla porta di un ufficio.

«Avanti» risposero.

Beatrice, con delicatezza, aprì la porta. Dietro alla scrivania c'era un uomo, con gli occhiali e i denti grossi, impegnato al computer.

«Cerchiamo la signora Ulpi» mormorò timidamente Beatrice.

L'uomo si staccò dalla sua comoda poltrona in pelle e fece il giro della scrivania.

«La dottoressa vi sta aspettando. Prego, entrate pure» disse spalancando la porta del secondo ufficio.

«Ciao!» esclamò Beatrice con esaltazione.

«Fatti abbracciare, piccola!»

E mentre loro si salutavano, chissà dopo quando tempo, io cominciai a guardarmi intorno. L'ufficio aveva un arredamento abbastanza recente, in stile moderno: un tavolo di vetro al centro, un dipinto di un'artista sconosciuto alle spalle, classiche poltrone bianche in pelle e le pareti ruvide dipinte di un grigio leggermente scuro. Inoltre, da un lato c'erano le vetrate, dall'altro una libreria bianca riempita di promettenti progetti o di insignificanti scartoffie e da come fossero sistemati i raccoglitori, optai per la seconda ipotesi.

La signora Ulpi, accorgendosi della mia presenza, si alzò in piedi.

«Piacere di conoscerla, signor Sanna. Io sono Vera Ulpi, la direttrice» disse porgendomi la mano.

«Ma prego, accomodatevi pure. Caffè, acqua?» propose.

«Accettiamo entrambe le richieste» rispose Beatrice ridendo.

La signora Ulpi sollevò la cornetta e girò le richieste a qualcun altro. Si tolse i mostruosi occhiali colorati e si concentrò su di me, esaminandomi con lo sguardo.

«Dunque. Lei si starà chiedendo cosa ci fa qui, vero? Mi sembra logica la sua domanda. Nel bel mezzo del caos, che le metropolitane offrono a Roma o altrove, io ho avuto fortuna e modo di guardare le sue fotografie pubblicate da Vanity Fair english. E... poi, parlando di lei con il mio gruppo di amici, tra questi c'era anche Beatrice, saltò fuori che...»

«Molto interessante. Pensavo che il passaparola fosse una vecchia diceria, evidentemente mi sbagliavo» dissi sorpreso.

La direttrice tirò indietro la schiena con violenza. Mi guardò in modo strano portandomi a pensare che se la fosse presa oppure che la mia ironia avesse una nota sarcastica di troppo.

«Il punto è... lei le ha mai pubblicate in Italia?» mi chiese sistemandosi una corta ciocca di capelli dietro l'orecchio.

«No.»

«Bene, bene. Perché noi saremmo interessati a farlo. Ovviamente, se ci desse il permesso di scrivere noi la didascalia della fotografia sarebbe strepitoso. Cosa ne pensa, signor Sanna?»

Feci un profondo respiro. Uno di quelli con cui pensiamo di aver rubato tutta l'aria del pianeta.

L'offerta non era per niente male, la situazione invece sì.

«Sono lusingato che le siano piaciute le fotografie e sono doppiamente lusingato a sentire parole che mi fanno gioire il cuore. Ma senza che ci giriamo troppo intorno...»

«Esatto» esclamò fissandomi incuriosita.

«Quelle fotografie non potranno mai essere pubblicate qui» dissi.

Beatrice fece un piccolo sussulto dalla poltrona. Aveva gli occhi spalancati e rivolti a me, a differenza della Ulpi che rimase immobile lasciando solo cadere il dito sulla collana. Forse non aveva mai pensato che un giorno si sarebbe presentato uno stupido nel suo ufficio che avrebbe rinunciato alla sua imperdibile offerta.

«Se non sembro troppo indiscreta, posso chiederle come mai? Per ripicca? Perché hanno, forse, rifiutato qualche sua opera in passato? Incontrollabile orgoglio o, forse, perché non ci ritiene all'altezza del Vanety Fair o per non rovinare la sua ascesa al successo?»

Ci misi un bel po' a rispondere. Mi presi tempo e spazio per trovare le parole adatte da tirare fuori.

«Nessuna di quelle che ha detto o pensato, signora Ulpi» dissi irritato.

«È per soldi, forse? Vedi che ti pagano bene» disse Beatrice con agitazione.

E, prima di rispondere, davanti agli occhi mi apparve il volto di Davide: era immobile, con le mani posate sulla testa fissandomi con tutto il suo disprezzo e la rabbia che aveva accumulato nel corpo. Col pensiero provavo a dargli spiegazioni, gli gesticolavo persino di stare tranquillo, ma niente. Lui continuava a fissarmi con quegli occhi rossi e, quasi rassegnati, a consegnarsi alla morte.

E, fino a quel momento, non mi ero ancora reso conto che ogni mia azione o scelta si sarebbe ripercossa su di lui.

In quell'immagine, che assumeva via via contorni sempre più definiti e vividi, Davide si sentiva tradito da colui che considerava il "suo unico benevolo amico" e la sola cosa che lo calmasse era aspirare il fumo di qualche Merit di troppo.

«Le andrebbe di spiegarci il vero motivo?» mi chiese la Ulpi.

«Non posso. Non posso farlo. Pubblicare quelle fotografie qui significherebbe mandare a morte il mio referente. E non posso voltargli le spalle per questioni di soldi.»

«Ma lei è un giornalista» disse la signora Ulpi alzandosi dalla poltrona. «Noi usciamo lì fuori, rischiamo la vita ogni santo minuto solo per cercare indizi, informazioni, verità. Siamo macchine addestrate solo con lo scopo di ricevere il materiale adatto alla pubblicazione. Mentire e voltare le spalle, come dice lei, è l'unico modo per varcare la porta del successo!»

«Conobbi la mia fonte a un'età giovanissima. Ho mangiato con lui, sono andato al mare, c'ho persino dormito insieme. In tutti questi anni, signora Ulpi, me lo sono cresciuto come una pianta malata e storta. E se pubblicassi le fotografie qui, in Italia intendo, lo ammazzerebbero. E sa in che modo? Con un appuntamento con la morte. Mi spiace, io non me la sento di varcare la soglia del successo mandando a morte un ragazzino solo perché lo ritiene materiale pubblicabile.»

La signora Ulpi, con stizza e freddezza, mi stese una mano per mandarmi a quel paese.

Così, addolorato per l'incontro ma fiero per aver mantenuto la mia parola d'onore proprio come un fedele affiliato, mi alzai dalla poltrona e voltai le spalle a quella "vecchia" donna che sicuramente dentro di sé mi disprezzava con tutto l'odio dell'ufficio.

«È doveroso che debba dirglielo proprio io. Comunque, le sue fotografie sono state appena pubblicate dalla stessa casa» disse con un sorriso soddisfatto.

«In che senso?» le chiesi voltandomi con gli occhi sbarrati.

«Ero sicura che non ne fosse a conoscenza. Lei con la Vanity Fair ha firmato un contratto internazionale e non nazionale. E visto che in America le sue fotografie hanno avuto successo, le hanno pubblicate una settimana fa nel nostro Paese» disse allungandomi la rivista.

La strappai dalle sue mani. Con adrenalina a mille cominciai a sfogliare le pagine in cerca di quelle giuste.

«Pagina 19» disse con eccitazione.

Vidi la prima fotografia stampata su carta: sul letto, in ordine, c'erano i vestiti di Davide e due pistole a fianco alla cintura firmata.

Nella seconda, Davide era seduto dinanzi al televisore con una palla di cocaina a fissare l'immagine che riprendeva la telecamera posizionata sulla porta d'ingresso e puntata sul ballatoio, mentre una 7.65, scarica sul tavolino bianco, completavano il quadretto.

Poi vidi una terza. Una quarta. Una quinta. Insomma mi sentii debole, tremante, un'invisibile mano si aggrappò alla mia gola provocandomi un violento senso di soffocamento. Non riuscivo a controllare il respiro e le gambe davano segno di cedimento. Mi vedevo già steso sul pavimento inalando gli ultimi respiri prima di morire.

Perché, nel profondo, sapevo già che a pagare i miei errori con la morte non sarei stato io, ma il mio amico Davide.

Dietro Mianella

Quasi in cima al Vesuvio in un noto ristorante eravamo riuniti intorno a un tavolo: io, Davide, il vecchietto e un noto avvocato del foro di Napoli.

La sala non era chiassosa perché c'era giusto qualche famiglia seduta qua e là mentre i loro bambini giocavano, rincorrendosi uno dietro l'altro e nascondendosi tra i tavoli liberi. Dinanzi alla vetrata, al tavolo tondo, c'era una giovane coppia innamorata che a vederla trasmetteva tanta felicità e spensieratezza. I giovani piccioncini non sognavano altro che donarsi amore giacché quella cornice, che faceva loro da sfondo, sarebbe stata più che sufficiente per rifarsi gli occhi perché da lì avrebbero potuto godersi, indisturbati, tutto il magnifico panorama. Infine, a poca distanza dall'angolo, sedeva un anziano con la testa alzata verso lo schermo e le mani impegnate a sgusciare telline di mare.

Il vecchietto era concentrato a raccontare dell'arresto di suo nipote nel rione Sanità, tra un sorso di limoncello e un pizzico di torta al mandarino, mentre Davide, con ferocia, continuava ad addentare la bistecca ormai fredda, più grande della sua testa.

«Perché mi guardi in quel modo?» mi chiese tenendo l'osso tra i denti.

«Riesco a vederla» risposi con amarezza. Davide si lasciò andare a un sorriso smagliante per tirarmi su.

«Soltanto chi ha vissuto la fame sa veramente apprezzare il buon cibo» disse e poi riprese a strappare pezzi di carne con i denti.

A farlo staccare dall'osso fu l'interruzione del suono del cellulare. Alzò leggermente la tovaglia e cominciò a pulirsi le mani e solo dopo, con tutta calma, rispose.

«Pronto» disse. Ascoltò le parole di chi gli parlava, nel più totale silenzio, senza dire una sola parola, fino al termine della telefonata.

Mi bastò vederlo paralizzato, con il cellulare nella mano, i denti stretti e gli occhi puntati sull'osso per capire che qualcosa fosse andato storto.

La mia mente cominciò a pescare tra i ricordi degli ultimi giorni trascorsi insieme a lui per cercare di capire cosa non fosse andato come lui avrebbe sperato.

Era così forte il desiderio e la fretta di sapere cosa stesse pensando in quel momento che, per un attimo, fui tentato anche di chiederglielo lì, davanti all'avvocato. Ma sapevo che non era una buona idea. Così, mettendo la mano sul ginocchio del vecchietto per attirare la sua attenzione, gli feci segno verso Davide che sembrava si fosse rifugiato nel suo lontano mondo.

«Nennillo, che hai?»

Davide scosse la testa come se si fosse svegliato da un incubo o da qualcosa di ancor più spaventoso. Fissò il vecchietto con gli occhi semichiusi e lucenti e, con un filo di voce, disse: «Il nostro amico è andato!»

Il vecchietto chiuse gli occhi, abbandonandosi nel suo dolore. Abbassò la testa e, mettendo un gomito sul tavolo, riportò la mano sulla fronte assumendo la posizione di un uomo assorto in preghiera.

«Cazzo!» esclamò Davide spalancando gli occhi e con voce sottile, aggiunse: «Tu lo sapevi!?»

Il vecchietto riaprì gli occhi e, stupito dalle sue parole taglienti, rimase a fissarlo con una strana espressione.

«Ma cosa stai dicendo, Nennillo?»

«Non trattarmi come un ragazzino, 'o zi'!» rispose alzando il tono. «Non prendiamoci in giro. Tu non hai mai reagito così, mai! Nemmeno quando hanno ammazzato tuo cugino, in quello squallido bar non troppo distante da Mugnano. Dimmi, perché? Io devo sapere!» affermò tirandosi indietro con la sedia, pronto per alzarsi e andarsene.

Col suo caratteraccio, Davide aveva messo il vecchietto con le spalle contro il muro, sapendo che da lì non aveva possibilità di darsi alla fuga.

Così, si tirò indietro con la schiena, si accese una sigaretta, ignorando di venire ripreso dal cameriere o dal proprietario e rispose: «Cosa vuoi che ti dica, eh? Che se n'è andato per il suo modo di dire e di fare? Questo vuoi sentirti dire?»

«Beh! Tutti noi abbiamo un carattere di merda. E sinceramente, 'o zi', non sapevo che bastasse questo per...».

«Quello che so, è... che lui offendeva chiunque. Criticava tutto e tutti, persino le decisioni di Melito. E questo non va bene.» Poi puntandogli un dito contro, aggiunse: «Tu devi capire che non l'ha ucciso Melito, no. Ma il suo carattere da povero presuntuoso e ricco irrispettoso, Nennillo. Ma poi non capisco perché te la stai prendendo così tanto, eh? Ma che t'importa di lui?» disse con tono superficiale.

Davide fece una risata satanica. Sembrò indossare sul viso una di quelle maschere greche che venivano usate nelle tragedie del teatro antico quando, invece, avrebbe voluto solo urlare contro il mondo intero.

Si alzò a fatica, sfilò una sigaretta dal pacchetto del vecchietto tenendola ferma tra le dita e, avvicinandosi a lui, mormorò: «M'importa eccome, 'o zi'. Perché lui, l'irrispettoso come tu dici, era la mia unica garanzia di rimanere vivo. E ora che è andato, quelli non vedono l'ora di prendermi vivo, per torturarmi, torturarmi e torturarmi ancora, prima di farla finita.»

Voltò le spalle e s'incamminò verso l'uscita.

«Stai tranquillo, Nenni'. Tu hai me! Hai sentito? Tu hai me!» gli urlò ridendo.

Poi si voltò verso me e, facendomi segno, mi ordinò di seguirlo.

Di fretta presi la mia borsa, il casco e gli corsi dietro.

Uscendo dalla porta vetrata, trovai Davide seduto sul muretto con il viso stretto tra le mani e una gamba sopra l'altra.

Quando intuì la mia presenza e alzò la testa, notai che i suoi bellissimi occhi verdi avevano lasciato il posto a un grigio scuro, con una tonalità di rosso acceso attorno alla pupilla.

«Di chi parlavi?»

«Di Malagueños. È andato!»

«Non mi sembrava maluccio» dissi. Ma la verità era che volevo sentire un suo parere.

«Il punto è che pur di cancellare qualcuno che sa troppe cose, ogni scusa diventa musica per gli orecchi degli altri. Verrà il giorno in cui tutti ammazzano tutti. E alla fine...»

Infastidito di vederlo chiuso nella sua angoscia, decisi di accompagnarlo sul luogo dell'omicidio perché gli rivolgesse un ultimo saluto, almeno con il pensiero. Davide sapeva bene che, una volta sollevato il corpo dall'asfalto, di Malagueños, gli sarebbe rimasto solo un lontano ricordo. E giacché era stato colui che gli aveva salvato la vita lui voleva ricambiare anche se nel modo più assurdo possibile perché lì, sul ciglio della strada, potevano esserci gli uomini di Gabriele.

Dietro Mianella, a pochi metri di distanza dal confine con la Masseria Cardone - zona dei Ricci - proprio sotto lo sportello aperto di una Volkswagen nera lucida c'era il corpo di Malagueños, steso per terra.

Intorno alla scena, all'interno del cerchio realizzato col nastro di sicurezza, vigilavano tutti gli agenti che indossavano una divisa: c'era la DDA, la DIA, i carabinieri, la polizia e persino la polizia municipale che si sforzava di gestire il traffico. Mentre al di fuori di esso, c'erano tantissime persone curiose e, tra queste, anche alcuni cari parenti dell'ex braccio destro e socio di Carluccio Bellezza.

Dopo pochi minuti, arrivò Davide a bordo di un Beverly satinato scuro. C'eravamo divisi a pochi chilometri di distanza, in un garage nei pressi di Capodichino perché non voleva trascinarmi nei casini, visto che sotto il Moncler arancio aveva una Colt. 45 cromata e due caricatori nelle tasche che gli aveva portato 'o Minorenne.

Davide si era infilato tra la folla avvicinandosi il più possibile e, quando vide il corpo del suo "santo protettore", fece una smorfia di dolore.

Cristo, i suoi occhi cominciarono a far cadere lacrime per la prima volta. Era lì, immobile e con lo sguardo che fissava nel vuoto. Chissà cosa stesse pensando in quel momento ma qualunque cosa fosse, di certo, aveva il sapore della collera.

Vedere tutto quel sangue scorrere sull'asfalto chiaro era come se i ricordi e le azioni sparissero in un batter d'occhio. Proprio come la protezione che lui sperava di ottenere. Ma era evidente che quello a cui stava assistendo era la realtà dei fatti: cancellando Malagueños con la stessa facilità con cui si eliminano le tracce di gesso sulla lavagna, avevano cancellato anche il suo appoggio.

Ormai la situazione era chiara come l'acqua che scorre dal ruscello: per restare in vita si sarebbe dovuto munire di muscoli e spada.

Credo che Davide non si perdonasse anche un'azione compiuta nei confronti del suo protettore e sapeva bene che indietro nel tempo non ci poteva più tornare. Siccome era un ragazzo prodigio e, quindi, i soldi non gli mancavano, dopo che i due amici vennero dimessi dall'ospedale con prognosi abbastanza gravi, comprò un bracciale d'oro bianco da regalare a Malagueños. Solo che all'uscita della gioielleria Davide prese il gancio e, infilandoci intenzionalmente la punta della chiave dentro, lo ruppe. Per lui, quel gesto doveva simboleggiare una spina nel fianco di Malagueños. Gli aveva infatti ricambiato il favore, proprio come lui aveva risolto il suo problema. Un po' come quando si abbassano sul tavolo da poker le carte di poco conto. Poi, richiudendo il tutto alla perfezione, glielo fece consegnare da 'o Minorenne, accompagnato da testuali parole: «Davide vi manda a dire che i suoi amici, dopo essersi scusati, sono finiti sulle barelle del San Giovanni Bosco.»

Dopo poco era arrivata la risposta: «Gliel'avevo detto che non potevo garantirli. Riguardo al regalo, fategli sapere che qui è sempre il benvenuto e che non doveva.»

Saturno 11

Il mondo ci insegna che non tutto vive in eterno. Ogni nuova stagione porta sempre qualcosa di buono con sé, facendo scomparire dell'altro. Il passaggio da una all'altra, che avviene in una data indicata sul calendario, viene accolto da alcuni con entusiasmo, per via dell'arrivo delle primizie, mentre da altri con scetticismo, tant'è che se ne stanno in piedi davanti alle finestre assorti in pensieri malinconici.

Chi, fino a poco tempo prima, aveva gioito nel lanciare piccole e imperfette palle di neve dovrà affrontare le improvvise pioggerelline primaverili.

La primavera è bellissima con tutto ciò che ne consegue: i giri in vespa, il profumo dei panni stesi al sole, le prime ciliegie, i colori sgargianti della natura, i fiori sui balconi.

I fiori, come noi, sono esseri viventi: nascono, crescono e muoiono come tutto il resto. Durante la notte del 3 aprile, proprio nel letto che aveva condiviso con suo marito per la maggior parte della propria vita, mia nonna venne stroncata da un infarto fulminante.

Sapevamo che prima o poi sarebbe accaduto, ma non quando eravamo da soli in casa.

D'altronde, la vita non ti chiede il permesso per certe cose e quando ti illudi di aver programmato tutto nei minimi dettagli, il violento vento passa, t'investe e porta sempre via con sé qualcosa a cui tieni molto. Come se per un'intera giornata ti fossi dedicato a preparare tante delizie e ad allestire la tavola con cura per accogliere quell'ospite importante che arriva in anticipo, entra in casa con arroganza e, mentre tu sei intento a riporre l'ultimo panino nella cesta del pane, te lo strappa dalle mani e sparisce, senza nemmeno degnarti di un saluto.

Per questo, a dire il vero, i suoi ultimi giorni me li ero immaginati diversamente: vedevo mia nonna circondata dalle mura di un'ampia camera di una casa di riposo e affidata alle cure di qualche umile signora. Visualizzavo il suo volto sereno mentre, con delicatezza, si faceva servire un sorso d'acqua e si lasciava cullare da mille attenzioni, come fosse una bambina. Attorno a lei c'erano i suoi nuovi amici che, dopo essersi raccontati l'un l'altro il proprio vissuto, si godevano la visione di una commedia americana. Poi, pensavo, in una di quelle calde mattinate d'estate, proprio quando i profumi dei fiori si diffondono per tutto il paese, lentamente e dolcemente si sarebbe spenta. E invece... invece se ne andò nel silenzio più totale.

Mi stupì che non ebbi per niente paura nel vederla pallida e addormentata per sempre. Pensavo che, dopo le varie disavventure vissute assieme a Davide, era come se l'avessi persa da qualche parte là fuori.

Dopo aver telefonato ai miei annunciandogli la triste notizia, restai con lei tenendole la gelida mano fino al loro arrivo. Ma c'era una parte di me che avrebbe voluto fare molto di più di quanto avessi fatto, solo che avrebbe richiesto l'esperienza di una donna. E io non lo ero affatto.

Nel giro di qualche ora, l'intero appartamento fu invaso da parenti, amici e conoscenti.

Molti di loro, quelli che avevano litigato almeno una volta con la mia adorabile nonna, avevano una finta tristezza stampata sul viso.

"Ma veramente esistono persone del genere?" mi chiedevo stando seduto a guardare l'ipocrisia che luccicava nei loro occhi.

Così, con freddezza e distanza porgevano la mano alle due figlie e poi si recavano in camera da letto per vederla e darle l'ultimo saluto; quant'era bella mia nonna su quel letto bianco, dove i capelli corti e grigi sistemati al meglio, la facevano sembrare un angelo caduto dal cielo. Indossava un antico abito rosso abbinato con collana e orecchini di perla, un regalo ricevuto al matrimonio dalla sua cara mamma. Era affezionatissima a quei gioielli. Tante erano, infatti, le volte in cui la vedevo pulire i suoi preziosi accuratamente, mentre mi raccontava come o dove gli fossero stati regalati.

Ogni oggetto rappresentava un tassello di vita che raccontava con gioia e felicità. Dopo aver versato alcune lacrime, ritornava bella e sorridente.

Era così triste vederla morta nel suo letto. Era come se mi avessero tolto un ramo da sotto i piedi che mi impediva di precipitare nel vuoto: lei era tutto per me, molto di più di una nonna.

Certe volte mi aspettava affacciata al balcone proprio come fanno le mogli innamorate del proprio uomo e al mio arrivo diceva: «Meglio stanco che sfaticato, a nonna.»

Quella frase, quelle parole così sagge che mi attraversavano la mente mentre la fissavo con le lacrime agli occhi, non so per quale motivo, mi riportarono con il pensiero al padre di Davide; lui sì che era esattamente come la nonna diceva: "un distruttore di talenti".

Così, assorto in quella riflessione che mi trascinò in un pozzo buio e senza fondo, uscii sul balcone e lo chiamai. Ci provai e riprovai, ma Davide era totalmente irreperibile.

Alle dieci in punto del giorno successivo eravamo tutti riuniti fuori dalla chiesa. Gli amici e i parenti continuavano a parcheggiare le proprie auto lungo il viale. Tra queste spiccava un taxi, con i vetri oscurati e la scritta "Saturno 11" che occupava tutta la fiancata, che attirò l'attenzione di mia zia che esclamò: «Deve essere mia figlia!»

E tutti ci voltammo a guardare nella stessa direzione. Però dallo sportello non uscì mia cugina, bensì un ragazzo coperto da un Belstaff grigio lungo quasi fino alle ginocchia e la testa affondata nel cappuccio.

Il suo modo, del tutto particolare, di chiudere la portiera mi fece sussultare portandomi ad avere un impatto forte con i ricordi, sebbene la mia voce interiore mi ripetesse: "Non può essere lui! Non può essere lui!"

Tuttavia soltanto Davide era capace di chiudere uno sportello poggiandoci un dito sopra e non poteva trattarsi di coincidenza, perché quel gesto non era per niente comune.

Quando si avvicinò al finestrino del conducente allungandogli alcune banconote, ebbi la conferma della correttezza dei miei pensieri, fino ad allora incerti.

«Scusatemi tanto» dissi ai presenti e mi allontanai da loro avvicinandomi al taxi il più velocemente possibile.

«Come facevi a sapere che ero qui?» chiesi a voce alta.

Davide si voltò lentamente e, senza guardarmi in faccia, rispose: «Lo zio aveva ragione, Salli Salli parla troppo» disse trattenendo un sorriso beffardo.

«Già! Ho provato a chiamarti più volte, ma... hai perso il telefono per caso?»

«Molto probabile. Che dire... in queste circostanze c'è poco da dire. Le mie sentite condoglianze, amico mio» disse spalancando le braccia nelle quali entrai dentro con rapidità. Però, qualcosa di duro mi provocò un lieve dolore sotto la pancia ed ebbi l'istinto di strofinarci la mano sopra per alleviarlo.

«Ma che cintura assassina c'hai che mi ha fatto male?» chiesi con disinvoltura. Ma alzando gli occhi, notando il suo sguardo imbarazzato, mi colpì un fulmine in pieno e, con gli occhi spalancati dalla preoccupazione, esclamai: «No, no! Non può essere quello che sto pensando.»

«È imbarazzante, lo so. Non sono venuto per crearti problemi. Il mio intento era portarti la mia presenza in un giorno triste e doloroso come questo» sussurrò a voce bassa e vedendo il taxi ancora posteggiato che lo attendeva in doppia fila, capii che se ne sarebbe andato da un momento all'altro.

«Aspetta...» dissi tirandolo per un braccio «cosa c'è che non va, eh Davide?»

Fece una smorfia desolata. Poi mi indicò di andare dentro e occuparmi di mia nonna.

«Davide, avanti, parlamene. E stavolta non è per la curiosità ma perché sono davvero preoccupato per te.»

Mi fece un piccolo e convincente sorriso, uno dei tanti tratti distintivi del suo ambiente criminoso per dimostrare forza e resistenza.

«Giuro che non entro finché non mi dici cos'hai qui dentro» dissi toccandogli ripetutamente la tempia con un dito.

Così, appoggiandosi sul cofano di un'auto per riposarsi la gamba, decise di raccontarmi tutto.

«Ultimamente mi capitano cose strane. Tra queste, l'altra sera sull'asse-mediano, tre motociclette mi hanno rincorso e sparato addosso con insistenza» disse e i miei occhi, come fucili di un cecchino, cominciarono a puntare e scannerizzare ogni parte del suo corpo.

«Tranquillo, sto bene!» esclamò. «Ma la macchina l'ho dovuta rottamare» annunciò tra rabbia e agitazione.

«Merda, Davide! Chi potrebbe essere stato?»

«Non lo so. Ho così tanti nemici che non saprei dirti chi vorrebbe la mia morte. Altrimenti... non la portavo con me» rispose poggiandoci una mano sopra. E facendosi scorrere la mano dalla fronte al mento, continuò: «Potrebbe essere Gabriele o i suoi, Ugariello e Amendola che non hanno mai digerito quello che gli è successo. Forse l'amante di Rosalia o quel cornuto del marito di Nella che non si dà pace.»

«L'amante? Il marito? Chi sono queste persone e per quale ragione ti vorrebbero morto?» domandai stupito.

«Donne per le quali... mi spoglio di nascosto in qualche vicolo isolato» disse.

E fu proprio in quel preciso istante che compresi qualcosa di più ovvero che, tra tutte le questioni bollenti, spogliarsi con donne già impegnate, voleva dire per Davide essere finito sul precipizio del Vesuvio da cui si vedeva, chiaramente, bollire la rovente lava. Sì, perché a Scampia, nell'ambiente criminale, le donne sono sacre, molto simili alle arabe, ma senza velo.

«E Carluccio che dice? Ti proteggerà, vero?» domandai col cuore in gola.

«Cosa gli vado a dire, Gioele? Ognuno di questi motivi mi accompagna alla morte. Non c'è santo che mi tiene in vita. Una delle regole della malavita è che bisogna stare alla larga dalle donne sposate, specie quelle degli altri clan. Ma io ho un debole per le donne mature. Ho un cazzo di debole, amico mio.»

«Allora, cosa pensi di fare?»

«Per il momento niente. Mi sono spostato in un piccolo appartamento a Melito e non so ancora cosa stia aspettando...»

Venne interrotto da qualcuno, alle mie spalle, che mi chiamò con insistenza. Era Valeria che mi avvertiva che alcuni parenti stavano iniziando a entrare in chiesa per il rito funebre.

«Davide. Io dovrei...»

«Devi. Devi, Gioele. Vai pure» mormorò dandomi una delicata pacca sulla spalla. Si voltò e s'incamminò verso il taxi.

Era come se, giunto a un bivio, mi stessi schiantando in discesa e senza guardrail: da una parte c'era mia nonna che avrei dovuto salutare prima che spiccasse il volo in cielo, dall'altra un amico che rischiava di essere "cancellato" da un momento all'altro. In tutto questo, avevo una manciata di secondi per decidere quale fosse la decisione più giusta da prendere.

«Come farò a rintracciarti, eh Davide?»

«Ci vediamo in chiesa, Gioele» rispose senza voltarsi. «Alle dieci in punto di ogni mattina, né prima né dopo» disse agitando la mano per salutarmi.

«Vado in Germania per le fotografie!» urlai e lui alzò il pollice per indicare di aver recepito.

Quando lo vidi allontanarsi da me mi assalì una brutta sensazione, piena di sofferenza. Ma a rendermi ancora più triste di quello che non fossi già, fu vedere un tappeto di nuvole grigie sopra la mia testa. Codeste iniziarono a liberare gocce d'acqua che mi stavano bagnando mentre i miei occhi addolorati seguivano i suoi smarriti movimenti, fino al suo totale allontanamento a bordo di quel taxi.

Non smisi di pensare a lui nemmeno per un istante. Ero travolto dalla preoccupazione e volevo capire chi fosse disposto a prendersi cura di lui, ma a dire il vero, non credevo che esistesse.

L'angoscia, l'ansia e la paura risvegliarono in me la vocina interiore, portandomi con la mente a immaginare ampi campi di grano bruciato da qualche piromane da quattro soldi, con il solo scopo di convincermi che quella sarebbe stata l'ultima volta che avrei rivisto quei magnifici occhi verdi, appartenenti a un'anima nera e smarrita, oltre gli abissi dell'inferno.

Insonnia

Con gli occhiali da sole incollati sul viso e lo zaino in spalla, qualche minuto prima delle dieci, varcai la maestosa porta della chiesa di Melito. Il suo interno era vuoto e silenzioso; il che mi apparve regolare, perché Davide non mi avrebbe mai dato un appuntamento nel totale caos.

Respiravo un persistente odore rilasciato dai fiori portandomi a immaginare che qualche giorno prima, di sicuro, ci fosse stato un felice matrimonio o un funerale.

Le statue dei santi, posate su colonne in marmo, erano illuminate da qualche candela consumata dalla fiamma fiacca e giallastra, segno che si sarebbero oscurate da un momento all'altro. In quel totale silenzio, a disturbare la quiete spirituale, furono alcuni colpi di tosse secca che mi si presentarono all'improvviso e il rumore dei passi pesanti e stanchi.

Non vedendo Davide, con cautela, m'avvicinai all'altare. Una volta lì, cominciai a girarmi su me stesso mimetizzandomi in una trottola lenta che, a breve, sarebbe collassata a terra. Per mia fortuna, riuscii a intravedere le scarpe di Davide che sbucavano fuori dalla tenda del confessionale.

Non credevo ai miei occhi. Per me era come vedere Gesù Cristo sceso sulla Terra. Quella scena era così preziosa per me che non ci pensai due volte a estrarre la reflex dallo zaino, mettere a fuoco lo scatto e catturare, in una manciata di secondi, l'incontro tra il male e il bene; erano lì, faccia a faccia, occhi contro occhi; il bene udiva il male mentre pronunciava parole amare.

Dopo aver ottenuto quel momento tutto per me, salvato in una scheda SD, decisi di non disturbarli e di sedermi su una delle panche in prima fila.

Però, dopo pochi minuti passati a concentrarmi sul cambiamento di Davide, avvenuto nel corso del tempo, quel fottuto silenzio mi assalì brutalmente alle spalle gettandomi in un pozzo nero e profondo riempito di ricordi del passato.

A tirarmi su da quel buco, invaso dai ricordi, fu la mano di Davide che si posò delicatamente sopra la mia testa. Ruotai il capo così repentinamente che sentii degli schiocchi nel collo che mi provocarono un lievissimo dolore. Dimenticai immediatamente ogni fastidio non appena vidi il suo viso gioioso e sorrisi raggiante per averlo rivisto ancora.

Ero così felice di ritrovarlo che, senza controllo, mi alzai e lo abbracciai forte come non avevo mai fatto prima, nemmeno con mio padre.

«Non sapevo che fossi un sentimentalista, Gioele» disse ridendo.

«Nemmeno io, Davide. Certe cose escono direttamente dal petto e non puoi fermarle.»

Davide espirò forte.

«Lo so. Stai parlando con uno che si è appena confessato per la prima volta in tutta la sua vita» disse alzando gli occhi al soffitto.

«Ti è stato utile?» domandai.

Davide fece un profondo e lungo respiro. Poi, lo gettò fuori con la stessa violenza.

«Alcuni di loro credono che la fede stia in un crocifisso legato a una catena che portano al collo, solo perché la catena è d'oro. Io, però, faccio sempre quello che mi viene da qui...» disse puntandosi un dito al petto «anche se la maggior parte delle persone pensano che non ce l'abbia.»

Mi lasciai scappare una breve risatina, poi lo invitai a sedersi in fondo all'uscita.

«Come ti va, Davide?» domandai avvolto dalla preoccupazione.

«Lo sai, non amo lamentarmi. Ma non troppo bene» disse con amarezza. Poi, con sconforto, aggiunse: «Anzi, per niente bene. Quello che è successo la notte scorsa in parte mi fa sentire responsabile. E di conseguenza, la notte non riesco a dormire pensando a quel ragazzo che ha dovuto pagare un conto di cui nemmeno sapeva l'esistenza. Tutto è come se… se la mente girasse e rigirasse continuamente, senza mai stancarsi. Ormai so che, per stare bene, devo trovare un modo per aggiustare le cose. Anche se… a dirti il vero, un modo non c'è» affermò tranciando la punta di un'unghia con i denti.

«Quello fuori al centro scommesse?»

«Esatto. Proprio lui» rispose amareggiato.

«E perché ti senti in colpa, scusa?»

Davide chiuse gli occhi come se avvertisse dolore da qualche parte del corpo. O forse cercava, semplicemente, una spinta di coraggio.

«Perché non solo era un ragazzo innocente ma era anche il cugino di un mio vecchio amico e l'hanno ucciso solo perché aveva la macchina uguale alla mia.»

«Perché ne sei così sicuro? Magari è stato ucciso per altro.»

«Mezz'ora fa, proprio su quella panca, sedeva lo zio accompagnato da cinque affiliati del rione Sanità. E sai perché? Perché tutti mi credevano morto, compreso Carluccio.»

Indietreggiai con la testa perché mi serviva spazio per portare la mente indietro nel tempo. Volevo rivivere il momento del funerale passo dopo passo, a tutti i costi.

«Tutto questo non mi piace» commentai e aggiunsi: «C'è qualcosa che non mi quadra.»

«Eh!»

«Quelli che ti hanno inseguito sull'asse-mediano, secondo me, non sono gli stessi del ragazzo. Tu mi hai detto che, tra colpi di pistola e strisciate del guardrail, hai dovuto demolire l'auto…»

«Giusto!» esclamò. «Loro sapevano le condizioni della macchina e quindi non avrebbero sparato senza esserne sicuri» disse pensieroso.

«Questo significa che non è solo un clan a volerti morto, bensì due. E probabilmente di frazioni diverse» dissi con freddezza.

E così, davanti agli occhi, tutto gli scorreva velocemente; dove andare, cosa fare, come uscirne… ormai tutta la merda del passato si era posata su di lui e non esisteva straccio idoneo per ripulirlo da tutto quello schifo. Ma proprio quando lui temeva il peggio, che fosse la fine di tutto, che la sua stessa vita fosse legata a una corda sottile che si sarebbe spezzata da un momento all'altro, io nella mente riuscivo a immaginarmi il suo futuro.

«Davide, posso farti una domanda molto personale?» gli domandai con espressione seria.

«Oddio, Gioele…»

Il parroco sussultò per quell'espressione, scambiata per bestemmia, quindi si voltò verso Davide e lo rimproverò con lo sguardo.

Così, sprofondato nella vergogna, alzò prima la mano per scusarsi e poi andò a baciare la statua di San Cristoforo, la più vicina a noi.

«Non farti problemi, Gioele. Parlami liberamente» mormorò con gli occhi puntati contro il parroco per non infastidirlo.

«Quanti soldi hai?» domandai incuriosito più del solito mentre lui, incredulo, mi rivolse un piccolo sorriso stampato sulla faccia.

«Di quanto hai bisogno, dimmi» disse con superficialità, come se per lui i soldi non avessero né valore né importanza, ma fossero solo carta disegnata e colorata da poter usare come coriandoli alle feste dei bimbi.

«Ti ringrazio della disponibilità, ma io ho sempre mille euro conservati. Davide, guardami negli occhi e dimmi quanti soldi hai. È importante per me saperlo» dissi cercando di convincerlo con lo sguardo.

«Intendi totali o quelli messi da parte?»

«Quelli cash, come dici tu» risposi con ironia.

«Settanta, ottanta. Forse qualcosina in più, credo» mormorò con indifferenza e poi rimase fermo, immobile, con le mani incrociate e lo sguardo all'insù, proprio come la statua di Santa Maria Goretti.

«Esatto, Davide. Una soluzione c'è sempre. È davanti a te e non la vedi. Sai perché? Perché devi essere tu a renderla possibile, stavolta» dissi incoraggiandolo.

Scosse la testa. Non perché non volesse farlo, solo che gli appariva difficile, complicato.

Lui la vedeva diversamente da come la vedevo io e, nonostante questo dentro di sé, sapeva fin troppo bene che avevo ragione io.

«Ti prometto di aiutarti in qualunque difficoltà che incontrerai, qualunque! Non ti sentirai mai abbandonato in nessuna cosa. Perciò togliamoci queste maschere dal viso, Davide, non puoi vivere sempre così, tra paura e dolore, prudenza e sfiducia... prima o poi finirà tutto questo e sappiamo benissimo che succederà sempre nello stesso modo. Io non posso accettarlo che... che una mattina qualunque vengo chiamato per fotografare l'ennesimo morto ammazzato per poi scoprire che quel corpo per terra... tu vali molto di più di tutto questo. Questo finale non fa per te, Davide. Tu puoi cambiarlo, renderlo migliore di quello che dovrebbe essere, perché sei astuto, intelligente e forte come una quercia. E son sicuro che riuscirai a riprenderti quell'infanzia che ti è stata brutalmente strappata dal male» dissi d'un fiato.

Davide si era completamente spento. Il mio pensiero lo aveva scosso troppo, ma sapeva anche che non era altro che cruda realtà. E come sua abitudine, calò i gomiti sulle ginocchia, piegò la testa in avanti e l'appoggiò alle mani, chiudendosi nel suo dolore. Sembrava proprio che non riuscisse più a contenere da solo né tutto il peso del capo né il peso di tutta quella sofferenza che covava dentro: era un animale braccato e ferito che non si rassegnava alla morte.

Sapevo che non sarebbe stato facile lasciare tutto e tutti solo per restare vivo, perché quelli come lui sono programmati per morire in battaglia e non per affrontare un cambiamento di vita solo per spirito di sopravvivenza. Tutto questo perché vengono plagiati dalla legge della strada: meglio morire che pentirsi. Oppure, meglio morire a testa alta piuttosto che guardarsi continuamente le spalle.

In quegli ambienti, cambiare stile di vita significa scappare da qualcosa che non hanno il fegato di affrontare. Ma nel suo caso, fegato o non fegato, quelli prima o poi lo avrebbero trovato, torturato per ore e poi avrebbero gettato il suo corpo in un fosso qualunque.

Ma Davide, in tutti quei mesi trascorsi insieme a me, aveva scoperto il vero scopo della vita: la voglia di vivere, felice e sereno.

«M… mi… mi prometti che mi aiuterai a realizzare il mio sogno?» disse con le lacrime agli occhi.

E io, pur sapendo quello che sarebbe successo, schiacciai un pulsante parecchio delicato.

«Io e tua sorella saremo i primi tuoi visitatori.»

Lui, vulnerabile come un topo circondato da gatti inferociti, non provò nemmeno a fuggire, lasciandosi attaccare dai sentimenti che lo portarono a piangere come un bambino.

Lo lasciai sfogare. Mi sembrava giusto che si svuotasse di tutto quel nervosismo che aveva accumulato negli ultimi tempi. Finché vidi una lontana lucidità nei suoi occhi e cominciai a spiegargli tutto quello che avevo pianificato per lui la notte prima, senza aver chiuso occhio.

Un piano perfetto

Quando aprii la porta di un minuscolo appartamento nel seminterrato, all'interno di un vecchio edificio, Davide era seduto su una vecchia poltrona scolorita con una tazza di camomilla stretta in mano. Il suo corpo sembrava totalmente imbalsamato, eccetto per quel piccolo movimento delle labbra da cui fuoriusciva un soffio. Il giusto soffio per raffreddare il liquido fumante che si dissolveva nell'aria.

Intorno a lui c'era uno strano e curioso silenzio: la TV era spenta, le finestre serrate e la batteria dell'orologio a parete era posata sul tavolo, segno che il ticchettio della lancetta aveva torturato la sua mente.

In un angolo del tavolo, in ordine, c'era tutto quello che Davide doveva portare con sé: sette mazzetti di banconote strette negli elastici, tre pacchetti di sigarette, il lussuoso accendino argentato, un cruciverba, una penna, una vecchia rivista "Natura" da leggere durante il viaggio e due bottigliette d'acqua.

«Dove sono le valigie?» domandai dopo essermi seduto.

Era di fianco a me, ignaro della mia presenza: lo sguardo perso nel vuoto, i denti che mordicchiavano la parete interna della guancia sinistra in cerca del sapore del sangue e le unghie delle dita che lottavano fra loro.

«Dove sono le valigie, Davide?» ripetei con insistenza. Poi agitai la mano davanti agli occhi per farmi notare. Fece un leggero sobbalzo: alcune gocce caddero sul pavimento, si allungò leggermente e delicatamente posò la tazza sul mobiletto scadente, posto accanto alla poltrona. Poi, voltò lo sguardo verso di me e, con gli occhi arrossati e stanchi, mormorò: «Le recupererò in un secondo momento.»

Improvvisamente le sue mani afferrarono le mie, tirandomi a lui con forza.

«Tra due, tre giorni, devi andare nel mio box, quello con la porta verde...» disse concentrato «in fondo a sinistra, Gioele, proprio dietro una montagna di mobili che sono lì non so da quanti anni e altre cosette praticamente inutili, quasi nell'angolo, troverai una vecchia lavatrice senza sportello. Sulla tua testa noterai una struttura sospesa in ferro che protegge alcuni cavi grossi e importanti della Vela e facendo attenzione, molta attenzione, troverai un cacciavite a stella che ti servirà a svitare le quattro viti dal pannello della lavatrice. Una volta fatto questo, anziché il motore troverai tutti i soldi guadagnati con l'eroina, chiusi in sacchetti sottovuoto.»

Mentre lui s'accendeva una sigaretta, stiracchiando la schiena, disegnai per non sbagliare le informazioni sul taccuino, passo dopo passo.

«Ah, Gioele, quasi dimenticavo» disse chiudendo gli occhi «se saprai scavare, troverai alcune cose che...»

«Era ovvio. Cosa vuoi che faccia, Davide?»

E lui, facendo un profondo respiro, rispose: «Annegale!»

Rimasi sconcertato. Non fui in grado di capire se quell'imperativo fosse frutto di ironia o di sarcasmo. Per togliermi il dubbio sarebbe bastato chiederglielo, ma preferii non farlo, perché non era un buon momento.

Visto che eravamo in largo anticipo decisi di cucinare un piatto leggero di cui avevo letto la ricetta su una rivista molto tempo prima per provare a fargli mettere qualcosa nello stomaco vuoto, chissà da quanti giorni. Ma fu solo una perdita di tempo perché, alla quarta forchettata, allontanò il piatto dai suoi occhi come fosse nauseato persino dall'odore.

Ormai, l'ora di dirsi addio si stava avvicinando. Così, alle 2.45 del mattino, assaliti totalmente dall'insistente sonno, lasciammo la zona di Melito, a bordo di Bianca. Non prendemmo la strada di sempre, ma scegliemmo quella più lunga: da Casandrino a Casavatore, dall'aeroporto di Capodichino a piazza Mercato.

Percorrevamo via Marina dirigendoci verso il molo Angioino, perché alle 4.32, Davide sarebbe salpato in mare aperto standosene sdraiato su un comodissimo letto della Bithia, la nave di Superman.

M'immaginavo già la scena: disteso sul letto a guardare fuori dall'oblò con una sigaretta ferma tra i denti, mentre sul bordo del comodino c'era un posacenere riempito di mozziconi e cenere, una bibita analcolica semivuota e una bustina di noccioline salate. Si sarebbe concesso un'accurata doccia, avrebbe mangiato qualcosa di caldo, di sano e delizioso. Poi con tutta calma sarebbe uscito dalla camera per raggiungere il ponte della nave e, forse, con un gran sorriso, avrebbe gettato in mare tutto il male che aveva dentro e i suoi asfissianti pensieri, nonché tutto il suo merdoso passato. E infine avrebbe aspettato il risveglio del sole che sbucava fuori dall'acqua, ammirando l'alba sia circondato dal mare che della sua nuova vita.

Mentre fantasticavo, tutt'a un tratto, la sua mano mi afferrò forte il nervo vago. Strinse così forte che mi fece sussultare dal dolore e, se non fossi stato abile nel riprendere il controllo di Bianca, ci sarebbe mancato poco, veramente poco, che non finissimo con la faccia sfracellata sull'asfalto.

«Di qua!» gridò, facendo peso a destra col suo corpo, obbligandomi a entrare in un vicolo.

«Vai! Vai!» gridò assordandomi e dandomi qualche pacca sulla spalla per istigarmi a far strillare Bianca.

Senza né capire né sapere cosa stesse succedendo, cominciai a correre per i vicoli del centro.

«Erano loro, cazzo!» disse guardandosi indietro.

«Loro chi?»

«Quelli del rione di...» esclamò. Poi aggiunse un commento: «Non molla mai quel pezzo di merda!»

«Occhi di ghiaccio?» domandai sorpassando un'auto e giuro che, in quel momento, la curiosità non c'entrava nulla, ma si trattava esclusivamente di capire da chi e perché scappassimo.

«Sì. Ed è con una dozzina di protettori. Ah, Gioele...» esclamò e dallo specchietto riuscii a vedere il suo broncio «non immagini quanto desideri una Uzi da cinquanta botte, proprio in questo momento!»

Compresi, forse spinto dalla mia coscienza, che quelle taglienti parole mi spaventavano moltissimo. Tuttavia, pur apparendomi difficile fare due cose insieme, fuggire e confortarlo, ci provai.

«Non pensare a loro. Non è più la tua guerra. Concentrati sulla tua nuova vita, Davide. Sei a un passo da lei, non farti fregare dal rancore. A volte sa essere davvero crudele.»

«Certo. Ma andarmene così, in piena notte, come un mendicante indebitato col mondo intero, mi fa sentire debole. E poi, ho tantissima rabbia dentro di me, così tanta che l'unica cosa che mi farebbe stare bene sarebbe rispedirla al mittente. Vorrei tanto accasciarli sull'asfalto. Ma tu ci pensi? L'ultima ruota del carro di Carluccio Bellezza che scatena il panico a un passo dalla questura Medina. Soltanto il Signore sa quanto lo desideri. Una Uzi. Sì, servirebbe solo una maledetta Uzi per farla finita!» disse con tono posseduto da qualche demone.

«Tu pensa a salvarti il culo. Tanto prima o poi salterà fuori qualche pazzo che lo farà al posto tuo, uno morto e l'altro in prigione. Mentre tu te ne starai con un gelato in mano, in riva al mare.»

«Giusto!» esclamò con un pizzico di esaltazione. «Ma perché me la sto prendendo tanto, eh Gioele? Tanto quel pazzo sarà sicuramente Fiorucci.»

Davide smise di voltarsi qualche vicolo prima di percorrere via Giulio Cesare Cortese e riprese sia un respiro regolare che il colorito.

Volevo tanto che la smettesse di preoccuparsi, perché avevo pianificato tutto nei minimi dettagli, anche se nel profondo sapevo fin troppo bene che la vita non va programmata, ma la si vive e basta. Proprio come diceva mia nonna: "Bisogna prendere col sorriso quello che la vita ci mette davanti". Ma era evidente che non alludeva a Davide o a quelli come lui, quando lo diceva.

Quando svoltammo in via Alcide de Gasperi, inchiodai Bianca come non avevo mai fatto prima: le anime nere si stavano sparando addosso.

«Gira! Gira! Torna indietro!» urlò Davide. Il suo tono era eccitato dalla felicità, mentre io divagavo come un ubriaco affogato nella nebbia pensando a cosa mi fossi perso di così importante.

Feci come disse: girai Bianca con rapidità e scappammo contromano da quell'infernale pioggia di proiettili che finivano contro le auto, i balconi e le finestre dell'edificio ASL.

«Di qua!» mi ordinò.

E così, da perfetto masochista, mi fece prendere la via parallela alla sparatoria.

Il suo unico chiodo fisso era diventato la morte di "occhi di ghiaccio" e non riusciva a riprendere in mano la sua vita.

Davide non era uno stupido, no. Lui voleva solo liberarsi di tutto quel peso che per mesi aveva tenuto dentro, perché non voleva portarselo dietro. Altrimenti avrebbe potuto guastargli il sonno e ciò non era contemplato.

Mi accostai al marciapiede, da lì c'era un'ottima visuale. Diede forza alle gambe e si alzò sui poggia-piedi tenendo una mano sulla mia spalla per equilibrarsi, trasformandosi in un "tifoso" sfegatato che segue tutte le partite della sua squadra preferita.

I suoni dei colpi rimbombavano nell'aria come minacciosi tuoni, uno dietro l'altro. Tra questi, però, ce n'era uno molto simile a una mitraglietta.

«Oh, sì. Questo deve essere il mio vecchio amico Fiorucci. Senti... senti come spara quel pazzo figlio di puttana!» disse sentendo una raffica di spari.

«Cosa ci fa...»

«Zitto!» disse, mettendomi una mano davanti alla bocca e, dopo aver sentito un'altra raffica di spari che provenivano da una sola arma, aggiunse in tono euforico: «È il suono di una Uzi, Gioele. Pensavo che scherzasse quando mi ha detto che l'avrebbe fatto fuori.»

«Davide, dobbiamo andarcene, subito!» dissi.

«No! Devono morire tutti, quegli stronzi» affermò con rabbia.

Le sirene di alcune volanti iniziarono a farsi sentire, ma erano ancora troppo distanti per sventrare una sparatoria notturna in pieno centro. Alcuni secondi dopo, a espandersi nell'aria, fu anche il suono di due, forse tre ambulanze.

In fondo, credo che chiunque avesse telefonato al centro-emergenza non fosse stato per niente un soggetto superficiale, ma piuttosto un sociopatico allarmista.

Chiusi gli occhi per un istante, temendo il peggio del peggio, ma sperando con tutto me stesso che, in quel violento e feroce far-west, non fossero coinvolte vittime innocenti.

A causa del panico, credo, girai la chiave nel blocchetto per avviare Bianca e allontanarci da quell'inferno. Ma mi bloccai quando vidi un uomo ferito a una gamba che provava disperatamente a scappare verso il centro della strada trafficata da automobilisti, provando a scomparire tra le auto. Provò, persino, a bussare al finestrino di un guidatore, sperando che gli aprisse lo sportello per nascondersi tra i sedili. Quando, però, intuì che non avesse alcuna speranza, ripeté il tentativo con altre auto ma la paura della gente, in quel momento, era arrivata alle stelle. D'altronde, per quanto fosse agghiacciante la scena, a parere mio, il loro rifiuto era del tutto giustificabile.

Non so Davide, ma io avevo una fottutissima paura, nonostante fossi abbastanza lontano da quella mattanza omicida.

Un uomo minutino, con un casco sulla testa e il giubbotto chiaro slacciato, uscì allo scoperto da dietro a un furgone parcheggiato e corse verso colui che, con disperazione, continuava a chiedere aiuto. Il killer poteva essere a sei, sette passi di distanza e anziché corrergli dietro, si fermò. Gli disse qualcosa che lo fece voltare. Il killer aveva il braccio disteso e una pistola nella mano puntata contro di lui. Mentre la mano libera lo salutava, dopo pochissimi secondi, l'altra cominciò a spararegli: tre colpi piazzati al torace della vittima che cadde prima sulle ginocchia, poi a faccia in giù, tra le auto in fila e gli automobilisti che suonavano il clacson in cerca di aiuto.

Il killer scappò via, mentre la vittima tentava di voltarsi lentamente e quando ci riuscì, provò a rialzarsi, ma il suo sforzo fu vano.

Dal forte impatto, per aver visto un'esecuzione per la prima volta, mi voltai, volevo vomitare qualcosa che si era fermato in gola, ma mi trattenni dal farlo perché a pochi passi da Bianca si era creato un cordone umano che, proprio come noi, aveva assistito ad una spedizione di morte, solo che le loro espressioni erano diverse dalla mia. Persino il viso di una ragazzina, abbracciata dal suo giovanissimo fidanzatino, apparve normale ai miei occhi. Forse, era alquanto regolare per loro. Magari avevano già visto una simile scena, che fosse dal vivo oppure in un film di Brian De Palma e credo anche che fosse proprio quello a causarmi angoscia: le loro espressioni così naturali, da spettatori. Potevo capire Davide che era stato nutrito dallo stesso male, ma non credo affatto che tutti i presenti avessero mai assaggiato il gusto del sangue.

All'arrivo delle prime pattuglie che cercarono subito di circoscrivere le vie della sanguinosa sparatoria, bastò una leggera pacca sulla spalla perché accendessi il motore per sparire da quella scena alquanto surreale.

Parcheggiai Bianca poco distante dal molo e ci incamminammo per raggiungerlo.

La vedemmo: la poppa dell'imbarcazione del supereroe che era già attraccata, tutta illuminata. A vederla ferma, lì, in attesa dell'arrivo dei suoi passeggeri, dopo aver visto quell'agghiacciante scena mi venne voglia, per un attimo, di salire e partire con lui. Mentre stavo per confidarglielo, un fulmineo pensiero mi riportò alle mie responsabilità: pensai a Valeria, allo studio che, con sacrifici, avevamo aperto al Vomero alcuni mesi prima, al momento in cui, titubante ma piena di gioia, mi aveva annunciato che avremmo avuto un bambino e, soprattutto, a quella gravidanza da portare avanti per far nascere il frutto del nostro amore. Con rammarico dovetti scacciare via quell'intenzione.

Davide iniziò a essere irrequieto. Si voltava indietro continuamente, come se temesse che qualcosa o qualcuno gli arrivasse alle spalle. Era molto teso, anche se ce la metteva tutta per nasconderlo.

«Va tutto bene?» domandai preoccupato.

«Sì, certo...» rispose ridendo «pensavo che è molto tardi per te, tu la mattina ti alzi presto. Meglio che vai.»

«Tranquillo, Davide. Mi prenderò un giorno libero, domani. Ho promesso a Valeria di andare a fare acquisti e poi di guardare un film, sono mesi che m'implora di vederlo insieme.»

Davide rallentò il passo e guardandomi disse: «Ricordi il titolo?»

«Mi sembra che s'intitoli: "Un amore di testimone". O qualcosa del genere. C'è quel famoso attore americano che... Davide, cosa stai facendo?» domandai stupito nel vederlo fermarsi.

«Prendiamoci l'ultimo caffè insieme.»

«L'ultimo? Come l'ultimo?» domandai sorpreso.

«Cioè... volevo dire l'ultimo qui, a Napoli» rispose ridendo.

Volevo tanto dirgli di no. Volevo tanto rinunciare alla sua proposta di prendersi quel caffè in mia compagnia, perché non volevo rischiare di perdere completamente il sonno e di ritrovarmi sveglio per tutto il giorno seguente. Ma sapevo che se glielo avessi detto, la mia spiegazione lo avrebbe intristito. Così, come un cavallo trascinato in stalla, Davide mi spinse in direzione di quel bar di fronte al molo, quasi all'angolo della via principale, seppellendo ogni mia incertezza: il giorno successivo avrei vagato, sicuramente, come un assonnato rimbambito o come un neo-papà che non aveva chiuso occhio a causa del pianto del neonato.

Non credo che Davide avesse deciso di fermarsi per assaporare l'aroma di quella piccola tazza bollente o per liberarsi dal sonno e godersi il viaggio, ma penso più a titolo di ringraziamento, ritenendo alquanto profondo ciò che avevo fatto e che stavo facendo per lui.

Non disse mai quel "grazie" che aspettavo con gioia, ma aveva lo sguardo di chi si sentisse debitore e non vedeva l'ora di estinguere il debito.

Mentre stavamo sorseggiando il caffè, il cellulare di Davide squillò e lui si allontanò di qualche passo per rispondere, forse infastidito dal baccano della gente. All'uscita dal bar, con una leggera e timida insistenza, cercò di convincermi a tornare a casa da Valeria, di restare tranquillo e di farmi una bella dormita che tanto ci saremmo sentiti al mio risveglio.

Avevo un sonno che mi faceva barcollare come un ubriaco fradicio e in quel momento, diedi il giusto riconoscimento a quel genio che inventò il letto, perché non riuscivo a desiderare altro che quella morbidezza e di essere avvolto da caldissime coperte. Ma, se da una parte ero favorevole, dall'altra ero scontento, perché ci tenevo a guardarlo mentre saliva a bordo per poi salpare in mare aperto mentre agitava l'instancabile mano per salutarmi. Tuttavia, anche se non fossi del tutto d'accordo, mi lasciai convincere dalla sua astuta insistenza che aumentava di livello ogni secondo che passava. Lo permisi per due motivi: uno era quello di vederlo calmo e tranquillo, l'altro era che sembrava avesse accettato la partenza. E poi, la nave era lì, ferma, distante a poche centinaia di metri da noi.

In quell'attimo mi sentii impotente, consapevole che nella vita non sempre ci è permesso fare tutto. Il rispetto è un valore importante in cui credere anche quando non vorremmo, non soffermandoci solo al significato della parola, ma perseguendolo con tenacia.

Così, proprio "l'ultima ruota del carro" di Carluccio Bellezza, come si era definito lui, inconsapevolmente m'insegnò che il rispetto deve essere riconosciuto con la massima umiltà accettando qualsiasi decisione che ci venga imposta.

Per questo lo abbracciai forte. Più di una volta. Prima che mi tuffassi nelle sue braccia, staccarmi sarebbe sembrata un'impresa da niente, invece, pur mettendocela tutta, non riuscivo a ritornare in me.

Non so come ma sono certo che Davide, in qualche modo, riuscì a intuire che lasciarlo andare via sarebbe stato inaccettabile per me. Così lo fece lui: mi diede due leggere pacche sulla spalla e, con la stessa rapidità del capitone, scivolò dalle mie braccia.

Quel distacco mi svegliò di colpo, proprio come accade di notte durante la trasferta incubo-realtà. Non saprei dire dopo quanto tempo, ma ripresi padronanza di me, frenando quel tipo di emozioni che fino a quel momento credevo di aver abbandonato dopo l'ultimo anno delle medie.

Un velo di tristezza si posò sul mio viso nel vedere Davide fermo sullo spartitraffico con la mano alzata per rallentare un autobus e, poi, correre verso l'altra carreggiata.

«Buona vita, mio amico!» gridai a squarciagola. La mia voce era rotta di tristezza.

Davide non si voltò. Forse m'ignorò per nascondere le lacrime che gli scendevano sul viso o lo sguardo fragile di un cane bastonato, ma mi tranquillizzò con un pollice alzato.

Sorrisi, poi mi scappò una fragorosa risata mentre alcuni passanti notturni mi sorpassavano. Ero fuori di me, sembravo uno di quei matti appena evasi dal manicomio criminale, nel pensare che lui, giovane e immaturo per il mondo intero, avesse un modo tutto suo sia di comunicare che di atteggiarsi.

Con un insopportabile magone, tale da rendermi gli occhi lucidi, mi diedi coraggio e raggiunsi Bianca. Da qualche parte dentro di me sentivo un intenso bisogno di riempire quel vuoto che si stava creando dentro lo stomaco e, pur essendo dura, di ritornare alla normalità il prima possibile. Ma, mentre mi avvicinavo a Bianca con incerti e faticosi passi, ebbi una strana sensazione emotiva, come se tutt'a un tratto la mia vita non avesse alcun senso. E, senza accorgermene, il dorso della mia mano destra s'affrettò a cancellare le lacrime che mi rigavano il viso.

L'ultimo sguardo

A svegliarmi di botto, come un bicchiere d'acqua gelata sul viso accaldato, fu il suono della sveglia.

Il mio primo pensiero fu chiamare Davide, così come ci eravamo accordati prima di lasciarlo di fronte al molo. Presi il mio BlackBerry e selezionai il suo contatto dalla rubrica ma il suo telefono squillava, senza alcuna risposta.

Mi sentivo stordito per aver dormito poche ore, tuttavia riprovai più volte ma invano.

Ricordo che il cuore iniziò a tamburellare forte e velocemente, quasi a riprodurre il ritmo di un tormentone estivo. Facevo piccoli respiri silenziosi e profondi da gonfiare i polmoni, cercando di regolarizzare il battito del cuore impazzito. Nel più totale panico, dopo qualche minuto, ripresi il BlackBerry sommerso tra i cuscini e, per l'ennesima volta, lo chiamai.

Rimasi seduto al centro del letto facendomi assalire dall'angoscia, mentre provavo a martoriarlo di telefonate. Mi arresi solo quando, dopo gli squilli, cominciai a sentire la voce della segreteria. Sentire quella pacata voce femminile mi fece perdere completamente il controllo: dall'ira scaraventai il BlackBerry contro l'armadio.

Trascorse pochissimo tempo che Valeria era già ferma sul ciglio della porta con un asciugamano legato sulla testa e l'accappatoio semiaperto. Aveva il viso spaventato, molto più del mio, ma non disse una sola parola. Si limitò solo a fissarmi restando immobile: sembrava una di quelle spaventose bambole cinesi dal viso pallido e lo sguardo perso che il solo guardarle fa venire un attacco di cuore. Poi i suoi occhi caddero sulle mie mani tremanti che le fecero sbarrare gli occhi. Fece alcuni passi in avanti, raccolse il BlackBerry dal pavimento, posandolo con delicatezza sulla trapunta dorata, voltò le spalle e si allontanò lungo il corridoio.

Rimasi avvolto da uno strano silenzio, dove i respiri stavano diventando sempre più pesanti, segno che l'ansia si era risvegliata in me e riaddormentarla mi sembrava impossibile. Per cercare di reagire, decisi di non perdermi d'animo e di provarci. Così, scivolai giù dal letto e raggiunsi il salone frettolosamente, recuperando il pacchetto di sigarette che avevo comprato una settimana prima; a quei tempi non ero un grande fumatore. Fumavo solo in due occasioni: quando ero troppo triste o troppo felice. Ma in quel momento, la felicità era in un luogo molto lontano, quasi su Marte.

Mentre speravo che tutto fosse andato secondo il piano, Valeria, di nascosto continuava a chiamare Davide dal mio BlackBerry. Ma lui niente. In quella sola occasione si stava rivelando un ragazzo "scostumato" che ignorava le nostre telefonate, di proposito o meno.

Quando sentii i passi di Valeria che preannunciavano il suo rientro a casa dopo una mattinata trascorsa a fare compere, mi trovavo seduto sul divano con una sigaretta immobilizzata tra le dita e gli occhi arrossati posati sullo schermo televisivo. In realtà fissavo le immagini non perché m'interessasse particolarmente quello che mostrava il canale, anche perché non sapevo nemmeno cosa stessi guardando, ma era l'unica cosa che potesse tenermi compagnia.

«Ehi!» esclamò sorpresa. «Sei ancora nello stato in cui ti ho lasciato?» disse stupita. Poi realizzò qualcosa che la bloccò, restando con una strana espressione stampata sul viso.

«Non ti sei alzato da lì per tutta la mattina, vero?» mi chiese e nella sua voce c'era una nota di tristezza avvolta dalla preoccupazione.

«Già!» mormorai con fatica.

In realtà non era mai successo prima. Non amavo ridurmi in quel modo: un pigiama stropicciato addosso, i capelli in disordine e l'alito puzzolente per aver bevuto quasi metà bottiglia di J&B. Sinceramente non riuscii a capire se Valeria fosse spaventata per me o all'idea che cominciassi ad abituarmi a quegli "sbalzi" fisici. In entrambi i casi, in quel poco di lucidità che mi rimaneva, sperai che non fosse rincasata in vena di discussioni, perché io non lo ero affatto. Volevo soltanto starmene per conto mio, finché quello smemorato e incosciente di Davide non mi avesse dato sue notizie. Sicuramente mi sarei arrabbiato con lui per avermi fatto spaventare a morte.

«Ti va un buon caffè?» mi chiese, dandomi una carezza sulla guancia che proseguì fino a fermarsi sulla spalla.

Quel tenero gesto mi provocò due sensazioni bellissime: sollievo e comprensione. E un invisibile sorriso.

«È quello che ci vuole, grazie, amore» mormorai senza distogliere lo sguardo dallo schermo.

Valeria tolse la mano dalla mia spalla, raccolse il posacenere sporco dal tavolino di vetro, la bottiglia di veleno e s'incamminò per raggiungere la cucina.

«Valeria?» dissi e lei s'ipnotizzò. In realtà non la chiamavo mai col suo nome, ma lo facevo solo quando mi allontanavo da lei. «Voglio domandarti scusa per non averti accompagnata per negozi, stamattina. Solo che... Questo suo silenzio è molto strano. Davide non...»

«Scusarti? E di cosa? Certo, non averti al mio fianco a scegliere la culla, il passeggino e le tutine mi fa sentire abbandonata, ma la cosa importante, amore, è che tu eri qui ad aspettarmi. So bene quanto tieni a lui, sarei un'ipocrita se facessi scenate e non sono il tipo. Vedrai, starà bene. E poi lo sai che quando Davide dorme non sente niente e nessuno» e si allontanò.

Con delle semplici parole, Valeria mi aveva illuminato la mente. E, bruscamente, fui proiettato indietro nel tempo.

Tornai a quel pomeriggio, quando andai sotto casa di Davide. Salendo le scale, al primo piano, mi accorsi che la Vela era stata invasa dagli agenti di polizia impegnati a smantellare i cancelli dei box di tutta l'ala sud. Sui ballatoi, fuori alle porte e affacciati alle finestre, c'erano gli inquilini - tutte donne, che in realtà erano una specie di corazza umana per quelli della paranza - che protestavano, a voce alta, per quell'abuso di potere. Gli agenti, infatti, senza né mandato né il loro consenso, ordinarono ai vigili del fuoco di abbattere i cancelli e, tra tutta quella confusione, Davide dormiva come un sasso.

Si dice che, mentre qualcuno o qualcosa ti stia riportando in superficie per respirare, qualcun altro o qualcos'altro fa di tutto per riportarti in profondità, con il solo scopo di soffocarti.

Infatti, a darmi la notizia che presto qualcosa mi avrebbe catapultato negli abissi del mare e prosciugato l'aria nei polmoni, fu proprio Valeria: entrò di corsa nel salone, afferrò il telecomando e, con frenesia, fece "zapping" con i canali. Pensai subito che avesse cambiato idea e che presto mi avrebbe urlato in faccia. Ebbi paura non tanto di incassare le sue ragioni che sarebbero state del tutto giustificabili ma, siccome avevo bevuto, temevo che dessi di matto, cosa alquanto vergognosa e inaccettabile per me.

Però, nulla di tutto quello che mi frullava in testa accadde realmente e lo capii solo quando, sullo schermo televisivo, apparve il molo Angioino.

«Alza! Alza!» gli ordinai.

La giornalista, ripresa in diretta, annunciò che al porto, seduto su una panchina rossa, un uomo era stato trovato morto per ferite da taglio.

Non ricordo se fisico o morale, ma ebbi un totale crollo: mi sentivo stordito come se avessi ricevuto un violento colpo dietro alla nuca, tale da provocarmi violenti capogiri. La gola era secca e ingoiare mi sembrava un'impresa. Persi gran parte delle forze alle gambe e alle mani, mentre tutta la mia attenzione si era concentrata sul battito cardiaco che tanto rimbombava in testa.

Valeria, con molto coraggio, si sedette al mio fianco, provando a calmare il tremolio che aveva assalito le mie mani.

«Parlava di un uomo, non di un ragazzo e Davide, ormai, è lontano da qui. Cerca di calmarti!» disse.

La sua voce mi sembrava così lontana da sentirla appena e, a quella distanza, dubito che potesse riuscire a prendere il sopravvento sulla mia agitazione. Tuttavia, anche se la sua teoria era molto rassicurante, non so per quale motivo ma dentro di me sentivo che il mio amico Davide, come diceva lui, se n'era andato.

Dopo alcuni minuti, la stessa giornalista riprese la diretta benché, rispetto alla precedente intervista, si notasse chiaramente la sua espressione scossa e il viso pallido. Lanciò due informazioni importanti: la prima fu quella di sostituire la parola "uomo" con "ragazzo", la seconda fu che la vittima avesse meno di vent'anni e che rispondesse al nome di Niccolò Tramontano.

Dopo aver udito quelle due notizie, ebbi un secondo crollo. Mi sentivo come morire, inghiottito dal mio stesso divano. La vista mi si annebbiò a causa delle lacrime che combattevano per uscire. Con la mente provavo con tutto me stesso a trattenerle, a non sprofondare nel vuoto del dolore, ma scesero una dietro l'altra, come le auto a un giro di ricognizione in una gara di Formula 1.

Non ero altro che un corpo vuoto e insignificante, privo di emozioni. In quel momento, assalito brutalmente dal male, pensai a tutti i paralitici del mondo, provando la loro BASTARDA sofferenza.

In me cresceva il senso di colpa e una bolla grossa come un melone di rimorso, perché il corpo trovato senza vita, seduto su quella panca con gli occhi rivolti sicuramente verso la nascita del nuovo giorno, che sia alla polizia che ai media risultava del maggiorenne Niccolò Tramontano, in realtà, apparteneva al mio carissimo amico Davide Avagliani e, io, ero l'unico a saperlo, oltre chiaramente all'assassino.

Ero ridotto a niente: un vegetale adagiato su un cazzo di divano duro, ma cosciente che i polmoni continuavano a succhiarsi l'aria della stanza. L'unica cosa che non era stata danneggiata era la mente. Improvvisamente, mi ritrovai al centro di un labirinto fatto di vuoti e dolori, nel totale buio della notte.

Così, come il vortice di un motore che risucchia l'aria per dare potenza, misi in moto la ragione e racimolai tutte le forze per dare l'impulso al cervello per riuscire ad alzarmi dal divano. Valeria, vedendomi barcollante e afflitto dal dolore per la drammatica notizia, si rannicchiò nell'angolo, dietro la porta, temendo il peggio. Ma io non ero in cerca di violenza. Al contrario, come non mai, avevo le intenzioni chiare: cercare un bar che mi desse da bere ininterrottamente fino a farmi perdere i sensi.

Ci vollero tre lunghissimi giorni di solo letto e brodino per riprendermi da quella terribile sbronza che mi fece schiantare sul pavimento del Living e di cui non ricordavo assolutamente nulla: era come se fossi stato afflitto da una temporanea amnesia. Ricordavo soltanto e perfettamente il minuto che precedeva la visione del fondo del primo bicchiere, dopo essermi scolato il contenuto fino all'ultima goccia: mi sedetti nell'angolo, nella vaga penombra delle luci e nell'attesa, che arrivasse la cameriera, provai a farmi cullare dalla musica alta.

Trovavo inaccettabile la sua morte. Lui doveva vivere perché aveva troppi sogni da realizzare. Tra un bicchiere e l'altro pensavo che fosse troppo giovane per andarsene come i suoi amici "pezzi da novanta".

Anche se aveva commesso troppi peccati spacciando tutta quell'eroina a pochi passi da casa sua, pestando a sangue qualcuno per futili motivi o altri mille pretesti riconducibili a una severa e giusta punizione, la morte la trovavo una cosa spregevole.

Il fato, nei suoi confronti, si era accanito troppo.

Non mi capacitavo, perché lui era davvero a un passo dalla nuova vita. Aveva trovato gli elementi giusti e se li stava portando con sé: sogni, volontà, impegno. Aveva persino accettato di perdere quel "potere" che aveva conquistato sulla strada nel tempo, accettando rischi e sacrificio.

I maledetti ricordi riaffioravano lentamente, così come il senso di vuoto e le lacrime che sgorgavano dagli occhi ad intermittenza, proprio come le lucine che adornano un albero di Natale. Ero distrutto moralmente e fisicamente, ero un agnellino che intuisce che l'uomo che lo sta accarezzando lo ucciderà a momenti.

Mi sforzavo di scovare un motivo per farmi coraggio, ma non lo trovavo. In quello stato un pizzico di speranza mi si presentò davanti, seppur in ritardo: vidi il pancione di Valeria e trovai la forza di ribellarmi e di reagire al male che sentivo dentro. Se c'è, infatti, una parte del corpo che non s'indebolirà mai né proverà dolore è il cervello. Così, nonostante tutta quella sofferenza che mi rendeva un'ameba, decisi di rimettermi il prima possibile. Mi era rimasta un'ultima cosa da fare e che desideravo più di ogni altra: presentarmi per salutare e volgere un ultimo sguardo al mio giovane amico, martoriato dal fato.

Enigma

La sua morte venne così liquidata: un "pareggiamento di conti" legato alla camorra. Tale "sentenza" era stata emessa a seguito dell'esame di diverse circostanze: i reati da lui commessi, i numerosi fermi a cui era stato sottoposto assieme a qualche "pezzo grosso", l'ultima sparatoria che aveva provocato tre morti e sei feriti, di cui uno, occhi di ghiaccio, in gravissime condizioni. Per questi inaccettabili motivi gli vennero negate le esequie nel suo quartiere, dov'era cresciuto. Tuttavia per la sua morte, avvenuta in età minorile, gli concessero quelle in chiesa, così da ottenere l'assoluzione dai peccati.

Pertanto, undici giorni dopo la sua morte, all'interno della chiesa del rione Don Guanella, proprio dove avevamo assistito al funerale della sua amata nonna, quella mattina si sarebbe celebrato il suo.

Alle nove in punto arrivai davanti alla chiesa insieme a una schiera di suoi parenti, alcuni che conoscevo e altri che non avevo né visto né sentito mai nominare.

In poco tempo l'intera via venne invasa da amici e conoscenti, ma anche da tanti "personaggi" importanti e rappresentanti delle storiche famiglie camorriste.

Sotto un leggero e caldo raggio di sole vedemmo uscire suo fratello Mattia dai portelloni del furgone della penitenziaria, con i polsi stretti dalle manette che riflettevano alla luce. Pur essendo un ragazzo dal cuore crudele, per quello che simboleggiava, aveva gli occhi lucidi come perle. La sua giovane compagna gli corse incontro e, come una violenta onda anomala, gli si tuffò addosso. Se lo abbracciava dissetando il forte desiderio di un contatto fisico, sbaciucchiandolo lì, nel centro della strada, sotto gli occhi di tutti.

A farla staccare dalle bramose labbra del suo amato, che non vedeva dall'ultimo colloquio, fu il clacson di un'auto, dai vetri oscurati, che aveva fretta di transitare.

«Che sceneggiata» mormorò qualcuno alle mie spalle e, come sempre, la curiosità mi obbligò a voltarmi per vedere chi fosse.

«Proprio ieri ha fatto un incontro di due ore, a Rebibbia» rispose una donna così minutina da sembrare una ragazzina.

A scambiarsi opinioni e giudizi erano le zie materne di Davide: persone semplici, perbene e strettamente riservate.

Così, Mattia, rendendosi conto che tutti gli occhi dei presenti erano puntati nella sua direzione, s'irrigidì all'istante. Assalito dalla vergogna, diede una leggera spintarella alla compagna, invitandola con lo sguardo di assumere un certo contegno, poi riprese a camminare verso gli altri parenti, affiancato dagli agenti.

L'auto proseguì solo per pochi metri parcheggiandosi di fronte alle scale della chiesa. A scendere da quel veicolo, con la testa bassa e un velo di sofferenza sugli occhi, fu il fratello minore Otto, anch'egli scortato da tre agenti. Rispetto al fratello Mattia, aveva gli occhi di chi aveva già versato troppe lacrime, proprio come sua madre. I suoi passi procedevano lenti e leggeri, con le braccia distese all'altezza dell'inguine e le mani coperte da un nastro verde, per nascondere l'acciaio ai polsi.

Voltandosi verso l'agente grasso e baffuto, provò ad alzarle leggermente, pronunciando qualche parola con fare accorato. Solo dopo aver ricevuto un gesto di assenso con il capo, raggiunse suo fratello Mattia e lo baciò sulle labbra: le braccia, con le mani bloccate dietro al collo, facevano da cornice alle loro teste.

Vederli unirsi in quel modo, nonostante fossero ostacolati dalla legge, mi commosse molto e non fui l'unico. Li guardavo con tenerezza mentre un brivido di emozione si propagava per tutto il corpo. Poi un lampo di fuoco spense in un attimo ogni tipo di commozione, sfilai la reflex dallo zaino e catturai quell'abbraccio colmo di tristezza, ma, allo stesso tempo, pieno d'amore.

«Ma che stai facendo?» disse una voce alle mie spalle, poi mi diede una spinta come per intimorirmi.

«È tutto a posto. Sono... uno...» dissi, cercando le parole per giustificare l'atto.

«Spegni questa cosa o te la spacco in testa. Mi hai capito?»

Mentre quell'uomo mi spingeva con forza con il solo scopo di intimidirmi e di allontanarmi, il fratello minore di Davide si girò per caso nella mia direzione e gridò: «Gio' Gio'!»

L'uomo s'immobilizzò con ancora le mani sul mio petto, si voltò verso lui intento a decifrarne i gesti, come se fossero due sordomuti che si esprimono attraverso il linguaggio dei segni. Così, mi sistemò la giacca di jeans e si allontanò da me.

Ero stizzito, arrabbiato, non tolleravo la sua arroganza ma me lo tenni per me. Dopo essermi dato una rassettata per ritornare presentabile, esteriormente e interiormente, mi avvicinai a Otto per salutarlo e ringraziarlo, sperando di raggiungere anche Mattia che non vedevo da svariati mesi.

«Ciao, sono felice di rivederti» dissi stringendogli la mano.

Il ragazzino non disse nulla, si limitò ad accennare uno stentato sorriso.

«Mattia, c'è Gioele qui» disse a suo fratello.

Con le braccia distese mi porse entrambe le mani legate, dando a me l'opportunità di scegliere quale stringere e, non sapendo come comportarmi, allungai le mie e gliele afferrai entrambe. Si voltò verso sua madre, con ancora le sue mani nelle mie, e le disse: «Ma', è tutto a posto, sì?» E lanciò un'occhiata sulla facciata della chiesa.

«Sì, sì. Tuo padre dice che se la vedono i suoi amici ma non so chi. Dovresti chiederlo a lui.»

«Tu stai bene, sì?» le chiese preoccupato.

Sua madre fece un profondo respiro, quasi come se qualcosa la stesse soffocando. Si asciugò gli occhi lacrimanti e, con dolore, disse: «E come vuoi che stia? I bastardi che l'hanno ucciso, Mattia, stanno in mezzo a noi.»

«Questo non puoi dirlo, ma'. Ma poi...» balbettò il fratello minore «che cazzo ci faceva su quel molo con documenti falsi? Dove stava andando? Da chi scappava? Boh! Ti ha detto qualcosa in particolare, ma'?»

La sua voce era rotta e arrabbiata ma voleva capire alcuni passaggi che si era perso.

«Conosci Davide a mamma. Il mio piccolo non parlava mai. Lui teneva sempre tutto dentro» disse. Poi come una ladra esperta che stava per commettere un furto, si guardò prima intorno e poi continuò: «Ma... ultimamente vostro fratello s'addormentava con il telecomando in mano.»

«Il telecomando?» chiese sorpreso Mattia e vedendo il gesto della mano di sua madre, capì.

Ricordo quell'episodio. Davide era davvero scosso. Tanto che me ne parlò per tutto il giorno: la sera prima era stato a una festa, insieme alla sua fidanzata. Appartato sui divanetti del locale, insieme a qualche suo amico, aveva alzato il gomito, anche se non era sua abitudine. Quando rientrò a casa, travolto dalla stanchezza e un po' brillo, si ricordò che Otto, tramite lettera, gli aveva chiesto di recuperargli, dalla sua stanza, una felpa di Dsquared da riporre nel pacco che la madre gli avrebbe portato in carcere. Sennonché, dopo aver eseguito le istruzioni del fratello, s'addormentò nella camera di quest'ultimo. La mattina presto sua sorella si svegliò e, girovagando per casa, vide la porta della stanza, insolitamente, socchiusa. La sua mamma, infatti, essendo la porta sprovvista di chiave, poneva sempre una sedia davanti alla serratura per evitare che la piccola entrasse. Lei penetrò nella camera pensando di trovare il fratellino Otto, che da qualche tempo non vedeva più, a cui avrebbe "rubato" qualche monetina, da sopra il comodino, per comprare dei dolciumi dall'anziana che li distribuiva al piano sottostante. Ma proprio sul letto trovò Davide addormentato con indosso i vestiti del giorno precedente e una pistola stretta nella mano. Ovviamente Simona, non in grado di capire che fosse un oggetto pericoloso, allungò la mano con l'intento di prenderla per giocare imitando suo fratello che sparava ai colombi appostati sotto il ballatoio del piano superiore, che defecavano su quello suo. Qualcosa fece destare Davide dal sonno, spaventandola a morte. Così, la piccina cominciò a scappare per tutta la casa, gridando: «Picciola! Picciola! Picciola!»

Quando Davide uscì dalla cameretta per tapparle la bocca con la prima banconota pescata dalla tasca, davanti agli occhi si trovò, a parte i suoi genitori, alcuni zii che vedeva al massimo tre volte l'anno. Davide finse di non capire quello che diceva sua sorella, ma dallo sguardo di suo padre, intuì che lui aveva capito eccome. Così, entrò in camera, sollevò il telecomando dal comodino e uscendo in cucina provò a fermare la piccola che continuava a correre intorno al tavolo e le spiegò: «Non è la picciola, ma il telecomando. Tu non dici le bugie a scuola, vero?»

«No!»

«Brava! Questa non è la picciola, ma?»

«Te-le-cio-ma-ndo» disse sbuffando intimidita per aver detto una bugia.

Davide si sentiva il peggior ipocrita della storia per aver fatto credere che sua sorella fosse bugiarda. Ma, per una volta, disse una menzogna a fin di bene e, soltanto dopo averlo capito, ritornò in sé.

Fui distolto da quel buffo ricordo nel vedere tutti gli "amici" di Davide schierati davanti all'ingresso. Mattia non provò neanche a chiedere a suo padre, sebbene si sforzasse di capire chi avesse provveduto alle spese del funerale ma, visto che c'era più di un clan presente, gli apparve complicato.

Sul marciapiede, a destra dell'ingresso, c'erano gli appartenenti alla famiglia Ricci, che proteggevano il cognato di Mattia e la sua famiglia: sembravano appartenere a una confraternita studentesca perché calzavano tutti Hogan e una camicia sobria e si bisbigliavano qualcosa alle orecchie.

Dall'altro lato, invece, non si fecero desiderare Carluccio Bellezza, il suo compare Josè, Benito e altri, tutti affiliati alla famiglia Valente-Torretta, accompagnati dai loro fedelissimi. Costoro gesticolavano continuamente e indossavano costose tute o dei jeans con una felpa appariscente.

A presentarsi a testa alta con uno sguardo che rivelava principi morali e coraggio, fu il padre di Tiziano, migliore amico di Davide, accompagnato da altri tre membri legati alla famiglia De Nicola. A differenza degli altri, essendo persone mature e appartenenti a uno dei pochi clan storici, tanto da essere considerati persino obsoleti dalle altre famiglie, vestivano in modo alquanto sobrio ed elegante. Senza aprire bocca, guardavano tutto e tutti.

A questi ultimi si aggiunse il vecchio "capo" di Davide, che tanto ammirava, il capo-piazza più generoso e "umile" di tutta l'area nord: Tonino Papaluco, accompagnato da suo cognato.

Entrambi, seppur estranei a qualsiasi omicidio avvenuto nella loro zona, comunque erano legati a una famiglia tanto odiata dai Ricci per aver rifiutato un rapporto di collaborazione finalizzato a stroncare sul nascere una guerra.

E, come insegna la vita, al mondo esiste sia il bene che il male e, di certo, con tutte quelle personalità note sia da gente comune che dai servitori dello Stato, ovviamente, non potevano mancare gli agenti più "famosi" di Scampia-Secondigliano, 'o Russo e la sua squadra della questura di Scampia. Poi c'erano i carabinieri del comando di Marianella, 'o Modaiolo, 'o Talebano e altri, riuniti intorno alla Hyundai, auto di servizio.

Erano venuti anche i due "sciacalli" del comando del Terzo Mondo, distesi su un Beverly blu. Non credo che si trovassero lì per piangere la perdita di Davide ma, piuttosto, per adescare un altro "coraggioso" spacciatore, disposto a consegnargli il crack. Inoltre, probabilmente, appostati sui tetti degli edifici, c'erano anche alcuni agenti della DDA che sorvegliavano quei VIP della malavita.

Per un attimo ebbi paura per la mia vita al pensiero di trovarmi lì in mezzo. Davanti agli occhi vedevo già un'immane sparatoria, colpi di pistola che partivano contro qualsiasi cosa che si muovesse, peggio del macello. Ma pensai che, semmai fosse successo, tutti ci avrebbero perso sia gli affari che la vita. Mi rincuorai l'animo perché la camorra non è poi così stupida, ma semmai vigliacca perché avrebbe trovato un giusto momento per uccidere e, ancor più, un luogo idoneo. Dovunque fosse, ma non lì, non sotto gli occhi dei più cazzuti poliziotti dell'anticrimine.

Di certo, questa mia ingegnosa teoria non mi avrebbe strappato dalla morte, ma mi fece riacquistare la calma.

Nell'osservare tutti i presenti fuori dalla chiesa per dare l'ultimo saluto a un ragazzino come Davide, che aveva dedicato tutta la sua gioventù al servizio dei "potenti", fui investito da un brivido d'eccitazione. Non riuscivo a credere che, nonostante fosse un'anima nera e dispersa per le vie del male, ogni individuo, fedele o peccatore che fosse, era venuto lì apposta per lui.

Mentre gli "spettatori" mormoravano tra loro, scambiandosi informazioni sulla sua morte, le porte della casa del Signore dove Davide, deposto su una bara bianca attendeva l'estremo addio prima di spiccare il volo, si schiusero al pubblico.

La cerimonia durò meno del previsto e a deciderlo furono il sacerdote e i fratelli di Davide. Non fu facile prendere quella decisione, ma non avevano altra scelta.

Nonostante la chiesa fosse strapiena di amici, parenti e conoscenti da sembrare formiche in una tana, tutto stava procedendo secondo i piani del sacerdote. Improvvisamente, però, un raduno di ragazzini invase l'interno della chiesa, elogiando il coraggio del loro idolo e acclamandolo come "guerriero". I presenti rimasero colpiti, compresi gli agenti che decisero di non intervenire perché erano davvero in tanti: uno di loro, dopo aver udito i racconti dal proprio fratello, che era stato in carcere insieme a Davide, ebbe la brillante idea di creare una pagina su Facebook, coinvolgendo tutti i ragazzi che sognavano non solo una vita come quella di Davide, ma anche di entrare a far parte di qualsiasi clan.

Ormai le buone azioni, di cui si era reso protagonista all'interno delle mura, non solo erano sulla bocca di tutti ma si erano estese su Scampia come un'anomala tempesta tropicale.

Mentre i becchini si fecero avanti preparandosi a sollevare la bara bianca per adagiarla sul carro funebre, un piccolo gruppo di persone mature creò una barriera umana chiudendo l'uscita e gridando: «Liberateci le mani! Liberateci le mani! Liberateci le mani!» Come uno sbadiglio contagioso, gridammo tutti, seguendo il ritmo dei battiti delle mani.

Tutti noi ci ribellammo alla crudeltà degli agenti della penitenziaria perché, neanche in quella occasione, fecero il gesto di slegare le mani dei fratelli addolorati, permettendo loro di sollevare il peso del dolore e della perdita del loro caro.

I migliori agenti di Scampia-Secondigliano si catapultarono a calmare la folla e a placare quell'invocazione di giustizia, ma nessuno dava loro ascolto. Anzi, alcuni "personaggi" stavano proprio perdendo la pazienza.

Ormai la faccenda stava sfuggendo dalle mani e sarebbe potuta precipitare da un momento all'altro. Non ci misero molto a capirlo e, nel profondo codice di "servitore dello Stato", gli agenti di Scampia si misero a cercare qualcosa di insolito e raro che trovarono in pochi minuti: una briciola di umanità che raccolsero e strinsero con forza.

Si avvicinarono ai loro colleghi della penitenziaria obbligandoli a rimuovere le manette ai due detenuti. La folla tacque all'istante, trattenendo le lacrime agli occhi, perché stava assistendo a uno dei momenti più commoventi della storia: uno strappo alla regola. Quel piccolo grande gesto dei "rivali" fu ricambiato con un violento e fragoroso applauso, a titolo di riconoscimento per la profonda umiltà e per il rispetto concesso.

Mattia e suo fratello si posizionarono davanti alla bara, mentre dietro di loro si fecero avanti alcuni zii e cugini.

La cassa di Davide fu sollevata dal pavimento e subito dopo fu rimessa per terra con molta delicatezza.

I colli dei presenti curiosi si allungarono verso loro per cercare di capire quale fosse l'intoppo.

«Gioele? Gioele?» gridavano con insistenza i fratelli, facendo rimbombare la loro voce.

Ero sommerso dalla folla, risucchiato da piccoli gruppi che sembravano costituire un'invalicabile muraglia cinese. Volevo tanto gridare: "Sono qui!", ma avevo la bocca secca e non riuscivo a deglutire. Così, alzai la mano e cominciai ad agitarla asciugandomi gli occhi dalle lacrime per vederci meglio.

«È qui!» gridarono alcuni ragazzi dietro di me.

Mattia riuscì a vedermi. Voleva raggiungermi ma anch'egli era ostacolato dalla massa e così, da lontano, mi indicò con la mano di avvicinarmi a lui.

«Fatelo passare. Per favore, fatelo passare!» gridava un agente dopo essersi accorto che ero imbottigliato tra la folla. Fortunatamente alcuni poliziotti mi raggiunsero e mi scortarono.

Mi fecero posizionare al centro: proprio all'altezza della punta della bara. Scoppiai a piangere come un bambino sensibile e indifeso. Sapere che il suo corpo era steso su quel legno rigido e scomodo mi faceva sentire responsabile.

Come un ignobile cristiano che aveva riconosciuto nel confessionale tutti i suoi peccati, crollai sulle ginocchia che si scontrarono contro il freddo pavimento. Invocai un "atto di dolore" tra urla di pentimento ed ammissione di colpa battendomi i pugni sul petto.

«Sii forte, Gioele» disse il fratello minore, posandomi una mano sulla testa.

«Non ce la faccio. Mi sento troppo male» farfugliai gridando. Mi sentivo braccato dal male, in un pozzo profondo e senza alcuna corda. Cercavo di trovare la forza e di rimettermi in piedi, ma sembrava che scivolassi di nuovo, sempre più giù.

Vedendomi in seria difficoltà sia fisica che emotiva, Mattia mi afferrò di spalle e mi girò verso lui con forza e decisione. Guardandomi dritto in faccia, disse: «So che stai male. Pure io mi sento morire, perché ancora non ci credo che lui è qui dentro. Ma, sfortunatamente, sembra tutto vero, perciò dobbiamo alzarlo. Insieme.»

Feci alcuni respiri profondi, strinsi i denti e svuotando la testa trovai il coraggio di staccarmi da quel lucido pavimento. Con uno sforzo unanime alzammo la fiorita bara che traballava a ritmo del tremolio delle nostre mani, come se stesse danzando un'ultima volta per Davide. Le lacrime continuavano a scorrere giù verso il mento, provocandomi un fastidio irritante.

La folla si divise in due parti creando un lungo corridoio di lacrime, di occhi gonfi e di braccia che si allungavano per toccare la bara. Sommersi nel buio, miracolosamente, iniziammo a vedere la penombra e poi finalmente la luce, così ci incamminammo verso essa, un po' come raccontano i pazienti al risveglio dal coma profondo.

A un passo dalla soglia d'uscita, Davide venne accolto da un forte applauso, da palloncini lanciati in volo e da tante batterie di fuochi d'artificio che scoppiavano dai tetti degli edifici. Sembrava una grande festa anche se, in realtà, era un drammatico funerale dal forte odore di fiori che stordiva e dalle ghirlande appoggiate ovunque. A ogni scalino che scendevo riconoscevo qualche suo amico che si avvicinava per sfiorare la cassa con la faccia distrutta dalla perdita. Quelli che non conoscevo, i ragazzini, ci camminavano di fianco acclamandolo con applausi e grida e indossando una t-shirt bianca con la sua prima foto segnaletica, resa pubblica dai giornali, stampata davanti. Mentre dai muri degli edifici e dai balconi sventolavano striscioni con due parole scritte in verde: "Malavitoso altruista".

Con molta cura, disponemmo la bara sul lussuoso carro funebre della Maserati e calò un intenso silenzio: la gente concesse ai parenti più stretti alcuni minuti di totale concentrazione per trovare il coraggio di dirgli addio.

Quando venne il momento di sua madre, passandomi di fianco, si voltò verso me. Mi guardò con un indecifrabile sguardo e, con voce tremante, disse: «Per te. Li hanno trovati nella sua tasca» e mi strinse qualcosa nella mano. Sotto i suoi occhi aprii la piccola busta trovando al suo interno un piccolo orecchino a cerchio con una foglia di Marijuana rotta e un biglietto, macchiato di sangue, con scritto: "per un panino, Gioele".

Quando alzai gli occhi, confuso dal contenuto della busta, vidi lei voltarsi e posare il busto sulla bara di suo figlio. Mentre precipitavo negli abissi di un enigma, lei emanava strazianti urla di dolore, fino a svenire.

Regno Unito

La città di Londra mi accolse con un leggero venticello e il cielo dipinto di grigio chiaro; la luce del sole aveva rinunciato sin da subito a rischiarare la mia giornata. Ma non m'importava più di tanto perché al mio fianco c'era Valeria. Dopo pochi mesi dalla morte di Davide, finalmente, mise al mondo la nostra bellissima bambina, Aurora.

Passeggiavamo per le vie di Londra, mano nella mano, come turisti affascinati dalla sua cultura, ma una parte di me fingeva.

Era così bella tutta illuminata: la luce del giorno stava cedendo il passo alla sera e molti erano i ristoranti che invitavano a sedersi per mangiare fuori, all'aperto, facendosi cullare dagli scricchiolii delle bici, dal chiacchiericcio dei passanti e dal traffico della città.

Doveva essere uno di quei rari giorni di gioia, per me, eppure mi sentivo così vuoto. Avvertivo rabbia quando il pensiero mi portava a tutti quegli anni di lavoro sotto un cocente sole o quell'odiosa pioggia e alle tantissime ore trascorse al computer modificando i preziosi contenuti che avevo ottenuto grazie a lui.

Tutto quel tempo speso solo per conseguire un solo giorno di felicità e di soddisfazioni. Era tutto così bello quando ci pensavo la notte prima di addormentarmi. Poi, col tempo, realizzai che lo stavo vivendo esattamente al contrario di quello che avrei sperato e ciò non era consentito.

Sfortunatamente, mi sentivo insignificante: era come se quel desideroso piatto che avevo cucinato con tanto amore, non solo si fosse raffreddato, ma avesse, persino, perso sia il gusto che i colori. I colori… ogni volta che sentivo quella parola dalla bocca di qualcuno, l'associavo a lui e venivo trasportato dai pensieri. Poi qualcuno mi riportava nel mondo reale e mi tormentavo il cuore. Nei primi tempi avevo preso l'abitudine di indossare sempre qualcosa di verde per portare Davide con me. Poi sostituii i vestiti con un bracciale di stoffa.

Quella che sarebbe dovuta essere una semplice e piacevole passeggiata tra le strade di Lambeth, diventò un percorso lungo un chilometro e mezzo che si concluse davanti all'ingresso della Getty Images Gallery, nel quartiere Fitzrovia.

Non entrai. Volevo ancora dedicare un minuto soltanto a me.

«Incomincia ad accomodarti. Io… ho bisogno…» E venni interrotto da una sua mano alzata. Cercò qualcosa nella borsa e me la strinse nella mano, insieme a un caldo bacio posato sulla guancia.

La seguii con lo sguardo e, quando scomparve alla mia vista, abbassai gli occhi sulla mano aperta trovandoci un accendino.

«Ma come ha fatto a capire?» mi chiesi a voce alta, lasciandomi sorprendere da un sorriso.

Posai delicatamente la mia spalla contro un sottile tronco di un albero, con la testa inclinata verso l'alto e gli occhi puntati su un pallido quarto di luna macchiato dalle nuvole, inspirando quel meraviglioso bastardo fumo. I primi tiri mi diedero una strana sensazione, come se il fumo fosse aria pura. Iniziavo a sentirmi rilassato, tranquillo e finalmente sollevato.

Qualche tiro prima del limite, mi sentivo bene e soprattutto pronto per la mostra. Spensi il mozzicone acceso, strusciandolo sul tronco e lo gettai nel cestino di fianco. Poi mi voltai verso l'elegante cornice nera dell'ingresso e, a un passo dall'aprire la porta vetrata, mormorai: «Grazie a te, Davide.»

Eravamo inchiodati sulle morbide poltrone dell'aereo diretto all'aeroporto di Napoli e, dopo tanto tempo, mi sentivo felice per due motivi: il primo era che, grazie al contenuto reso pubblico dalla Getty Images Gallery, vinsi il premio di Terry O'Neill per il coraggio dimostrato e soprattutto per la drammaticità catturata a Scampia, oltre a un assegno di tremila sterline; il secondo era che, nel viaggiare sui cieli europei, mi sentivo più vicino a lui. Ogni volta che appoggiavo la fronte al finestrino e guardavo fuori mi pareva di intravedere l'immagine del suo viso mentre sfoggiava uno dei suoi rari e migliori sorrisi che ricambiavo contento.

Non m'importava se qualcuno potesse prendermi per un matto o, peggio, per uno psicopatico da rinchiudere e curare con la forza. Sì, ero cosciente che i miei comportamenti fossero alquanto anomali, ma da qualche parte dentro di me sentivo un contatto spirituale tra me e lui. Di certo, non era mia intenzione perdere quella sensazione per qualche ostile sguardo o per due parole dette alle spalle. Per quanto mi riguardava avrebbero potuto anche mettersi davanti a me esprimendo la propria opinione o deridendomi che li avrei comunque guardati con totale indifferenza. I sentimenti di una persona, la sua oscillante stabilità e le ferite sanguinanti sono aspetti che andrebbero rispettati, a prescindere, senza sentirsi in dovere di giudicare, poiché appartengono solamente a chi li vive.

Dolore, sofferenza, negazione e inaccettabilità degli eventi che accadono sono come un violento tsunami, capace di devastare un'intera costa. Non bisogna dimenticare, però, che dietro quella costa c'è un'intera città pronta a darti forza. Le persone serene, spensierate, quelle che stanno bene con sé stesse dovrebbero sentirsi privilegiate e, a maggior ragione, dovrebbero rispettare quelle che lo sono meno. E se non fosse troppo faticoso, sarebbe magnifico se fossero pronte e disposte a tendere una mano a un loro simile che cerca disperatamente di rimettersi in piedi. È vero, il mondo fa schifo, chi può negare l'evidenza? Ma la colpa non è del mondo o di colui che lo creò con amore, ma dei fortunati.

Statisticamente, il mondo viene devastato più da chi possiede tutto che da chi non ha niente. Coloro che soffrono, come per esempio i senzatetto, i reali padroni della notte, rispettano e apprezzano quel poco che hanno, a differenza di coloro che hanno pure troppo e che, per noia, combinano guai.

Davide era così: nonostante odiasse il suo destino per averlo fatto nascere in un ambiente familiare precario e pieno di problemi a causa di genitori poco responsabili, non smetteva mai di comprendere le loro difficoltà. Per lui sarebbe stato più facile abbandonare tutto e dedicarsi allo studio per diventare qualcuno, non per ostentare successo o per vendicarsi del male ricevuto, ma per ridere in faccia alla povertà. Tuttavia aveva scelto di restare, a soli undici anni per sé e per i suoi, come un vero capofamiglia spacciando per bisogno, sulla piazza di Papaluco. Davide, per sconfiggere la miseria, aveva dovuto schierarsi dalla parte del male perché il bene, in quel momento, lo aveva abbandonato. Per me era impensabile che il male, prima, lo avesse nutrito come un neonato e, poi, lo avesse ucciso.

Credevo che esistesse una lotta tra due o più avversari, ma la sua morte mi ha insegnato che il male rimane il male e, il più delle volte, vince. Ciò non vuole essere una giustificazione alle sue scelte e, forse, sono l'unico a cercarla perché l'ho vissuto sulla mia pelle e penso che, al suo posto, avrei potuto fare anche molto peggio. Ho imparato che il dolore cambia le persone, ma lui era così abituato a soffrire che è riuscito a rimanere sé stesso.

«Signore? Signore!»

Quella voce femminile mi strappò dai miei pensieri facendomi sussultare dallo spavento.

«Va tutto bene, amore. Sono qui» affermò Valeria, cercando di tranquillizzarmi.

«Mi scusi tanto, signore» disse l'hostess, posando le mani davanti al viso come per proteggersi da qualcosa di veramente spaventoso. Poi, facendo un passo indietro, aggiunse: «Desidera qualcosa da bere?»

«Per caso avrebbe dei lecca-lecca alla mela verde?»

La donna, oltre le lenti minuscole e raffinate, mi lanciò uno sguardo sconcertato e, sommersa dall'imbarazzo, provò a scostare una ciocca di capelli rosso naturale davanti alla bocca, dicendo: «Credo di no, signore.»

«La ringrazio ugualmente» risposi sorridendo.

L'hostess si allontanò incredula, trascinando il carrello verso gli altri viaggiatori.

«Vado un momento in bagno, okay?»

Non le risposi. Volevo starmene per conto mio. Così, mi abbandonai all'attività che più mi faceva stare bene e mi voltai verso il finestrino lasciandomi trascinare completamente dai pensieri. E, come una roulette, essi mi portarono da 'a Bomba e Massimiliano suscitando in me compassione per entrambi.

Quel pomeriggio avevo deciso di spegnere il cellulare e di andare a mangiare dai Femminielli perché desideravo così tanto un'insalata di polpo con le patate che rimandare sarebbe stato difficile. Lì, avevo incontrato Michele, accompagnato da un amico, che aveva appena finito di mangiare e fu lui a riferirmi le ultime novità su ciò che rimaneva della paranza della Vela rossa. Avevo così scoperto che la moglie di Massimiliano, per motivi economici o per la difficoltà di sostenere i colloqui fuori regione, dopo poche settimane dalla sentenza di condanna di suo marito a otto anni e nove mesi, lo aveva lasciato con una lettera, sparendo insieme alle due figlie, di cinque e due anni, e il suo amante.

Mentre 'a Bomba era stato arrestato, per la prima volta, mentre, stravaccato sul sedile di un'auto con venti grammi di cocaina divisa in pezzi e un cellulare per concordare le consegne con i clienti, era stato sorpreso dagli agenti.

Per sua fortuna, non era stato molto in prigione perché, grazie alla sua famiglia, totalmente estranea alla droga e ai clan, era stato affidato agli arresti domiciliari in Calabria, presso l'abitazione dei suoi zii materni. E, grazie a Dio, la moglie, essendo giovane e intraprendente, si era trasferita lì, insieme ai loro due piccoli figli maschi ricomponendo, così, la famiglia.

«Non è quello che desideravi, ma...» disse Valeria sedendosi e passandomi un lecca-lecca, distogliendomi dai ricordi.

La guardai sorpreso. Avevo gli occhi di un bambino felice ed eccitato all'idea di strappare la carta, azzannare e succhiare per assaporarne il gusto. Ma nel mio caso non era tanto il gusto ad interessarmi, piuttosto, sentivo il bisogno di addentare la rigida stecca bianca, proprio come faceva il mio amico Davide quando i pensieri lo assalivano con ferocia.

Allacciai le cinture per l'atterraggio, poi strinsi la mano di Valeria per non farla sentire sola e cominciai a mordere prima il leccalecca e poi la stecca. Quanto mi rilassò!

Dopo aver varcato la porta dell'uscita "sbarchi passeggeri", ci dirigemmo verso le corsie di "recupero bagaglio". Oltre ai viaggiatori del nostro volo, c'erano tanti altri passeggeri che attendevano, con impazienza, l'arrivo delle loro valigie. Alcuni avevano l'aspetto irrequieto come se avessero ingerito troppa caffeina che si era rapidamente diffusa nel sangue, altri sembravano, addirittura, aver assunto cocaina perché andavano avanti e indietro per l'area ritiro, senza sosta. Erano così frenetici che sembravano avere un unico obiettivo: recuperare il bagaglio e raggiungere l'uscita con maggiore fretta possibile per sparire dalla circolazione. Non so perché ma nessun viaggiatore si mostra paziente dopo essere atterrato e capirne la ragione mi ha sempre tormentato la mente, senza mai riuscire a trovare una logica giustificazione.

Valeria, alla vista dei primi bagagli trasportati dal tappeto rotante, si catapultò tra la folla e, con caparbia, individuò il nostro permettendoci di uscirne illesi. Mi precipitai a rubargli la scena perché non volevo né che si stancasse né tantomeno che rischiasse un brutto colpo alla schiena. E poi lì dentro c'era il frutto del mio faticoso e rischioso lavoro: la famosa pergamena di Terry O'Neill.

Mi ero ripromesso che, una volta sistemato, avrei fatto una copia impeccabile e l'avrei affissa sulla tomba di Davide, aggiungendogli sotto una scritta a penna: Londra ti applaude commossa. Ovviamente, avrei dovuto prima parlarne con la sua famiglia ma davo per scontato che me lo avrebbero concesso per il forte legame di amicizia che ci univa.

Vidi il nostro bagaglio soffocato da uno più grande che, come gemelli siamesi, provenivano verso di me. Lo afferrai per la maniglia e, con forza, lo tirai facendolo scontrare con violenza al suolo. Quello scatto violento e prepotente causò un danno irreparabile a una delle ruote. Visto che trascinarla in quelle condizioni mi avrebbe fatto sembrare un uomo che, a spasso con il cane, incespicava di continuo nel guinzaglio, senza perdermi d'animo, decisi di sollevarla.

«Caffè?» propose Valeria.

«Mmm. Ma sì, dai. Prendiamocelo lì» dissi puntando il dito e deviammo il percorso per disporci in fila.

«Due caffè amari, per favore» dissi al barista, lontanamente sosia di Adam Drive.

«Subito!» gridò indaffarato.

Il peso di una mano sulla spalla m'irrigidì dalla testa alle dita dei piedi. Sentivo una lontana inquietudine che mi privava di voltarmi nell'affrontare chiunque si trovasse alle mie spalle. Tuttavia mi feci coraggio e mi girai, pronto a tutto. Dinanzi a me c'era un ragazzo più alto di me che mi fissava con un curioso sorriso. Lo scrutavo attentamente nel tentativo di scovare la sua immagine tra i ricordi. Gli ingranaggi della mente, ormai affaticata, giravano e rigiravano e poi più nulla; si bloccarono, completamente, come un giocattolo che ha esaurito le batterie.

«Non mi riconosci? Sono l'amico di Davide. Quello di...»

«Sì, ora ricordo. Come stai? Cosa ci fai qui?»

«Molto bene, fratello. Sto partendo. Andiamo ad Amsterdam. Sai, funghetti, erba, le famose vetrine... capisci?» disse sopraffatto dall'eccitazione.

«Certo. Ma non è un posto consigliabile per coppie. Lì ci vanno i single che si vogliono...»

«Coppie? Ma no. Io vado con 'o Pacc. Eccolo lì, guarda» disse buttando un'occhiata alla sua destra.

'O Pacc era dinanzi alla cassa, indeciso nello scegliere quale tipo di gomme comprare, scartandole con atteggiamento irrispettoso.

«'O Pa', guarda chi ci sta!» gli gridò Aglitiello, svelando l'incontro.

Quando si voltò verso noi, non ci mise molto a ricordarsi di me. Poi con un gesto di disprezzo, lasciò perdere la sua complicata ricerca e si fiondò da noi.

Rispetto ad Aglitiello, 'o Pacc aveva il viso segnato di cicatrici: una sull'osso del naso e l'altra sulla guancia sinistra.

Lo fissai per qualche secondo e, per non apparire maleducato, distolsi lo sguardo imbarazzato, posandolo sul barista ancora di spalle.

«Tranquillo. Ultimamente, tutti mi guardano strano» commentò.

«Mi dispiace molto, veramente. Davide…»

«Quello poi… non s'è fatto problemi a consegnarci a quei bastardi» affermò con rancore.

Riportai lo sguardo sul suo viso, fissandolo insistentemente con irritazione. Avrei tanto voluto prenderlo a pugni in faccia, lì, davanti a tutti. Mentre i miei occhi lo squadravano, notai un dettaglio alquanto importante: una schisi sul lobo che mi apparve molto sospetta. Le possibilità che si trattasse di una coincidenza, infatti, erano le stesse di andare a vivere su Plutone.

«Ecco a voi i due caffè, signori!»

Alzai la mia tazzina di caffè amaro con un gesto di malcelata stizza ma sentivo un profondo bisogno di mantenere la calma. Con scaltrezza decisi di adottare la tecnica dei docenti: l'autoironia.

«Certo che non deve essere facile convivere con tutte queste cicatrici. Questa, quest'altra, e…» e mi bloccai fissandogli il lobo.

«No! Questa me la sono procurata di recente. Un regolamento di conti» affermò toccandosela.

"Cazzo!" pensai. Quella parola si ripeteva continuamente nella mia testa: girava come una giostrina in girotondo senza fermarsi. E sapete perché? Perché avevo risolto l'enigma. L'orecchino a cerchio da cui pendeva una foglia di Marijuana era suo. Mi maledissi rimproverandomi per non esserci arrivato prima. Qualcosa sopra la mia testa cadde su di me facendomi sentire completamente sotterrato dalle macerie di un edificio altissimo. Era una strana sensazione: vedevo attorno solo oscurità, respiravo polvere sporca e avevo il cuore in gola che batteva forte, così forte che risuonava nelle tempie un ritmo di guerra. Credo che si trattasse di un leggero attacco di panico ma non mi lasciai abbindolare, perché ero io a controllare il mio corpo. Venne in mio soccorso Davide che, dall'oltretomba, mi presentò davanti la scena di quel tossico che moriva sotto ai suoi occhi e a pochi metri dai suoi piedi.

Ricordai che gli chiesi: «Cosa provi dentro?» e lui, guardandomi con lo sguardo di uno spietato guerriero, rispose: «Nulla. Non provo nulla. È come se portassi una maschera sul viso, priva di emozioni e di sensi di colpa.»

Ma dopo qualche passo, si lasciò andare a una tenera e disarmante confessione aggiungendo: «In realtà, questa vita mi soffoca. Vedere la morte di qualcuno mi fa sentire parte di quest'inferno, una spietata e crudele creatura di Satana. Ma nel profondo, io non mi sento così. Sono quel tipo che, se vede un cane abbandonato per la strada, si commuove. Solo che in tutta questa storia, in me ci abita il male».

Così, per una volta, decisi di indossare quella stessa maschera che Davide era costretto a portare sul viso.

«Beh, divertitevi ad Amsterdam. Dateci dentro, è una bella città. Poi mi raccontate al prossimo incontro» dissi. Alzai la tazzina e bevvi il mio caffè ma un'espressione schifata apparve sul mio viso perché ormai era freddo.

«Vado a pagare» disse Valeria.

«No, no, no. Offriamo noi, signora» disse Aglitiello con insistenza.

Mi sentii cedere le gambe, mi sforzavo di rimanere in piedi. Mi vedevo già in strada e con le dita infilate in gola per tirare fuori ogni singola goccia del caffè pagato dagli assassini del mio amico, sotto gli occhi disgustati dei passanti. E mentre lo pensavo, mi ero già rassegnato a vivere quell'orribile esperienza finché un'idea si posò su di me, come una coperta intorno al corpo.

«Assolutamente no! Voi siete ragazzi svegli, giusto? Sapete bene che le scommesse perse si pagano. Ebbene sì, lei ne ha appena persa una. Quindi... fuori discussione!»

«Vabbè, goditi la tua vincita. Noi scappiamo, altrimenti perdiamo il volo» disse 'o Pacc, salutandomi con una stretta di mano. Poi toccò a Aglitiello farsi avanti e ne approfittai per porgli una domanda, la più importante: «Quando rientrate?»

«Domenica sera» disse raggiungendo 'o Pacc che si dirigeva verso il loro gate.

Valeria restò immobile, con uno sguardo incerto. Non riusciva a darsi una spiegazione per il mio comportamento da navigato attore. Mentre lei cercava di capire quale ruolo avessi interpretato, io ero concentrato a guardarli allontanarsi, sommerso dalla rabbia e dal dolore che mi avevano procurato, desideravo immensamente ricambiarli con la stessa moneta. Sebbene la voglia fosse prepotente, avrei dovuto escogitare una buona strategia, quella meno nociva per Valeria e Aurora. Tutt'a un tratto ero solo, con le scarpe affondate nelle sabbie mobili e davanti a me vedevo solo un bivio. Nient'altro.

Scacco matto

Spensi la mia vita per circa tre settimane. In quei giorni non feci altro che pensare ai suoi assassini che se la godevano alla grande senza sapere che io ero l'unico al mondo ad aver scoperto l'enigma del loro assassinio.

Le mie macchinazioni erano tante e diverse, ma ancor più le valutazioni sulle conseguenze e sui pericolosi rischi che avrebbero rovinato me e la mia famiglia.

Gli unici soggetti che avrebbero potuto sistemare la faccenda, fornendo un movente e i nomi degli assassini all'opinione pubblica, erano la polizia e i fratelli di Davide. Purtroppo, però, le prove che avevo tra le mani non solo erano poche ma anche inattendibili. Inoltre i fratelli di Davide, di cui mi fidavo ciecamente in quanto mi avrebbero protetto anche sotto tortura in qualsiasi circostanza, erano ancora dietro le sbarre.

La rabbia e la collera mi infuocavano i pensieri fino a renderli cenere, segno che sarei esploso da un momento all'altro.

Trascorsi gran parte del tempo con il viso incollato al vetro della finestra e una tazza di caffè nella mano. Con la memoria mi catapultai indietro nel tempo, setacciando con attenzione, come un cazzuto hacker, tutti gli incontri avvenuti con Davide, in cerca di qualcuno che avesse già un'anima macchiata e, soprattutto, che fosse molto affidabile.

La ricerca mi avrebbe dovuto condurre a una persona, nutrita dalla strada, dalla fame e dalla malavita, a cui non importasse altro che il proprio onore e che desse un senso alle espressioni come "la parola è parola" o "meglio morire io che tutti e due". Insomma qualcuno che, pur avendone passate tante, non avesse mai ceduto né al dolore né al timore della morte e prima lo trovavo e prima avrei ripreso la mia vita in mano.

Così, ripensai al primo incontro, al secondo, poi a tutti gli altri facendoli scorrere lentamente, come se stessi rivedendo un film e, per non dimenticare le facce, i nomi o i soprannomi, li disegnavo e li scrivevo su fogli che appendevo al muro. In poco tempo riempii la parete di materiale pericoloso, tanto da sembrare un serial killer metodico nella pianificazione dei suoi crimini. Guardavo i loro volti, leggevo i loro nomi standomene seduto sul letto per esaminarli uno a uno, ma ognuno di loro aveva qualcosa che non m'ispirava fiducia. Più andavo avanti e più diventava parecchio complicato, perché era come catturare la bellezza della luna con una Kodak usa e getta. In realtà mi sembrava che la probabilità di riuscire nel mio intento equivalesse a vincere una sestina al superenalotto. Ma, dentro di me, chissà dove nel profondo, ero sicuro che tra tutta quella marmaglia ci fosse il "personaggio" adatto, pronto a vendicarsi per la morte di un suo "amico".

Ero stremato dalla ricerca così decisi di prendermi una pausa caffè con Valeria che si era rintanata in uno dei due angoli della cucina a stirare i vestitini di nostra figlia e che si era sorpresa di vedermi lì fermo a fissarla.

«Mi hai spaventata» disse ironica.

«Addirittura?» commentai deluso.

«Be', pensavo che non vivessi più con noi...» e si abbandonò a una risata isterica. «Non fare quella faccia, amore. Cerco solo di tirarti su il morale. Quando vuoi, sono sempre pronta ad ascoltarti.»

Non mi degnò neanche di uno sguardo talmente era presa a eliminare le pieghe da quel vestitino bianco con il colletto rosso.

«Sono pronto, ma preferisco che tu tenga gli occhi bassi».

Le sue mani smisero per un attimo di proseguire qualsiasi attività e, dopo aver realizzato ciò che le avevo chiesto, ripresero a stirare.

«Avanti, ti ascolto» disse mostrando interesse.

«Se tu dovessi scegliere una persona, tra tutte quelle con cui non sei mai andata d'accordo tanto da pensare che provino odio per te, a cui confidare una cosa importante ma molto rischiosa, chi sceglieresti?»

«Quanto tempo ho?» disse agitata, mettendosi le mani alle orecchie nel mimare il gesto di indossare le cuffie.

«Non sono Gerry Scotti» risposi ridendo.

Valeria ripose il ferro sulla sua griglia e, dopo profondi respiri per liberare la mente, si concentrò.

«Zia Gianna.»

«Come? Ma se in tutta la tua vita l'hai vista pochissime volte e ne parli sempre male!»

«Appunto. Io mi lamento perché non so come sia fatta realmente, perché è maledettamente dura con tutti noi ed è molto riservata. Per questo, credo, sarebbe la persona giusta per confidare una cosa importante.»

«Cosa te lo fa pensare?» dissi versandomi del caffè freddo nella tazza.

«Perché è vecchia. Ha vissuto la guerra. Ha avuto due infarti e non ha paura della morte...» replicò pietrificata nella sua risolutezza. Poi dal riflesso del vetro vidi che alzò lo sguardo.

Ancor prima che aggiungesse altro, mi affrettai a raggiungere la bacheca delle "celebrità" appese alla parete. Staccai il disegno del volto di uno di loro, mi sedetti sulla comoda poltrona e mi sforzai di ricordare tutto quello che avevo sentito sul suo conto dai membri della paranza e soprattutto da Davide. Non ci volle molto, difficile infatti dimenticare le dicerie sentite su una personalità di tale portata. Nonostante lo avessi avuto sotto agli occhi tutto quel tempo, non mi ero mai focalizzato su di lui! Anzi, a essere sincero, era stato il primo a essere escluso dalla lista, eppure era lì, in disparte, come in ogni occasione in cui ci eravamo incontrati.

Era un venerdì pomeriggio quando cominciai a contare i giorni, le ore e i minuti che mi separavano dal lunedì mattina. Rimasi sveglio, senza chiudere occhio, per tutta la notte precedente finché uscii di casa quando fuori era ancora buio. La mia "scelta" la notte dormiva solo poche ore e usciva presto all'alba, mettendosi alla guida di un'auto grigia vecchia e trascurata e gironzolando qua e là, per poi sostare fuori dai bar della lunghissima via di Santa Teresa degli Scalzi a bere i primi caffè della giornata assieme agli amici d'infanzia o ai vecchi affiliati. Verso le otto e qualcosa, si rimetteva in viaggio per raggiungere la minuscola piazzetta dei Camaldoli dove se ne stava seduto, in santa pace, sulla panchina posta dietro le vetrate della fermata dell'autobus. A tenergli compagnia vi erano tre cose essenziali: una bottiglietta di caffeina, un pacchetto di Marlboro rosse e un quotidiano. Leggere il giornale non era affatto un passatempo, ma più una necessità di aggiornarsi sulle rivelazioni del boss Mariano Tartaglia, suo secondo capo, che dopo l'arresto era diventato collaboratore di giustizia.

Da lì a breve il collaboratore di giustizia avrebbe citato il nome del mio "personaggio" al sostituto procuratore che da anni si batteva per incastrarlo e per sbatterlo nelle carceri di massima sicurezza.

Sui sottili fogli di carta di quegli spessi faldoni, doveva esserci scritto tutto il suo passato malavitoso: dalle estorsioni alla tragica "strage di Natale". Per questo, quando la notizia del suo "pentimento" si estese a macchia d'olio ungendo gran parte dei clan di Napoli, due di questi si fecero avanti offrendo pieno aiuto al vecchietto che si era sempre distinto per la sua fedeltà, senso dell'onore e per i rari principi. Un uomo di quel tipo, di quello spessore, capace di incassare tenendo la bocca serrata, era come un diamante prezioso per coloro che volevano evolversi, dentro o fuori dal clan.

In questo contesto, mentre intorno tutto si sbriciolava innalzando un muro di polvere, lui se ne stava tranquillo fino alle undici a gioire del fresco della collina, del poco caos delle auto in transito o delle urla di allerta e fuga, isolandosi dal suo mondo marcio e malvagio. Dopo aver goduto appieno di quella conquistata purezza, s'incontrava con la sua amante, una misteriosa donna nata e cresciuta in via Fontanelle, quartiere Sanità, che un tempo era l'ex migliore amica di sua moglie. Un paio di giri per Scampia, tra carezze e coccole, prima di barricarsi in qualche noto ristorante tra Melito-Aversa e poi finire in una camera da letto al primo piano di un hotel, dietro alle Case dei Puffi.

Il vecchietto, all'anagrafe Peppino Cerasuolo detto anche 'o Sicc', per la sua statura asciutta e minutina, da molti anni era diventato lo zio acquisito di Davide, battezzandolo "Nennillo".

All'inizio della loro conoscenza, i due, però, non avevano avuto una grande affinità né di squadra né al di fuori dal mondo dell'eroina e neanche lontani dal clan di Carluccio Bellezza. Anzi, Davide cominciò a evitarlo alcuni giorni prima dell'arrivo del Natale 2006, perché la testa matta dei Quartieri Spagnoli, a distanza di un anno dall'essere entrato a far parte della paranza, omaggiò di regali natalizi tutti i membri delle due Vele: rossa e gialla. Tutti, tranne Davide.

Nel lontano giugno 2007, però, il loro rapporto subì uno scossone e si trasformò in un legame indissolubile.

Tutto cominciò quando Davide si accorse, inaspettatamente, di amare trascorrere il tempo libero assieme a Chiara, una ragazzina del quartiere Sanità, riuscendo così a praticare spesso quella zona.

Una sera, però, tracciando con il motorino il percorso da via Fontanelle sino in via Vergini con annessa sosta fuori dai bar, ripetuto avanti e indietro fino allo sfinimento, come facevano gran parte dei ragazzi, riconobbe la ventiquattrenne disabile, nonché figlia del famigerato membro della paranza, pur avendola vista una volta sola sotto la Vela rossa. In quell'unica occasione, così mi raccontò Davide, la ragazza gli confessò che suo padre non rientrava a casa da diverse settimane e che lei soffriva molto. Siccome le regole della strada gli aveva insegnato il rigido rispetto, si fermò a salutarla, poi i due giovani innamorati si allontanarono da lei. Chiara era esterrefatta non potendo credere a ciò che aveva appena visto e sentito. Non comprendeva come il suo fidanzatino potesse conoscere quella ragazza ingravidata da un bullo e, soprattutto, figlia di quell'uomo che tutto l'intero quartiere temeva solo a sentirlo nominare, figuriamoci a incontrarlo per strada o a scambiarci qualche parola.

In quella tarda serata Chiara, ultima figlia di persone perbene, fece pressione su chi fosse e cosa facesse nella vita il giovane che le aveva fatto girare la testa facendo sentire Davide incatenato e soffocato. Allora, approfittando del fatto che la ragazza trascorresse il suo tempo libero tra le varie comitive appostate sui marciapiedi della Sanità che venivano a conoscenza di qualunque cosa, lui le promise di dirle tutta la dura verità, ma non prima di aver ascoltato tutto quello che sapeva sull'immatura mamma disabile e sull'identità dell'irresponsabile bullo da quattro soldi che se ne vantava alla grande di averla messa incinta. Sennonché, ottenute le giuste informazioni che gli servirono per comprendere il vero motivo del trasferimento del vecchietto alla Vela rossa, il profumo d'amore che aveva appena iniziato a espandersi per i vicoli del centro storico, svanì all'istante. Seguì, infatti, un prolungato silenzio da parte del ragazzo, alternato ad atteggiamenti freddi, crudeli e disinteressati che calpestavano i sentimenti che in realtà ancora provava. E, per una sola volta, Davide non mantenne la parola data, passando per un quaquaraquà. Offeso e bastonato, voltò le spalle al suo primo amore. Non lo fece per arroganza o per sentirsi un vero malavitoso, ma lo fece a fin di bene, per tenerla fuori dal mondo sporco e feroce in cui, sfortunatamente, sguazzava.

Così, alcune ore dopo, con l'aiuto di 'o Minorenne e 'o Chiatto, i suoi fedelissimi amici, si recò a casa del bullo e con una scusante plausibile lo condusse fuori dal portone. Puntandogli contro un minuscolo Revolver 9 mm lo ipnotizzò. A quel punto i suoi fidati lo sequestrarono legandogli polsi e caviglie e lo rinchiusero nel portabagagli.

A un certo punto le loro strade si divisero: l'auto con Davide alla guida e il teppistello andarono verso le campagne di Mugnano, mentre i due, a bordo di un Beverly, si recarono a prelevare il vecchietto che, a quei tempi, pernottava nella Vela rossa, in un appartamento di un vedovo anziano. Lo strapparono dalle calde coperte per portarlo nel luogo in cui attendeva l'ultima persona al mondo che si aspettasse di trovare.

E, dopo quel gesto realizzato in piena notte per riscattare il nome della figlia, i due diventarono una sola cosa. Ma, del bullo, non seppi nient'altro anche se, a essere sincero, dubito che la vita lo avesse strappato dalle mani della morte.

Tornai con la mente alla realtà del presente e quando arrivai sulla collina leggermente offuscata dalla nebbia, vidi il vecchietto che, puntando gli occhi sulla strada, si stava incamminando verso la panchina per sedersi. Mi fermai sul ciglio della strada, con un unico obiettivo: fissare ogni suo spostamento. I suoi movimenti lenti e corti m'incuriosirono molto perché camminava con la testa incassata nelle spalle e lo sguardo basso. Indossava una camicia a maniche lunghe a strisce, portata fuori dai pantaloni chiari. A vederlo dall'esterno, sembrava uno di quegli anonimi vecchietti che, dopo aver lavorato sodo per costruire un futuro circondato da una numerosa famiglia rispettabile e amabile, si era da poco ritirato in pensione per godersi a pieno il riposo. Purtroppo, non era un'immagine reale perché lui era colui che, per un motivo o per un altro, aveva ammazzato tante persone e tra queste, un noto imprenditore. Per quell'omicidio, come ricompensa, aveva ricevuto un camion carico di sigarette. Tra le paranze si vociferava che prese solo tre pacchetti di Marlboro da quel carico, definendo l'azione come un "omaggio" al suo defunto amico Sandro Poletti.

Era quella testa matta che nel 1987 aveva subito un feroce agguato incassando cinque proiettili al torace, ma la morte lo rifiutò. L'anno dopo entrò nell'ospedale San Gennaro e, comprandosi il silenzio di alcuni medici e guardie, squarciò con un bisturi la gola di quell'infame che l'aveva venduto e che giaceva su un letto di ospedale in seguito a un banale incidente stradale. Costui era il peggior killer della città perché aveva il fegato di presentarsi da solo, a qualunque ora del giorno e della notte, e mai una volta deludendo le aspettative. Tra le sue professioni spiccava quella come trafficante d'armi e soprattutto di droga che gli consentiva di entrare in contatto con i migliori boss d'Italia.

Davide, una volta, mi disse tutto eccitato di aver visto una sua fotografia che lo ritraeva insieme a Renato Vallanzasca e al boss Raffaele Cutolo nel corso di un incontro avvenuto in un casale di Roverbella, nel milanese, dove si trovava in qualità di ambasciatore.

Da anni, su di lui, piovevano grandi accuse, ma sulle spalle non aveva altro che diciassette giorni di carcere. Inoltre s'era comprato qualche medico che gli aveva aumentato i punti d'invalidità permettendogli di percepire la pensione: per medici, giudici, servitori dello Stato e per l'INPS Peppino Cerasuolo, l'uomo che adorava trascorrere il tempo con il mio amico insegnandogli a comportarsi come una vera e propria spietata "testa matta", era etichettato "invalido civile".

Nel profondo del suo subconscio, il vecchietto intuiva che presto si sarebbe trovato dietro le sbarre, in isolamento, per scontare una condanna di "fine pena mai".

Mentre ero lì immobile, sul bordo della strada, le porte della chiesa si spalancarono alla luce del giorno, invitando i fedeli ad accendere una candela per posarla ai piedi di Cristo. Mi sentivo come un cane smarrito: da un lato Cristo era ancora pronto a perdonarmi, dall'altro attendevo di parlare con una delle creature più spietate di Satana. E, per un solo istante, non sapevo più chi fossi né dove fossi diretto, finché ricordai di essermi seduto al tavolo per giocare la mia partita e in un lampo mi tornò tutto in mente.

Dopo alcuni passi, alzai la mano davanti al parabrezza dell'auto che transitava e che, alla vista del mio gesto, rallentò consentendomi di attraversare dall'altra parte del marciapiede. Il vecchietto era seduto sulla panchina con le gambe accavallate e una sigaretta stretta tra le dita, non troppo distante dalla bocca. Sembrava sereno e pensieroso fino a quando, istintivamente, distolse lo sguardo dalla strada portandolo nella mia direzione. Dopo pochi secondi la sua mano invitò qualcuno alle mie spalle ad avvicinarsi a lui. D'istinto mi voltai indietro e, non vedendo nessuno, pensai che mi avesse fottuto alla grande. Non avendo scelta, m'incamminai verso di lui provando con tutto me stesso a contrastare l'irrefrenabile tensione che tanto voleva gettarmi nel panico.

«Siediti!» mi ordinò, battendo leggermente il palmo della mano sulla panchina. Lo feci, senza esitare, come fossi un robot privo di paura ed emozioni. Mentre cercavo di controllare il respiro per renderlo regolare, l'occhio mi cadde sul profilo del suo viso: aveva il mento rugato e pronunciato che, con le labbra sporgenti, formavano un'imperfetta punta. Non seppi decifrare se fosse uno strano broncio, una postura naturale o un contegno per impressionare gli altri.

«Da cosa mi hai riconosciuto?» gli domandai con un filo di voce.

«Non si riconosce una persona se la conosci già. Ma sono curioso di sapere come facevi a sapere di questo posto. Tu conosci le mie abitudini?»

Feci un bel respiro profondo.

«Non è un incontro casuale» mormorai.

Restò zitto, fissandomi con uno sguardo curioso.

«In altre parole?»

«Sì, Davide parlava sempre di te e io ho buona memoria.»

Sporse la mano oltre le gambe, poi lasciò cadere il mozzicone ancora acceso sui cui poggiò sopra la punta della scarpa e con due, tre strofinate quasi lo disintegrò.

«Vedi?» disse, mettendo un dito sopra il bracciale «Questo m'è l'ha regalato lui. Non me lo sono mai levato.»

A quel punto, non so se lo feci per orgoglio o invidia, tirai fuori il mio e glielo mostrai.

Non fu sorpreso quando lo vide e scoppiò a ridere.

«Giuda Taddeo?» mi chiese con un pizzico di malizia.

«Esatto» risposi. Poi espressi un pensiero a voce alta: «Conosci il significato?»

Sul suo viso apparve una smorfia sconcertata, una di quelle che nascono spontanee.

«Che tu ci creda o no, ma non ricordo di essere arrivato alle medie» rispose con vanto.

«È il patrono delle cause perse.»

«Interessante» bisbigliò. «L'avevo sempre detto che 'o Nennillo era stoffa pregiata. Non lo so se mi credi, ma penso di non aver mai sofferto per nessuno come sto soffrendo per lui. Mi piaceva tanto, perché quando guardavo lui era come vedere me cinquant'anni fa...» disse voltandosi dall'altra parte. Dopo aver tossito pesantemente, riprese: «Eppure è così strana la sua... Lo sa soltanto lui il perché!»

«Posso?» domandai puntando il dito contro il pacchetto di sigarette. Non so per quale motivo, ma prima di fargli la domanda per cui ero andato lì, da qualche parte dentro di me sentivo il bisogno di aspirare nicotina.

«Tieni» disse e mi mise il pacchetto semiaperto davanti agli occhi.

«Se in qualche modo tu venissi a conoscenza dei responsabili della sua morte, cosa faresti?»

Mi fissava, intensamente. Per un lungo istante smise di sbattere le palpebre, poi si riprese e si voltò attaccando il collo della bottiglietta alla bocca per bere un paio di sorsetti.

«Cosa farei? Niente» disse buttando fuori il fumo dal naso.

«Come niente?» domandai sconvolto, con gli occhi stralunati. «Credevo che gli fossi debitore per la questione di tua figlia e...»

«Lo ero. Fino a poco tempo fa, ma poi ho ricambiato il favore» disse.

Il penetrante dolore, che per tutta la notte era sparito nel nulla, ricomparve nello stomaco rosicando le tenere pareti infiammate. Avvertivo un intenso fuoco secco e cocente, mille volte più dolorante della gastrite. Faceva male, tanto male e resistere o ignorarlo mi sembrava fuori discussione.

«Ho capito...» dissi, alzandomi con stizza «posso almeno sapere qual è stato il favore?»

Con un gesto violento, il vecchietto lanciò il secondo mozzicone facendolo arrivare oltre il marciapiede, dove finì calpestato da uno pneumatico di un furgone. Alzò la testa e guardandomi dritto negli occhi disse: «Tu!»

Ripresi a sedere. Ero addolorato, curioso e sconvolto allo stesso tempo, una rara fusione nucleare, mai vissuta prima d'allora, si stava innescando nel mio corpo.

«In che senso?» domandai.

«Quando ho scoperto che non eri un fotografo dei matrimoni ma chi eri veramente, anziché andare da Carluccio a fare fuoco e fiamme, non per rispetto ma per un debole nei suoi confronti, andai da 'o Nennillo per un confronto...» e smise di parlare. Forse, non era in vena di farlo. D'altronde, nessuno lo poteva essere sapendo di aver disonorato sé stesso e i suoi principi. Ma dopo essersi acceso un'altra Marlboro, riprese: «In poche parole, sei vivo grazie a lui. E non di certo per questo santo di...» e con gli occhi chiusi, un dito alla tempia, si sforzò di ricordare il nome del protettore delle cause perse.

Le sue parole mi provocarono profonde e dolorose punture d'api, ma anziché sentirle per tutto il corpo, percepivo l'ago che entrava e usciva soltanto nella testa. Per un istante credevo che la nebbia fosse scesa e mi avesse annebbiato la vista, ma subito dopo mi resi conto che erano le lacrime frenetiche e irrispettose che si erano messe in fila indiana per fuoriuscire dagli occhi. Con il polsino della felpa infransi il loro desiderio di andarsene in giro, procurandomi qualche graffio al condotto lacrimale.

«Be', che dire... stamani ho capito che a volte non basta macchiarsi l'anima, ma bisogna sporcarsela fino a ridurla a un canovaccio inservibile. Spetta a me vendicare la morte di qualcuno che non meritava di morire, stavolta» dissi.

Poi, porgendogli una mano, aggiunsi: «Ci vediamo oltre i cancelli del male.»

«Aspetta...» disse esitando a stringermi la mano e proseguì: «Lo faresti veramente?» esaminando ogni mia espressione facciale.

«No! Ma devo farlo. Glielo devo. Perché alla fine, anch'io gli sono debitore, proprio come lo eri tu» risposi. E poi sghignazzai pensando che un ragazzino di quel calibro se n'era andato da nobile creditore non di una sola persona, bensì di due: una dalla parte del bene e l'altra del male.

«Lo vedo. Vedo il tuo coraggio, pronto a tutto. Siccome posso fare aggiustare questa cosa senza guastarmi il sonno di quelle poche ore che dormo la notte, me ne occupo io. Ma devi dirmi quello che sai senza dirmi come l'hai saputo o come ci sei arrivato.»

Aprii lo zaino, tirai fuori una busta bianca e la poggiai sulla panchina, al centro tra me e lui.

Le sue mani esili la sollevarono con delicatezza e, dopo averla aperta, tirò fuori alcune fotografie: ritratti in primo piano degli assassini di Davide.

«Quanto sei sicuro che sono stati loro?» mi chiese con maggiore interesse per assicurarsi di non far ammazzare degli innocenti.

«Al cento per cento. Ma se cerchi certezza, tu fagli vedere questo, il motivo del loro atto te lo diranno loro tra lacrime e urla. Ne sono sicuro» dissi consegnandogli l'orecchino e posandolo sul palmo della mano.

«Prima che vai, dobbiamo cercare un tabaccaio. Perché...» e smise di parlare.

Infilai quasi l'intero avambraccio nello zaino estraendo tre pacchetti di Marlboro rosse stretti nella mano e li poggiai al centro.

«Come dicevo, Davide mi parlava spesso di te» dissi stendendogli di nuovo la mano e lui, guardandomi negli occhi, la strinse con la sua. Accendemmo l'ennesima sigaretta e la fumammo con la bocca serrata e lo sguardo che andava oltre le foglie dell'albero, fermandosi nell'azzurro del cielo.

Mi sentivo sollevato per due motivi: uno perché avrei continuato a vivere la mia vita con l'anima macchiata, ma non del tutto sporca e due perché Davide finalmente avrebbe ben presto riposato in pace visto che, se la memoria non mi ingannava, una volta mi disse: «Lo zio non ha mai fallito.»

Ormai era fatta e nessuno poteva evitarlo: molto presto gli assassini avrebbero raggiunto l'assassinato.

Ringraziamenti

Soltanto tre cose mi hanno spinto a scrivere questo libro: dare un riconoscimento al mio amico giornalista Salvatore E., la mia guida di sempre, che con audacia e coraggio è riuscito a catturare immagini agghiaccianti, con il solo scopo di gridare a voce alta che le periferie non devono essere inferiori ai centri storici; dare pace ai tantissimi e spinosi rimorsi che per anni hanno tormentato il mio subconscio, inghiottendomi nell'insonnia e, infine, riscattare il mio burrascoso passato da cui è scaturito questo racconto. E penso che, nonostante tutto, le mie amare esperienze e la mia licenza elementare mi hanno consentito di narrare questa realtà e che se avessi avuto altre opportunità e una laurea non avrei avuto una storia da raccontare, né migliore né peggiore, come non sarei stato capace di trasmettere l'inaccettabilità del mio quartiere e del giovane quasi "innocente" caduto.

In quelle torride notti che accaldavano i ricordi, mettendo in risalto i peggiori momenti trascorsi assieme a tanti altri miei coetanei, non mi è mai mancato l'incoraggiamento dei miei amici, Ciro R., Salvo P. e Floriana T., nonché, saltuariamente, dei colleghi di lavoro.

Un sentito ringraziamento va anche a Raffaela M. e alla sua incantevole voce da cui mi facevo cullare dall'altra parte del telefono.

Sono profondamente grato anche alle due donne più importanti della mia vita: mia madre e mia sorella poiché, senza il loro contributo, sarebbe stato difficile finire l'opera.

Un grazie va a mio fratello per aver messo a mia disposizione il suo "studio", situato proprio nella Vela rossa.

E, infine, ringrazio tutti i residenti di Scampia e Secondigliano per avermi riaccolto con lo stesso affetto di sempre.

Sommario

Printed in Great Britain
by Amazon